中国民航大学外语学科发展专项经费资

曼哈顿中转站

[美]约翰·多斯·帕索斯◎著

仰少博◎译

中国海洋大学出版社

·青岛·

图书在版编目（CIP）数据

曼哈顿中转站 /（美）约翰·多斯·帕索斯
（John Dos Passos）著；仰少博译 . —青岛：中国海
洋大学出版社，2024.2

ISBN 978-7-5670-3788-5

Ⅰ . ①曼… Ⅱ . ①约… ②仰… Ⅲ . ①长篇小说－美
国－现代 Ⅳ . ① I712.45

中国国家版本馆 CIP 数据核字（2024）第 035643 号

MANHADUN ZHONGZHUANZHAN
曼哈顿中转站

出版发行	中国海洋大学出版社		
社　　址	青岛市香港东路 23 号	邮政编码	266071
出 版 人	刘文菁		
网　　址	http://pub.ouc.edu.cn		
订购电话	0532-82032573（传真）		
责任编辑	孙玉苗　李　燕	电　　话	0532-85901040
电子信箱	94260876@qq.com		
装帧设计	青岛汇英栋梁文化传媒有限公司		
印　　制	青岛国彩印刷股份有限公司		
版　　次	2024 年 2 月第 1 版		
印　　次	2024 年 2 月第 1 次印刷		
成品尺寸	160 mm × 220 mm		
印　　张	20.75		
字　　数	319 千		
印　　数	1～1000		
定　　价	69.00 元		

发现印装质量问题，请致电 0532-58700166，由印刷厂负责调换。

美国作家约翰·多斯·帕索斯（John Dos Passos）（1896—1970），是 20 世纪美国文学界的重要人物之一。帕索斯毕业于哈佛大学，曾在第一次世界大战期间志愿参军。这段经历深刻影响了他的文学创作。他的作品深刻反映了 20 世纪初期到中期美国社会的文化、政治和社会价值观的变革，在美国文学史上有着重要地位，持续影响着世界众多作家和文学研究者。除《曼哈顿中转站》（*Manhattan Transfer*）外，其代表作还有对美国历史和社会进行深刻剖析的"美国三部曲"——《北纬四十二度》（*The 42nd Parallel*）、《一九一九年》（*Nineteen Nineteen*）、《赚大钱》（*The Big Money*）。

《曼哈顿中转站》是 1925 年出版的小说，被认为是现代主义文学的代表作之一。它以纽约市为背景，塑造了一系列个性鲜明的角色，呈现了不同社会群体的生活经历，反映了 20 世纪初期城市生活的复杂性和变革情况。帕索斯的叙事手法多样，包括小故事、新闻剪报和独白等，作品中既展现了城市充满活力的一面，也反映出城市中人们的孤独、迷茫和对成功的渴望。

帕索斯的这部作品虽然具有厚重的社会历史底蕴、丰富的文化元素以及对人性的深刻洞察力，是公认的美国文学经典，但是仅有一本中文译著面世，即闵楠老师翻译、于 2006 年出版的《曼哈顿中转站》，且此译著的读者甚少。这部作品值得进一步推广、研究。因此，尽管有珠玉在前，我还是将此作品翻译成中文，以飨广大中国读者。在翻译过程中，我力求做到保留帕索斯的独特文风，忠实于原著的思想和情感，呈现原著的神韵。

我要感谢中国民航大学外国语学院对于本书出版的大力支持，感谢所有为本书的翻译、出版、推广付诸努力的朋友，感谢所有支持文学交流和跨文化沟通的同仁。愿《曼哈顿中转站》能够充实读者的阅读生活，帮助读者了解异域文化，促进不同文化之间的碰撞交流。

仰少博

2023 年 1 月

目录 Contents

第一部分

1. 渡　轮

　　破裂的木板墙间散落着破箱子、橘子皮和腐烂的卷心菜,三只海鸥在上方盘旋。渡轮在水面滑行前进,冲进破碎的潮水,慢慢驶入渡口。绿色的水面波浪翻腾。手动绞盘带着链条发出叮叮当当的声音。闸门向上打开了,人们跨过缝隙,你推我搡地穿过散发着粪臭味的木头栈道,就像被送进榨汁机的苹果一样挤在一起。

　　护士把篮子举得一臂远,就好像那是个便盆。她推开门,走进一间又大、又干、又热的房间。屋内的墙壁涂成绿色,空气中弥漫着酒精和碘仿的气味,还混合着挂在墙上的其他篮子里发出的阵阵酸味。她放下篮子,抿着嘴唇朝里面看了一眼。刚出生的婴儿在襁褓里扭动着身体,如同软绵绵的蚯蚓。

　　渡口有一位老人拉着小提琴。他的脸像猴子一样皱巴巴地扭曲着。他用破旧的漆皮鞋跟拍节奏。巴德·科尔彭宁背对着河,坐在栏杆上望着他。微风吹动着他帽檐周围的发丝,吹干了他太阳穴上的汗水。他脚上长满水泡,非常疲倦。但当渡船驶出渡口,激起扇形的浪花时,他感到一股温暖而刺激的感觉突然涌遍全身。"朋友,从渡口到城里有多远?"他问站在他旁边的一个戴着草帽、打着蓝白色条纹领带的年轻人。

年轻人瞥了一眼巴德，从下到上打量了他一遍，从他破旧的鞋子到磨损袖口里伸出的红色手腕，再到瘦骨嶙峋的脖子，最后看着破帽檐下那双渴望回答的眼睛。

"那要看你想去哪里。"

"如果是去百老汇呢？我想去市中心。"

"向东走一个街区，然后拐进百老汇大街，如果走得够远，就可以到达市中心。"

"谢谢先生。我明白了。"

那位小提琴演奏者举着帽子穿过人群，风吹乱了脑袋上的几缕灰发，露出了光秃秃的头顶。巴德发现那张脸侧过来睨向他，深陷的眼窝里，两只眼睛就像两根黑钉子一样紧紧盯着他。"没事。"他粗声说道，然后转身看向刀刃般明亮的宽阔河面。渡口的挡板关上了，渡船一头撞了上去。铁链咔嚓作响，人群中巴德被推挤着走出候船室。他从两辆运煤车中间走过，穿过一片尘土飞扬的街道，走向黄色的有轨电车。他感到膝盖一阵颤抖，把手深深地插进口袋里。

巴德沿着街区走着。途中，他来到午餐车旁，想吃点东西。他僵直地靠着转椅，盯着价目表看了半天。

"煎鸡蛋，还有一杯咖啡。"

"双面煎吗？"柜台后面的红发男子问道。他正用围裙擦拭布满雀斑的壮实小臂。巴德·科尔彭宁惊得坐了起来。

"什么？"

"鸡蛋啊，双面还是单面煎？"

"哦，当然是双面煎。"巴德再次耷拉在柜台上，双手托着头。

"你看上去有心事，伙计。"男子边说边把鸡蛋打入油锅里，锅里发出滋啦滋啦的响声。

"从州北部过来的，今天早上走了十五英里。"

男子从齿缝里吹出一声口哨。"来大城市找工作，对吧？"

巴德点点头。那个男子把脆皮棕黄、滋滋作响的煎鸡蛋猛地翻过来，盛放到盘子里，又在煎鸡蛋旁边摆上面包和黄油，然后将盘子推到巴德面前。"我要给你一点建议,伙计,当然这不收你的钱。找工作前你得先去刮个胡子,理个发,然后把衣服上的干草籽刷掉。这样才更有可能得到工作的机会。在这个城市里,外貌才是最重要的。"

"我可以干得很好的。我是个好工人。"巴德嘴里塞满了东西,含混不清地说道。

"我要告诉你的就这些。"红发男子说完便转身回到炉子前。

埃德·撒切尔迈上医院门口宽宽的大理石台阶时浑身颤抖。一股药味呛住了他的喉咙。一个面无表情的女人呆坐在桌子后方看着他。他努力让自己的声音平静下来。

"你能告诉我撒切尔夫人怎么样了吗?"

"你可以上楼看看。"

"但是,小姐,她一切都好吗?"

"楼层当班的护士知道详细的病情。左边的楼梯,三楼,产科病房。"

埃德·撒切尔拿着一束用绿色蜡纸包裹的花。他跌跌撞撞地爬上楼,宽宽的楼梯在眼前摇晃。他的脚趾踢到用来固定栏杆的黄铜螺栓,疼得他发出一声嚎叫,但是这嚎叫又被关门声打断。他拦住了一名护士。

"我想见见撒切尔夫人,拜托。"

"如果你知道她在哪儿,直接去就行。"

"但他们已经把她转走了。"

"你得走到头,到咨询台那里问问。"

他咬住冰冷的嘴唇。走廊尽头,一个红脸女人微笑着看着他。

"一切都很好。现在你是个幸福的爸爸,有个活泼的小女儿。"

"她是我们的第一个孩子。苏茜现在又很虚弱。"他眨着眼睛结结巴巴地说。

"是的,我理解,你现在很担心。你可以进来,等苏茜醒了和她说说话。才刚生完孩子两小时,一定不要让她累着。"

埃德·撒切尔是个小个子男人,长着灰色的眼睛,留着两缕金色的小胡子。他握住护士的手摇晃着,微笑着,露出参差不齐的黄牙。

"你看,这是我们的第一个孩子。"

"恭喜。"护士说。

昏暗的煤气灯下摆着一排排病床,床褥散发出一阵阵令人作呕的气味。病房里的人胖瘦不一,有的脸色蜡黄,有的脸色苍白。苏茜在那里。她的黄头发松散地盘绕在她那张看起来干瘪扭曲的小白脸周围。他打开玫瑰花束并将花放在床头柜上。窗外景色如水。广场上的树木上缠结着蓝色的蜘蛛网。大道上的灯光逐渐亮起,绿色的光勾勒出砖紫色的房子。烟囱和水塔在泛红的天空中显得格外鲜明。她发青的眼皮慢慢睁开了。

"是你吗,埃德?玫瑰,埃德,你太浪费了。"

"亲爱的,我没忍住。我知道你喜欢玫瑰。"

一位护士在床尾附近徘徊。

"小姐,你不能让我们看看孩子吗?"

护士点点头。她下巴突出,面色灰白,嘴唇紧闭。

"我讨厌她,"苏茜低声说,"她让我感到坐立不安,简直就是个刻薄的老修女。"

"别介意,亲爱的,只是一两天而已。"苏茜闭上了眼睛。

"你还想叫她艾伦吗?"

这时护士带回来一个篮子,把它放到了苏茜身边的床上。

"哦,她太棒了!"埃德说,"看,她还在呼吸……他们给她身上抹了油。"他扶着妻子,妻子用胳膊撑起身子,黄色发卷散落在他的手和手臂上。"护士,你们怎么区分他们?"

"有时候我们分不清。"护士咧开嘴笑着说。苏茜有些不满地看着那张紫色的小脸。"你确定这是我的孩子吗?"

"当然。"

"但孩子身上没贴任何标签。"

"我这就贴个标签。"

"但我孩子的皮肤是深色的。"苏茜靠在枕头上,大口喘着气。

"她身上有可爱的小绒毛,颜色和你的头发一样。"

苏茜把双臂举过头顶,尖叫道:"这不是我的。不是我的。把她拿走……那个女人偷走了我的孩子。"

"亲爱的,看在上帝的分儿上!亲爱的,看在上帝的分儿上!"他试着给她盖好被子。

"太糟糕了,"护士拿起篮子,冷静地说,"我得给她打一针镇静剂。"

苏茜在床上僵直地坐着。"把它拿开!"她大叫着,歇斯底里地倒在床上,不断发出微弱的呜咽和哀嚎声。

"上帝啊!"埃德•撒切尔喊了出来,双手紧紧扣着。

"你今晚最好离开,撒切尔先生……你一走,她就会静下来……我会把玫瑰花插在盛着水的花瓶里。"

在最后一级台阶上,他遇到一个胖乎乎的男人正慢慢往下走,边走边搓着手。他们两四目相对。

"一切都还好吗?先生?"胖男人问。

"哦,是的,我想还好。"撒切尔说,声音有气无力。

"恭喜我吧,恭喜我吧。我老婆刚刚生了一个男孩。"胖男人主动聊起来,低沉的声音中流露出喜悦之情。

撒切尔握了握那个男人胖胖的小手。"我的是个女孩。"他羞怯地说道。

"已经五年了,每年都生一个女孩,这次终于生了个男孩。"

"是的,是个伟大的时刻。"说着他们已经走在了人行道上。

"先生,我可以请你喝一杯贺酒吗?"

"乐意至极。"

第三大道拐角处的酒馆里,栅栏半门不时被推开。他们迈开脚步,绅士地走进里面的房间。

"啊,"德国人坐在一张有划痕的棕色桌子旁边说道,"家庭生活充满了烦恼。"

"那是因为这是你的第六个孩子。而我是第一次做父亲。"

"你喝啤酒吗?"

"喝,我喝什么都行。"

"两瓶进口的库尔姆巴赫酒,庆祝我们刚出生的孩子。"

瓶盖被打开,棕褐色的泡沫在玻璃酒杯里涌起。"祝成功……干杯。"德国人说着举起了酒杯。他擦去胡子上的泡沫,用粉色的拳头敲打着桌子。"先生……请问怎么称呼?"

"我姓撒切尔。"

"撒切尔先生，冒昧问一下您从事什么职业？"

"会计。我希望不久能成为一名注册会计师。"

"我是一名印刷工人，我的名字是楚克尔——马库斯·安东尼厄斯·楚克尔。"

"很高兴见到你，楚克尔先生。"

他们的右手越过桌面，在两个酒瓶之间相握。

"注册会计师收入可观。"楚克尔说。

"为了我的小女儿，必须要多赚钱。"

"养孩子很耗钱。"楚克尔低沉地说道。

"要再来一瓶吗？"撒切尔一边说一边计算着口袋里有多少钱，"可怜的苏茜不会喜欢我这样在酒馆里喝酒。但仅此一回，这次我是在学习，学习如何做个父亲。"

"孩子越多越开心，"楚克尔说，"但是孩子会花掉你的钱，什么也不做，就知道吃，还会穿坏衣服。一旦我的生意站稳脚跟……唉！现在抵押贷款怎么这么难，借钱怎么这么难，工资也不涨，哪里都是疯狂的行业工会、狂热分子和瘾君子……"

"嗯，这就是现实，楚克尔先生。"

楚克尔用双手的拇指和食指捋去胡须上的泡沫。"这个世界上不是每天都会诞生男孩的，撒切尔先生。"

"或者女孩，楚克尔先生。"

酒店服务员拿来新酒时将洒在桌子上的酒擦干，然后站在旁边听着，用发红的手晃动着抹布。

"我希望我的儿子在为他的儿子庆生时喝的是香槟。啊哈，在这个伟大的城市里就应如此。"

"我希望我的女儿是一个安静温柔的女孩，而不是像现在的那些年轻女孩，摆着一副架子，穿着俗气的衣服，紧紧地系着蕾丝。那时我已经退休了，在哈德孙河边上置办一所小房子，夜间打理打理花园……我知道住在市中心的一些人退休后一年能拿三千美元。存钱就能实现。"

"存钱一点用都没有。"服务员说，"我存了十年钱，银行倒闭，只剩下一本存折,别的啥也没有。找个好机会,冒险一试,那是唯一的方法。"

"那是赌博。"撒切尔厉声说。

"哦,先生,这就是赌博游戏。"服务员边说边走向吧台,手里晃悠着两个空酒瓶。

"赌博游戏。他说的也不算太离谱。"楚克尔若有所思地低头盯着他的啤酒,目光呆滞地说,"一个有野心的人必须抓住机会。因为野心,十二岁时我从法兰克福来到这里,现在我要继续为我的儿子工作。他的名字应该叫作威廉,和威武的凯撒大帝同名。"

"我女儿的名字叫艾伦,跟我母亲的一样。"撒切尔的眼里盈满泪水。

楚克尔先生站了起来。"好极了,撒切尔先生。很高兴认识你。我得回家找我的女儿们了。"

撒切尔再次握了握楚克尔那胖乎乎的手,望着他摇摇摆摆走出酒吧的栅栏门,身影渐渐模糊。撒切尔的脑海中浮现出为人父母、庆祝生日、过圣诞节之类的温馨场景。过了一会儿,他伸了伸胳膊。可怜的小苏茜不喜欢我在这种地方……为了她和那个漂亮的小宝贝做什么都可以。

"嗨,你们俩谁付钱?"当撒切尔走到门口时,服务员在他身后喊道。

"那个人不会没付钱吧?"

"他付了就见鬼了。"

"但是他说他请我……"

服务员大笑起来,用红色的杯托压住了酒钱。"我猜那个胖子是懂得如何存钱的。"

一个留着胡子,戴着圆顶礼帽,有着罗圈儿腿的小个子男人走过艾伦街,穿过阳光斑驳的地道,那里挂着天蓝色、熏鲑鱼色和芥末黄色的被褥,地上散乱堆放着姜饼色的二手家具。他冰冷的双手紧紧握住双排扣礼服的下摆,在包装箱子和奔跑的孩子中间小心翼翼地穿过。他紧咬嘴唇,双手握紧又放开。他往前走着,无视孩子的叫声、火车嘈杂的咣当轰鸣声,也不理会拥挤公寓里散发的酸臭味道。

运河拐角处有一家漆成黄色的药店,小个子男人在那停了下来,心不在焉地盯着绿色广告卡片上的一张脸。那是一张眼眉高挑、刮得干干净净的脸,眉毛弯弯的,胡须浓密齐整。这应该是一张在银行有存款的人的脸。挺括的翼形衣领和宽大的深色领带上方,他脸上摆出一副泰然自若的样子;下方有一个签名:金·C.吉列。在他的头上方挂着一块牌子,上面写着"无须磨刀,无须擦刀"。小个子男人脱下礼帽,满头大汗,久久注视着金·吉列那双以钱为傲的眼睛。然后他握紧拳头,挺直胸膛,走进了药店。

妻子和女儿们都出门了。他在煤气炉上烧了一壶水。然后,他从壁炉上找到剪刀,修剪长长的棕色胡子,再用那把崭新的安全剃须刀非常仔细地刮胡须。他站在污迹斑斑的镜子前,颤抖地用手指抚摸着光滑白皙的脸颊。正修剪胡须的时候,他突然听到身后有声音。他转过身去,脸蛋光滑得像金·C.吉列的脸,但带着寡淡的笑容。两个女儿惊讶地瞪着眼睛。"妈妈……是爸爸。"大一点的孩子叫喊道。他的妻子就像洗衣袋被扔进了洗衣机一样跌坐在摇椅上,把围裙从头上扔了过去。

"哦哟!哦哟!"她叹着气,前后摇晃。

"怎么样?你们喜欢吗?"他来回走动,不时得意地摸摸自己光洁的下巴,手里拿的安全剃刀闪闪发亮。

2. 大都市

那里是巴比伦和尼尼微,都是由砖砌成的。雅典的大理石柱金碧辉煌。罗马矗立着宽阔的瓦砾拱门。在君士坦丁堡,尖塔熠熠生辉,像是金色号角周围有巨大的蜡烛在燃烧……钢铁、玻璃、瓷砖、混凝土将成为摩天大楼的材料。那些建筑都挤在狭窄的小岛上,数不清的窗户闪闪发光,仿佛雷暴上方的白云,金字塔般地闪耀着,层层叠叠。

身后的房间门关上了,埃德·撒切尔感到非常孤独,不安的感觉刺痛了他的内心。如果苏茜在这里,他会告诉她他将要赚大钱,他每周要为女儿小艾伦在银行存十美元,这样一年就能有五百二十美元……十年后不算利息也有五千多美元了。"我得算算按照百分之四的利息,五百二十美元的复利有多少。"他兴奋地在狭窄的房间里走来走去。煤气灯像一只猫一样舒适地发出咕噜声。他的目光落到煤桶边一份报纸的头条标题上,那是他急着去拦出租车送苏茜去医院时随手扔下的报纸。

莫顿签署《大纽约法案》

使纽约成为世界第二大都市的法案

撒切尔深深地吸了一口气,将报纸折起来放在桌子上。"世界第二大都市……爸爸还想让我待在他那间位于奥恩特拉的破鞋店里。如果不是因为苏茜,我现在可能真的还在那里……先生们,今晚如果能够让我荣幸地成为你们公司的初级合伙人,我想向你们介绍我的妻子。这一切都归功于她。"

他朝壁炉鞠了一躬,衣尾将书架旁台子上的一件瓷器扫了下来。他弯下腰去捡瓷器时,舌头抵着牙齿,口中发出啧啧的声音。蓝色瓷器"荷兰姑娘"的头部摔断了。"可怜的苏茜多么喜欢她的小玩意儿啊。我最好去睡觉了。"

他推开窗户,探出身子。L线地铁隆隆作响,穿过街道尽头。一阵煤烟呛着他的鼻子。他探出窗外很久,来回扫视着街道。世界第二大都市。在砖房昏暗的灯光下,对面房子台阶上传来男孩们嬉笑打闹声、警察整齐坚定的踏步声。他听着有一种前进的感觉,像士兵在行军,像汽船沿着哈德孙河前行,像一次选举游行,沿着两边都是白色高大柱廊的庄严街道前行。大都市。

大街上突然满是奔跑的人。有人上气不接下气地说着火了。

"哪里着火了?"

那群男孩从对面的门廊上消失了。撒切尔转身回到屋里。屋里热得让人窒息。他急切地想出去。"我该去睡觉了。"他听到街那头传来哒哒哒哒的马蹄声和消防车疯狂的喇叭声。去看看就知道了。他手里拿着帽子跑下楼梯。

"哪里着火了?"

"在下个街区。"

"是一处廉租公寓。"

那是一处六层廉租公寓,窗户狭窄。消防梯刚刚拉开,到处都是棕色的浓烟,火苗不时从低一点的窗户里蹿出。三名警察挥舞着警棍,将人群拦到对面房子的台阶和栏杆外。街道中间的空地上,消防车和红色的喷水车泛出明亮的黄铜色泽。人们静静地注视着上面窗户后的人影、不时出现的跳跃的火光。一根细细的火柱在房子上方燃起,好似燃烧的罗马焰火棒。

"通风井。"一个男人在撒切尔耳边低声说。一阵风吹来,烟雾和烧焦布料的气味在街道弥漫。撒切尔突然感到恶心。烟雾散去,他看到人们挤在一起,双手扒着窗台,身子悬在空中。另一边,消防队员正帮妇女们爬下救生梯。房子中央的火烧得更旺了。一个黑色的东西从窗户掉下来,躺在人行道上尖叫。警察们把人群推回街区的尽头。其他的消防车也陆续到达。

"他们接到了五个火警,"一个男人说,"你怎么看?最上面两层的所有人都被困住了。是纵火犯干的。一个该死的纵火犯。"

一个年轻人缩成一团坐在路边煤气灯旁。撒切尔发现自己被人群从后面推到了他身边。

"他是个意大利人。"

"他老婆在那栋楼里。"

"警察不会放他进去的。"

"他老婆怀孕了。他不会说英语,连问都没法问警察。"

那个男人穿着蓝色的裤子,背后有一条背带的那种背带裤。他挺着胸,不时咕哝着一串谁也听不懂的话。

撒切尔从人群中挤了出来。拐角处有个人正往火灾报警箱里看。当撒切尔从他身边擦肩而过时,闻到那个男人衣服上的煤油味。那人抬头望着撒切尔的脸,冲他笑了笑。他的脸肥胖松弛,鼓鼓的眼睛很明亮。撒切尔突然手脚发冷。纵火犯。报纸上说他们就在附近游荡,观察着火情。撒切尔快速回到家,跑上楼梯,锁上房门。房间里静悄悄、空荡荡的。他忘了苏茜是不会在那里等他的。他开始脱衣服。他忘不掉那人衣服上的煤油味。

佩里先生用拐杖轻轻弹打着牛蒡叶。房地产经纪人用讨好的声音祈求着:

"我不介意告诉你,佩里先生,这是一个不容错过的机会。先生,你知道那句老话吧,机不可失,时不再来。我完全可以保证六个月后这些土地的价格会翻倍。现在我们已经是纽约的一部分,这个世界上第二大的城市。先生,不要忘记这一点……那一天即将到来,我绝对相信你和我都会看到,那时候一座又一座大桥横跨东河,将长岛和曼哈顿连为一体,皇后区将像今天的阿斯特广场一样成为这个伟大都市的中心。"

"我明白,我明白,但我要找的是百分百安全的地方。而且我还想着自己盖房子。我妻子这几年身体不太好……"

"可是还有哪里比我推荐的地方更保险呢?佩里先生,你是否意识到,现代房地产业势必腾飞,而我让你能够抢占先机。我现在为你提供的不仅是安全,还有轻松、舒适和奢华。佩里先生,不管我们愿意与否,我们都正被卷入一场伟大的时代浪潮,一场扩张和进步的时代浪潮。未来几年将发生很多事情。所有这些机械发明——电话、电力、钢桥、不用马拉的交通工具——它们都在引领我们前进。是否融入其中并走在时代的前沿取决于我们自己……我的天啊! 我没法告诉你这意味着什么……”佩里先生用拐杖在干草和牛蒡叶之间戳了戳,拨拉出什么东西。他弯下腰,捡起一个长着螺旋状对角的三角形头骨。“哟!”他说,“曾经肯定是一头不错的公羊。”

理发店里充斥着肥皂沫、消毒水和烫焦头发的气味。巴德坐在那里点着头,昏昏欲睡,两只又大又红的手在膝盖间垂下来。在剪刀的剪发声中,他仿佛还能听到饥肠辘辘的自己从奈阿克到这里来时沉重的脚步声。

“下一个!”

“什么? 好吧,我只想刮个胡子,剪个发。”

理发师短粗的手指拨弄着他的头发,剪刀在他耳后像大黄蜂一样呼呼响。他的眼睛不停地闭合。他努力睁开,与睡意做斗争。沾满碎头发的条纹围布的另一边,他看到那个正在擦鞋的黑人男孩的脑袋锤头似的上下摆动着。

“是的,先生,”旁边椅子上一个声音低沉的男人说,“民主党是时候提名一位强有力的……”

“还要修面吗?”理发师油乎乎的圆脸贴近他的脸。

他点了点头。

“用香波吗?”

“不用。”

理发师放倒椅背给他刮胡子时,他往前探着脖子,就像一只腹部朝上的泥龟。肥皂泡涂满了他整个脸,刺痛了他的鼻子,流进了他的耳朵。他被淹没在肥皂泡里。蓝色的泡沫、黑色的泡沫,纷纷被剃刀的寒光划破。在蓝黑色的泡沫云里,剃刀像锄头一样闪着光亮。老人躺在土豆地里,胡子竖起,口吐白沫,浑身是血。脚后跟起满水泡,袜子上也沾满了血。他的两只手握在一起，就像死人的手一样冰凉僵硬。让我起来……他睁开眼睛，用起满老茧的手指摸了摸下巴。他抬头盯着天花板，四只苍蝇在一个红色的绉纸钟上沿着 8 字飞舞。他的舌头干得跟皮革一般。理发师又把椅子扶正。巴德眨巴着眼睛环顾四周。"五十美分，外加擦鞋五分钱。"

承认杀害残疾母亲……

"我能在这儿待会儿，看看那份报纸吗？"他听到慢吞吞的声音一字一顿地响起。

"可以。"

帕克的朋友保护……

黑色的印刷体在他眼前蠕动。

俄国人……暴民投掷石块……《先驱报》特别报道，发自新泽西州特伦顿市。

内森·西贝茨，十四岁，在连续两周否认有罪后，今天终于向警方承认他对他年迈的残疾母亲汉娜·西贝茨的死亡负有责任。他的母亲汉娜·西贝茨是在一次争吵过后，在距离市区六英里远的雅各布溪的家中去世的。等候他的将是大陪审团的裁决。

在敌人面前解救波特·亚瑟……里克斯夫人丢失了丈夫的骨灰。

"五月二十四日，星期二，八点半左右，我在蒸汽压路机上睡了一整晚后回到家，"他说，"然后上楼继续睡。我刚睡着，妈妈就上楼来叫我起床，告诉我如果不起床，她就把我扔下楼。她一把抓住我，要把我扔出去。我先把她扔出去了，她摔到了楼下。我下楼时发现她的头扭到了一边。然后我看到她已经死了，便把她的脖子掰直，并用我的被子把她的尸体盖上。"

巴德仔细地把报纸折好，放在椅子上，离开了理发店。外面阳光照耀，人群喧嚣。不再是大海捞针了。"我才二十五岁。"他大声嘟囔着。想想一个十四岁的孩子……他加快脚步走在喧闹的人行道，阳光透过高架铁路照射下来，在蓝色的街道上投射出温暖的黄色条纹。不再是大海捞针了。

埃德·撒切尔弓着背坐在钢琴前，弹奏《蚊子游行曲》。周日下午的阳光照射到厚厚的蕾丝窗帘上，在红玫瑰图案地毯上蠕动，杂乱的客厅里充满点点光斑。苏茜·撒切尔无精打采地坐在窗边，脸色蜡黄，用蓝色眼睛望着她的丈夫。小艾伦在两人之间的玫瑰图案地毯上跳着舞,小心翼翼地躲过阳光直射的地方,两只小手提拉着那件粉红色褶边连衣裙,不时奶声奶气地强调着:"妈妈,看我的表演啊。"

"看看这孩子,"撒切尔一边弹奏一边说,"她是个标准的小芭蕾舞演员。"

几张掉在地上的周日报纸一直没捡起来,艾伦开始在上面跳舞,灵巧的小脚踩裂了报纸。

"别这样了,艾伦,亲爱的。"坐在粉红绒毛椅子上的苏茜抱怨道。

"但是妈妈你看,我跳舞的时候可以做这个动作。"

"别那样啦,妈妈说了。"埃德·撒切尔改弹《威尼斯船歌》。艾伦随着曲子跳舞,胳膊随着音乐摇摆着,双脚撕裂了报纸。

"埃德,看在上帝的分儿上,把孩子带走吧,她在撕报纸啊。"

埃德的手指落到琴键上,发出了一个持久的长音。"亲爱的,别踩啦。爸爸还没看完报纸呢。"

艾伦不予理睬。撒切尔突然离开钢琴凳,扑过去把艾伦捉住,艾伦在他的膝盖上一边扭动着,一边大笑。"艾伦,妈妈跟你说话的时候,你得听着。亲爱的,别搞破坏。印刷这份报纸不仅要花钱,还要耗费人力,爸爸还要出去买它,而且这份报纸还没看完。艾莉现在明白了,对吗?我们要建设这个世界,而不是破坏。"说完他继续弹奏《威尼斯船歌》。艾伦继续跳舞,小心翼翼地踩在地毯的玫瑰图案上。

餐厅里,六个男人坐在桌边飞快地吃着饭,帽子都戴在后脑勺上。

"天啊!你们能相信吗?"坐在桌尾的一个年轻人喊道,他一手拿着报纸,一手端着咖啡。

"相信什么?"一个嘴角叼着牙签的长脸男人吼着。

"第五大道出现了巨型蛇。今天上午十一点半,一条大蛇从第五大道和四十二大街交会处的蓄水池围墙的裂缝里钻出来,爬向人行道。女人们看到了尖叫着四散奔逃。"

"瞎掰。"

"也不完全是,"一位老人说"我小的时候就经常去布鲁克林社区打鸟……"

"我的天啊！已经九点一刻了。"年轻人嘀咕着，叠好报纸，匆匆走向哈德孙街，街道上到处是轻快前行的男人们和女孩们。运农产品的马车车轮声和马蹄声混一块，震耳欲聋，空气中也满是灰尘。一个长着翘下巴的女孩，戴着顶装饰着大大的淡紫色蝴蝶结的花帽子，正在苏立文仓储公司门口等着他。年轻人觉得心潮澎湃，就像一瓶刚打开的酒。

"嘿，艾米莉！艾米莉，他们给我加薪了。"

"你快迟到了，知道吗？"

"不过说实话，我的工资涨了两美元。"

她把下巴先歪向一边，又歪向另一边。

"我才不在乎呢。"

"你还记得之前说过的如果我加薪了会怎样的话吧。"她望着他的眼睛咯咯笑。

"而这还刚刚开始……"

"可是一个星期挣十五美元有什么用呢？"

"一个月就是六十美元，而且我正在学习进口业务。"

"傻瓜，你要迟到啦。"她突然转过身，跑上堆满杂物的楼梯，她的钟形百褶裙左右摆动着。

"上帝！我恨她。我恨她。"他强忍着热泪，沿着哈德孙街快步走到西印度进口公司温克尔和古力克的办公室。

绞盘附近的甲板温暖而咸湿。他们穿着沾满油渍的工装，彼此挨着躺在一起伸展四肢，带着朦胧的睡意低声交谈着，耳朵里回响着船头奋力穿过墨西哥湾时水流激荡的声音。

"我的朋友啊，我急切地奔向纽约……咱们一起到达，你上岸时我也上岸。我受够了现在的生活。"船上的服务生留着金黄色的头发，长着一张粉嫩的椭圆脸蛋。他说话时，已经熄灭的烟头从唇边掉了下来。"该死的！"他伸手想去捡起滑落到甲板上的烟头，没捡着，烟头掉进了排水管里。

"算了吧。我这还有一些。"另一个躺着的男孩说道，他肚皮朝天，脏兮兮的双脚在朦胧的光线里胡乱踢着，"他们会把你抓回船上的。"

"抓不到我的。"

"还有你的兵役呢？"

"见鬼去吧。去它的法国。"

"你想成为美国公民？"

"为什么不呢？每个人都有权选择自己国籍。"

旁边另一个人若有所思地用拳头揉了揉鼻子，然后长长地舒了一口气。"埃米尔，你是个聪明的家伙。"他说。

"可是刚果，你为什么不跟着我一起走？你可不想一辈子都在这臭船上扫走廊吧。"

刚果翻过身，盘腿坐了起来，挠着长满浓密的黑色卷发的脑袋。

"在纽约找个女人得花多少钱？"

"我不知道，大概很贵吧……上岸后我不想惹是生非；我要找个好工作，好好干活儿。你就不能想想女人之外的事情吗？"

"有什么用？为啥不想？"刚果又躺倒在船板上，将被煤烟熏黑的脸埋进胳膊里。

"我就是想去某个地方，这就是我的意思。欧洲已经腐烂发臭。在美国，每个人都可以出人头地，不论出身，不论教育背景。一切都是为了向前迈进。"

"如果现在温暖的甲板上有个热情漂亮的小女人，你不会和她谈情说爱？"

"等有钱了，我们将拥有所有想要的东西。"

"那儿不需要服兵役？"

"为啥要服兵役？那里的人要的是钱。他们不打仗，他们只想做生意而已。"

刚果没有接话。

船舱服务员躺在甲板上望着天上的云朵。云朵是从西边飘过来的。阳光从密集的高楼大厦之间照射下来，照得它们如锡纸一样亮白。他身着白色高领工作服，在耸立着白色高楼的街道穿行，踏过锡纸般宽阔洁净的阶梯，通过蓝色大门来到铺着条纹大理石的大厅，映入眼帘的是堆满钞票、银币、金币的长桌，纸钞沙沙作响，硬币叮叮当当。

"真是见鬼。"说着,耳边传来轻弱的铃声。"别忘了,刚果,我们上岸的第一个晚上……"他用嘴唇发出爆破音,"我们就跑。"

"我刚睡着了。我梦见一个金发姑娘。要不是你叫醒我,我就勾搭上她了。"船舱服务员咕哝着站起身。他朝西望去,远远的天际呈现出生硬的金属光泽,海浪在那儿汇成一道细细的波浪线。然后他把刚果的脸按在甲板上,跑到船尾,光脚套着的木头鞋发出哒哒声。

六月的某个周六,一百一十大街,炎热的夏天接近尾声。苏茜·撒切尔不安地躺在床上,那双瘦骨嶙峋而又发青的双手摊放在面前的被单上。一个年轻女孩的哭声从薄薄的墙壁隔板那头传来,她边抽泣边说:

"我告诉你,妈妈,我不会再回到他身边了。"

接着听到一个保守的犹太老妇人劝她说:"但是罗西,婚后生活不只是吃喝玩乐。妻子必须顺从丈夫,为了让丈夫多干活儿。"

"我不愿意这样。我做不到。我不会回到那个不要脸的畜生身边去。"

苏茜从床上坐了起来,但没听见老妇人接下来说了什么。

"但我不再是犹太人了,"年轻女孩突然尖叫起来。"这不是俄罗斯,这是在纽约。在这里女孩有权力决定自己的事情。"然后听到砰的关门声,一切又归于安静。

苏茜·撒切尔在床上辗转反侧,烦躁地呻吟着。这些人从来不给我片刻安静。楼下的钢琴叮叮当当弹奏着《欢乐寡妇圆舞曲》。"哦,上帝啊!埃德怎么还不回家?把我这么个病恹恹的女人扔在家里真是太残忍、太自私。"她噘起嘴巴开始哭了起来。过了会儿,她又安静地躺在那里,盯着天花板,看着苍蝇围着灯座嗡嗡转。一辆马车咔哒咔哒从街道驶过。她听到一群孩子的尖叫声。一个男孩经过时加入了尖叫的人群。假如发生了火灾。芝加哥剧院那场可怕的火灾。哦,我要疯了!她在床上辗转难安,不断将尖尖的指甲扎进手掌。我再吃片安眠药,也许能睡上一会儿。她用胳膊肘支起身体,从一个小锡纸盒里取出最后一片药。吞下药的那口水滑过喉咙时让她觉得很舒服。她闭上眼睛,静静地躺着。

她猛然惊醒。女儿艾伦在房间里跳来蹦去,绿色小圆帽从后脑勺上掉下来,铜色卷发乱蓬蓬的。

"哦,妈妈,我想做个小男孩。"

"安静点,亲爱的。妈妈身体很不舒服。"

"我想做一个小男孩。"

"埃德,你对这孩子做了什么? 她完全被惯坏了。"

"我们太兴奋了,苏茜。我们去看了很精彩的戏。你要是看了也会喜欢的,整部戏都很有诗意。莫德•亚当斯演得很好。小艾莉从头到尾都很喜欢。"

"就像我之前说的,带这么小的孩子去看戏有些傻……"

"爸爸,我想成为一个男孩。"

"我喜欢我女儿现在的样子。我们还会再去看一次,苏茜,你也一起。"

"埃德,你很清楚我很难康复了。"她笔直地坐着,褪成黄色的头发垂在后背上,"哦,我希望我死了……我死了你们就少个负担……你恨我,你俩都恨我。如果你们不恨我,就不会这样丢下我一个人。"她哽咽着,双手捂着脸,"哦,我真希望自己去死。"她抽泣着,泪水从她的指间滴落。

"苏茜,看在上帝的分儿上,你这么说太吓人了。"他搂着她,坐在床上,她的旁边。

她把头靠在他的肩上轻轻地哭着。艾伦站在一边,圆圆的灰眼睛望着他们,然后开始上下蹦跶,哼唱着"艾莉要变成一个男孩子,艾莉要变成一个男孩子"。

因为脚上起了水泡,巴德迈着缓慢的步伐,一瘸一拐地走在百老汇大街上,经过一片长满绿草、漆树灌木和豚草,丢着锡制罐头瓶的空地,经过一排排广告牌和达勒姆公牛标志,走过废弃的棚户房屋,经过垃圾车倾倒的灰烬和渣块填满的水沟,经过蒸汽钻不断敲打的灰色石块,走过装满岩石和水泥的货车压出的车辙,直至走在一排黄砖公寓旁新修的人行道上。他朝一扇扇窗户望去,那里有杂货店、中式洗衣店、餐厅、花店、蔬菜店、裁缝店和糕点店。经过一栋新楼房前的脚手架时,他引起了一位正坐在人行道边上修油灯的老人的注意。巴德站在他身边,提了提裤子,清清嗓子说:

"你好,先生,你知不知道哪里能找个好活儿干?"

"小伙子,没什么地方可以找到好活儿。有活儿干就不错了。再过一个月零四天我就六十五岁了,想想我从五岁开始干活儿,到现在也还没找到一份好工作。"

"我只要有活儿干就行。"

"你有工会证吗?"

"我啥也没有。"

"没有工会证,就不能在建筑行业干活儿。"老人靠到路灯上说道,一边用手背蹭了蹭下巴上的灰色胡茬。巴德站在那里,凝望着尘土飞扬的新大楼那边,直到他发现一个戴礼帽的人正透过门卫室的窗户望着他。于是,他不安地拖着脚步离开了。如果我能再往城市中心靠近一些……

在下一个拐角处,一群人正聚集在一辆底盘很高的白色汽车周围。一团团尾气从它的尾部喷出。一个警察的腋下夹着一个小男孩。车上的红脸男子留着的白色胡须像海象的胡须,此刻他正在生气地说着话。

"我告诉你,警官,他扔了块石头……这种事情必须禁止。警察就得教训教训流氓和暴徒。"

一位头发束到头顶的女人尖叫着,对着车里的男人挥舞着拳头,"警官,他差点把我撞倒了,差点把我撞倒了。"

巴德慢慢靠近一个穿着屠夫围裙、反戴着棒球帽的年轻人。

"发生什么了?"

"我怎么知道……是一桩汽车暴乱吧。你没看报纸吗?我不怪他们,你觉得呢?那些该死的汽车有什么权利在城市里横冲直撞,撞倒女人和孩子?"

"天啊,他们那样做了吗?"

"当然。"

"嗯……你能告诉我哪里可以找份好活儿干吗?"

屠夫伙计仰头笑了起来。

"天啊,我还以为你要讨要救济呢。我猜你不是本地人。我来告诉你该怎么做。你沿着百老汇大街一直走,一直走到市政厅……"

"那里是市中心吗?"

"当然是,然后你上楼去问问市长:告诉我市议会还有空缺的席位……"

"这帮混蛋。"巴德低声咕哝着,然后快步走开。

"来吧,亲爱的。来吧,你们这群婊子。"

"这得跟斯莱茨说。"

"七!"斯莱茨扔出手里的骨头,拇指划过其他几根汗津津的手指,打了个响指,"妈的。"

"我得说,你真是个了不起的掷骰子高手,斯莱茨。"

五个男孩跪坐在南街的一盏路灯下。打着补丁的膝盖围成一圈,一双双脏兮兮的手朝圈内扔硬币。

"来吧,姑娘们,我们在等着呢。滚吧,你们这些小混蛋,滚蛋!"

"快跑,伙计们!大块头莱纳德带着那帮家伙正沿着街区走过来。"

"我真想揍他一顿。"

他们中有四个人起身沿着码头懒洋洋地离去,头也不回地慢慢散开。最小的男孩长着一张鸟嘴样的下巴,安静地捡起硬币。然后他沿着墙跑开,消失在两栋房子之间的黑暗通道里。他紧贴在一个烟囱后面,等待着。街道上涌起那帮家伙杂乱的声音,他们继续向前走。男孩数了数手里的硬币。十个。"有五十美分,我要告诉他们是大块头莱纳德拿走了钱。"他的口袋没有底,所以他把这些硬币系在了一个衣角里。

光泽莹莹的白色椭圆形桌子上,每个座位前都摆着一只红酒杯和一瓶香槟酒,八个光滑的白色碟子里均盛着一坨鱼子酱。鱼子酱摆在生菜叶子上就像黑色的珠子,一侧装饰着柠檬片,上面还撒着洋葱末和蛋白。"小心点,别忘了。"老服务员皱起他那疙疙瘩瘩的额头。他身材矮小,走起路来摇摇摆摆,几缕黑色的头发紧紧地贴在拱形的头顶上。

"好的。"埃米尔严肃地点了点头。他的领子太紧了。他正摇着最后一瓶香槟酒,把它放进餐桌上的锡制冰桶里。

"多加小心……这家伙一掷千金,看,他在给小费。他是个非常有钱的绅士。他不在乎花多少钱。"埃米尔拍了拍桌布的折痕,把它抚平。"别这样,你的手脏,可能会留下痕迹。"

他们站在那里等候,重心从一只脚挪到另一只脚,胳膊下夹着餐巾。

下面的餐厅里飘来食物的香味,传来刀叉和盘子的碰撞声,还有轻柔的华尔兹舞曲。

埃米尔看到领班在门外哈腰鞠躬时,脸上就会挤出恭敬的笑容。一位长着龅牙的金发女人披着肉色的大斗篷,斗篷在她身旁那个圆脸男人的胳膊上蹭得沙沙作响。男人将礼帽端在胸前,就像端着一杯酒。还有一个卷发女孩身穿蓝色衣服,露齿大笑。一个健壮的女人头戴冕状头饰,脖子上系着黑丝绒带子。有一个男人长着酒糟鼻,还有一个男人有着雪茄色的长脸……他们衬衫胸部、腕部都系着白带子,帽子顶部和脚上的漆皮鞋都闪着黑色的光。一个镶着金牙的男人不停地挥舞着手臂,用公鸡打鸣般的声音跟别人打着招呼,他衬衫前襟上戴着一枚五分硬币大小的钻石。衣帽间的红发女孩正在收拾包裹。老服务员用胳膊肘推了推埃米尔。"他是我们的大老板。"他鞠躬时嘴角边冒出这句话。他们走进房间的时候,埃米尔把身子紧紧贴到墙上,吸气的时候闻到一股广藿香的气味,让他觉得头皮发热。

"但是菲菲·沃特斯在哪里?"戴钻石饰物的男人喊道。

"她说她半小时内到不了这儿。我猜约翰尼夫妇不会让她出门。"

"好吧,即便这是她的生日,我们也等不了她了。我这辈子从没等过任何人。"他站了一秒钟,向围桌而坐的女人们扫视了一遍,把从燕尾服袖口露出来的袖子往外拽了拽,然后突然坐了下来。一眨眼鱼子酱就不见了。"服务员,来一杯莱茵葡萄酒吧?"他用沙哑的声音说道。"好的,亲爱的先生。"埃米尔屏住呼吸,吸了吸腮帮子,收走用过的盘子。分装在玻璃罐里的酒里漂浮着薄荷、冰块、柠檬皮和长黄瓜条,老服务员将里面的酒倒进凝结了雾气的高脚杯。

"啊哈,就像变魔术。""钻石饰物"将酒杯举到唇边,咂巴着嘴唇,然后放下酒杯,斜眼看着身边坐的女人。她正往面包片上抹黄油,然后把它们塞进嘴里,嘴里一直念叨着:

"我只能吃一点点,吃一点点零食。"

"这并不影响你喝酒,玛丽,对吧?"

她咯咯笑出声,并用合拢的扇子拍了拍他的肩膀。"哦,上帝,你是个怪人,的确是。"

"我觉得激动,对天发誓。"老服务员在埃米尔耳边窃窃私语。

当他点亮餐桌上两个加热盘下面的灯时,热雪利酒、奶油和龙虾的香味弥漫在房间里。空气里热气腾腾,充斥着刀叉碰撞发出的叮当声、香水的气味和烟雾。埃米尔帮忙端上龙虾,斟完酒,然后靠在墙上,用手抚摸着湿漉漉的头发。他的目光滑过前面一位女人丰腴的肩膀,落到扑了粉的后背上,她蕾丝衣边上银色小钩子已经松开。她旁边的光头男人的腿勾着她的腿。她很年轻,和埃米尔的年龄相仿。她一直抬头看着男人的脸,展示着湿润的双唇。这让埃米尔感到头昏,但他停不下来,一直看着。

"但是菲菲公主是怎么了?""钻石饰物"问道,嘴里包满了龙虾肉,"我猜她今晚又大受欢迎,我们这个简单的小聚会对她没什么吸引力了。"

"今天的聚会足以让任何女孩驻足。"

"如果她期望我们等她,那将是她年轻生命中最大的惊喜。哈哈哈。""钻石饰物"大笑着说,"我这辈子从没等过任何人,这次也不会破例。"

桌子另一头的圆脸男人推开盘子,摆弄着身边女人手腕上的手链。

"今晚你是完美的吉布森女孩,奥尔加。"

"我正坐着让人给我画像呢。"她对着灯光举起高脚杯说道。

"送给吉布森?"

"不是,送给一个真的画家。"

"天啊,我要买下它。"

"也许你连机会都没有。"

她朝他点了点头,金黄色的头发梳着蓬巴杜发型。

"奥尔加,你真是个坏蛋。"

她笑起来,嘴唇紧抿着,没露出牙齿。

一个男人靠向"钻石饰物",用粗短的手指敲着桌子。

"不,先生,按照房地产商的建议,二十三大街已经破败了,这是共识。但戈尔德明先生,我想和您私聊的是如何在纽约挣一大笔钱。阿斯特、范德比尔特、费希尔……当然是在房地产业挣。现在轮到我们开始新的大规模圈地,快到时机了,买四十……"

"钻石饰物"扬起一边的眉毛,摇了摇头。"就算在美女大腿上过一夜也得长个心眼,别的事情也一样。服务员,怎么这么长时间没有加香槟?"

他站了起来,用手捂住嘴巴咳嗽,用嘶哑的声音唱起歌:

哦,如果大西洋里的海水都是香槟

明亮的香槟波浪

在场的人纷纷鼓掌。老服务员刚刚切开一份烤阿拉斯加鳕鱼,面带微笑撬开香槟酒瓶的软木塞。当软木塞弹出时,听到戴冕状头饰的女人大叫一声,带着大家向"钻石饰物"敬酒。

因为他是一个快乐的好人……

"你管这叫什么菜?"酒糟鼻男人斜倾着身子,问坐在他身边的女孩。女孩的黑发中分,穿着一件袖子蓬松的淡绿色连衣裙。男人慢慢眨了眨眼,然后死死盯着她的黑眼睛。

"这是我吃过的最美味的食物。你知道吗,女士,我不常来这里,"他大口喝下剩下的酒,"每次来这里后总是厌恶地离开,但是这一次,我有点想……"他的脸因为喝了香槟酒发红发热,目光打量着她的脖子、肩膀,一直游走到她裸露的手臂。

"这一定是伟大的人生探索。"她红着脸打断了他。

"过去的生活很好,虽然艰苦,却是男人的生活……我很高兴我过去赚了一些钱……现在不会有这样的运气了。"

她抬起头看着他:"你用'运气'这个词真是谦虚。"

埃米尔站在包间门外。没有要上的菜了。从衣帽间走出来的红发女孩从他身边经过,手臂上搭着大大的荷叶边披肩。埃米尔微笑着,试图吸引她的目光。她嗤之以鼻,不屑一顾。因为我是个服务员才看不上我。等我赚到钱,要让他们瞧瞧。

"告诉查理再来两瓶酩悦香槟,这帮赶时髦的美国佬。"埃米尔耳边传来老服务员的嘘声。

圆脸男人站了起来。"女士们、先生们……"

"猪圈里得安静……"传出一个声音。

"老母猪有话说。"奥尔加低声说。

"女士们、先生们,很遗憾我们伯利恒的明星此次缺席,鉴于此……"

"吉利,别瞎说话。"戴冕状头饰的女人说。

"女士们、先生们,虽然我对这里不熟……"

"吉利,你喝多了。"

"无论境况如何……我的意思是无论顺境,还是逆境……"

有人猛地拉了下他的衣摆,圆脸男人一下子坐到椅子上。

"太可怕了!""冕状头饰"对坐在桌子尽头长着雪茄色长脸的男人说道,"太可怕了,上校,吉利一喝多就乱讲话。"

上校正一丝不苟地把雪茄上的锡纸剥下来。"天啊,是吗?"他慢吞吞地说,灰白色硬胡须上方的脸上毫无表情。

"关于可怜的老阿特金斯有个最可怕的故事,埃利奥特·阿特金斯曾经和曼斯菲尔德在一起……"

"真的吗?"上校冷冰冰地说,他用一把珍珠柄小刀划开雪茄的末端。

"切斯特,你听说玛碧·伊万斯大获成功了吗?"

"老实说,奥尔加,我不明白她是怎么做到的。她相貌一般……"

"那晚他们在堪萨斯巡回演出,他喝得烂醉,发表了演讲。"

"她不会唱歌。"

"真让她在那儿正儿八经唱歌她就不行了。"

"她的外貌不值一提。"

"演讲的时候,就跟鲍勃·英格索尔似的。"

"亲爱的老家伙……以前我在芝加哥的时候就很了解他。"

"是吗?"上校小心翼翼地举着一根点燃的火柴靠近雪茄末端。

"天空中出现一道可怕的闪电,接着一团火球从一扇窗户里闪进来,又从另一扇窗户里钻出去。"

"他……呃,死了吗?"上校朝天花板喷出一股蓝色烟雾。

"什么,你说鲍勃·英格索尔被闪电劈了?"奥尔加尖声叫道,"可怕的无神论者罪有应得。"

"不完全是这样,不过那道闪电让他意识到生命中重要的事情,他现在加入了卫理公会。"

"可笑啊,有多少演员都成了牧师。"

"用别的方式都吸引不了观众。""钻石饰物"沙哑地插了句嘴。

两名服务员在门外徘徊,听着屋里的吵闹声。"这群可恶的猪,王八蛋!"老服务员嘘声说。埃米尔耸了耸肩。"那个棕发女郎整晚都在盯着你看……"他把脸靠近埃米尔，眨了眨眼，"也许你要碰到什么好事了。"

"我才不想碰她们，也不想被她们传染什么肮脏的疾病。"

老服务员拍了拍大腿。"现在的年轻人不行了。我年轻的时候，碰到机会就不放过。"

"他们甚至瞅都不瞅你一眼，"埃米尔咬着牙说，"穿一套像样的西服就可以了。"

"等一下，你学到的越来越多了。"

这时门开了。他们恭敬地向"钻石饰物"鞠躬。有人在他的衬衫前襟上画了一双女人的腿。他两边的脸颊上泛着红晕。一只眼睛的下眼皮松弛，使得他饱经沧桑的脸上多了一些戏谑的感觉。

"怎么了，马可，怎么了？"他咕哝着，"我们没喝着什么，再来大西洋那么多，来两夸脱吧。"

"马上，先生……"老服务员鞠躬说道，"埃米尔和奥古斯特随时恭候吩咐。"

当埃米尔沿着走廊往下走时，他听到歌声：

哦，如果大西洋的水都是香槟
清澈的酒——酒——酒……

"圆脸"和"酒糟鼻"从洗手间出来，手挽着手站在大厅里。

"这些傻瓜真是让我恶心。"

"是的，先生，那些年我们在旧金山享有的香槟晚宴再也不会有了。"

"美好的旧时光。"

"顺便问下，""圆脸"靠在墙边稳住身子说，"霍利欧克，老伙计，你看到早报上那篇有关橡胶贸易的小文章了吗？我参与其中了，这让投资者很感兴趣，就像个小秘密。"

"你对橡胶了解多少？那东西不怎么样。"

"等着瞧吧，霍利欧克，老伙计，搞不好你就失去人生中的好机会了。无论是醉着还是醒着，我都能闻到空气中钱的味道。"

"那你怎么没挣到钱？""酒糟鼻"面色发紫。然后他俩都放声大笑起来。

"因为我总是告诉我的朋友我的诀窍，"另一个人冷静地说，"嘿，伙计,洗手间在哪里？"

"先生,这边请。"

一个姑娘穿着红色百褶连衣裙,转着圈从他们身边经过。她长着一张椭圆形的小脸,梳着棕色的卷发,张开嘴笑时露出珍珠般的牙齿。

"菲菲·沃特斯,"每个人都喊道,"我亲爱的小菲菲,到我的怀里来。"

她被抱到一张椅子上,双脚晃动着,手里的香槟酒从倾斜的玻璃杯中滴落。

"圣诞节快乐。"

"新年快乐。"

"年年有今日。"

跟着她进来的金发年轻人正绕着桌子,一边跳着复杂的舞步,一边唱着歌:

> 哦,我们去动物展会
>
> 那儿有鸟儿和野兽
>
> 月光下的大狒狒
>
> 正梳着它褐色的毛发

"太好了,"菲菲·沃特斯喊了一声,拨乱了"钻石饰物"灰白的头发,"太好了。"她踢了一脚,从椅子上跳了下来,踢着腿绕着房间蹦跶,裙子飘扬,露出了膝盖。

"噢啦啦,法国式的高踢腿。"

"期待着小马芭蕾舞哦。"

男人们看到她修长的双腿,闪亮的黑色丝袜越往下越细,伸进装饰着红玫瑰的拖鞋里。

"她真是疯狂。"戴冕状头饰的女人喊道。

霍利欧克站在门口摇动着身体,头顶的礼帽歪到他高高隆起的红鼻子上。她大叫一声,一脚把帽子给踢飞了。

"正中目标！"大家喊道。

"该死的,你踢到我眼睛了。"

她瞪着圆圆的眼睛看了他一秒,然后趴在"钻石饰物"的胸前大哭起来。"我不是故意的。"她抽泣着说。

"揉另一只眼睛。"

"拿绷带来。"

"该死的,她可能把他的眼珠子踢出来了。"

"服务员,叫出租车。"

"医生在哪儿?"

"这家伙要花不少钱看病了。"

霍利欧克跌跌撞撞走了出来,用一块手帕按压在眼睛上,手帕浸满了泪水和鲜血。男男女女紧随其后围住他。最后出来的是那位金发男子,他边晃边唱:

月光下的大狒狒

正梳着它褐色的毛发

菲菲·沃特斯把额头贴在桌子上,一直在哭。

"别哭了,菲菲,"上校站着对她说,他一晚上都待在那儿,"这里有一些我认为可能对你有好处的东西。"他顺着桌子把一杯香槟推给她。

她抽了抽鼻子,开始小口啜饮。"嗨,罗杰,你的儿子怎么样了?"

"挺好的,谢谢你。太无聊了,你知道吗?一晚上都和这些粗鲁的暴发户在一起。"

"我饿了。"

"好像没剩下什么吃的了。"

"我不知道你来,否则我就早点儿来了,老实说。"

"真的吗?你真好。"

长长的烟灰从上校的雪茄上掉下来,他站了起来。"菲菲,我叫辆车,咱们去公园。"

她喝完香槟,愉快地点点头。"亲爱的,四点钟了。"

"你带了合适的外衣不是吗?"

她又点了点头。

"好样的菲菲,我知道你做好了准备。"上校雪茄色的脸上露出笑容,"好吧,一起来吧。"

她茫然地环顾四周。"我不是和那个谁一起来的吗?"

"完全没必要考虑他。"

在大厅里,他们遇到那个年轻的金发男人,他正对着人造棕榈叶下方的消防水桶呕吐。

"哦,随他去吧。"她说道,皱了皱鼻子。

"完全没必要考虑他。"上校说。

埃米尔把他们的外套拿来。红发女孩已经回家了。

"看这里,孩子。"上校挥舞着手杖,"请叫一辆马车,确保马匹是干净的,司机是清醒的。"

"马上,先生。"

屋顶和烟囱上方的天空跟蓝宝石一般蓝。上校深吸了三四口黎明时的清新空气,然后把烟头扔进了排水沟。"我们在克莱蒙德吃点早餐吧。我整晚都没吃什么东西。那香槟甜得要命,呃!"上校说。

菲菲咯咯笑。上校检查完马蹄,拍了拍它的脑袋后两人才上了马车。上校轻轻地揽着菲菲,他们出发了。埃米尔在餐厅门口站了一会儿,展平一张五美元的钞票。他很累,而且脚背疼。

当埃米尔从餐厅后门出来时,他发现刚果正坐在门口等他。

刚果的脸冻得发紫,翻卷的衣领已经磨损破旧。

"这是我的朋友,"埃米尔对马可说,"曾经在同一条船上干过活。"

"你的外套下面没有藏瓶酒吗?我看到有些鸡肉还没怎么坏就被倒掉了。"

"发生什么事了?"

"丢了工作,就这么个事。我从那个人那儿什么也要不到。到这儿来喝杯咖啡。"

他们在空地上的午餐车里点了咖啡和甜甜圈。

"你喜欢这个破地方吗?"马可问。

"为什么不喜欢?我哪儿都行。哪儿都一样。在法国挣得少,过得舒服;在美国挣得多点儿,但过得不快活。"

"这个国家完全是一团糟。"

"我想回船上了。"

"你们这些家伙为什么不说英语?"一个长着菜花脸的男人说道,把三杯咖啡重重地放到台子上。

"如果我们说英语，"马可厉声说，"也许你不喜欢我们说的内容。"

"他们为什么要解雇你？"

"他妈的。我也搞不清。我和那里管事的人吵了一架，他住在马厩隔壁，我洗马车的时候他让我擦洗他家的地板。他老婆，长这样。"刚果嘟起嘴，扮成对眼的样子。

马可笑了。"圣母玛利亚！"

"你是怎么和他们聊的？"

"他们指出问题，然后我点点头说好的。我每天早上八点钟去那儿，一直干到傍晚六点，他们每天还让我干别的脏活……昨天晚上他们叫我清理浴室的马桶。我才不干……那是女人的事。她生气地尖叫。然后我开始说英语，去你妈的，我跟她说……然后那个老家伙过来了，扬起马车鞭子将我赶到街上，告诉我这周的工钱不会付给我了……我们争吵时他找来一个警察，而当我试图向警察解释说老家伙欠我十美元工钱时，那警察说滚开，讨厌的欧洲佬，还用他的警棍把我的脑袋敲得砰砰响……他妈的……"

马可红着脸。"他叫你讨厌的欧洲佬？"

刚果点了点头，嘴里塞满甜甜圈。

"他自己就是个爱尔兰贫民，"马可用英语嘀咕着，"这个破烂小镇我真是待腻了。"

"全世界都一样，警察打我们，有钱人给我们发着吃不饱饭的工资还欺负我们。这是谁的错？你的错，我的错，埃米尔的错。"

"世界不属于我们，世界属于他们，也或许属于上帝。"

"上帝站在他们一边，跟警察一样。当那一天到来的时候，我们会杀了上帝。我是个无政府主义者。"

刚果哼着"送资产阶级见上帝"。

"你是我们中的一员吗？"

刚果耸了耸肩。"我不是天主教徒，也不是新教徒；我没有钱，也没有工作。看看这个。"刚果用脏兮兮的手指指向他裤子膝盖上的一个长长的裂口，"这就是无政府主义者，见鬼，我要去塞内加尔做个黑鬼。"

"你看起来已经像了。"埃米尔笑起来。

"这就是为什么他们叫我刚果。"

"不过你想得很蠢，"埃米尔接着说，"人都是一样的。只不过有些人成功了，而有些人还没有，这就是我来纽约的原因。"

"二十五年前我也是这么想的……等你到我这么大时就明白了。有时你不觉得羞耻吗？这儿，"他用他的指关节敲敲胸膛，"我觉得这里发热，就像要窒息一样，然后我告诉自己鼓起勇气，我们的时代即将到来，我们的时代。"

"我常对自己说，"埃米尔说，"你也会有发财的那天。"

"听着，在我离开都灵之前我最后一次去看妈妈，还参加了一个聚会……一个来自卡普亚的人站起来说话，一个很帅的男人，高高瘦瘦的。他说革命以后就不会再有特权，不会一群人靠着另一群人活。警察、政府、军队、总统、国王……他们都有特权。特权不是真的，是幻觉。工人们觉得有，是因为他们相信。现在我们不再相信金钱和资产，如梦初醒一般。我们不再需要炸弹和路障。宗教、政治、民主会蒙蔽我们……每个人都应该到处宣传：该醒醒了！"

"一会儿你去街上的时候，我和你一起。"刚果说。

"你知道我说过的那个人吗？那个叫马拉泰斯塔的人，他是意大利继加里波第之后最伟大的人。他在监禁和流亡中度过一生，去过埃及、英国、南美洲等很多地方。如果我能成为那样的人，我就不怕他们做什么了，他们可以把我绑起来，向我开枪，我不害怕，我很高兴。"

"那家伙一定是疯了，"埃米尔慢慢地说，"他肯定是疯了。"

马可将杯中剩下的咖啡一饮而尽。"等一下。你太年轻了。你会明白的，他们会让我们逐渐明白。记住我说的话，也许我太老了，也许我快死了，但是工人阶级从奴役之中觉醒的时刻就要到来了。到那时，上街罢工都不会有警察出来阻拦；银行的地板上都是钱，甚至不用弯腰都能捡到。就是这样。全世界的兄弟姐妹们都在时刻准备着，甚至在中国也有我们的同志。你们法国的公社才刚刚开始，如果社会主义失败了，那么无政府主义者会接着干的。如果我们失败了，还是会有其他人的……"

刚果打了个哈欠："真是困死了。"

透过屋外湿漉漉的微黄晨雾，空荡荡的街道依稀可见，雨滴顺着屋檐、防火梯的横栏和垃圾桶的外圈流下,将建筑物间的阴影分割破碎。路灯已然熄灭。在一处拐角,他们抬头看了看狭窄又败落,好似曾经被火烧过一般的百老汇。

"我从未见过黎明,"马可说,他的声音在喉咙里含糊不清,"也许我未曾告诉自己……也许是今天。"他清了清嗓子,向灯柱底部啐了口痰,然后急促地呼吸着寒冷的空气,晃晃悠悠地走开了。

"刚果,你要回船上?真的吗?"

"这还能有假吗?难得能够周游世界。"

"我会想你的,我得另外找间房子了。"

"你会找到新的舍友的。"

"如果你回到船上,可能一辈子都得当水手了。"

"这又有什么关系呢?当你有钱结婚的那一天,我肯定会来看你的。"

他们沿着第六大道走着。L线地铁在他们头顶上呼啸而过,震得铁轨上方的横梁嘎嘎作响。声响随着地铁的远去渐渐消失。

"你为什么不另找份工作,继续在这儿待一阵子呢?"

刚果从外套胸部的口袋里掏出两支弯曲的香烟,递了一支给埃米尔,又在座位上划着一根火柴,然后缓缓把烟从鼻子里喷出来。"我告诉你,我在这里受够了,"他把扁平的手举过喉结,"实在是受够了……也许我会回家看望看望波尔多的小姑娘们……至少她们不是鲸骨做的。我要当个水兵,帽子上顶着个红绒球。姑娘们喜欢这样的。这才是他妈的生活,发了工资就喝酒闹事,去世界的最东边逛逛。"

"然后三十岁就得了梅毒在医院等死。"

"那又怎样呢?人体每七年就能自己更新一遍。"

租住房子的台阶上弥漫着白菜味和走气啤酒味。他们跟跟跄跄,打着哈欠。

"等待可是个磨人的活儿,让人脚跟都疼。看,今天肯定是个好天气,火红的太阳从水塔的东边冉冉升起。"

刚果拽下自己的鞋袜和裤子,然后像只猫一样蜷缩在床上。

"那些破窗帘让阳光都透进来了。"埃米尔一边嘟囔着一边在床的最外侧伸展四肢,在皱巴巴的床单上辗转反侧,刚果则在他身旁均匀而低沉地呼吸。多希望我像他一样啊,埃米尔想,从来不知道操心……但是这也不是你的处世之道。天啊,太蠢了,马可你这是老糊涂了呀。

他仰面躺着,看着天花板锈迹斑斑,随着地铁的每次经过而发抖。我以上帝的名义起誓,一定要把钱存起来。每当他旋转床头的球形把手时,就想起马可那沙哑的嘶吼:"我从未见过黎明,也许我未曾告诉自己。"

"请允许我回避片刻,奥拉夫森先生,"房屋经纪人说,"在你和夫人商议关于公寓的事情时。"他们并肩站在空荡荡的房间里,注视着窗外灰蓝色的哈德孙河、停泊的战舰以及一艘逆流而上的纵帆船。

突然,她转过脸来,眼神闪亮地说道:"哦,比利,想想吧。"

他抓住她的肩膀,慢慢地把她拉到自己身边。"你都能闻到大海的味道了。"

"想想吧,比利,我们将会住在这里,在河滨路上。我可以在家里好好享受……威廉•C.奥拉夫森夫人,河滨路218号……真是迫不及待想把地址写在我们的名片上。"她拉着他的手,领着他穿过一间间打扫得干干净净的未曾入住的空房间。他是个步履拖沓的大个子,一双淡蓝色眼眸深嵌在白皙的娃娃脸上。

"这是一大笔钱,伯莎。"

"我们现在可以负担得起,当然可以。有多少收入办多大事,这房子和你的身份匹配。想想我们会有多幸福。"

房屋经纪人回到大厅,搓着手说:"嗯,嗯……啊,看来我们已经做出最佳决定,你们也的确非常明智,这里是纽约最佳的区位,而且用不了几个月你们将得到爱戴和财富。"

"是的,我们将从这个月的第一天开始。"

"很好,您不会后悔这个决定的,奥拉夫森先生。"

"明天早上我会把全款用支票寄给你。"

"在您方便的时候就行,请问您现在的住址是哪里?"房屋经纪人拿出一本笔记本,用舌头舔湿铅笔头。

"你就写阿斯特酒店吧。"她走到她丈夫跟前,"我们的东西还在那里存放着。"

奥拉夫森先生脸红了。

"还有,呃,我们需要两位纽约推荐人的名字。"

"我和基廷、布拉德利在一起,卫生工程师,公园大道 43 号。"

"他刚刚被任命为总经理助理。"奥拉夫森夫人补充道。

当他们开着车,顶着大风走到市中心时,她喊道:"亲爱的,我太高兴了,巴不得现在就住进去。"

"但是你为什么告诉他我们住在阿斯特酒店?"

"我不能告诉他我们住在布朗克斯,对吧?他要是以为我们是犹太人,就不会把公寓租给我们了。"

"但你知道我不喜欢这样。"

"好吧,这周接下来我们就搬到阿斯特酒店去,这样你就能感到心安些了。我这辈子还从来没有住过市中心的大酒店呢。"

"哦,伯莎,这是原则问题,我不喜欢你那样。"

她转过身看着他,抽着鼻子:"你真感性,比利,我真希望我嫁给了男子汉。"

他抓住她的胳膊。"我们上去吧。"他别过脸去粗声粗气地说道。

他们走到楼群之间的十字路口。在拐角处,破旧木板搭建的农舍已然坍塌了一半,有半个房间还在。房里墙上的蓝花纸沾满棕色的污渍,壁炉冒着烟,碗橱稀烂,铁制床架已弯曲得不成样。

盘子不停地从巴德油腻的手指间滑过。到处是泔水和热肥皂水的气味。用洗碗刷转两圈,往水里浸一下,再冲洗,然后堆在架子上让长鼻子犹太男孩擦拭。膝盖被溢出的水打湿,胳膊上沾满油脂,都要抽筋了。

"该死的,这不是白人干的活。"

"我不在乎,只要我有吃的。"犹太男孩说。他手里的餐具稀里哗啦地响着,三个满头大汗的厨师在那里做煎鸡蛋、火腿、汉堡牛排、烤土豆和咸牛肉土豆泥。

"我当然也要吃饭。"巴德说,舌头在嘴里打转,把一片咸肉弄出来。他用舌头在上腭上捣了一下已经尝到了味道。用洗碗刷转两圈,往水里浸一下再冲洗,然后堆在架子上让长鼻子犹太男孩擦拭。架子上有一堆碗等着他擦拭。犹太男孩递给巴德一支烟。他们靠着水槽站着。

"洗碗挣不着钱。"犹太男孩说话时,嘴里叼着的香烟晃来晃去。

"现在没什么白人可干的好工作了。"巴德说,"当服务生好些,他们拿得到小费。"

一个戴棕色德比帽的男人穿过旋转门从午餐室走过来。那人长着宽下巴和猪眼一样是小眼睛,口中直直地叼着一根长雪茄。巴德和他目光对视,感到一阵寒气在肚子里打转。

"那是谁?"他低声说。

"不知道,我猜是客人。"

"他看你的眼神怎么像个侦探似的?"

"我怎么知道?我又没蹲过监狱。"犹太男孩红了脸,收紧下巴。

服务员又放下一堆脏碗。用洗碗刷转两圈,浸,冲洗,再堆在架子上。当那个戴棕色德比帽的男人再次来到厨房的时候,巴德盯着自己那双又红又油的手。就算他是个侦探又怎样?巴德洗完一堆碗后,缓步走到门边擦了擦手,取下钩子上的外套和帽子,然后溜出侧门,绕过垃圾桶来到街上。傻瓜,放弃了两个小时的工钱。透过一家眼镜店的橱窗,巴德看到表针指向两点二十五分。他沿着百老汇大街往前,经过林肯广场,穿过哥伦布圆环①,径直朝市中心走去,那里会更拥挤。

她躺在床上,双膝蜷缩顶着下巴,睡衣被紧紧拉到脚趾上。

"现在躺下来睡觉吧,亲爱的,答应妈妈你要睡觉了。"

"爸爸不来亲亲我,和我说晚安吗?"

"他回家后会来看你的。他回办公室去了,妈妈要去斯宾格恩夫人家打牌。"

"爸爸什么时候回来?"

"艾莉,我说该睡觉啦。煤气灯开着。"

"别,妈妈,会有影子。爸爸什么时候回来?"

"他忙完了就会回来的。"她灭掉煤气灯。角落里的影子合上翅膀,一

---

① 译者注:曼哈顿著名交叉路口,中心有哥伦布纪念雕像。

起冲了过来。"晚安,艾伦。"门边的光线在妈妈身后变得越来越窄,窄成了一道线。房门把手喀嚓一声,脚步声不断变远,大厅的前门关上了。寂静的房间里时钟嘀嗒,屋外车轮声、马蹄声、奔跑的声音掺杂在一起,吼叫声越来越大。四周漆黑一片,门边渗进两道光,形成一个倒立的 L 形。

艾莉想伸伸脚,但她不敢。她的眼睛不敢从门边移开。如果她闭上眼睛,光亮就会消失。床后、窗帘后、壁橱外、桌子下的阴影悄悄向她袭来。她紧紧抓住自己的脚踝,下巴紧紧地夹在膝盖之间。枕头上布满了阴影,四处翻动的影子滑向床边。只要她一闭眼,光亮就会熄灭。

黑夜中的风咆哮着,试图从墙壁钻进来,让一团团影子随之舞动跳跃。她上下牙直打架,咔咔的声音就像时钟嘀嗒的秒针。她四肢都很僵硬,脖子也很僵硬,几乎想要大叫出来,用叫声盖过屋外的喧闹声。让爸爸听到,让爸爸回家。她吸了口气,尖叫了一声。叫声能让爸爸回家。黑影摇晃跳跃,一层叠一层地将她围起来。然后她大哭起来,苦涩的泪水流过脸颊,流进耳朵里。她翻过身,把脸埋在枕头里哭泣。

格斯·麦克尼尔睡眼惺忪地走在他的送奶车旁边,手里晃悠着装满牛奶瓶的铁篮子。他在门口停下,一家一家地收着空牛奶瓶,一边爬上阴冷的台阶,一边想着是 A 级奶还是 B 级奶,或是几品脱奶油和酪乳。屋檐、水塔、屋顶、烟囱后的天空变成玫瑰色和黄色。马儿晃着头颠簸前行。霜冻的人行道上留下黑色的脚印。一辆装满啤酒的笨重大车在街上驶过,发出隆隆响声。

"你好,莫伊克,今天有点冷啊!"格斯·麦克尼尔在第八大道拐角处朝一个挥着手臂的警察喊去。

"你好,格斯。奶牛还能挤出奶吗?"

天色大亮,他终于可以在马屁股后面勒住缰绳,返回乳品店。身后拖车里的空瓶子在颠簸中哐当作响。在第九大道,一列地铁从上方飞驰而过,在一个绿色的小机头的牵引下辚辚作响,散发出股股浓烟,像一团团浓密的白色羊毛,飘荡在黑窗房屋之间,消散于空气当中。清晨的第一缕阳光照亮了第十大道拐角处的几个镀金大字"丹尼尔·麦克吉利库迪酒品店"。格斯·麦克尼尔口干舌燥,黎明时分他的嘴里有一股咸味。这样寒冷的早晨来一罐啤酒才好。他将缰绳绕在马鞭上,然后跳下马车。跳到人行道时他麻木的双脚感到一阵刺痛。他一边跺着脚好让血流通畅起来,一边推门而入。

"如果不是送奶工拿来的这一品脱奶油放在咖啡里,我可就要倒霉了。"格斯朝柜台边旁边刚刷干净的痰盂里吐了一口唾沫。

"伙计,我觉得胃不舒服……"

"又喝了太多的牛奶,格斯,我肯定。"长着四方形脸的酒吧老板吼道。

酒吧里闻起来有一股黄铜器皿和新鲜锯末的味道。红色的阳光透过打开的窗户照射进来。柜台后面有幅镀金画像,画里的裸体少女静静侧躺着,就像搁在菠菜上煮老的鸡蛋。阳光恰好照到少女的臀部。

"好吧,格斯,这么冷的早上,有什么能让你快活快活?"

"我想啤酒不错,麦克。"

泡沫在杯子里升起,向上翻涌,溢了出来。酒吧老板用木勺抚平上方的泡沫,让泡沫消停片刻,然后再次把杯子放到酒桶龙头下方。格斯舒服地用脚跟抵着铜制的栏杆。

"忙吗?"

格斯大口喝下杯中的啤酒,伸手在脖子上比划了一下,然后用那只手擦了擦嘴。"忙得要命,我告诉你我都要干什么:我要去西部,在北达科他州或什么地方占块没有人要的空地,种种小麦。农场里的那些活我都很擅长。住在这城市里没啥好的。"

"奈莉同意吗?"

"她才不在乎呢,她喜欢舒舒服服在家待着,她喜欢这样子。我想她也会喜欢那里的。我和她都这么认为。"

"你说得对。这个镇子越来越糟糕。我和老婆、孩子也很快要转让这里的生意。如果我们能在市中心买一家不错的餐馆或公路旅馆,那就再好不过了。帮我留意布朗克斯维尔的房产,开车就能到的。"他若有所思,棒槌大的拳头托着下巴,"天天晚上和那些醉汉打交道,真是烦死了。我干吗跑去拉架?就在昨晚,两个人打架,我不得不把两个人拉开,腾出地方来。我已经厌倦了和第十大道上那些醉鬼打架。请你免费喝点酒?"

"不喝,我担心奈莉会在我身上闻出来。"

"哦，别在意。奈莉应该习惯闻到酒味。他老爹就很喜欢喝酒。"

"但说实话，麦克，我自打结婚以来，就没有干过出格的事情。"

"我没说你不好。奈莉确实是个迷人的好姑娘。她的那些小发卷会让人痴迷。"

第二瓶啤酒让格斯的指尖都洋溢着酒意，他拍着大腿大笑着。

"她是个讨人喜爱的姑娘，她就是那样，格斯，特别文静。"

"好吧，我估计我该回去陪她了。"

"你这个幸运的年轻人，在我们都开始去工作的时候，你还能回家和妻子一起睡觉。"

格斯的脸颊变得更红了，耳根发热。"她有时还得多睡会儿……再见，麦克。"他跺着脚走到了街上。

清晨的天色黯淡无光。沉重的乌云积压在城市的上空。"起床了，老家伙。"格斯喊道，用缰绳抽打着马头。第十一大道积满了冰冷的灰尘，车轮摩擦咯吱作响，马蹄踏在鹅卵石上，发出哒哒哒的声响。铁轨上传来了火车头上铃铛的响声和货厢换轨的咔嗒声。格斯想象在床上和他的妻子温柔地交谈："听着，奈莉，你不会想去西部吧？我已经申请了北达科他州的免费农田，在那里我们可以靠黑土地上种小麦赚一大笔钱，有些人靠着五次丰收就发家致富，反正能为孩子们赚更多的钱……""你好，莫伊克！"可怜的老莫伊克还在岗位上工作。警察不是一个好工作，最好还是当个麦农，有一个大农舍，有谷仓，有猪，有马，有牛，有鸡。卷发美女奈莉在厨房门口喂着鸡。

"看在上帝的分儿上……"一个男人在路边对格斯大喊，"小心看车！"

戴着鸭舌帽的人张大嘴巴大声喊叫，一边挥舞着一面绿旗。"上帝啊，我跑到铁轨上了。"他拽着缰绳调转马头的方向。伴随一声巨响，身后的马车被撞碎了，汽车、骏马、绿旗、红色的房子旋转着，消失在黑暗中。

3. 美 元

沿着栏杆，到处都是人；在舷窗里，也都是人。背风处停泊的小蒸汽船上传来一股馊臭味，船前的桅杆上垂挂着黄色的检疫旗。

"我愿意出一百万美元，"老人靠在船桨上说，"来搞清楚他们来干什么。"

"就是众所周知的缘故。"坐在船尾的年轻人说，"这不是一个充满机会的地方吗？"

"我只知道一件事，"老人说。"当我还是个孩子的时候，野蛮的爱尔兰人在春天追随着第一批鲱鱼鱼汛来到这里，而现在这儿已经没有鲱鱼了。那些家伙，老天知道他们从哪里来的。"

"这是一个充满机会的国度。"

一个鼻梁瘦挺、脸型瘦削的年轻人，目光炯炯，靠坐在转椅上，双脚搭在新买的红木办公桌上。他皮肤蜡黄，嘴唇轻轻地噘着，在转椅上扭动着身子，看着鞋子在桌面上留下的小划痕。该死的，我不在乎。然后他突然坐起身来，紧握拳头敲打膝盖，转椅尖锐地嘎吱响了一声。"结果，"他喊道，"三个月来，我一直坐在这把转椅上摩擦着屁股。如果没有机会让你付诸实践，那么读完法律学校并被录用为律师有什么用？"他皱着眉头看着玻璃门上的金字。

温德鲍·治乔

理代务事师律

鲍德温，威尔士人。他跳了起来。三个月来，我每天都在看那个该死的标志，我都快疯了。我得出去吃午饭。

他整理了一下自己的背心，用手帕擦掉了鞋子上的灰尘，然后绷起脸来摆出紧张专注的表情，匆匆走出办公室，小跑着下楼，来到了少女巷。在餐厅门口，他看到了粉红特刊的头版新闻：日军从奉天撤军。他买下了报纸，夹在胳膊下，走进旋转门，来到桌旁坐下，仔细看了看菜单。现在一定不能太奢侈了。"服务员，给我来一份新英格兰水煮晚餐、一份苹果派和一杯咖啡。"长鼻子的服务员皱着眉头、侧着脑袋看着手中的便条，仔细记下客人点的菜。这就是一个无所事事的律师的午餐。鲍德温清了清嗓子，展开了报纸……俄国债券流动性亟须提升。退伍军人拜访总统。第十一大道铁轨上再次发生事故，送奶工严重受伤。好的，这可以办成一个漂亮的小额损害赔偿诉讼案。

家住西四街253号的格斯·麦克尼尔是精益求精乳品公司送奶车的驾驶员。今天清晨，一列货运列车在纽约中央铁路上倒车，导致他严重受伤。

他应该起诉铁路公司。我应该盯住这个人，让他起诉铁路公司。他还没有恢复意识，也许他已经死了。那么他的妻子更应该起诉他们了。今天下午我就去医院，抢在其他不择手段的律师之前。他干净利落地咬了一口面包，使劲地嚼着。当然不能让他们抢在前面，我要去他家里看看是否有妻子、母亲或其他亲属。麦克尼尔夫人，请原谅我勾起你内心深处的痛苦，但我得了解一些情况。是的，利大于弊。他喝完最后一点咖啡，便付了账单。

他一遍又一遍地重复默念着"西四街253号"，在百老汇登上了一辆去城郊的车。在去往西四街的路上，经过了华盛顿广场。树木将脆弱的紫色枝条伸向灰白的天空，对面房子的大窗户里透出粉色光，显得冷冰冰的又很富足。这边正是手握大批固定客户的律师们的居住地。走着瞧吧。他穿过第六大道，沿着街道进入喧闹的西区，那里有一股马厩的味道，人行道上到处散落着垃圾，还有爬行的孩子。想象一下，与低等爱尔兰人和外国人共同生活在这里，一群宇宙的败类。在 253 号门口有几个没有标记的门铃。一个头发乱糟糟的女人将袖子卷到腊肠似的手臂上，把脑袋探出窗外。

“请问格斯•麦克尼尔住在这里吗？”

“他在医院里躺着呢。他当然是住这儿。”

“那就是了。他有什么亲戚住在这里吗？”

“那你找他们有何贵干？”

“工作上的一些小事。”

“上到顶楼，你就能看到他的妻子在那里，但她很可能不愿意见你。可怜的人在为她的丈夫忧心忡忡，他们俩结婚才一年半。”

楼梯上布满了泥泞的脚印，垃圾箱的垃圾洒得到处都是。他在楼顶看到了一扇新漆的深绿色大门，便敲了敲。

“谁？”女孩的声音传来，让他不由得颤抖一下。肯定是年轻女性。

“麦克尼尔夫人在吗？”

“在。”那个女孩悦耳的声音再次传来，“有什么事吗？”

“是关于麦克尼尔先生的事故的事情。”

“是关于那场事故吗？”门被小心翼翼地打开了。她长着好看的珍珠白鼻子和下巴，红棕色的波浪发，几簇卷发搭在又高又窄的前额上，灰色的眼睛目光犀利，狐疑地打量着来客的脸。

“我可以就麦克尼尔先生的事故和您谈一下吗？其中涉及一些法律问题，我觉得有必要让您知晓……顺便说一下，我希望他能早日康复。”

“哦，是的，他会好起来。”

“我可以进来吗？得细细说一下。”

“我想可以。”她噘起的嘴唇咧开，展现出一个狡黠的微笑，“我猜你不会吃了我。”

“我当然不会。”他的喉咙里发出紧张的笑声。

她引着他进入黑暗的起居室说：“窗帘就不打开了，这样你就不会看到屋子里的窘状了。”

“请允许我介绍一下自己，麦克尼尔夫人。我是乔治•鲍德温，住在少女巷 88 号。您要知道，我对这样的案子很在行。简单概括一下，就是由于纽约中央铁路公司员工的失误或者渎职，您的丈夫几乎在车祸中殒命。完全有充分的理由对铁路公司提起诉讼。现在我有理由相信,精益求精乳品公司应为格斯先生所遭受的损失、马匹和马车等提起诉讼……"

"你的意思是,你认为格斯很可能得到损害赔偿金?"

"正是如此。"

"你认为他能得到多少赔偿金?"

"这取决于他的伤势有多严重,取决于法庭的态度,取决于律师的水平。我保守估计能拿到一万美元。"

"你不收钱?"

"在案件成功结束之前,几乎不用支付律师费。"

"你真的是个律师吗?你看起来比较年轻,不像个律师。"

他那灰色的瞳孔在眼睛里一亮。两人不约而同地笑了起来。他感觉到一股暖流经过身体,说不清道不明的感觉。

"我是一名律师。我擅长处理这样的案件。就在上周二,我为一个被跑道上的赛马踢伤的客户争取到了六千美元的赔偿金。你可能知道,有相当多的人正在呼吁取消第十一大道轨道的特许经营权……我认为这是好机会。"

"你总是这样说话吗,还是只是办公事的时候?"

他仰起头笑了起来。

"可怜的格斯,我总是说他运气不错。"

孩子号啕大哭的声音透过隔板传入房间。

"那是谁?"

"是宝宝,那小家伙除了叫唤什么都做不了。"

"你们有孩子了,麦克尼尔夫人?"这个想法让他感到心寒。

"就这一个……你以为呢?"

"格斯是在急诊医院吗?"

"是的,我觉得你只要说是公事,他们会让你探视的。他的呻吟声很吓人。"

"你知道目击者都有谁吗?"

"莫伊克·多尼看到了这一切……他是名警察。他是格斯的好朋友。"

"我们已经获得案子的主动权了……他们会庭外和解的……我会直接

去医院的。"

隔壁的房间又传来阵阵号哭声。

"哦,这个小家伙,"她低声说,表情认真起来,"我们需要这些赔偿金,鲍德温先生。"

"好吧,我得走了。"他戴上帽子,"这种情况,我当然会尽我所能。我可以不时地来沟通进展吗?"

"欢迎你过来。"

当他们在门口握手时,他似乎舍不得放开她的手。她脸红了。

"再见,非常感谢你的到访。"她机械地说道。

鲍德温晕晕乎乎地走下楼梯,头顶血脉偾张。我一生中见过的最美丽的女孩。外面已经开始下雪了,雪花冰冷地抚摸着他滚烫的脸颊。

公园上方的天空斑驳散落着一片片云朵,像田野里散养的白色小鸡。

"爱丽丝,我们走这条小路。"

"但是,艾伦,爸爸让我从学校直接回家。"

"胆小鬼!"

"但是艾伦,那些可怕的绑架者……"

"我告诉过你不要再叫我艾伦了。"

"那好吧,伊莱恩,阿斯特拉托的百合花少女伊莱恩。"

艾伦穿上了她崭新的黑卫士格纹裙。爱丽丝戴着眼镜,腿细白如嫩藕。

"胆小鬼!"

"坐在那张长椅上的那些人很可怕。走吧,伊莱恩,我们回家吧。"

"我不害怕他们。只要我愿意,我可以像彼得·潘那样飞。"

"那你为什么不飞呢?"

"我现在不想。"

爱丽丝开始呜咽起来:"哦,艾伦,我觉得你很刻薄……走吧,回家吧,伊莱恩。"

"不,我要去公园里散步。"

艾伦走下台阶。爱丽丝在最上面的台阶上站了一会儿,先用一只脚保持平衡,然后换了另一只脚。

"胆小鬼！胆小鬼！"艾伦喊道。

爱丽丝哭着跑开了。"我要去告诉你妈妈。"

艾伦踢着脚尖走在灌木丛中的柏油路上。

艾伦穿着妈妈在赫恩百货买的崭新的黑卫士格纹裙走在柏油路上，踢着脚尖。妈妈在赫恩百货买的那件崭新的黑卫士格纹裙的肩部别着一枚银色蓟花胸针。拉美莫尔的伊莱恩要结婚了，是个已经订了婚的人。"呜啦啦——"的风笛声在麦田上方响起。坐在长椅上的男人戴着一只眼罩。监视用的黑色眼罩。黑色的监视眼罩。黑卫士格纹裙的绑架者潜伏在沙沙作响的灌木丛中，隐匿了踪迹。艾伦不踢脚尖了，她非常害怕黑卫士格纹裙的绑架者，一只眼睛戴着黑色眼罩的臭男人。她吓得跑了起来。当她试图在小路上快速奔跑时，沉重的双脚在柏油路上刮擦着。她吓得不敢回头。绑架者就在后面。当我到了灯柱前，就跑到保姆和婴儿那里；当我到了保姆和婴儿那里，就跑到大树那里；当我到了大树那里……哦，我好累。我要跑到中央公园西区，沿着街道回家。她不敢转身。她像是被针扎了似的奔跑，跑得满嘴铁锈味。

"你干吗跑，艾伦？"格洛丽亚·德雷顿问，她在诺雷兰德街道外面跳绳。

"因为我想跑。"艾伦喘着气说。

暖洋洋的余晖染红了薄纱窗帘，映入了阴暗沉郁的房间。他们站在桌子的两侧。一盆水仙花被装饰着星形花朵图案的包装纸包裹着，散发出潮湿泥土的气息，夹杂着刺鼻的香水味。

"你能给我带来这些东西真是太好了，鲍德温先生。我明天会把它们送给医院里的格斯。"

"看在上帝的分儿上，不要这样称呼我。"

"但我不喜欢乔治这个称呼。"

"我不在乎。我喜欢你的名字，奈莉。"

他站在那里看着她。香水味萦绕在他的手臂上，他的手像空手套一样垂着。她的眼睛是黑色的，慢慢睁大。她的嘴唇隔着花朝他噘着。她猛地用双手捂住脸。他用手臂搂住她纤细的肩膀。

"说真的,乔治,我们必须得小心。你不能经常来这里。我不想让这栋房子的老女人们都说闲话。"

"别担心。我们不用担心任何事。"

"上周以来我一直表现得像个疯子……我不能这样了。"

"你不觉得我一直表现得很自然吗?我向上帝发誓,奈莉,我以前从未做过这样的事情。我不是那种人。"

她笑得咧开嘴,露出整齐的牙齿。"噢,男人都不靠谱。"

"但是如果不发生什么非同寻常或特别的事情,你不觉得我会这样和你形影不离,难道不是吗?我从来没有爱过任何人,除了你,奈莉。"

"这个说法挺好。"

"是真的,我从来没有做过那种事。我之前在法律学校太忙了,没有时间去追求女孩。"

"那么说,现在是在弥补逝去的光阴。"

"哦,奈莉,不是这样的。"

"但说实话,乔治,我得结束这段关系。格斯出院后我们该怎么办?我连孩子都顾不上了。"

"天啊,我不在乎发生什么……哦,奈莉。"他把住女孩的脸转过来。两人紧紧地抱在一起,嘴唇热烈地纠缠着。

"小心,我们差点把灯弄坏了。"

"你真好,奈莉。"她的脑袋低垂在他的胸前,卷发的气息侵袭着他的周身。天很黑。路灯的绿色光晕像蛇一般缠绕在他们身上。她抬起头,眼睛直视着他那严肃得吓人的目光。

"听着,奈莉,我们到另一个房间去。"他用颤抖的声音轻轻说。

"宝宝在那房间里面呢!"

他们手脚冰冷,分开站着对视着。"过来帮忙。把摇篮移到这里,小心别吵醒她,否则她会大哭大闹。"她声音沙哑地说。

孩子睡着了,她那张富有弹性的小脸紧绷着,粉红色的小拳头紧紧拽着被子。

"她看起来很高兴。"他强忍着笑意说。

"保持安静,好吗?把你的鞋子脱掉,这里有太多的男人鞋子了。乔治,我不愿意这样做,但我就是情不自禁……"

他在黑暗中抚摸着她。"亲爱的……"他笨拙地伏在她身上,呼吸急促起来。

"你这个平脚汉子,你在欺骗我们。"

"我没有,真心没有,我以母亲的坟墓发誓,这是真的……南纬27度、西经12度,你去那里看看……当我们在二副的船上发现埃利奥特·P.西姆金斯号沉没时,那座岛上有四名男性和四十七名女性,包括儿童。我不是已经告诉那个记者所有的事情,而且相关情况已经在周日报纸上刊登了吗?"

"但是他们到底是怎么把你从那里弄走的?"

"他们用担架把我抬走了,否则我就傻眼了。我要是被发现就完蛋了,会像埃利奥特·P号那样沉没。"

他们仰头哈哈大笑,手中的杯子敲打着圆桌,手掌拍打着大腿,胳膊肘戳着肋骨。

"船上有多少人?"

"六人,加上二副多金斯先生。"

"七加四等于十一,天啊……人均四又十一分之三个婆娘,在那个小岛上。"

"下一班渡轮什么时候出发?"

"最好再喝上一杯……嗨,查理,给酒杯加满。"

埃米尔拉着刚果的胳膊。"到外面来一下,有事跟你说。"刚果的眼睛湿着,跟跟跄跄跟着埃米尔走到酒吧外面。"哦,是个小秘密。"

"听着,我要去拜访一位女性朋友。"

"哦,你就是在惦记着这事情吗?我一直说你是个聪明的家伙,埃米尔。"

"听着,我把我的地址写在纸上了,以免你忘记:西二十二街945号。如果你没喝醉,可以去那里睡觉,不要带任何朋友或女人或其他人来。我和房东太太关系很好,我不想搞砸了,你明白的。"

"但我本想让你来参加一个盛大的聚会的……看在上帝的分儿上,像是婚礼似的聚会。"

"我早上要去工作。"

"我还有八个月工资的存款呢。"

"总之明天六点左右来吧。我会等你的。"

"你这副样子真不讨人喜欢。"刚果对着酒吧角落里的痰盂吐了口唾沫，然后皱着眉头回头看了看里面的房间。

"嘿，刚果，坐下来。巴尼要演唱一首《英格兰的杂种国王》。"

埃米尔跳上一辆开往住宅区的有轨电车，在十八大街下车，向西走到第八大道。街角处有两扇门，那是一家小店。一扇门的窗户上写着"糖果店"，另一扇上写着"熟食店"。在玻璃门的中部白色的油彩字写着"埃米尔·里戈：高级餐桌美食"。埃米尔走了进去。门上的铃铛随之发出丁零零的响声。一个皮肤黝黑的胖女人在柜台后面打瞌睡，头发贴在嘴角上。埃米尔摘下了帽子点头微笑说："晚上好，里戈夫人。"她猛地抬起头来，然后意味深长地笑了，露出两个酒窝。

"我们就是这样和朋友淡漠的，"她用洪亮的波尔多语说道，"整个星期我都对自己说，卢斯泰克先生快忘记他的朋友了。"

"我一点时间都抽不出来。"

"忙得多，赚得多，是吧？"她笑着说，肩膀抖动着，蓝色紧身胸衣下硕大的乳房也随之抖动着。

埃米尔揉着一只眼睛。"可能更糟，但我厌倦了等待。这太累了，没有人看得起服务员。"

"你是一个有野心的人，卢斯泰克先生。"

"这是什么意思？"他脸红了，怯生生地说，"叫我埃米尔。"

里戈夫人翻了个白眼。"那是我死去的丈夫的名字。我已经习惯叫那个名字。"她重重地叹了口气。

"生意怎么样？"

"一般般，火腿又涨价了。"

"这是芝加哥人的套路，垄断猪肉，这就是他们的生财之道。"

埃米尔发现里戈夫人那双鼓鼓的黑眼睛在打量着自己。"我很喜欢你上次演唱的歌，我经常想起它。音乐对人有好处，不是吗？"里戈夫人微笑着，酒窝在脸上绽放，"我那可怜的丈夫不懂得欣赏，让我的生活痛苦不堪。"

"今晚你就不能给我唱个歌吗？"

"你是想让我唱歌吗，埃米尔？但那就没有人招待顾客了。"

"如果你允许的话，听到铃铛响，我就上前迎接。"

"好吧，我学会了一首新的美国歌曲，你要知道这首歌无比别致。"里戈夫人用挂在墙上的一把钥匙锁住了收款机，然后把钥匙串系在腰带上，穿过玻璃门走到商店后面。埃米尔手里拿着帽子跟在她身后。

"把你的帽子给我，埃米尔。"

"哦，不用麻烦。"

外面的房间是一个小客厅，贴着黄色小花的墙纸，装饰着肉红色的门帘，煤气灯座上挂着一串水晶，灯下面摆放着钢琴，琴上面摆放着一张照片。里戈夫人坐了下来，钢琴凳吱吱作响。她的手指在琴键上划动。埃米尔小心翼翼地坐在钢琴旁边的椅子边上，帽子放在膝盖上，脑袋朝着她凑过来，以便自己在里戈夫人弹奏时能够出现在她的余光里。里戈夫人开始唱歌了：

> 她是镀金笼中的一只鸟儿，
> 美丽的景象令人赏心悦目。
> 看似她无忧无虑、快乐无比，
> 看似如此，其实不是。

商店门上的铃铛响了起来。

"欢迎光临。"埃米尔跑出来喊道。

一个扎着小辫子的小女孩说："半磅波隆尼香肠，切片。"埃米尔握住刀小心翼翼地切着香肠。他蹑手蹑脚地回到客厅，把钱放在钢琴上。里戈夫人还在唱歌：

> 虚度的年华，让人感到悲伤，
> 活力青春与垂暮之年怎能相配
> 为了老人的金钱，出卖了美貌，
> 她只是镀金笼中的一只鸟儿

巴德站在西百老汇和富兰克林街的拐角处，吃着袋子里装的花生米。

正值中午,他的钱都已经花光了。升降机在头上方轰鸣运行。尘埃在阳光投射的光柱中飞舞。他拼了三次街道的名字,拿不定主意往哪走。两匹黑马拉着一辆光亮的黑车在他面前急转弯,猛然刹车,红色闪亮的车轮在鹅卵石上摩擦发出嘎吱嘎吱的声音。司机旁边的座位上有一个黄色的皮箱。一个戴着黑色礼帽的男人和一个围着灰色毛皮围巾、帽子上装饰着灰色鸵鸟羽毛的女人在车厢里大声交谈。男人猛然将左轮手枪怼进嘴里,马儿惊跳起来,冲进拥挤的人群。警察们挤进来,把那个男人拖到路边的石阶上。他嘴里吐着血,脑袋耷拉在格子花纹背心上。那个女人站在他身边,个子高挑,皮肤白皙,手里绞着毛皮围巾,帽子上的灰色羽毛在阳光里不时地晃动着。

"他的妻子准备带他去欧洲,德国号轮船十二点启航。我已经和他说永别了。他在十二点就要坐上德国号远航了。他已经和我道永别了。"

"让开。"一个警察用胳膊顶到了巴德的肚子。他膝盖发抖,走到人群的边缘,颤抖着走开。他机械地剥开一个花生,放进嘴里。最好把剩下的东西留到晚上。他系上装花生的袋口,放进衣服的兜子里。

霓虹灯闪烁着粉色和镶着绿边的紫光,穿着方格西装的男子与两个女孩擦身而过。靠近他的女孩长着圆滚滚的鸭蛋脸,眼神锋利如刀。他走了几步,然后转过身来,一边摆弄着他的新缎子领带,一边跟上她们。他确定马蹄形的钻石别针牢牢地别在原处。他再次与她们擦身而过。她的脸扭向另一边。也许她在……不行,他看不出来。他可真走运,身上带着五十美元。他坐在长椅上,任由她们在他面前走过。犯错误被逮捕可不好。她们没有注意到他,他跟着她们走在小路上,离开了公园。他的心跳加速。要是能……我愿意付一百万美元……对不起,请问这位是安德森小姐吗?女孩们走得很快,踪影消失在穿越哥伦布圆环的人群中。他匆忙地沿着百老汇一路奔跑。那张饱满的嘴唇,那双锋利如刀的眼睛。他左顾右盼地扫视着女孩们的脸蛋。她到底去哪了?他在百老汇上匆忙前行,寻找着。

一对父女坐在炮台公园的长椅上。艾伦看着自己的棕色纽扣鞋,她把脚从裙子的阴影下伸了出来,鞋头和每个小圆扣上都反射着阳光。

"想想看,"埃德·撒切尔说,"坐上那些轮船去国外会是什么感觉。想象一下,用七天的时间横跨大西洋。"

"但是爸爸,在船上人们能做什么呢?"

"我不知道……我想他们会在甲板上做些散步、打牌、阅读之类的事情。他们还会跳舞。"

"在船上跳舞!我觉得那会很糟糕。"艾伦咯咯笑道。

"在大型现代客轮上可以跳舞的。"

"爸爸,为什么我们不去呢?"

"也许有一天我们会去的,如果我能存下足够的钱的话。"

"哦,爸爸,快点多存些钱吧。爱丽丝·沃恩的父母每个夏天都去白山度假,但是明年夏天他们要去国外。"

埃德·撒切尔望着海湾对面,在棕褐色的雾气中,波光粼粼的蓝色海水延伸至纽约湾海峡。自由女神像隐约如梦游者般矗立,周围是拖船的烟雾、帆船的桅杆和庞大的砖石运输船、砂石船。耀眼的阳光不时照射在某艘帆船或轮船上,白得晃眼。红色的渡轮来回穿梭。

"爸爸,为什么我们不富有呢?"

"有很多人比我们更穷,艾伦。如果你的爸爸没钱,你也不会不喜欢他,是吗?"

"哦,的确这样,爸爸。"

撒切尔笑了。"好吧,也许有一天我会变得富有……你会喜欢'爱德华·C. 撒切尔注册会计公司'这个名字吗?"

艾伦跳起来。"哦,看那艘大船,那就是我想坐的船。"

"那是哈拉比克号。"他们旁边传来了粗粗的伦敦腔。

"哦,真的吗?"撒切尔问道。

"当然,先生。它是一艘非常棒的船。"旁边满脸皱纹、声音嘶哑的男人兴奋地解释道。他戴着一顶帽舌磨损的帽子,帽子下的略微尖瘦的脸散发着淡淡的威士忌味。"是的,先生,哈拉比克号。"

"看起来是一艘不错的大船。"

"是最大的船之一,先生。我曾在船上航行很久。雄伟号和日耳曼号,两艘都是好船,尽管你会说它们在大海里看起来轻飘飘的。这三十年来,我一直在欣曼和白星航线上担任乘务员。现在我老了,他们把我解雇了。"

“哦,好吧,我们都难免走背运。”

“有些时候,我觉得在这里待着就是在浪费时间,如果我能回到故乡,我会感到非常幸福。这里并不适合老人家,只适合年轻有力的人。”他用因痛风而变形的手指指向海湾另一边的雕像,“看看它,它正在望着英格兰。”

“爸爸,我们走吧。我不喜欢这个人。”艾伦在父亲的耳边小声地颤抖着说。

“好的,我们去看看海狮。再见。”

“先生,你能给一杯咖啡钱吗?我已经身无分文了。”

撒切尔把一枚硬币放进那个骨节突出的脏兮兮的手掌上。

“但是爸爸,妈妈说不要让陌生人和你说话,如果他们这样做就赶快逃并报警,因为可能是可怕的绑匪。”

“艾伦,他们不会绑架我。那只是针对小女孩的。”

“当我长大了,我能像这样和路人说话吗?”

“不,亲爱的,绝对不能的。”

“如果我是个男孩,我能吗?”

“我想可以。”

他们在水族馆前停留了片刻,俯瞰大海。一艘带着拖船的大轮船轻轻驶过,船尾冒着白烟,在渡轮和港口的其他小船中真是“鹤立鸡群”。海鸥盘旋尖叫,暖洋洋的阳光照在上层甲板和装饰有黑色帽状盖子的黄色大烟囱上。前桅杆上挂着的一串小旗帜,在深蓝色天空中欢快舞动。

“那条船上有很多外国人,对吗,爸爸?”

“看,甲板上黑压压的都是人。”

巴德·科尔彭宁从东河穿过五十三大街时,停在了人行道上的一堆煤旁边。在煤堆的另一侧,一个灰色头发的女人身穿花边褶皱衬衫,高高隆起的胸脯上挂着粉色装饰,盯着他布满胡茬的下巴和从破破烂烂的袖子露出来的手腕。然后,他听到自己说道:“夫人,我能帮你把那堆煤搬回去吗?”巴德把重心从一只腿换到了另一只。

“这正是你可以做的。”那女人声音沙哑。“那个可恶的送煤工今早送来煤,答应会回来把它送进屋子里。我猜他也像其他人一样喝醉了。我在想我能不能放心让你到屋子里去。”

“我来自纽约州北部，夫人。”巴德结巴地说。

“来自哪里？”

“库珀斯敦。”

“嗯，我来自水牛城。这城市肯定到处都是来自五湖四海的人。好吧，你可能是一个窃贼的共犯，但我没办法，我必须让那煤进来。进来吧，如果你不在门厅或厨房地板上掉煤的话，我会给你一把铁铲和一个篮子——因为擦地阿姨刚离开——当然，尽管地板刚刚擦干净，但是煤也得送进来……会给你一美元。”

当他搬进第一堆煤时，她在厨房里晃来晃去。饥肠辘辘的感觉使他几乎眩晕了，但他高兴有了这份工作，而不是一直沿着人行道，横穿街道，拖着疲惫的脚步躲避有轨电车和汽车。当他上气不接下气地拿着空篮子回来时，她问他：“你为什么没有一份正式的工作，小伙子？”

“我想可能是因为我还没能适应城市的生活方式。我是在农场出生长大的。”

“你为什么要来这个可怕的城市？”

“我不能再待在农场上了。”

“如果所有优秀强壮的年轻人离开农场来到城市，这个国家将会怎样？太糟糕了。”

“我本以为能找到份码头工人的工作，夫人，但他们正在裁员。也许我可以当水手去航海，但没人要新手。我已经两天没吃东西了。”

“太可怕了，可怜的人，难道你不能去救济所之类的地方吗？”

当巴德把最后一堆煤搬来后，他发现在厨房餐桌的角落里有一盘冷炖肉，半条发霉的面包和一杯有点酸的牛奶。他吃得很快，几乎没怎么嚼，然后把最后一块发霉的面包放进了口袋里。

“午餐吃好了吗？”

“谢谢，夫人。”他点头，嘴里塞满了食物。

“好了，你可以走了，非常感谢你。”她往他手中放了二十五美分。巴德看着手掌中的一枚二十五美分硬币，瞪大了眼睛。

“但夫人，你说你会给我一美元的。”

"我从来没有说过这样的话。如果你不立即离开这里,我会叫我的丈夫来的。事实上,我很想报警……"她的话还未说完,巴德就把那二十五美分硬币收入口袋默默离开了。

"真是个白眼狼。"他听到这个女人在他关门之后嘟囔道。

他的肚子开始一阵阵绞痛。他转身再次向东行走,双手握紧拳头顶在肋骨下方,走过了长长的街区,一步一步走向河边。他随时可能呕吐。如果我把吃的给吐了,那对我没有什么好处。他走到街尾并躺在码头旁垃圾堆成的小坡上,身后机器轰鸣的酿酒厂里飘来了啤酒清新甜美的气息。在落日的余晖中,长岛对岸的工厂窗户玻璃反着光,拖船的舷窗也闪闪发光,湍急的棕色水流呈现出一道道黄橙相间的曲线条纹,帆船缓缓逆着潮流向地狱门大桥进发,船帆也金光闪闪。感到体内已经没有那么痛苦了。有什么东西在燃烧和发光,就像阳光渗入他的身体。他坐了起来。谢天谢地,我没有吐出来。

黎明时的甲板分外潮湿和寒冷。用手触摸船舷肯定是湿漉漉的。港口的海水是棕色的,闻起来像洗脸水,轻轻地拍打着汽船的船舷,沙沙作响。水手们正在打开船舱的门,链条哗啦哗啦作响,发动机重复咔哒咔哒轰鸣。蒸汽团里,一个穿着蓝色工装裤的高个子男子站在控制杆旁,蒸汽就像湿毛巾一样裹在他的脸上。

"妈咪,今天真是的是国庆节吗?"

母亲的手牢牢地拉着他下了楼梯,进入餐厅。服务员们正在楼梯脚下堆放行李。

"妈咪,今天真是的是国庆节吗?"

"是的,亲爱的,恐怕确实是这样的。假期这天到达真是太糟糕了。但我想他们都会来迎接我们的。"

她穿着蓝色细梭纹衣服,缠着一条拖地的棕色长面纱,颈上挂着一只小小的棕色动物形状的装饰,它的眼睛是红色的,牙齿是真的牙,散发着一股樟脑球的味道,一股打开衣箱的味道,一股衣柜里到处是纸巾的味道。餐厅里很热,发动机在舱壁后舒缓地轰鸣着。他喝着加了咖啡的热牛奶,头靠在杯子上打起了瞌睡。三点钟。他的头突然一抬。随着船体的震动,碗碟叮当作响,咖啡溢了出来。然后是沉闷的声音和锚链的嘎吱声。之后船上渐渐安静下来。母亲站起来到圆窗前看了看。

"今天是个好日子,毕竟太阳会穿过薄雾……我们终于回到了你出生的地方,亲爱的。"

"而且今天还是国庆节。"

"真不幸……现在,吉米,你必须答应我,待在栏杆甲板上,小心点儿。妈妈还得收拾行李,答应我你不会惹麻烦。"

"我保证。"

他的脚趾被吸烟室门口的黄铜门槛绊了一下,整个人摔倒在甲板上,然后他站起来擦拭着裸露的膝盖,恰好看到太阳穿过巧克力色的云朵,在泥灰色的海水上笼上一层红色的光辉。比利的耳朵上长着雀斑,他的家人支持罗斯福,而不是像他的母亲那样支持帕克。此时,他正对着黄白相间的拖船,向着上面的工人挥舞着一面手绢大小的丝绸旗帜。

"看见那太阳冉冉升起了吗?"比利问道,仿佛太阳就是属于他的。

"你说得对,我从舷窗里看到了日出。"吉米看了一眼丝绸旗后走开了。对岸是陆地了,最近的地方是一片青绿色的土堤,上面树木繁茂,有着白墙灰顶的宽敞房子。

"怎么样,年轻人,回家的感觉怎么样?"一名穿着花呢衣服,留着长胡须的绅士问道。

"那就是纽约的方向吗?"吉米指着阳光下宽阔平静的海平面问道。

"没错,在那片雾气的那一边就是曼哈顿。"

"先生,请问那里是哪儿?"

"那是纽约,你要知道,纽约坐落在曼哈顿岛上。"

"真是在岛上吗?"

"你这个小子竟然不知道自己家乡坐落在岛上?"

那位身着花呢衣服的绅士哈哈大笑,露出一口闪闪发亮的金牙。吉米开心地迈着小步在甲板上绕圈圈,心潮澎湃:他的家乡纽约竟然在一个岛上。

"小家伙,看起来回家让你非常高兴。"一位来自南方的女士说道。

"是的,我终于可以趴下亲吻我的故土了。"吉米说。

"哦,这是一种很好的爱国情怀……我很高兴听到你这样说。"

吉米变得热血沸腾,脑海里回荡着"亲吻故土大地,亲吻故土"的呼唤,他沿着甲板走了一圈。

"那艘挂着黄旗的是检疫船。"一个戴着戒指的健壮男子——他是犹太人——正在和穿着花呢衣服的绅士交谈,"嘿,又轮到我们被检查了……应该挺快的,对吧?"

"我们即将享用早餐,一顿美式早餐,一顿美味的本土早餐。"

母亲从甲板上走下来,她的棕色头纱飘荡。"这是你的外套,吉米,你必须自己带上。"

"妈咪,我能把那面旗子拿出来吗?"

"什么旗子?"

"那面丝质的美国国旗。"

"不行,亲爱的,它已经被收起来了。"

"我真的需要那面旗帜,因为今天是国庆节。"

"现在不要再叽叽歪歪了,吉米。妈妈说不行,就是不行。"

他的眼睛一阵刺痛,吞了吞口水,然后抬起头看着她的眼睛。

"吉米啊,那面旗子已经收起来了,放在了手提包里。妈妈已经够累了,不想再翻那些讨厌的袋子了。"

"但比利•琼斯有一面旗子。"

"亲爱的,你错过了一些美景……那儿是自由女神像,身着长袍的高大绿色女神举着手站在小岛上。"

"她手里拿着什么?"

"她手中高举着火炬,象征着自由照亮了全世界。另一边是总督岛。那里有参天大树。你看那边的布鲁克林大桥,真是一派壮观的景象!然后,你看那边的码头,那是炮台公园,还有船帆和船只,还有三一教堂和普利策大厦的尖顶。"

轮船汽笛声声,红色的渡轮像鸭子一样翻腾起白色的水花。拖船突突作响,规则地喷着白色蒸汽,牵引着驳船前行。驳船的甲板上满载着一整列火车车厢。吉米的手感到冰凉,引擎的突突声在脑海里回响。

"亲爱的,你不要太激动。下来吧,看看妈妈有没有在船舱里落下什么。"

船和码头之间的水道变得越来越窄,碎木板、杂货箱和橘子皮、卷心菜叶在水道中伴着波浪浮沉。岸上铜管乐队的成员戴着白帽子,晒红了脸蛋,满脸汗水地演奏着《扬基歌》,乐器在阳光下闪闪发光。

"这是为大使准备的,你知道的,那个从不离开船舱的高个子男人。"

沿着倾斜的跳板走下去,小心别被绊倒。"扬基·杜尔德进城去……"黑漆漆的脸蛋、亮晶晶的眼睛、亮晶晶的牙齿。

"是的,夫人,是的,夫人"……"他帽子上插着羽毛,被人叫作时髦公子哥。""我们拥有港口自由出行的权利。"身着蓝色制服的海关人员低头鞠躬,露出了秃头。

鼓声咚咚咚,咚咚咚……糕点和糖果……

"艾米莉姨妈和大家都来了!亲爱的,你们能来真是太好了。"

"亲爱的,我六点钟就到这儿了!"

"他都长这么大了。"

轻盈的礼服,闪亮的胸针,一张张盯着吉米的面庞,玫瑰花和姨父的雪茄的味道。

"哦,他现在已经是一个小伙子了。过来,先生,让我看看你。"

"好的,再见,赫夫夫人。希望你能有机会来我们这里。吉米,我还没有看到你亲吻故土的样子。"

"哦,他可不让人省心,他是这么的古板……这样一个古板的孩子。"

马车散发着霉味,在一条布满尘土的宽阔大道上颠簸着,穿过肮脏嘈杂的砖头街道,行李箱则在车顶上吱吱作响。

"亲爱的妈咪,你是不是觉得车厢都要被压破了?"

"不,亲爱的。"她笑着把头歪向一边。她的脸颊绯红,眼睛在棕色面纱下炯炯有神。

"妈咪。"他站起来,在她的下巴上亲了一口,"好多人啊,妈咪。"

"这是因为国庆节。"

"那个人在干什么?"

"我想他喝醉了,亲爱的。"

一个布满旗帜的小摊上,一个留着白色小胡子、袖子上系着红色袖章的男人正在演讲。"那是一个国庆节演讲家,他在宣读《独立宣言》。"

"为什么?"

"因为今天是国庆节。"

嘣!响起了一声加农炮的声音。"那个可恶的男孩可能惊着马了。国庆节就是 1776 年革命战争中《独立宣言》签署的日子。我的曾祖父哈兰德在那场战争中阵亡了。"

一列有趣的绿色机头牵引的小火车嘎嘎作响地从头顶飞驰而过。

"那是高架铁路。看这里,这是二十三大街,还有那个熨斗大厦。"

出租马车急转弯,驶进了一个阳光灿烂的广场,空气中弥漫着沥青和人群的气味。车辆停在一扇大门前,身穿铜扣制服的黑人门童小跑着迎上来。

"我们到了,第五大道酒店。"

杰夫姨父家的冰激凌,冰凉的蜜桃味直顶上腭。奇怪的是,尽管已经离开了船,仍然可以感受到摇晃。城区的街道方正整齐,笼罩在幽蓝的薄雾之中。火箭式焰火在蓝色的黄昏中喷射,彩色的火球纷纷掉落。杰夫大叔在公寓门外的树上钉上风车焰火,用雪茄点燃。罗马焰火棒需要用手拿着。"记住,孩子,要把脸转过去。"伴着火药和烧焦的纸张的气味,焰火在手中噼里啪啦地喷着热气,鸡蛋形状的火球飞舞着,红、黄、绿光芒闪耀。在喧嚣的街道上,传来一阵铃铛声,越来越近,越来越快。马蹄狂奔,一辆鲜红的消防车排着烟呼啸而过。"一定是在百老汇。"紧随其后的是云梯车和消防队长的快马,然后是救护车的警报声。"有人遭了殃。"

盒子是空的。当你沿着它摸索时,大粒的火药和锯末会渗入你的指甲里。它是空的,不,上面还有一些小小的木制焰火底座,货真价实的焰火底座。"我们必须点燃它们,杰夫姨父。哦,这些是最好的焰火。"底座里面装有小鞭炮。点燃后鞭炮嘶嘶地燃着羽状的尾焰,飞驰在光滑的沥青路面上。烟雾散去,仅留下真正的焰火底座。

他蜷缩在一个陌生的大房间的床上,双腿酸痛,眼睛发热。母亲穿着一件闪亮的丝绸衣裳,袖管垂落。在帮他安顿好后,母亲俯身安慰道:"亲爱的,这就像是生长痛。"

"妈咪,你脸上的黑痣是干什么的?"

"那个,"她笑了,项链发出清脆的叮当声,"是为了让妈妈看起来更漂亮。"

　　他躺在那里,被高高的衣柜和梳妆台包围着。外面传来了阵阵车轮声和喊叫声,远处不时响起音乐声。他的腿疼得好像要断掉一样。闭上眼睛的时候,他仿佛看到红色的焰火底座在黑夜中飞驰,它的尾部喷射出火焰和彩色的火球。

　　七月的阳光透过破旧窗帘上的小孔照进办公室。格斯·麦克尼尔坐在轮椅上,拐杖夹在两只膝盖之间。他的脸因数月住院而变得苍白肿胀。奈莉戴着一顶装饰着红色罂粟花的草帽,在桌旁的旋转椅上来回晃动身子。

　　"奈莉,过来跟我坐。那个律师可能不喜欢看到你在他旁边。"

　　她皱了皱鼻子,站了起来。"格斯,我看是你被吓坏了。"

　　"如果你经历了我所经历的事情,铁定也会被吓坏的。铁路医生把我当成因犯看待,还有那个犹太医生和律师说我已经完全残废了。上帝,我真的吓坏了。不过我觉得他是在说谎。"

　　"格斯,你得听我的。保持沉默,让其他人好好说话。"

　　"好的,我一定一言不发。"

　　奈莉站在他轮椅的后面,将他额前的头发向后捋顺。

　　"回家真好啊,奈莉,能享用你做的美餐。"他搂住她的腰,将她拉到身边。

　　"想一想,也许我以后什么都不用做了。"

　　"我觉得自己不会那么喜欢那样,我的天啊,如果没有得到那笔钱,我们该何去何从。"

　　"哦,爸爸会帮助我们,就像一直以来那样。"

　　"希望上帝保佑我一辈子不要生病。"

　　乔治·鲍德温推门而入,把玻璃门砰的一声关上。他双手插兜,看着男人和他的妻子,然后微笑着轻声说道:"好的,事情搞定了。只要签署放弃任何进一步索赔的文件,铁路公司的律师就会给我开一张价值一万两千五百美元的支票。那是我们最终达成协议的数额。"

　　"一万两千,"格斯喘息着说,"一万两千五百。喏,等一下,帮我拿着拐杖,我出去跑一趟,我得告诉麦克吉利库迪。这个老鬼会疯掉。鲍德温先生,"格斯支起身子,"你真是个伟大的人。你同意吗,奈莉?"

"当然是啊,他很优秀。"

鲍德温试着不去看她的眼睛。一阵阵激动的情绪在他心中涌动,使他的双腿感到无力和颤抖。

"我会告诉你我们该怎么做。"格斯说道,"我们可以搭辆马车去老麦克吉利库迪家,在他私人酒吧里喝点东西,我请客。我需要喝一杯让自己打起精神。奈莉,你也一起来吧。"

"我很想参加,"鲍德温道,"但是恐怕参加不了,这几天太忙了。在你离开之前请签个字,我明天就能给你支票了。签这里,还有这里。"

麦克尼尔跌跌撞撞地走到桌子前,俯身看着那些文件。鲍德温感到奈莉在试图向他暗示什么,他低头不语。他们离开后,他注意到她的皮质小钱包放在桌子角落,上面烫印着三色堇的花纹。玻璃门外传来了轻轻的敲门声,他打开门。

"你为什么不看我一眼?"她低声微喘着说。

"他在这里,我怎么能看你?"他递给她钱包。

她搂住他的脖子,狠狠地吻了他一口。"我们该怎么办?我今天下午还要来吗?格斯现在已经出院了,但是他还会把自己喝出病来的。"

"不行,我不能这样,奈莉。工作,工作,我每一分钟都很忙。"

"哦,你肯定很忙。好吧,你自己看着办吧。"她猛地关上门。

鲍德温坐在办公桌前咬着手指,眼睛盯着眼前的一堆文件,却一个字也没看进去。"我必须停止这一切。"他大声说着,站了起来。他在狭小的办公室里来回踱步,看着书架上的法律书和电话上方的吉布森女郎日历,以及窗外尘土飞扬的广场。他看了看手表,已经到了午餐时间。他用手掌拍着额头,走向电话机。

"帮我接1237……桑伯恩先生在吗?……菲尔,我想过去请你共进午餐。你现在想出去吗?当然……菲尔,我已经搞定了,我让送奶工得到了赔偿金。我太高兴了。因此,我想请你吃顿午饭,再见。"

他挂上电话后带着微笑离开,从挂帽架上取下帽子,在帽架上方的小镜子前将帽子小心翼翼地戴在头上,匆忙下楼。

在最后一段楼梯,他遇到了埃默里先生。埃默里的办公室位于一楼。

"鲍德温先生,最近如何啊?"埃默里先生是一位面无表情、头发和眉毛灰白、下颌骨突出的男士。

"先生,一切都挺好,相当不错。"

"听说你干得非常出色,与纽约中央铁路公司有关的那个案子。"

"哦,辛斯伯里和我庭外和解了。"

"嗯。"埃默里先生应道。

当他们即将在街上分别时,埃默里先生突然说道:"你愿意与我和我妻子共进晚餐吗?"

"为什么……呃……乐意至极。"

"我想看到这行业中年轻人的成长,你明白的。好吧,在下周的某个晚上我会给你电话,我们可以趁机聊聊。"

鲍德温挥了挥笔挺闪亮的袖口里那只青筋凸起的手,在正午拥挤的人群中快步穿过少女巷。珍珠街上弥漫着咖啡的香气。他爬上一段陡峭的黑色楼梯并敲响磨砂玻璃门。

"进来吧!"一个低沉的声音喊道。一个身材瘦长、肤色棕黑、穿着衬衣的人迈步出来迎接他:"嗨,乔治,我还以为你永远不会来了。我饿得要命。"

"菲尔,我带你去吃午餐,你这辈子吃过的最好的饭。"

"好的,我就听安排了。"

菲尔·桑伯恩穿上外套,将烟斗灰烬敲在一张绘图桌的角落上,对着里面黑漆漆的办公室喊道:"出去吃饭了,斯佩克先生。"

"好的,去吧。"从里面的办公室传来山羊叫声般颤抖的声音。

当他们走出门时,鲍德温问道:"老人家怎么样?"

"老斯佩克?快不行了,但他多年来一直这样,可怜的老家伙。老实说,乔治,要是老斯佩克有什么不测,我会感到非常难过的,他是纽约市唯一诚实的人,而且他头脑清醒。"

"他靠这个没赚到多少钱。"鲍德温说道。

"他可能会……可能会……伙计,你应该看看他关于全钢建筑的设计。他有个想法,未来的摩天大楼都将由钢铁和玻璃建成。最近我们一直在进行玻璃瓷砖的试验。天啊,他的一些设计简直令人瞠目结舌。他常说某个罗马皇帝把砖建成的罗马变成大理石建造的,而斯佩克要把砖建成的纽约变成钢铁……钢铁和玻璃建造的。我得给你看看他重建城市的项目规划。简直是一个白日梦。"

他们在餐厅里选择了一个有垫子的长椅坐下,闻着牛排和烤肉的味道。桑伯恩伸直了放在桌子下的双腿。

"哇,这真是奢华啊。"他说。

"菲尔,我们来喝点鸡尾酒吧。"鲍德温看着菜单说道,"告诉你吧,菲儿,头五年最艰难。"

"别担心,乔治,你是那种积极进取的人,而我已经没什么希望了。"

"我不这么认为,你总是可以找到一份绘图员的工作。"

"我得说,那是一个美好的未来,窝在绘图桌的角落里度过一生,真是讨厌,天啊,伙计!"

"嗯,斯佩克和桑伯恩也许会成为一家著名的公司。"

"到那时候人们可能已经坐着飞行器四处飞行了,而你和我行将就木。"

"无论如何,祝你好运。"

"尽情发挥吧,乔治。"

他们将马提尼酒一饮而尽,开始吃牡蛎。

"我想知道,吃牡蛎的时候喝酒,牡蛎会在胃里变成皮革,这个说法是不是真的。"

"我不知道。顺便说一句,菲尔,你和那个小速记员相处得如何?"

"天啊,我在那个小姑娘身上浪费了那么多,吃饭、喝酒、看戏剧。她让我筋疲力尽,老实说,她真的让我筋疲力尽。乔治,你是个明智的家伙,远离女人。"

"也许吧。"鲍德温慢慢地说着,将一个橄榄核吐出,紧握在拳头里。

他们听到从渡口入口处对面的一辆小货车传来带着颤音的口哨声。一个小男孩突然从候船室里逗留的移民群中冲出来,跑向小货车。

"那像个蒸汽机车,里面满是齿轮和螺丝钉。"他跑回来大喊。

"帕德里克,你在这里等着。"

提姆·哈莱兰跑下来接他们,继续说道:"这边就是地铁线的南渡口站,那条路上去是炮台公园、保龄球场地、华尔街和金融区。过来,帕德里克,你的蒂莫西叔叔会带你去第九大道。"

码头上只剩下三个人。一位戴着蓝色方巾的老妇人和一位披着紫红色披肩的年轻女子分别站在大皮箱的两侧。皮箱镶着黄铜钉,被粗粗的带子捆着。还有一位绿色短须、满脸皱纹的老先生,脸上的皮肤皱巴得就像老橡树的根。老妇人满脸泪水。"我们去哪儿,圣母玛利亚?"年轻女人展开一封信,注视着那些华丽的字体。突然间她跑到老先生的跟前。"我看不懂。"她将信件递给他。他绞着双手,摇头晃脑一遍又一遍地说着一些她听不明白的话。她耸了耸肩,微笑着回到箱子旁。一位留着连鬓胡子的西西里人正在和老妇人说话。他抓着箱子上的带子,把它拉向对面的一辆白马拉着的弹簧马车旁。两个女人跟在箱子后面。西西里人向年轻女子伸出手。老妇人仍在喃喃自语,艰难地爬上马车的后部。西西里人俯下身来阅读信件时,他用肩膀碰了碰年轻女子。她僵住了。"好的。"他说。然后他摇了马缰,转身对老妇人喊道:"第五大道……没问题。"

4. 轨　道

　　列车颠簸的咣咣咚咚声逐渐稀疏,随着缓冲器的摩擦声不断响起,列车减缓了车速。男人松开了手杆,却因肌肉僵硬而不能动弹。一片漆黑。他慢慢地爬起来,先是膝盖,再是脚趾,最后气喘吁吁地靠在货车上。他的身体不再是他自己的,他的肌肉像是粉碎的木头,他的骨头像是扭曲的铁棒。一个灯光在他眼前闪烁着。

　　"快点滚蛋,公司的侦探正在院子里巡逻呢。"

　　"伙计,这是纽约吗?"

　　"没错,只需跟着我的灯光走,你可以沿着岸边出去。"

　　他跌跌撞撞地经过那些长长的闪闪发光的 V 形和"十"字形轨道,被一堆信号杆绊倒在地。最终,他坐在码头边缘,双手抱着头。水流如狗舌般舔着木桩。他从口袋里取出报纸包好的包裹,拆开,取出一块干面包和一片带软骨的肉。他干巴巴地吃着,咀嚼了好一阵,口中才分泌一点唾液。然后他颤巍巍地站起来,掸去膝上的面包屑,环顾四周。天空昏暗,只有车站南侧天尽头被橙色的光芒浸染着。

　　"不夜街,"他用疲惫的声音喊道,"不夜街。"

　　雨水浸过窗户,形成一条条水纹。透过窗户,吉米•赫夫望着百老汇大街上缓缓的车流,看伞顶在雨水中起伏。门外传来敲门声。"请进。"吉米说。但他看到来人不是帕特,于是转身回到了窗前。服务员打开了灯。吉米看到他的倒影出现在窗玻璃上:一个瘦削的刺猬头男子,手托着餐盘,盘子上盖着圆顶银质盖子。服务员喘着粗气,另一只手拖着折叠支架,缓缓走进房间。他猛地打开支架,将盘子放在上面,然后在圆桌上铺上桌布。一股油腻的食品味从他身上散发出来。吉米等到服务员走开才转过身,绕着桌子走了几步,掀起银质盖子:有些小青菜的汤、烤羊羔肉、土豆泥、甘蓝泥、菠菜,没有甜点。

"妈咪。"

"什么事,亲爱的?"折叠门那边隐约传来声音。

"晚餐已经准备好了,亲爱的妈妈。"

"你吃吧,亲爱的孩子,我马上就来……"

"没有你在,我不想吃饭,妈妈。"

他绕着桌子走了一圈,整理了刀叉。他把一张餐巾放在手臂上。德尔莫尼科餐厅的服务员领班正在为格罗斯塔克和波希米亚的盲人国王以及航海家亨利王子布置桌子。

"妈妈,你想当苏格兰玛丽女王还是简•格雷?"

"但她们都被砍头了,亲爱的……我可不想被砍掉头。"母亲穿上了她那件肉色的茶歇裙。她打开了折叠门,一股淡淡的古龙香水和药品的味道跟着她那长长的花边袖子从卧室里散发出来。她脸上的粉涂得有点多,但她的头发和可爱的棕色眉毛却打扮得美美的。他们面对面地坐下来,母亲双手捧着一只装着汤的碟子放在他面前,手臂上青色的血管清晰可见。

他喝了那些又稀又不够热的汤。

"哦,我忘了加点面包屑了,亲爱的。"

"妈妈,为什么你不喝汤呢?"

"今天晚上我不想喝。我的头很痛,不知道今晚该点什么。没关系。"

"你想当克娄巴特拉吗?她食欲很好,像个听话的小女孩一样什么都吃。"

"甚至连珍珠都吃,她把珍珠放在一杯醋里,一饮而尽。"她的声音颤抖着。她顺着桌面向他伸出手,他很有男子气概地微笑着拍了拍她的手。

"只有你和我,吉米。亲爱的,你会永远爱你的妈妈,对吗?"

"妈妈,怎么了?"

"没什么,今晚我感觉有些奇怪。哦,我太累了,从来没有真正感觉好过。"

"但是,等你做完手术之后……"

"哦,是的,在我做完手术之后。亲爱的,浴室的窗台上有一张新鲜的黄油片。你能给我拿过来吗?我要把它放在这些甘蓝上。恐怕我又要吐槽食物了。这份羊羔肉不对劲,希望它不会让我们生病。"

吉米穿过折叠门,进入母亲的房间。他穿过了一条弥漫着樟脑球味、散落着衣物的小过道。打开浴室门时,淋浴用的红色橡胶软管向他的脸颊袭来,药味令他的肋骨不由自主地收紧。他推开浴缸一头的窗户,窗台布满了灰尘,装黄油的碟子倒扣着,表面散布着煤灰斑点。他站在那里看了一会儿,凝视着通风井深处,用嘴巴呼吸以避免嗅到从炉子中散发的煤气味。在他的下方,一位戴着白色帽子的女仆从窗口探出头来,与一个身上满是污垢、双臂交叉在胸前的炉工说着话。吉米竭力听清他们的对话内容:成天处理煤渣,头发和腋窝都沾满油污,把自己弄得脏兮兮的。

"吉米!"

"妈妈,我来了。"他脸上一阵发红,然后砰的一声关上窗户,走回客厅。他缓慢地走,让脸上的红晕有足够的时间褪去。

"吉米,你又在做梦了。我可爱的小梦想家。"

他把黄油放在妈妈的盘子旁,坐了下来。

"赶快吃你的羊羔肉吧,趁还热。你为什么不试试法国芥末?它会让羊羔肉的味道更好。"

芥末辣到了他的舌头,眼泪流了下来。

"太辣了吗?"母亲笑着问道,"你必须学会喜欢辣的东西……他一直喜欢辣的东西。"

"他是谁,妈妈?"

"我非常喜欢的人。"

他们保持着沉默。他能听到自己咀嚼的声音。出租车和电车的噪声不时透过紧闭的窗户传进屋里。蒸汽管道发出撞击声和嘶嘶的喷气声。

顺着通风管道,满身油污的炉工正朝着戴着浆过的帽子的女仆说着脏话。芥末的颜色是……

"用一个铜板打赌你在想什么。"

"我什么也没想。"

"我们之间一定不要有任何秘密,亲爱的。记住,你是你妈妈在世上唯一的安慰。"

"我想知道成为海豹会是什么感觉,一只小海豹。"

"应该会很冷,我想。"

"但你不会感觉到冷。海豹有脂肪保护层,这使它们即使在冰山上也始终保持温暖。随时可以在海中游泳也是很值得开心的。它们通过这种方式可以旅行数千英里而无须停歇。"

"但是妈妈已经不停地旅行了数千英里,你也一样。"

"什么时候?"

"出国和回国。"她用明亮的眼睛望着他,笑了起来。

"哦,但那是在船上。"

"还有我们曾经乘坐玛丽·斯图尔特号巡游。"

"哦,给我讲讲吧,妈妈。"

这时有人敲了门。"请进。"刺猬头服务员把脑袋探进了屋里。

"我可以收拾餐桌吗,夫人?"

"可以,请给我拿一份水果冰沙,并确保水果是新鲜切好的,今晚的一切都很糟糕。"

服务员一边喘着气,一边向托盘上堆放餐具。"非常抱歉,夫人。"他喘着气说道。

"没关系,服务员,我知道这不是你的错。吉米,你想要点什么?"

"可以来份蛋白酥皮冰激凌吗?"

"好的,但是你必须非常乖哦。"

"好的!"吉米高兴地喊道。

"亲爱的,你不能在餐桌上这样大声喊叫。"

"但是只有我们两个人的时候没关系的呀。万岁,蛋白酥皮冰激凌!"

"吉米,不管是在自己的家中还是在非洲的荒野中,绅士总是一如既往地保持礼貌。"

"天啊,我希望我们现在身处非洲的荒野。"

"亲爱的,我会很害怕的。"

"我会大喊大叫,吓跑所有的狮子和老虎。是的,我会这样做的。"

服务员端着两个盘子回来了。"很抱歉,夫人,蛋白酥皮冰激凌已经卖完了,不过我给年轻先生带回来了巧克力冰激凌。"

"哦,妈妈。"

"没关系,亲爱的。那个玩意儿太过甜腻了。你吃完这个,我们可以在晚餐后去买些糖果。"

"哦,真好。"

"但是冰激凌别吃得太快,否则你会感到不舒服的。"

"我吃完了。"

"你太急了,小坏蛋。亲爱的,穿上雨鞋吧。"

"但是现在一点雨都没有。"

"听妈妈的话,亲爱的,不要太磨叽了。我要你保证很快回来。妈妈今晚不舒服,很担心你在街头待着。那里很危险。"

他坐下来穿上雨鞋。当他费劲地把雨鞋往脚后跟套的时候,她拿了一张一美元的钞票递过来,从丝绸长袖里伸出胳膊搂住他的肩膀。

"哦,我的亲爱的。"她哭了。

"妈妈,你不用这样。"他紧紧地搂着她,感觉到她紧身胸衣的衣撑硌在他的胳膊上,"我马上就回来,在最短的时间内。"

楼梯上每一级台阶都有根青铜杆固定着红色地毯。吉米脱掉了雨鞋,把它们塞进雨衣口袋里。迎着坐在前台服务员们好奇的目光,他抬起头走了出去。"去散步吗?"最年轻的金发服务员问他。吉米机敏地点点头,溜过门童如钉的目光,走到了百老汇大街。街道上充斥着吵闹声和脚步声,还有从商店和霓虹灯下走出来的各色面孔。他快速地往商业区走,经过了安森尼亚酒店。一个黑眉毛的男人叼着雪茄在酒店门口闲逛,也许是个绑架犯。但住在安森尼亚酒店的好人与我们生活之处的好人并无二致。然后他经过一家电报局、一些干货店、一家洗染店、一家中国人开的散发着奇怪蒸汽烟味的洗衣店。他走得更快了,躲避着可怕的绑架犯或者路霸。

一个拿着煤油罐和刷子的男人从身边走过,满身汗味和煤油味,油腻的袖子蹭过他的肩膀。也许这是纵火犯。想到纵火犯,他浑身发抖。

在惠勒的店门外,一种令人感到舒适的气息扑面而来,混合着硬币的气味和擦拭干净的大理石气味。窗户下的栅栏旁散发着烤巧克力卷的温暖气息。为万圣节准备的黑色和橙色褶皱装饰纸悬挂在店外。

他刚准备进去,突然想到了两个街区以外就是米偌的店,那里会在找零时赠送一些小巧的银色蒸汽火车和汽车模型。我要赶紧去。如果穿上轮滑鞋,就能节省时间,还可以逃过强盗、暴徒、持枪抢劫者。穿上轮滑鞋,肩上架着的长枪射击,砰,干倒一个!这是他们之中最惨的一个。砰,又干倒一个。这是一双有魔力的轮滑鞋,嘿嘿,它能让你登上砖墙,翻上屋顶,越过烟囱,攀上熨斗大厦,滑过布鲁克林大桥上的巨缆。

到了米偌糖果店,这一次他毫不犹豫地进去了。他在柜台前站了一会儿,才有人来接待他。"请来一磅六十美分的混合巧克力奶糖。"他口齿清晰地说道。服务员是位金发碧眼的女士,有点对眼儿,不怀好意地看着他,没有搭话。"劳烦您尽快,我赶时间。"

"好的,每个人都需要排队等候。"她冷冷地回答。他站在那里,眨着眼睛看着她,脸颊火辣辣的。她推给他一个包好的盒子,上面有"去柜台付款"的标签。我不会哭的。柜台的女服务员身材矮小,头发灰白。她从一个好像小哺乳动物馆里小动物进出口的小门里接过他付的一美元纸币。收银机发出令人愉快的叮咚声,她高兴地收了款。一个二十五分硬币、一个十分硬币、一个五分硬币和一只小杯子,总共是四十美分?但只有一只小杯子,而不是一个蒸汽火车或汽车模型。他拿起硬币,丢下杯子,把盒子揣在腋下匆匆离去。妈妈一定会说他逗留时间太长。在回家的路上,他直视前方,心中仍为那名金发女士的刻薄而心塞。

"哈,你去外面买糖果了呀。"金发服务员说道。"如果你过一会儿来,我可以给你一些。"吉米走过去悄悄地说。他一路奔跑上台阶,踢得黄铜杆叮叮作响。对着巧克力色的门上贴着的白色釉面的"503"房号,他突然想起自己的雨靴。他将糖放在地上,在湿淋淋的鞋子外面套上雨靴。走运的是,妈咪没有开着门等着他。也许她已经通过窗户看到他了吧。

"妈妈。"她不在客厅。他很害怕。她出门了,她离开了。"妈妈!"

"亲爱的,到这里来。"她虚弱的声音从卧室传来。他摘下帽子,脱掉雨衣,冲了进去:"妈妈,你怎么了?"

"没什么,亲爱的,我只是头疼,头疼得厉害。在手帕上涂些古龙水,轻轻地放在我的头上,不要像上次那样把它弄到我的眼睛里。"

她躺在床上,身上裹着皱皱巴巴的天蓝色床单。她的面容苍白发紫。肉色的丝绸茶歇裙软塌塌地搭在椅子上,紧身胸衣也扔在地上,粉色绸带搅成一团。吉米小心翼翼地把湿手帕放在她的额头上。他低头俯身的时候,香水味道扑鼻而来。

"真是太好了。"她虚弱地说,"亲爱的,打电话给艾米莉姨妈,河滨路2466号,问问她今晚是否能过来。我想和她谈谈……哦,我的头都要炸了。"

他的心怦怦直跳,走到电话旁边,眼泪模糊了双眼。没过多久,艾米莉姨妈的声音就传来了。

"艾米莉姨妈,妈妈病了,她想让您过来……她很快就来,亲爱的妈妈。"他大声喊道,"可以吗?她很快就过来了。"他蹑手蹑脚地回到母亲的房间,拾起紧身胸衣和茶歇裙,挂在衣柜里。

"亲爱的,"她用虚弱的声音说,"把我的发夹卸下来,它们弄疼了我的头。噢,亲爱的,我感觉我的头都要炸了。"他轻轻地摸着她那比睡袍还要柔顺的棕色头发,取下了发夹。

"别这样,你弄疼我了。"

"妈妈,我不是故意的。"

艾米莉姨妈晚礼服外面裹着蓝色雨衣,难掩窈窕的身姿。她匆匆忙忙走进房间,脸上满是同情。她看到她的妹妹因痛苦而扭曲地躺在床上,瘦瘦的小男孩脸色苍白,穿着短裤站在她身边,手里拿着一把发夹。

"怎么了,莉莉?"她小声问道。

"亲爱的,我病得很严重。"莉莉·赫夫痛得嘶嘶直喘气。

"詹姆斯,"艾米莉姨妈一脸严肃,"你必须回房间睡觉了……妈妈需要绝对的安静。"

"晚安,亲爱的妈妈。"他说。

艾米莉姨妈拍了拍他的背。"别担心,詹姆斯,我会处理好一切。"她走到电话旁,低声而清晰地连线一个号码。

糖果盒子放在客厅的桌子上,吉米把它夹在自己的胳膊下时感到有些内疚。当他经过书柜时,随手取出一卷《美国百科全书》塞到另一只胳膊下。姨妈没有注意到他出了门。地牢的门打开了。外面是一匹阿拉伯种马和两个可信赖的家臣,他们等待着帮助他跨越边境,获得自由。三扇门之后是他的房间。黑漆漆的房间里一片寂静。打开灯,灯光照亮了玛丽·斯图尔特号双桅船的船舱。好了,船长,起锚,朝着迎风群岛进发,黎明前不要打扰我,我有重要文件要研读。他换下衣服,穿上睡衣跪在床边。现在我要躺下睡觉了,祈求上帝保佑我的灵魂。如果我在醒来之前死亡,也请上帝接纳我的灵魂。

然后他打开了那盒糖果,把枕头拿到床尾灯光下。他咬开巧克力,露出方块状的甜馅。让我们看看……

A是元音的第一个字母,是所有书面字母中的第一个字母,但是在阿姆哈拉文或阿比西尼亚文中,它是第十三个字母,在北欧古文中它是第10个字母。

该死的,这是个棘手的问题。

AA, Aachen(see Aix-la-Chapelle).

Aardvark……

天啊,他看起来很有趣……

豪猪(*Orycteropus capensis*),一种非洲特有的跖行类哺乳动物,属于哺乳纲贫齿目。

阿卜杜拉赫姆(Abd-el-halim),是埃及王子,穆罕默德·阿里和一位白人奴隶妇女的儿子。

当他读到"白奴皇后"这个词的时候,他的脸颊火辣辣的。

腹部(Abdomen)(拉丁文源未定)……位于躯干下部,指从横膈膜到盆腔之间的部分。

亚伯拉德(Abelard)……师生之情不复存在。他们心中充满着一种比尊重更为温暖的情感。亚伯拉德因他近四十岁的年龄和人品博得了修士的信任。在修士提供便利的情况下,亚伯拉德和艾洛伊丝有无尽的亲密交往的机会。这对于他俩安宁的生活是灾难性的。艾洛伊丝处境不利,泄露了他们的亲密关系。弗尔伯特开始了残忍的复仇行动。他带领一群恶棍闯进亚伯拉德的房间，对他进行令人发指的阉割。

阿贝利特（Abelites）……谴责性交是撒旦的服务。

亚比米勒一世（Abimelech I），基甸与他的闪米特小妾所生的儿子。他谋杀了除了约坦之外所有的七十个兄弟并称王，在围攻提备斯塔时被杀……

堕胎（Abortion）……

不，他的手感觉冰冷。吃了太多的巧克力，他感到有点不舒服。

Abracadabra.

Abydos……

他下床喝了一杯水，接着看到的词条是"阿比西尼亚（Abyssinia）"，配着描绘着沙漠山脉和英国人烧抹大拉场景的版画。

他的眼睛有些刺痛，身体有些发木，困意袭来。他看了看他的英格索尔牌手表，已经十一点了。突然间，一个令人恐惧的想法涌现——如果妈妈已经去世了怎么办？他把脸压在枕头上。妈妈站在他身边，身穿缀有蕾丝花边的白色晚礼服，绸缎长裙后摆在地上拖得窸窣作响。她用她那带着香味的手轻柔地抚摸他的脸颊。他哽咽着，将脸猛地埋进枕头，哭得停不下来。

他醒来时，觉得灯光晃眼，房间闷热。书掉在地上。糖果被压在身下，黏糊糊的液体从盒子里渗出来。表已经停了，指向一点四十五分。他打开窗户，把巧克力放进了梳妆台抽屉里，正打算关灯时，突然想起了什么。他因恐惧而颤抖着，穿上了浴袍和拖鞋，蹑手蹑脚地走过黑暗的走廊，停在门外倾听，里面有人低声交谈。他轻轻敲了一下门，然后转动把手。门被猛地拉开，吉米眨着眼睛，看见一个戴着金色眼镜的高个子男人。折叠门关上了，门前站着一位古板的护士。

"亲爱的詹姆斯，回去睡觉，别担心。"艾米莉姨妈的声音里透着疲倦，"你的母亲病得很重，必须保持绝对安静，但是已经度过最危险的阶段。"

"至少目前看来是这样，梅里韦尔夫人。"戴着眼镜的医生这样说。

"可爱的宝贝，"护士的声音低沉温柔，让人觉得心安，"他整晚都在那坐着担心，一点也没有打扰我们。"

"我要回去了，先帮你上床睡觉。"艾米莉姨妈说，"我的詹姆斯一向喜欢这样。"

"我可以见见妈妈吗？就看一眼，这样我就知道她没事了。"吉米小心翼翼地抬头看着戴眼镜的大脸。

医生点点头。"那么，我得走了，我会在四五点钟过来看看情况。晚安，梅里韦尔夫人。晚安，比林斯小姐。晚安，小家伙。"

"这边走。"受过专业培训的护士把手放在吉米的肩上，他挣脱开了护士的手，跟在她身后。

母亲房间的角落里亮着一盏灯，那灯被毛巾遮挡着。床上传来粗重而陌生的喘息声。母亲痛苦的脸对着他，紧闭的眼皮发紫，嘴歪向一边。他盯着她看了半分钟，然后轻声对护士说："好了，我现在回床上去。"他的血液翻腾，木然地走出门，看都没看姨妈或者护士。姨妈说了几句话。他沿着走廊跑到自己的房间，猛地关上门并插上门闩。他双拳紧握、身体僵直地站在房间中央。"我恨他们。我恨他们。"他大声喊着，然后咽下一声干涩的啜泣，关掉了灯，钻进冰冷的被窝。

"太太，您生意这么忙，"埃米尔用单调的声音说，"我想您需要人手来帮忙照看商店。"

"我知道，我快被工作折磨死了，我知道。"里戈夫人坐在收银台的凳子上叹了口气。埃米尔盯着他肘部旁边的大理石板上的威斯特伐利亚火腿的横截面，沉默了很长时间。然后他小心翼翼地说："像您这样的女人，像您这样的美丽女人，永远不会没有朋友。"

"啊，我已经活太久了，已经失去信心了。男人是一群野蛮人，而女人，哦，我和女人相处得不太好！"

"历史和文学……"埃米尔开始说道。

门顶的铃铛响了。一个男人和一个女人冲进了店里。女人的头发是黄色的，戴着像花坛一样的帽子。

"比利，不要浪费钱了。"她说着。

"但是，诺亚，我们得吃点东西，而且到了星期六一切就都会好起来的。"

"除非你不再赌马，否则你就不会好起来。"

"好吧，目光长远点。让我们来点肝泥香肠吧。那块冷火鸡胸脯肉看起来不错……"

"馋嘴猪。"金发女孩咕噜着。

"别管我，我就要这个。"

"好的，先生，火鸡胸脯肉真的很好吃，我们也有烤鸡肉。埃米尔，在厨房里帮我找一只小鸡吧。"里戈夫人像宣布神谕一样说道，坐在收银台旁的凳子上一动也没有动。那个男人正用一顶有格子条纹的厚边草帽扇风。

"今晚很热。"里戈夫人说道。

"的确……诺亚，我们应该去岛上，而不是在城里闲逛。"

"比利，你知道我们为什么不能顺顺当当的吗？"

"别再纠结了。我告诉过你，到星期六，一切都会好起来的。"

"历史和文学，"当顾客们拿着鸡肉离开时，埃米尔继续说道，把五十美分银币留给里戈夫人，让她锁进收款机，"历史和文学告诉我们，友谊的确存在，有时也会出现值得信任的爱……"

"历史和文学！"里戈夫人忍不住笑出声来，"对我们大有益处。"

"但是，身处这样的异国都市里，你难道没有感到过孤独吗？一切都是那么艰难。女人只关注你的钱袋子，而不在乎你的内心……我再也受不了了。"

里戈夫人宽阔的肩膀和硕大的胸脯因笑声而颤动。她从凳子起身的时候还在笑，紧身胸衣发出嘎吱嘎吱的声音。"埃米尔，你是个好看的家伙，而且很稳重，你会在这个世上站稳脚跟的，但我再也不会让自己依附于男人了。我已经受够了罪。除非你带着五千美元来找我。"

"你真是一个非常残忍的女人。"

里戈夫人又笑了起来。"现在过来吧，你可以帮我收工了。"

星期天，阳光明媚，市中心上空一片寂静。鲍德温穿着衬衫坐在办公桌前，阅读一本牛皮装订的法律书籍，不时地用工整规矩的字体在便笺本上记下笔记。电话打破了宁静，他读完正在读的那一段文字，大步走过去接电话。

"是的，我一个人在这里，如果你想过来的话就过来吧。"他放下了听筒。"该死的。"他咬牙切齿地嘀咕道。

奈莉没有敲门就进来了,发现他在窗前来回踱步。

"你好,奈莉。"他头也不抬地说。她站在原地盯着他。

"看这里,乔治,你不能这样。"

"为什么不能?"

"我厌倦了总是假装和欺骗。"

"没有人发现什么,对吗?"

"哦,当然没有。"

她走到他身边,拉直了他的领带。他轻轻地吻了她的嘴。她穿着一件淡紫红色的褶边薄纱裙,手里拿着把蓝色遮阳伞。

"乔治,近况如何?"

"挺好的。你知道吗,你们这些人给我带来了好运。我现在手头有几个好案子,而且我还打通了一些非常有价值的人脉。"

"但没给我带来好运气。我还没敢去忏悔。牧师会认为我变成了异教徒。"

"格斯怎么样了?"

"他总是忙着做各种计划,可能觉得自己已经挣钱了,所以变得有些自以为是了。"

"奈莉,离开格斯跟我一起生活怎样?你可以离婚,然后我们俩结婚,一切都会好起来的。"

"听上去像闹着玩……你又不是真心的。"

"但是这值得试试,奈莉,真心的。"他抱住她,狠狠地吻了她一下。她推开他。

"反正我以后不会再来了,哦,刚才上楼的时候,想着能见到你我就很开心。你已经得到回报了,我们的生意也结束了。"

他注意到她额头上的小卷发松了,一缕头发搭在眉毛上。

"奈莉,我们不应该像这样分手。"

"为什么不应该呢?"

"因为我们彼此相爱过。"

"我不会哭的。"她用揉成小团的手绢轻轻按了按鼻子,"乔治,我会恨你的……再见吧。"门砰的一声关上,她离开了。

鲍德温坐在桌子前,咬着铅笔头。他感觉她那淡淡的发香仍萦绕在周围。他喉咙有些发哽,咳嗽起来。铅笔从嘴里掉了下来。他用手绢擦掉唾沫,重新回到椅子上坐好。法律书上拥挤的段落从模糊变得清晰。他把写了字的纸从便笺本上撕下来,夹在一摞文件的顶部。在一页新的纸上,他写道:纽约州最高法院判决……突然,他在椅子上坐直了身子,又开始咬铅笔头。外面传来花生摊没完没了的哨声。"好吧,这样就行了。"他大声说。他继续用工整规矩的字体书写:巴特森起诉纽约州政府案件……纽约州最高法院判决……

巴德坐在海员工会的一扇窗户旁,缓慢而仔细地翻阅着报纸。他旁边有两个男人正在剑拔弩张地对弈。这两人都刚刚刮过胡须,身着白色衬衫和蓝色工装。其中一个人叼着烟斗,烟斗随着他每一口吞吐发出响声。外面,雨不停地打在泛着微光的宽阔广场上。

万岁千载,日本工兵队第四排的小个子在前往修复鸭绿江大桥时高呼……《纽约先驱报》特别报道……

"你输了。"叼着烟斗的男人说,"该死,该喝一杯了。今晚不醉不归。"

"可是我答应了老太太……"

"别瞎扯,杰斯,我可知道你这种人的承诺。"一只布满黄色汗毛的紫红色大手把棋子塞进盒子里,"告诉老太太,你必须喝点酒来御寒。"

"这倒不是谎话。"

巴德经过窗户看到他们的身影蜷缩着步入雨中。

"你叫什么名字?"

巴德被一个尖锐刺耳的嗓音吓了一跳,急忙扭过头来。他看着一个长着蓝色眼睛、皮肤发黄的小个子,这个人长得有点像癞蛤蟆——大嘴巴、凸眼睛、黑色平头。

巴德抬起下巴。"我叫史密斯,怎么了?"

那个小个子伸出了长满老茧的厚实手掌。"很高兴见到你。我叫麦迪。"

巴德不由自主地握了握他的手。那只手握得他酸痛,他吃力地缩回了手。

"全名是麦迪什么？"他问道。

"我叫麦迪，拉普兰德•麦迪，来，喝一杯。"

"我身无分文。"巴德说。

"我请客。我的钱太多了，拿点……"麦迪将手伸进他宽大的格子西装口袋，双手紧握着一大把钞票，然后猛地用力推向巴德的胸膛。

"钱你留着吧，我还是和你喝一杯吧。"

他们到达珍珠街角的酒吧时，巴德的肘部和膝盖已经被雨水浸湿，冰冷的雨水正顺着脖子往下滴。他们来到吧台，麦迪放下了一张五美元的钞票。

"我请大家一起喝，今晚很开心。"

巴德享用着免费晚餐。"好久没吃这样的食物了。"当他回到吧台拿酒的时候说道。威士忌非常辣，灼烧着喉咙，烘干了湿衣服，让他感觉自己好像重新回到了周六下午看棒球比赛的孩童时光。

"握握手，拉普。"他喊着，拍打着小个子的宽阔背部。"从现在开始，我们是朋友了。"

"嘿，旱鸭子，明天我们一起出航吧？你说呢？"

"当然。"

"我们现在到鲍威利街上去看看姑娘们，我请客。"

"鲍威利街的姑娘不会愿意跟你走的，你这个小家伙。"他俩走到旋转门的时候，一个留着黑胡子的高个醉汉突然踉跄地挤到他俩之间大喊道。

"她们会愿意的，难道不是吗？"拉普一边说着一边挥拳猛击那人的下巴。醉汉双脚离地，斜斜地栽进了门里。屋子里响起一片尖叫声。

"我真混蛋，拉普，我真混蛋。"巴德拍着他的背大声喊道。

他们挽着胳膊一起在暴雨中穿过珍珠街。酒吧在雨帘中的街角处对他们敞开怀抱。黄色的灯光从镜子、青铜栏杆和裸女画像的镀金画框反射出来，倾洒在昂头畅饮人的威士忌酒杯中。琼浆在血管中流淌，从耳朵和眼睛中涌出，从指尖中滴落。街道的两侧是雨中昏暗的房子，街灯像游行中的灯笼一样摇摇晃晃的。巴德发现自己身处挤满人的密室，一个女人坐上他的膝盖。拉普兰德•麦迪则和两个女人搂在一起，衬衫敞开，显露着胸前红绿相间的纠缠一起的赤裸男女文身。当他挺起胸膛并用手指蹭动皮肤时,文身图案上的男女也随之颤动,所有人都笑了起来。

菲尼亚斯·P. 布莱克海德推开办公室宽大的窗户,目光注视着石板和云母石建造的海港,听着从市区涌来的车辆轰鸣声、鼎沸的人声,那些声音断断续续,像从西北吹来的强劲风中夹杂的烟雾。

"嗨,施密特,给我拿望远镜来。"他一边回头喊道,一边把镜头对准了一艘正驶过总督岛的白色汽轮。那艘船的船身胖乎乎的,黄色烟囱被煤烟熏得乌黑。"那是阿农达号正在进港吧?"

施密特曾经是个肥胖的男人,如今已经瘦下来了,脸上松弛的皮肤皱巴巴的。他透过望远镜看了一眼。

"当然是。"他拉下窗户,喧嚣声逐渐消退,像贝壳里的回响一样逐渐消失。

"天啊,他们动作真快,在半小时内就会靠岸。你快走并联系穆利根检查员。他已经准备好了,别让他离开你的视线。老马坦萨斯正准备对我们动手,试图阻止我们。如果明天晚上还有锰没运出去,我就把你的佣金减半。听明白了吗?"

施密特松弛的面颊随着笑声颤动。"不用担心,先生……你早就该了解我了。"

"我当然知道,你是个好伙计,施密特。我只是在开玩笑。"

菲尼亚斯·P. 布莱克海德瘦瘦高高,有一张红色的鹰脸,满头银发。他滑回桌子前的红木扶手椅,按响了电铃。"好的,查理,把他们带进来。"他对出现在门口的金发勤杂员大声喊道。他僵硬地从桌子前站了起来,伸出手。"斯托罗先生,您好!戈尔德先生,您好!请随意坐,就这样,现在说说这次罢工问题吧。我所代表的铁路公司和码头集团的态度是坦诚的,这一点你们应该知道。我有信心,可以说我完完全全地相信,我们可以友好和愉快地解决这个问题。当然你们可以随时见我,我知道,我们有着共同的利益,这座伟大的城市和这个伟大的港口的利益。"戈尔德先生把帽子推到后脑,响亮地清了清嗓子。"先生们,我们面前有两条路可选……"

阳光照射在窗台上,一只苍蝇用后腿擦拭着自己的翅膀。它像用肥皂搓手的人一样仔细地清洁着自己,一会儿弯弯前腿又伸直,一会儿像在梳头发似的摸摸自己的圆脑袋。吉米的手在苍蝇上方悬停着,然后啪的一声拍在了苍蝇身上。苍蝇在他的手心里嗡嗡作响,挠得他手心发痒。他用食指和拇指摸索着找到苍蝇,轻轻地捏着,把它慢慢地压成了一团灰色的肉泥。他在窗台下面擦了擦手,心里感到一阵恶心。可怜的苍蝇,它那么仔细地清洁了自己,就这样吧。他站在那里很久,透过满是尘土的窗户,朝下看着通风井。不时地有一个穿着衬衫的男子手里端着托盘穿过院子。厨房里传来了点菜和洗碗声。

他注视着脏兮兮的窗玻璃,玻璃上的灰尘蒙着一层柔光。母亲中风了,下周我就要回去上学了。

"赫夫,你学会拳击了吗?"

"在参加轻量级比赛之前,赫夫和基德得进行蝇量级冠军赛。"

"可我不想打。"

"基德想打,他来了。你们这些家伙在那里围成一个拳击场。"

"拜托,我不想打。"

"你他妈的必须打,否则我们会把你俩都打得遍体鳞伤。"

"弗莱迪,你发过誓,骂人要罚五美分的。"

"糟了,我忘了。"

"你又开始了,把他打趴下。"

"去吧,赫夫,我押你。"

"就是这样,狠狠地揍他。"

基德脸色苍白,表情扭曲,像个气球一样在他前面弹跳。他的拳头打在吉米的嘴上。受伤的嘴唇上渗出咸咸的血味。吉米出手反击,把他按在床上,膝盖顶着肚子。他们把吉米拖开,扔回了墙边。

"加油,基德。"

"加油,赫夫。"

吉米的鼻子和肺里涌出一股血腥味,呼吸急促起来。一只脚突然伸出来,绊倒了他。

"够了,赫夫已经输了。"

"娘娘腔,娘娘腔。"

"但是，弗莱迪，他把基德打倒了。"

"闭嘴，别嚷嚷！霍普老先生就要过来了。"

"只是一场友好的比赛，对吧，赫夫？"

"你们所有人都给我出去，所有人！"吉米泪眼模糊地尖叫着，双臂挥舞着。

"爱哭鬼，爱哭鬼。"

他猛地关上门，把桌子推到门前，颤抖着爬上床。他翻身趴在床上，因为羞耻而扭动着身体，咬着枕头。

吉米凝视着窗玻璃灰尘的柔光。

亲爱的，你可怜的母亲最终还是把你送上了火车。当她回到旅馆里空荡荡的房间时非常不开心。亲爱的，没有你我很孤独。你知道我做了什么吗？我把你所有的玩具士兵拿出来了，就是那些曾经攻占亚瑟港的士兵，然后让它们在图书室的书架上列队。这是不是很傻？不过没关系，亲爱的，圣诞节很快就要到了，就能再见到我的孩子了……

枕头上躺着一张皱巴巴的脸。母亲中风了，下周我就要回学校了。她皮肤变得松弛，有了黑眼圈，银发渐渐替代了棕发。母亲一直不笑。中风了。

他突然转身进了房间，手里拿着一本薄皮书，扑倒在床上。海浪击打在礁石上发出轰鸣。他不需要阅读。杰克在平静的蓝色潟湖中快速游泳，在黄色沙滩上晒太阳，甩干身上的水滴，坐在篝火旁张大鼻孔闻着烤面包果的香味。色彩鲜艳的鸟在椰子树高高的羽状叶顶上欢乐歌唱。房间里燥热得让人昏昏欲睡，吉米睡着了。阳光洒在乳白色的帆上，甲板上有一股草莓柠檬水和菠萝的气味，穿着白色套装的母亲和一个戴着游艇帽的黑人男子在那里。母亲柔和的笑声变成了尖叫声。水面上，一只像渡轮一样大的苍蝇朝着他们奔来，伸出锯齿状的爪子。黑人男子在他耳边喊着："跳吧，吉米，跳两次就行了。""但是我不想，我不想跳。"吉米哀叫着。黑皮肤男人在打他，跳，跳，跳……

"请等一下。是谁啊？"

艾米莉姨妈在门口。"吉米，你为什么总是把门锁上……我从来不让詹姆斯锁门。"

"我更喜欢这样，艾米莉姨妈。"

"一个男孩,竟然在下午这个时候睡觉。"

"我刚在读《珊瑚岛》,结果睡着了。"吉米脸红了。

"好的,走吧。比林斯小姐说不要去你妈妈的房间。她在睡觉。"

他们来到那个有蓖麻油味道的狭窄电梯里。黑人男孩冲吉米咧嘴一笑。

"艾米莉姨妈,医生说了什么吗?"

"一切都如预期的那样顺利,你不必担心。今晚你得和表兄、表妹玩得开心点儿,你太少见到和你同龄的孩子了,吉米。"

天色暗淡,缀着点点星光。肆虐的狂风席卷着铁灰色的街道,掀起漫天的飞沙。他们顶着狂风向河边走去。

"我猜你会很高兴回到学校,詹姆斯。"

"是的,艾米莉姨妈。"

"一个男孩的校园时光是他一生中最快乐的时光。詹姆斯,你必须确保每周至少写一封信给你的母亲,现在你是她唯一的依靠。比林斯小姐和我会及时让你知道她的情况。"

"还有,詹姆斯,我希望你能和詹姆斯表哥多熟悉熟悉。他和你一样年龄,只是可能更成熟一些。你们应该成为好朋友。我希望莉莉也把你送到霍奇基斯学校。"

"好的,艾米莉姨妈。"

艾米莉姨妈公寓楼下的大厅立着粉色的大理石柱子,开电梯的男孩穿着装饰着黄铜扣子的巧克力色制服。电梯是方形的,装饰有镜子。艾米莉姨妈在七楼的一扇宽大的红木门前停下来,在钱包里摸索着找钥匙。走廊尽头有一扇栅栏窗户,透过窗户可以看到哈德孙河、轮船和金黄的落日余晖中沿河院子里升腾的高高的树状烟柱。当艾米莉姨妈打开门时,他们听到了钢琴声。"那是梅茜在练习。"琴房里铺着长绒厚地毯,贴着印有银色玫瑰花的黄色壁纸,油画装饰着金色的木画框,画着坐在船上的人和喝酒的胖红衣主教。梅茜从钢琴凳上跳了下来,辫子从肩膀上甩了下来。她长着奶油般白白的圆脸和鼻孔略微朝天的鼻子。节拍器继续嘀嗒作响。

"你好,詹姆斯,"她噘着嘴巴亲吻了母亲。"我很难过,可怜的莉莉姨妈病得这么厉害。"

"你不打算亲吻你的表妹吗,詹姆斯?"艾米莉姨妈说。

吉米踌躇着走到梅茜身边,把脸贴在她的脸上。

"这种亲吻真有意思。"梅茜说。

"你们俩可以在晚餐前待在一起。艾米莉姨妈沙沙地穿过蓝色天鹅绒帘走进了隔壁房间。"

"我们不能再叫你詹姆斯了。"梅茜停下了节拍器,用棕色眼睛认真地盯着表兄。"不能有两个詹姆斯,对吧?"

"妈妈一般叫我吉米。"

"吉米是一个比较普通的名字,但我想在我们想到更好的名字之前,就先用着这个名字吧。你能捡起多少个杰克石?"

"什么杰克石?"

"天啊,你不知道什么是抛杰克石的游戏吗?等詹姆斯回来,他会笑话你的!"

"我知道杰克玫瑰。母亲最喜欢的品种。"

"美国美人玫瑰是我唯一喜欢的玫瑰。"梅茜一边坐到扶手椅上一边宣布。吉米单腿站着,用另一只脚的脚趾头踢着自己的脚跟。

"詹姆斯在哪儿?"

"他很快就会回家了,他在上骑马课。"

暮色笼罩,沉默如铅。火车站传来了机车汽笛的尖叫声和货车轮轴的咔嗒声。吉米跑到窗户前。

"梅茜,你喜欢机车吗?"

"我认为它们很讨厌。爸爸说,正是这些噪声和烟雾,害得我们要搬家。"

透过阴暗的天色,吉米看到轮廓分明的巨大火车头。青铜色和紫色的烟雾从烟囱里翻涌而出。在轨道下方,信号灯闪烁着由红变绿。铃声开始慢慢地、懒洋洋地响起。汽笛嘟嘟地高歌。火车嘎吱嘎吱地加速,闪着红色的尾灯没入黄昏。

"我倒是希望我们能住在这里。"吉米说,"我有二百七十二张火车头的照片。如果你喜欢的话,我有时间给你看看。都是我收集的。"

"多有趣的收藏啊……吉米,你挡住光线了,我要开灯了。"

梅茜按下灯的开关，发现詹姆斯·梅里韦尔正站在门口。他长着浅色的细软头发，满脸雀斑，鼻孔像梅茜一样有点朝天。他穿着骑马裤和黑色的皮护腿，手里挥舞着一根光溜溜的长棍。

"你好，吉米，"他说，"欢迎来到这个城市。"

"詹姆斯，吉米连抛杰克石的游戏都不知道。"梅茜叫道。

艾米莉姨妈从蓝色天鹅绒帘中走出来。她穿着一件高领绿色丝绸衬衫，上面有花边。她前额的白发被平滑地卷起。她说："孩子们，是时候去洗手了，离吃晚餐还有五分钟。詹姆斯，带你的表弟回你们的房间，赶快脱掉那些骑马服。"

吉米跟着他的表兄进入餐厅时，大家都已经就座了。餐厅里燃着大支蜡烛，蜡烛罩着红色或银色灯罩。在柔和的光线中，刀叉轻轻地碰撞。在桌子的一端坐着艾米莉姨妈，旁边是后脑勺光秃秃的红脖子男人；另一端是杰夫姨父，他的格子领带上别着一枚珍珠别针，他的身躯把宽大的扶手椅塞得满满的。黑人女佣在灯火阑珊中游移，递上烤饼干。吉米拘束地吃着汤，生怕发出声响。杰夫姨父一边喝汤一边用响亮的声音说话。

"我告诉你，威尔金森，纽约已经不是我们最初搬到这里时的样子了，那时候就像方舟登陆一样有盼头。城市被犹太人和爱尔兰人所占据，这就是问题所在。十年内，基督徒就将活不下去了，我告诉你，天主教徒和犹太人将把我们赶出我们自己的国家，这就是他们的计划。"

"这是新耶路撒冷。"艾米莉姨妈笑着说。

"这可不是笑话，当一个人辛苦地建立了自己的事业，他可不想被一群该死的外国人赶出去，对吧，威尔金森？"

"杰夫，你太激动了。你知道这会让你消化不良。"

"我会保持冷静的，孩子他妈。"

"这个国家的人有问题，梅里韦尔先生。"威尔金森先生生硬地皱起了眉头，"这个国家的人太宽容了。世界上没有其他国家会允许这种事情发生。我们建立了这个国家，然后我们允许一群外国人——欧洲的败类、波兰贫民窟的垃圾来为我们管理它。"

"事实是，一个诚实的人不会在政治上弄脏他的手，而且他没有任何动机去担任公职。"

"这是真的。现实中男人想要赚更多的钱,想要比他在政府部门老老实实拿工资赚更多的钱。自然而然,最有能力的人会转向其他渠道。"

"还有这些肮脏的犹太人和贫民窟的爱尔兰人,连英语都不会说,就已经成为选民。"

女佣端着一盘高高堆起的炸鸡和玉米煎饼放在艾米莉姨妈面前。大家都在分食时陷入了沉默。

"哦,我忘了告诉你,杰夫,"艾米莉姨妈说道,"我们周日要去斯卡斯代尔。"

"哦,孩子他妈,我讨厌周日出门。"

"他想要待在家里当一个乖宝宝。"

"但星期天是我唯一在家的日子。"

"嗯,事情是这样的,我和哈兰德姐妹在梅拉德家喝茶,谁知道旁边桌坐下来的是伯克哈特夫人。"

"是约翰·B. 伯克哈特夫人吗？她先生是国家城市银行的副总裁之一吗？"

"约翰是一个优秀的人,在这个城里大有前途。"

"嗯,亲爱的,我说过,伯克哈特夫人邀请我们与他们共度周日,我实在是拒绝不了。"

威尔金森先生接着说:"我父亲曾经是约翰内斯·伯克哈特的医生。那个老人很古怪,他在阿斯特上校时代就在毛皮贸易中赚了一大笔。他得了痛风,常常一个劲地咒骂。我记得曾经见过他,他是一个满脸红晕的老人。戴着一顶丝绸帽,头顶光秃秃的,四周头发又长又白。他有一只名叫托比亚斯的鹦鹉,路上的行人从来不知道是托比亚斯还是伯克哈特法官在骂骂咧咧。"

"啊,好吧,时代已经改变了。"艾米莉姨妈说。

吉米坐在椅子上,如坐针毡。母亲中风了,下周我就要回学校了。周五、周六、周日、周一……那是星期天下午,他和斯基尼穿着蓝色的衣服,从池塘旁边玩青蛙回来。谷仓后面的烟树开花了。很多人嘲笑小哈里斯,叫他伊基,因为他是犹太人。他哀鸣着:"别这样,伙计们。我穿的是我最好的一套衣服,伙计们。"

"哦,哦,所罗门·莱维先生身穿他最好的打折犹太服装。"嘲笑的声音响起,"你是花了十五美元买的吗,伊基?"

"我打赌他是在清仓大甩卖时买的。"

"如果他是在清仓大甩卖时买的,我们应该用水管喷他。"

"让我们把水管对准所罗门·莱维。"

"别这样,伙计们。"

"闭嘴,别嚷嚷。"

"他们只是在开玩笑,不会伤害他的。"斯基尼小声说。

伊基被人抬着朝池塘走去,拼命踢腿挣扎。他哭喊着,布满泪痕的苍白脸蛋朝着下方。"他根本不是犹太人。"斯基尼说,"我告诉你谁是犹太人,那个大坏蛋胖子斯沃森。"

"你怎么知道?"

"他的室友告诉我的。"

"天啊,他们竟然这么干。"

他们四散奔逃。小哈里斯满头泥巴,爬上河岸,外套衣袖里淌出水来。

冰激凌上有热巧克力酱。"一个爱尔兰人和一个苏格兰人走在街上,爱尔兰人对苏格兰人说:'桑迪,我们喝一杯吧。'"门铃持续响了很久,让他们无法专注倾听杰夫姨父的故事。黑人女佣匆忙回到餐厅,在艾米莉姨妈的耳边低语。"苏格兰人说,迈克——怎么了?"

"是乔先生。"

"天啊。"

"嗯,也许他有事。"艾米莉姨妈匆忙地说道。

"夫人,事态紧急。"

"萨拉,你为什么让他进来了?"

"我没有,是他自己进来的。"

杰夫姨父把盘子推开,放下餐巾。"哦,见鬼,我去和他谈谈。"

"想办法让他走。"艾米莉姨妈还没说完就嘴巴半张着愣住了。一个脑袋从客厅宽敞的门口的帘子中伸出来。那张脸像鸟一样,有着下垂的细长鼻子。他顶着印第安人一样的黑直发;眼睛布满血丝,其中一只安静地眨巴着。

"大家好!一切都好吗?我可以进来吗?"随着嘶哑的声音传来,一个高瘦的身影从帘子后面走了出来。艾米莉姨妈的嘴巴挤出一个冷淡的微笑。"艾米莉,你得,呃,原谅我。我觉得在家庭炉边待一个晚上会有益处。你懂的,家庭的熏陶。"他站在杰夫姨父的椅子后面摇头晃脑,"杰夫老兄,生意怎么样?"他在杰夫姨父的肩膀上拍了一下。

"哦,还好吧。想坐下来吗?"他低声说道。

"他们告诉我,如果你能听取老人家的建议……呃……一个退休的经纪人……每天都在做经纪生意……哈哈……他们告诉我,区间快线的股票值得一试。别这样斜眼看着我,艾米莉。我马上就离开。嗨,威尔金森先生,你好。哇,这不是莉莉•赫夫的小男孩吗?吉米,你不记得你的……呃……表亲乔•哈兰德了吗?没有人记得乔•哈兰德?除了你,艾米莉,你希望自己能忘记他……哈哈……吉米,你母亲怎么样了?"

"稍微好一点了,谢谢。"吉米绷紧的喉头里好不容易挤出几个字。

"好的,你回家的时候替我向她问好,她会理解的。莉莉和我一直是好朋友,即便我是家族的败类……他们不喜欢我,他们希望我离开……我告诉你,小伙子,莉莉是最好的。艾米莉,她不是我们中最好的那个吗?"

艾米莉姨妈清了清嗓子。"当然了,她最漂亮,最聪明,最真实。吉米,你妈妈是一位女皇,一直都很好。天啊,我想为她的健康干杯。"

"乔,你可以稍微控制一下你的声音。"艾米莉姨妈像打字机一样一板一眼地说道。

"哦,你们都认为我喝醉了。记住这个,吉米,"他倾身靠近过来,呼出的带着威士忌味的酒气扑到吉米的脸上,"这些事情并不总是人为的错……环境……呃……环境。"他一边说着,一边摇摇晃晃地站起身来,碰倒了一个杯子。"如果艾米莉还斜着眼看我,我就出去。但记住,即使乔•哈兰德已经无药可救了,也要给莉莉•赫夫带去他的爱。"他再次摇摇晃晃地走出了门帘。

"杰夫,我就知道他会破坏这美妙的时光。确保他安全离开并帮他叫辆出租车。"詹姆斯和梅茜从餐巾后面发出尖锐的咯咯笑声。杰夫姨父脸色发青。

"我才不会帮他叫出租车,除非我被诅咒下地狱了。他不是我的表兄弟,他应该被关起来。如果他再以那种恶心的状态来到这里,我会把他赶出去。下次你见到他时,你可以告诉他,艾米莉。"

"杰夫,亲爱的,生气没用。又没有什么损失。他已经走了。"

"没有什么损失!想想我们的孩子。客人如果是一个陌生人而不是威尔金森,会怎么看待我们家呢?"

"不用担心,"威尔金森先生嘶哑地说道,"即使是家教森严的家庭也难免发生意外。"

"可怜的乔,当他清醒的时候是个好孩子,"艾米莉姨妈说,"想想几年前,哈兰德好像掌握了整个场外市场。报纸称他为场外市场之王,你还记得吗?"

"那是洛蒂·史密瑟斯事件之前……"

"好吧,孩子们,你们去另一个房间玩,我们喝点咖啡。"艾米莉姨妈高声说道。

"是啊,他们早该走了。"

"你会玩五百扑克游戏吗,吉米?"

"我不会。"

"詹姆斯,你觉得詹姆斯怎么样,他不会玩抛杰克石游戏和五百扑克游戏。"

"好吧,都是些女孩的游戏,"詹姆斯高傲地说。"我也不会玩它们,要不是为了你。"

"哦,真的吗,'大聪明先生'。"

"让我们玩抓动物游戏吧。"

"但我们人数不够。凑不够人就不好玩。"

"上次你笑得太闹腾,所以妈妈让我们停下来了。"

"因为你踢了小比利·舒姆茨的尺骨,把他弄哭。母亲让我们停下来了。"

"我们下去看看火车吧。"吉米说。

"晚上不能下楼。"梅茜严肃地说道。

"我说，我们来玩股票交易游戏吧。我有一百万美元的债券要出售，梅茜可以扮演多头，吉米可以扮演空头。"

"好的，我们该怎么办？"

"哦，大部分时间就跑来跑去喊叫，我在卖空。"

"好的，经纪人先生，我会以每股五美分的价格全部购买。"

"不，你不能这么说，你要说九十六点五或者类似的话。"

"我给你五百万买下它们。"梅茜挥舞着写字桌上的记事本喊道。

"但你这个傻瓜，它们只值一百万。"吉米喊道。

梅茜在原地停住了。"吉米，你刚才说了什么？"吉米感到羞愧不已，他看着自己粗短的鞋子说："我说，你这个傻瓜。"

"你从来没有去过主日学校吗？你不知道上帝在《圣经》中说过，如果你称呼任何人为傻瓜，你就会有深陷地狱之火的危险吗？"

吉米不敢抬起眼睛。

"我不想再玩了。"梅茜说着站起身来。吉米不知怎么就走到了大厅。他抓起帽子，跑出门，穿过六层白色石阶，经过穿着装饰着黄铜扣子的巧克力色制服的门童，走出了有粉红色大理石柱的大厅，来到了七十二大街。月黑风高，到处都是笨重的身影和追逐的脚步声。最后，他爬上了熟悉的深红色楼梯，匆匆走过母亲的房门。他们会问他为什么回家这么早。他冲进自己的房间，闩上门，锁好保险，站在门边喘着气。

当埃米尔打开门时，刚果问道："你结婚了吗？"埃米尔只穿着汗衫。这个鞋盒般的房间有一个带锡帽的煤气灯而不至于漆黑一片，但也因此更加闷热不堪。

"你这次从哪里来？"

"比塞大和特隆赫姆，我是名资深海员。"

"出海可是份糟糕的工作。我存了两百美元。我在德尔莫尼科餐厅工作。"

他们并排坐在还未收拾的床上。刚果拿出一个顶部镀金的埃及神像包。"四个月的工资。"他拍了拍大腿，"见过梅·斯韦泽吗？"埃米尔摇了摇头。"我得找到那个小混蛋……在那些该死的斯堪的纳维亚港口，他们坐船出来,又壮又胖的金发女人们坐在小船里兜售小玩意。"

他们沉默着。煤气灯发出嘶嘶声。刚果用口哨吹出一口气:"嘘,德尔莫尼科,她多漂亮,你为什么还没娶她?"

"她希望我陪在她身边,我比她更擅长经营商店。"

"你太容易被拿捏了。对待女人,得使用粗暴手段,把一切据为己有……让她心生嫉妒。"

"她让我无法自拔。"

"想看看明信片吗?"刚果从口袋里拿出一包用报纸包裹着的东西。"看看,这些是那不勒斯的,每个人都想来纽约……那是一个阿拉伯舞女,她们的肚脐滑溜溜的……"

"喏,我知道该怎么办了!"埃米尔突然把明信片扔在床上,"我会让她吃醋的……"

"谁?"

"厄恩斯坦……里戈夫人。"

"和一个女孩在第八大道上来回走几次,我打赌她会崩溃的。"

床边椅子上的闹钟响了起来。埃米尔跳起来关掉它,然后在洗脸盆里捧着水洗脸。

"我要去上班了。"

"我会去赫尔餐厅看看能否找到梅。"

"别傻乎乎地把所有的钱都花了。"埃米尔穿着熨好的干净衣服站在破裂的镜子前,紧绷着脸,系着衬衫前面的纽扣。

"我告诉你,这是肯定的事情。"那个人一遍又一遍地说着,把脸凑在埃德·撒切尔的面前,用手掌敲打桌子。

"也许是这样,维勒。但我见过很多人破产,老实说我不知道为何要冒险。"

"伙计,我抵押了女儿的银茶具、我的钻戒和婴儿的奶瓶……这件事非常稳妥……要不是你和我一直是好朋友且我欠你钱什么的,我不会让你参与。你明天中午就能赚到投资的 25%……如果你想碰碰运气,你可以持有,但如果你卖掉三分之一,并把剩下的继续持有两三天,你的投资就会像……直布罗陀巨岩一样安全。"

"我知道,维勒,听起来确实不错。"

"天啊,你不想一辈子都待在这该死的办公室里吧?想想你的小女儿。"

"我就待在这儿,这就是问题所在。"

"但是,埃德,吉本斯和斯旺迪克已经在今晚收盘前开始以三分钱的价格购买了。克莱因聪明地意识到了这一点,明天早上会第一个参与进来。市场会被疯狂带动起来。"

"除非那些家伙改变他们的想法,不再搞这些肮脏的勾当。我对那些家伙了如指掌,维勒。听起来像是一个一流的提议,但我已经看过太多有关破产的书了。"

维勒站起身来,把雪茄扔进了痰盂里:"你爱怎么做就怎么做吧,该死的。我猜你一定喜欢从哈肯萨克往办公室跑,每天工作十二个小时。"

"我相信通过努力工作来提升自己,仅此而已。"

"当你老无所依,几千美元的积蓄有什么用?我将全力以赴。"

"去吧,维勒,你告诉他们。"撒切尔嘟囔着。维勒踏出办公室,砰的一声关上了门。

大大的办公室里整排的黄色桌子和罩住的打字机都笼罩在黑暗中,只有撒切尔那张堆满账簿的桌子前亮着灯。房间一头的三扇窗户没有窗帘。透过它们,他可以看到亮着灯光的高楼大厦和黑漆漆的天空。他正在一张长长的格子纸上抄写备忘录。

凡坦进出口公司(截至 2 月 29 日的资产负债表),分支机构设在纽约、上海、香港和海峡殖民地……

上期期末余额 $345,789.84

房地产 $500,087.12

损益余额 $399,765.90

"一群该死的骗子,"撒切尔大声咆哮着,"整个账簿没有一项不是假的。我不相信他们在香港或其他地方有分支机构……"

他靠在椅子上,凝视着窗外。楼房的灯光逐渐变暗。他只能看到天空中的一颗星星。应该出去吃点东西,这样饮食不规律对消化不好。如果我听从了维勒极力的怂恿会怎样?艾伦,你喜欢这些美国美人玫瑰吗?它们有八英尺长的茎。我想让你看看为你出国完成学业而规划的行程。是的,离开我们新买的可以俯瞰中央公园和市区的公寓会很遗憾。信托会计学会,爱德华•C. 撒切尔,总裁……一团团蒸汽在天空中飘荡,遮住了星星。冒险一试,冒险一试……他们都是骗子和赌徒……冒险一试,然后挣满口袋的钱,存够银行账户的钱,保险库也囤满。如果我敢冒险就好了。浪费时间为此愤懑是愚蠢的。回到凡坦进出口公司吧。蒸汽微微泛着街道反射的红光,在黑漆漆的天幕中迅速飘过,缠绕,消散。

美国保税仓库存货……$325,666.00

冒险一试,拿出 325666 美元。美元像蒸汽一样涌动,扭曲散开,撞向星星。百万富翁撒切尔倚靠在豪华明亮房间的窗户旁,看着黑漆漆的城市,其中充斥着欢声笑语和灯红酒绿。在他身后,管弦乐队在杜鹃花丛中演奏,专用线路嘀嗒嘀嗒忙个不停,接收着来自新加坡、瓦尔帕莱索、奉天、香港、芝加哥的汇款。苏茜穿着兰花礼服俯身靠着他,在他耳边摩挲。

埃德•撒切尔握紧拳头,深吸一口气。可怜的傻瓜,现在她已经离开了,还有什么用呢?我最好去吃点东西,否则艾伦会责备我。

5. 蒸汽压路机

暮光柔和地笼罩着纵横交错的街道。黑暗逼近蒸汽弥漫、铺满沥青的城市，碾着雕花窗户、标志牌、烟囱、水塔、通风器、逃生通道、饰条、雕花、水波纹、眼睛、手和领带，将一切压成蓝色的大块，又进一步压成浓黑的一团，充塞在天地间。夜色愈发凝重，窗户里灯光骤然点亮。夜色从弧光灯中挤出明亮的奶白色光，又挤压着阴郁的街区中，让红的、黄的、绿的光滴落在脚步声回荡的街道。沥青反射着灯光。屋顶上的字母标牌喷出的光线被车轮碾磨着，令人炫目，将巨大的天幕染上颜色。

一台蒸汽压路机在墓地门口新铺的路面上来回碾压，传来一股烧焦的油脂、蒸汽和热油漆的味道。吉米·赫夫沿着路边小心翼翼地走着，他的鞋底已经被锋利的石头磨破了。一群黑人工人与他擦肩而过，身上散发着大蒜味和汗臭味。走了一百码后，他停在了两侧密布着电线杆和电线的灰色郊区小路上，路边是灰色的板房和身影模糊的建筑工人。天空的颜色像知更鸟蛋一样。春天的躁动在他的血液中翻涌。他把黑色领带扯下来放进口袋里。脑海中疯狂地回响着一首歌：

我厌倦了紫罗兰

把它们都拿走

阳光壮丽,月光华美,星光灿烂:每一颗星星的光芒都是独一无二的存在。死而复生也是如此……他快速地走着,踏过倒映着天空的水坑,试图甩掉耳中回荡的低沉单调的哀乐,让手指摆脱黑纱的触觉,忘记百合花的气味。

我厌倦了紫罗兰
把它们都拿走

他加快了步伐,沿着小路上山。沟渠里清澈的河水流淌着,流过一片片长着蒲公英的草地。房子越来越少了。在谷仓的侧面,斑驳的字迹拼写着:莉迪亚·品客汉姆蔬菜超市、百威啤酒、红鸡牌、吠犬牌……妈妈中风了,现在已经被埋葬入土了。他想不起她以前的样子。她已经死了,就是这样。篱笆杆上传来一只歌雀潮湿的哨声。那只铁褐色的小鸟飞了起来,停在电线上,又飞到一个废弃锅炉边唱歌,又飞向远处,一直唱着歌。天空变得湛蓝,布满了薄薄的珠母贝样的云彩。最后一刻,他感到身边有丝绸摩擦的沙沙声,感觉像是蕾丝花边袖子下的手轻轻地握住了他。他似乎躺在摇篮里,脚底冰凉,笼罩在毛茸茸的黑影之下。她额头上搭着卷发,丝绸衣服的袖子宽松飘逸,嘴角长着一颗黑痣。她俯身亲吻了他,黑影瞬间退缩在角落里。他加快了步伐。他觉得热血沸腾。薄片样云彩融化成了玫瑰色的泡沫。他能听到自己的脚步声在柏油路上回响。十字路口,太阳照在有黏性的山毛榉树嫩芽上。路对面有一个标志写着扬克斯。路中央,一个凹陷的番茄罐头在摇晃着。他踢着罐头,一路走了过去。阳光的壮丽,月光的华美,星光的灿烂……他继续走着。

"嗨,埃米尔!"埃米尔没有回头,点了点头。女孩追上他,抓住了他的衣袖。"这就是你对待老朋友的方式吗?现在你和那个熟食店'女王'在一起了?"

埃米尔用力抽回了手。"我只是过得比较操蛋。"

"如果我告诉她,你和我故意站在第八大道的窗户前拥抱和亲吻,就是为了让她爱上你,你觉得怎么样?"

"那是刚果的点子。"

"达到效果了吗?"

"当然了。"

"没有觉得亏欠我吗？"

"梅，你是可爱的小女孩。下周三晚上我有空,带你去看个演出。怎么样？"

"糟透了。我正试图在坎帕斯找一份舞蹈相关的工作……那里可以遇到有钱人……不想再和水手还有海员们混在一起了……我想过体面的生活。"

"梅，你那有来自刚果的消息吗？"

"收到了一张看不懂地名的明信片……搞笑的是,写信给他本来是要钱的,却收到一张明信片。那家伙整晚缠着我,然后就给我一张明信片。他那玩意儿还够细的,对吧？"

"再见,梅。"他突然将点缀着勿忘我花的草帽戴在她头上,然后吻了她。

"嘿,青蛙腿那么细……第八大道不是亲吻女孩的地方。"她抱怨着,将一缕黄色的卷发塞回帽子里。"我可以让你进牢狱,我正在犹豫要不要这么做。"

埃米尔离开了。

一辆消防车、一辆水罐车和一辆云梯车经过他身旁,在街道上发出震耳欲聋的轰鸣。三个街区之外,一栋房子的屋顶冒着烟,不时有火苗蹿出来。围观的人群挤在警戒线上。视线越过密集的后背和帽子,埃米尔瞥见了消防员站在旁边房子的屋顶上,三股清澈的水流喷向上面的窗户。一定是对面的熟食店。他从人群中挤出一条道,穿行在人行道上。突然人群散开了。两名警察拖出一个黑人,他那断了的手臂像电缆一样晃荡。第三个警察跟在后面,用警棍左右敲打着黑人的脑袋。

"就是这家伙放的火。"

"他们抓住了纵火犯。"

"那是个纵火犯。"

"上帝啊,他这个卑鄙的纵火犯。"

人群涌上来。埃米尔站在里戈夫人旁边,就在她商店门前。

"唉,好难受,我很害怕火。"

埃米尔比她站得稍微靠后一点,他用一只胳膊轻轻搂住她的腰,用另一只手拍着她的胳膊说："没事的,火已经灭了,只有烟雾了。你买了保险,对吧？"

"哦,是的,保额一万五千。"他握了握她的手,然后把手臂收回去了。"亲爱的,我们回去吧。"

一进店,他就握住她胖胖的双手。"厄恩斯坦,我们什么时候结婚？"

"下个月吧。"

"我等不了那么久,不可能！为什么不是下个星期三？那样我就可以帮你盘点库存。我想也许我们可以卖掉这个地方,搬到市区,赚更多的钱。"

她拍了拍他的脸颊："想得挺美。"她发自内心地笑起来,肩膀和丰满的胸脯随之颤动。

他们需要在曼哈顿中转站换乘。艾伦新手套的拇指处裂开了,她不自觉地用食指一个劲儿地抠着破洞。约翰穿着一件系带子的雨衣,戴着一顶粉灰色的毡帽。他转过身冲着她微笑。她不禁把目光移开,盯着轨道上粼粼的雨幕。

"我们到了,亲爱的伊莱恩。小公主,你看,我们乘坐的是从宾夕法尼亚车站来的火车……这样在新泽西的荒野等待有点搞笑。"他们走进候车室。雨滴在帽子上留下了深色的印渍。约翰小声嘟囔着："好了,我们出发了,小姑娘……看,你是多么美丽,我的爱人,你的眼睛就跟鸽子眼一样明亮有神。"

艾伦新套装的胳膊肘部位有点紧。她想高兴起来,听他在耳边咕噜咕噜地说话,但某件事让她愁眉紧锁。她只能望着褐色的沼泽、数不清的黑色的工厂窗户、城镇里泥泞的街道、运河中的生锈汽船、牲口棚和达勒姆公牛的招牌,还有箭牌口香糖广告里的圆脸地精——它们统统在刺眼的伤疤样的雨幕中禁锢着、凌乱着。火车停下来时,车窗上雨水的痕迹是垂直的,随着火车加速,它们变得越来越斜。车轮隆隆作响,她的脑海中回响着曼——哈顿——中转——站。曼——哈顿——中转——站。无论如何,到大西洋城还有很长时间。等到我们到达大西洋城时……"哦,下了四十个白天的雨。"……我会快乐起来的……"又下了四十个夜晚的雨。"……我必须快乐起来。

"伊莱恩·撒切尔·奥格勒索普,那是真是一个好名字,不是吗,亲爱的?哦,让我喝个够,让我吃个爽,因为我对爱情感到厌倦了……"

豪华客车里空空的,绿色天鹅绒椅子很舒适。约翰听着她絮絮叨叨,透过雨水斑驳的车窗,褐色的沼泽向后滑过,一股蛤蜊味渗入车内。她看着他的脸笑了。他的脸一直红到了红棕色头发的根部。他戴着黄色手套,盖在她的白色手套上说:"你现在是我的妻子了,伊莱恩。"

"你现在是我的丈夫了,约翰。"他们在空荡荡的客车厢里含情脉脉地笑着对视着。

白色字母——大西洋城。雨点滴落在水面上,拼出这几个字来。

雨点猛烈地冲刷着木板路,倾盆大雨在狂风中拍打着窗户。雨声之中,她能听到码头上传来时有时无的海浪声。她躺在床上仰望着天花板。约翰躺在她旁边,把对折了的枕头枕在头下,像个孩子一样安静地呼吸着。她感到一阵寒意。她小心翼翼地溜下床,生怕吵醒他。她站在窗户边看着木板路上长长的、呈 V 形排布的灯光。她推开窗户。雨水无情地打在她的脸上,砸得皮肤生疼,睡衣也湿漉漉的。她把额头靠在窗框上。"哦,我想死。我想死。"她全身的紧张和寒冷都集中到了胃里。"哦,我要吐了。"她走进浴室,关上门。当她呕吐完后,感觉好多了。然后她小心翼翼地爬回床上,没有碰到约翰。如果碰到他,不如让她去死。她仰卧着,双手紧贴在身体两侧,双脚并拢。她的脑海中响着豪华客车的隆隆声,她睡着了。

风吹得窗框咯咯作响,她醒了。约翰离得有点远,在床的另一边。随着风雨从窗户灌进来,房间、大床和其他一切好像都在移动,像一艘飞艇在海上疾驰。"哦,下了四十个白天的雨。"……在寒冷的夜色中,那首小曲温暖如血液一般流淌……"又下了四十个夜晚的雨。"她小心翼翼地抚摸着丈夫的头发。他在睡梦中皱起了脸,用小男孩的声音抱怨着:"别……"她忍不住笑了起来,躺在床的另一头,像在学校时和女孩们一起那样尽情笑着。雨猛烈地打着窗户,歌声越来越响,直到在她耳边变成了铜管乐队的演奏。

> 哦,下了四十个白天的雨
> 又下了四十个夜晚的雨
> 一直到圣诞节都没有停

洪水中唯一幸存的人
是地峡的长腿杰克

吉米·赫夫和杰夫姨父面对面坐着。两人面前各摆着一个蓝色的盘子，上面放着一块排骨、一颗烤土豆、一小堆豌豆和一枝西芹。

"吉米，看看你周围。"杰夫姨父说。屋顶明亮的灯光照亮了胡桃木装饰的餐厅，照得银质刀叉、金牙、手表链、领带别针熠熠发光，照得擦亮的盘子、光溜溜的脑袋和餐盘的罩子闪闪亮亮，然后被粗呢和斜纹布吞噬。"你觉得怎么样？"杰夫姨父问道，把拇指插进自己黄色绒毛马甲的口袋里。

"这是个不错的俱乐部。"吉米说道。

"这个国家最富有和最成功的人都会来这里吃午餐。看那个角落的圆桌。那是高森海默的桌子，就在左边一点儿。"杰夫姨父向前倾身，压低声音，"那个下巴强壮的人是J. 怀特·拉波特。"吉米切着他的羊排，没有回答。"好吧，吉米，你可能知道我为什么把你带到这里。我想和你谈谈。现在你可怜的母亲已经……已经离开了，艾米莉和我是你法律意义上的监护人和莉莉的遗嘱执行人。我想向你解释一下事情的现状。"吉米放下刀叉，坐在椅子上盯着姨父，用冰冷的双手抓着椅子的扶手，看着他的下巴在丝绸领结上的红宝石领针上方笨重地移动。"你现在十六岁了，对吧，吉米？"

"是的，先生。"

"好吧，这样说吧，等你母亲的遗产全部清算后，你将拥有大约五千五百美元。幸运的是，你是一个聪明的家伙，很早就能上大学。现在，如果这笔钱被妥善管理，应该足以让你上哥伦比亚大学，既然你坚持要去哥伦比亚大学。我本人，我相信你的艾米莉姨妈也是这样想的，更希望你去耶鲁大学或普林斯顿大学。在我看来，你非常幸运。在你这个年龄，我在弗雷德里克斯堡的一个办公室里打扫地板，每个月只挣十五美元。现在我想说的是……我没有看到你对金钱方面有足够的责任感……嗯……对于在男性主导的世界中努力赚钱、获得成功缺乏充足的热情。看看你周围的人，节俭和热情让这些人成为他们现在的样子。它成就了我，让我现在能够提供给你舒适的家和有文化氛围的环境。我发现你的教育有点特殊，可怜的莉莉在许多问题上和我们观点不一致，但真正决定你命运的时刻才刚刚开始。现在是时候振作起来,为你未来的职业奠定基础了。我的建议是,你应该像詹姆斯一样从公司的底层开始稳扎稳打。从现在开始,你们两个都是我的儿子。这将意味着辛勤的工作,但终将为你的事业打下坚实的基础。不要忘记,如果一个人在纽约成功了,他就成功了!"吉米坐在那里,看着姨父从大嘴巴里吐出一大堆严肃的话,顾不上品尝吃在嘴里的多汁羊排。"那你打算成为什么样的人?"杰夫姨父俯身靠过来,用鼓鼓的灰色眼睛看着他问道。

吉米被一块面包噎住了,脸色通红,最后支支吾吾地说道:"杰夫姨父,你说什么就是什么。"

"那是不是意味着你可以在夏天到我的办公室工作一个月,体验一下像男子汉一样在男人的世界里谋生的感觉,了解一下业务是如何经营的?"吉米点了点头。"好吧,我认为你做了一个非常明智的决定。"杰夫叔叔低声说道,向后靠在椅子上,灯光照在铁灰色的头发上。"顺便问一下,你想来点儿什么甜点?几年后,当你成为一个拥有自己事业的成功人士时,我们会记起这次谈话的。这是你职业生涯的开始。"

衣帽间的女孩有一头蓬松的金发,当她递给吉米他的帽子时带着轻蔑的笑容。他的帽子淹没在大肚礼帽、软呢帽和华丽的巴拿马帽中间,被压得扁扁的,看起来脏兮兮的、软塌塌的。电梯下降时,他的胃里翻江倒海。他走出了电梯,来到拥挤的大理石大厅,不知道何去何从。他把手插在口袋里,站在墙边,看着人们通过一直旋转的旋转门来来往往:脸颊软软的女孩嚼着口香糖,留着刘海的面相刻薄的女孩,脸色苍白的与他年龄相仿的男孩,歪戴着帽子的年轻混子,满头汗水的邮差,交错的目光,摇摆的臀部,咀嚼烟草的红色下巴,蜡黄的瘦削面孔,体态匀称的年轻男女,大腹便便的老年男人,所有的人都在推推搡搡,通过旋转门进出百老汇,那场景如同一盘不停旋转的磁带。吉米在旋转门进进出出,中午、晚上和早晨,旋转门像绞肉机一样磨掉了他的岁月。突然间,他的肌肉僵硬了。杰夫姨父和他的办公室可以去见鬼了。这些话在他内心里如此响亮,以至于他看了一眼左右,确认是否有人听到了。

他们都可以去见鬼。他挺直肩膀,推开旋转门。他的脚跟踩在了别人的脚上。"看看你踩哪了。"他走到了街上。一阵旋风从百老汇吹来,把沙子吹进了他的嘴里和眼睛里。他背风走向了炮台公园。在三一教堂墓地里，速记员和勤杂工在墓碑中间吃着三明治。一群外国人聚集在轮船公司外面：头发卷曲的挪威人，宽脸庞的瑞典人，波兰人，从地中海来的散发着大蒜味道的黝黑矮小男人，高大的斯拉夫人，三个中国人，一群东印度水手。在海关大楼前的三角形空地上，吉姆·赫夫转过身来，迎着风沿着百老汇大街望向远方。杰夫姨父和他的办公室都可以去见鬼了。

巴德坐在床沿，伸展胳膊打了个哈欠。四周弥漫着汗臭味、酸臭味和湿衣服的气味，人们的呼噜声、睡梦中翻身的声音和床弹簧的嘎吱声此起彼伏。远处黑暗中只点亮了一盏电灯。巴德闭上眼睛，让头靠在肩上。哦，上帝，我想睡觉。亲爱的耶稣，我想睡觉。他用双手紧握着膝盖，控制它们不要颤抖。我们的天父啊，我想睡觉。

"伙计，怎么了，你睡不着吗？"旁边的床铺传来了一个平静的声音。

"见鬼，睡不着。"

"我也是。"

巴德看到一个卷发的大脑袋枕着手肘，转过来对着他。

"这个地方真是糟糕透了，"那个声音平稳地说道。"我告诉全世界……还要花四十美分！都足够住广场酒店……"

"在城里待了很久吗？"

"到八月份就整十年了。"

"我的天啊。"

一个粗粝的声音传来："别闹腾了，你们这些家伙，你们以为这是犹太人的野餐吗？"

巴德压低声音说："有趣的是，我想来这个城市已经好多年了，我在郊区的农场出生并长大。"

"你干吗不回去呢？"

"我不能回去。"巴德感到一阵冷意，他想停止颤抖。他把毯子拉到下巴，翻身面对那个在说话的人。

"每年春天我都会对自己说，离开吧，去种植庄稼，回家挤牛奶，但我没有这样做，我只是在外面漂着。"

"你在城市里都做了些什么？"

"我不知道。我过去大部分时间都在联合广场坐着，然后我在麦迪逊广场坐着。我去过霍博肯、新泽西、弗拉特布什，现在我是一个混迹在鲍威利的流浪汉。"

"天啊，我发誓我明天就要离开这里。我在这里感到害怕。这个城市里有太多的警察和侦探。"

"你可以乞讨为生。但听我说，孩子，回到农场和老人家那里去，日子就好过了。"

巴德跳下床，粗暴地拉了一下男人的肩膀。"来灯这边，我想给你看点东西。"巴德感觉自己的声音在耳朵里奇怪地回响着。他大步穿过床间小道，耳边呼噜声声。那个流浪汉，蓬头垢面，眼窝深陷，全身穿着衣服从毯子里爬了出来，跟着他走。在灯光下，巴德解开了连体服前面的扣子，露出了肌肉结实的臂膀。"看看我的背。"

"天啊。"那个男人低声说着，用一只沾满污垢、指甲又长又黄的手指轻抚着他那大片的红白相间的深疤痕。"我从没见过这样的身体。"

"那就是老家伙对我做的事。他想打我就打我，打了我十二年。他会把我脱光并用一根链条抽打我的背部。他们说他是我父亲，但我知道他不是。我十三岁时逃跑了。从那时起他就把我吊起来鞭打。现在我已经二十五岁了。"

他们默默无语地回到床上躺下。

巴德躺在床上，盖着毯子，仰望着天花板。门在房间的尽头。当他望向门口时，看到一个戴着礼帽、嘴里叼着雪茄的男人站在那里。他咬住下唇，不让自己喊出声。当他再次看去时，那个男人已经不见了。"你醒着吗？"他低声问道。

那个流浪汉咕哝着。"我本来就要告诉你的。我用铲锄把他的头砸烂了，就像踢烂一个烂南瓜那样。我告诉他不要再惹我，可他就是不听。他是上帝的虔诚信徒，想让你害怕他。我们在旧牧场里采草料，准备种土豆。我让他一直躺在那里，直到晚上。他的头就像一个烂南瓜一样。篱笆旁边的灌木遮住了他，从路上就看不到了。然后我把他埋了，回到房子里煮了一壶咖啡。他从来不让我喝咖啡。天还没亮，我就起床上路了。我告诉自己，在大城市里被找到就像大海捞针一样难。我知道老家伙放钱的地方。他有一卷钱，卷得跟你脑袋一样大，但我没敢拿超过十美元。你醒了吗？"

那个流浪汉咕哝着。"我小时候和萨凯特老头的女儿在一起。我们在撒凯特家树林的旧冰库里约会，常常谈论来纽约城发财，但现在我在这里，找不到工作，我也无法克服恐惧。有侦探一直跟着我，那些戴礼帽的人，他们的外套下面藏着徽章。昨晚我想和一个妓女在一起，她从我的眼神中看出了恐惧，把我赶了出去……她从我的眼神中看出来了。"他坐在床沿上，俯身朝着对方低声诉说。突然，这个流浪汉抓住了他的手腕。

"小子，听我说，如果你继续这样下去，你会疯掉的。有钱吗？"巴德点了点头。"你最好把它给我保管。我是个老手，我会帮你摆脱困境的。你穿上衣服，绕着街区走一圈，找个餐馆吃饱肚子。你有多少钱？"

"一美元找回来的零钱。"

"你给我二十五美分，剩下的都买东西吃。"巴德穿上裤子，递给那个人一个硬币。"然后你回到这里，会睡得很好。明天我们去老家拿那卷钞票。你不是说它和脑袋一样大吗？然后我们会逃到他们抓不到我们的地方。我们五五平分。你同意吗？"

巴德僵硬地握了握他的手，然后系上鞋带，拖着脚走到门口，沿着满是唾沫的楼梯走下去。

雨停了。街道被雨水冲洗得一尘不染，夹带着树林和青草气息的凉风吹拂地上的水坑。在且林广场的餐厅里，三个人戴着帽子坐着睡觉。柜台后面的人正在看一份粉红色的运动报纸。巴德等了很久才点到菜。他感到清爽、宁静、开心。饭菜端上桌，他慢慢地享受着每一口煮熟的咸牛肉杂烩，用舌头顶着牙齿把脆皮土豆碾碎。他一边吃，一边喝着浓糖咖啡。用面包皮擦拭完盘子之后，他拿了一根牙签出去了。

他剔着牙穿过布鲁克林大桥脏乱昏暗的入口。一个戴礼帽的男人在宽敞的隧道中抽雪茄。巴德昂首挺胸走过他身边。"我不在乎他，随他跟着我吧。"拱形的人行道空无一人，只有一个警察站在那打着哈欠，仰望着天空。巴德仿佛正在星空中漫步。两侧房屋窗户里透出的灯光随着街道延伸收窄，在远方连成一条虚线。河面波光粼粼，与正上方的银河交相辉映。拖船的灯光静静地在潮湿的夜色中滑行。汽车在桥上呼啸而过，震得钢梁和交错的铁索发出班卓琴般的响声。

他来到布鲁克林一侧的高架铁路，转过身沿着南侧车道走去。不管是去哪里，现在都没法去。夜幕逐渐在他身后呈现蓝色的光晕，就像铁在熔炉中开始发光一样。黑色烟囱和市中心建筑物玫瑰色的屋脊正在变亮。整个夜色都在变得如珍珠般温润。他们都是追逐我的侦探，他们都是，戴礼帽的人、酒鬼、厨房里的老妇人、酒吧老板、电车售票员、警察、妓女、水手、码头工人、公司里机械工作的职员……他以为我会告诉他老头子的钱在哪里，这个卑鄙的乞丐。我要一个人对付他，我还要一个人对付所有的侦探。河水静静地流淌，平滑得如蓝钢枪管。不管是去哪里，现在都无处可去。码头和建筑物之间的阴影呈现出粉末状的水洗蓝，桅杆点缀着河流，紫色、巧克力色、肉粉色的烟雾在灯光中萦绕。现在都无处可去。

他穿着燕尾服，挂着金表链，戴着红色印章戒指，与玛丽亚·萨凯特一起坐马车参加婚礼；他乘坐四匹白马拉的马车去市政厅接受市长给予他的任命。他们身后的光线越来越亮。他们穿着缎子和丝绸，白色马车铺着粉色绒布。他与玛丽亚·萨凯特一起并排坐着。市议员巴德与家财万贯的新娘一起坐在装满钻石的马车上，经过一排挥舞雪茄、鞠躬、脱下棕色礼帽的男人……巴德坐在桥栏上。太阳已经从布鲁克林区的后面升起来了，曼哈顿区窗户呈现火光涌动的样子。他向前一扭，滑了一下，仅靠一只手悬挂着。阳光刺进他的眼睛。摔下去时，他的惊呼声戛然而止。

普鲁登斯号拖船的莫克阿沃船长身材魁梧，浓眉大眼，胡子浓密且尖端打过蜡，此时他站在驾驶室里，一只手握着方向盘，另一只手拿着一块刚刚蘸过咖啡的饼干。咖啡就放在指南针旁边的架子上。他正要把浸过咖啡的饼干放进嘴里，这时有黑乎乎的东西在离船头几码远落下来，砰的掉进河里，溅起了水花。与此同时，一个人从机房门口探出身来喊道："一个家伙从桥上跳下来了。"

"该死。"莫克阿沃船长说着，放下手中的饼干，转动方向盘。强劲的水浪让船跟稻草一样在水中打转。机房里响起了三声钟声。一个黑人拿着船钩向船头跑去。

"莱德，帮个忙！"莫克阿沃船长喊着。

在折腾一番之后，他们将一个长长的、黑色的、软塌塌的东西放在甲板上。一声铃，两声铃，莫克阿沃船长皱着眉头，疲惫不堪，将拖船的船头再次转向了河水流动的方向。

"他还活着吗，莱德？"他用嘶哑的声音问道。黑人的脸色发青，牙齿打战。

"没救了，先生，"红发男子缓缓地说道，"他的脖子已经断了。"

莫克阿沃船长一半的胡须被吸进嘴里，大声感叹："该死，结婚这天竟然碰到这种事。"

第二部分

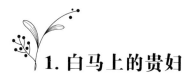

1. 白马上的贵妇

清晨时分，艾伦街上第一列地铁轰隆隆地行驶着。阳光透过窗户，照进砖砌的老房子里，在L形的梁柱上播金撒银。

猫儿离开了垃圾桶。臭虫离开了孩子们脏兮兮、软绵绵的脖子，离开了他们汗津津的四肢，回到了墙壁里。房间的角落里，男男女女在床垫和毯子、被子之间辗转反侧；孩子们从睡梦中惊醒，尖叫着拳打踢腿。

里弗顿街角处有一个胡子乱糟糟的老人。没人知道他住在哪儿，他正在摆放他的腌菜摊铺。桶里横七竖八地盛放着腌制的黄瓜、辣椒、甜瓜皮、辣泡菜，散发着冰冷的胡椒香气，仿佛从铺盖纷杂的气味和街道嘈杂声中生长出来的沼泽花园。

那个胡子乱蓬蓬、无人知晓其住所的老人坐在当中，就像是坐在葡萄架下的约拿先知。

吉米•赫夫走上四层嘎吱作响的楼梯，敲了敲一扇白色的门。门把手上面有指印，门上有一张用黄铜图钉牢牢固定的卡片，卡片上面用古老的英文字母印着"桑德兰"。门旁边有一个牛奶瓶、两个奶油瓶和一份《周日时报》。他等了很久。门后面传来一阵窸窸窣窣的脚步声和嘎吱嘎吱的楼梯颤动声，然后就安静了下来。他按了门框上白色的门铃按钮。

"他说,玛吉,我爱你爱得要命。然后她说,进来躲雨吧,你都湿透了……"楼梯上传来声音,男人穿着纽扣鞋,女孩穿着凉鞋和粉色丝袜。女孩还穿着蓬松的裙子,戴着春季少女帽;年轻男人穿着装饰着白边的马甲,打着有绿、蓝、紫三色条纹的领带。

"但你不是那种女孩。"

"你怎么知道我是什么样的女孩?"

声音沿着楼梯慢慢靠近。

吉米•赫夫又猛按了一下门铃。

"谁啊?"一个嗲声嗲气的女声从门缝里传来。

"我想找普林小姐。"

门缝里他瞟见那女孩穿着蓝色的晨服,脸蛋胖乎乎的。"哦,我不知道她是否已经起床了。"

"她说她会起来的。"

"请等一下,稍等一下好吗?"她在门后咯咯笑着说道,"待会儿再进来。对不起,桑德兰太太以为你是收房租的人。他们有时候会在周日过来,只不过是为了逗逗你。"一丝娇羞的笑声在门缝里传出。

"需要我把牛奶拿进来吗?"

"好的,坐在大厅里,我去叫露丝过来。"大厅非常黑暗,有睡眠味、牙膏味和按摩膏味。在一个角落里,一张小床上皱巴巴的床单上还留有身体的印记。草帽、丝绸晚礼服和几件男式礼服外套在鹿角帽架上挂着。吉米拿开摇椅上的胸衣,坐了下来。女人的声音、人们穿衣服的摩挲声、翻阅周日报纸的声音从不同房间的隔板中渗出来。

卫生间的门打开了。穿衣镜里反射出来一缕阳光,将昏暗的大厅分成两半,阳光里出现了一个头发像铜丝的人。她有一张苍白的鸭蛋脸,眼睛深蓝。她走了过来,她的头发变成了棕色,苗条的上身穿着橘色的衬裙,每走一步,粉色的足跟便从拖鞋中漫不经心地翘起。

"哦哦,吉米……"露丝从门后面对他喊道。"但你不能看我或者我的房间。"一个卷发纸包着的脑袋像海龟一样伸出来了。

"嗨,露丝。"

"如果你答应不看的话,你可以进来了。我现在很难看,我的房间乱得像鸟窝,我刚准备要打理头发。我很快就好。"小小的灰色房间里塞满了衣服和舞台人物的照片。吉米背对着门站着,从挂钩上垂下来的某种丝绸般的东西挠到了他的耳朵。

"那么新手记者工作怎么样了?"

"我在赫尔餐厅,挺不错。露丝,你找到工作了吗?"

"嗯嗯,这周可能会有几件事情有着落。但是找工作的事还是没进展。哦,吉米,我开始绝望了。"她摇了摇头发,松开了卷发器,梳理着新卷的浅褐色波浪。她像受到惊吓似的,脸庞苍白,瞪着大眼睛,眼袋发青。"今天早上我知道我应该起床准备好,但我就是做不到。没有工作还要早起真是让人沮丧。有时候我想躺在床上,一直待到世界末日。"

"可怜的老露丝。"

她朝他扔了一个粉扑,把他的领带和蓝色哗叽西装的翻领上都撒上了粉。"不用你可怜我,你这只小老鼠。"

"我费了好大的力气才打扮得像模像样。瞧瞧你干的好事,露丝,你竟然还躲。我身上粉扑的味道还没散去。"

露丝仰起头来,放声大笑:"哦,你太滑稽了,吉米。试试那个掸子。"

他脸红了,望着自己的领带,喃喃自语:"那个开门的长得很可爱的女孩是谁?"

"嘘,隔墙有耳,那是卡茜。"她低声笑着说,"卡桑德拉·威尔金斯,曾经和摩根舞者在一起。但我们不应该嘲笑她,她非常好。我非常喜欢她。"她大笑了一声。"你这个笨蛋,吉米。"她站起来,打了他的肱二头肌,"你总是让我疯疯癫癫的。"

"命中注定的。不过我饿坏了,我是走过来的。"

"什么时间了?"

"一点多了。"

"哦,吉米,我没什么时间观念……喜欢这顶帽子吗?哦,我忘了告诉你。昨天我去看了阿尔·哈里森。简直太可怕了……如果我没有及时接到电话并扬言要报警……"

"看看对面那个有趣的女人。她的脸像羊驼一样。"

"因为她的缘故,我不得不一直拉着窗帘。"

“为什么？”

“哦，你太年轻了，不会懂的。吉米，你会被吓到的。”露丝靠近镜子，用口红涂抹着嘴唇。

“有太多事情让我震惊，我觉得这没什么大不了。但是，走吧，让我们离开这里。外面阳光明媚，人们从教堂返回家中大吃一顿，坐在塑胶假植旁边读着周日报纸……”

“哦，吉米，你真是太有趣了……等一下。小心，你勾住了我最好的衬裙。”

一个穿着黄色毛衣的短发女孩正在大厅里收拾婴儿床上的床单。她涂了琥珀色粉底和腮红。吉米一时没有认出这就是他透过门缝看到的那张脸。

“你好，卡茜，这是……不好意思，威尔金斯小姐，这是赫夫先生。你给他讲讲通风井的事，还有你知道的萨波修士。”

卡桑德拉•威尔金斯咬着嘴唇，噘起嘴巴。“赫夫先生，她真可怕……她说的话太可怕了。”

“她这么做只是为了惹恼别人。”

“哦，赫夫先生，非常高兴终于见到你，露丝总是提起你。哦，恐怕我这么说有点太唐突了，我经常口无遮拦。”

走廊对面的门打开了，吉米看到了一个鹰钩鼻的男人。他脸色苍白，红色头发被直直地分成了厚薄不均的两部分。他穿着绿色缎子浴袍和红色摩洛哥羊皮拖鞋。

“卡桑德拉，怎么了？”他用牛津口音小心地问道，“今天有什么预言吗？”

“啥事都没有，除了一封来自菲兹•西蒙斯格蕾夫人的电报。她想让我明天去斯卡斯代尔见她，谈论格林纳里剧院的事情。抱歉，这位是赫夫先生，奥格勒索普先生。”

那个红头发的男人扬起一只眉毛，垂下另一只眉毛，无力地握住了吉米的手。

“赫夫，赫夫……让我想想，是乔治亚州的赫夫吗？在亚特兰大有一个古老的赫夫家族。”

"应该不是。"

"太糟糕了。乔赛亚·赫夫曾经和我是好朋友。现在他是第一国家银行的总裁和宾夕法尼亚州斯克兰顿市的杰出公民,而我只是一个穷困潦倒、混迹江湖的骗子。"他耸了耸肩膀,浴袍滑落,露出了平坦光滑的胸膛。

"你看,奥格勒索普先生和我要表演《雅歌》。他朗读,我跳舞来演绎。你一定要来看我们排练。"

"你的肚脐像一个装满酒的圆酒杯,你的肚子像被百合花环绕的小麦堆。"

"哦,别现在就开始。"她咯咯地笑着,把腿紧紧地并在一起。

"乔乔,关上门。"从房间里传来一个平静而低沉的女声。

"哦,可怜的伊莱恩,她想要睡觉。很高兴认识您,赫夫先生。"

"乔乔!"

"好的,亲爱的。"

昏昏沉沉的睡意笼罩着他,女孩的声音让吉米感到一激灵。在昏暗的大厅里,他站在卡茜旁边,一言不发。咖啡和烤面包的味道从某个地方飘来。露丝从他们身后走来。

"好了,吉米,我准备好了。我怀疑是不是落下了什么东西。"

"不管你有没有落下东西,我饿了。"吉米搂着她的肩膀,轻轻地带着她走向门口,"现在已经两点了。"

"好了,再见了。卡茜,亲爱的,大约六点我打电话给你。"

"好的,露丝。很高兴见到你,赫夫先生。"卡茜咯咯笑着。门被关上了。

"哇,露丝,那个地方让我感到恶心。"

"吉米,不要因为饥饿就闹脾气。"

"但是告诉我,露丝,奥格勒索普先生到底是什么身份?他比我见过的任何人都要出色。"

"哦,奥格勒'出山'了吗?"露丝放声大笑。他们走在灰蒙蒙的阳光下。"他告诉你他是乔治亚州奥格勒索普家族的主要分支吗?"

"那个有铜色头发的可爱女孩是他的妻子吗?"

"伊莱恩·奥格勒索普长着红色的头发。她并不是那么可爱……她只是个孩子，但是十分高傲。这都是因为她在《桃花绽放》的表演中取得了一些成绩。人们总因为这些精彩的小片段大惊小怪。她的表演还不错。"

"她嫁给那样的丈夫真是可惜。"

"奥格勒会为她做任何事情。如果不是因为他，她仍然在合唱团里。"

"美女与野兽。"

"如果他对你发火，你最好小心，吉米。"

"为什么？"

"怪人，吉米，怪人。"

高架桥上的地铁轰鸣驶过，挡住了他们头顶上的阳光。他能看到露丝的嘴巴在说话。

"听着，"他在逐渐减弱的嘈杂声中喊道，"我们去坎帕斯餐厅吃早午餐，然后去帕利塞德公园散步。"

"你这个傻瓜，吉米，早午餐是什么？"

"你吃早餐，我吃午餐。"

"这会很搞笑。"她笑得前仰后合，挽住了他的胳膊。他们走路时，她的银色小兜碰撞着他的胳膊肘。

"那么，卡茜呢？神秘的卡桑德拉是什么人呢？"

"你不能嘲笑她，她是个可爱的女孩。要是她不养那只可怕的白色小贵宾犬就好了。她把它关在房间里，它从来不运动，味道很难闻。她的房间就在我隔壁。她有一个稳定的男友，"露丝咯咯笑了，"他比那只贵宾犬还糟糕。他们订婚了，他从她那里借走了她所有的钱。天啊，不要告诉别人。"

"我不知道能告诉谁。"

"还有一位桑德兰太太……"

"哦，是的，我看到她进了浴室——一个穿着褶皱浴袍，戴着粉色浴帽的老太太。"

"吉米，你太让我震惊了……她老是找不着假牙。"露丝话音未落，高架桥上地铁的轰鸣就淹没了她的声音。他们身后餐厅的门关上了，轰鸣声消失了。

乐队正在演奏《当诺曼底的苹果花开时》。阳光斜射进来，空气中弥漫着微尘,这个地方悬挂着彩色纸带,以及写着"龙虾当天到货""吃蛤蜊正当时""请品尝美味法式蒸贻贝(农业部推荐)"的标语牌。他们坐在一个用红字写着"牛排聚会请上楼"的标牌下面。露丝挥了一下面包棒逗了逗他:"吉米,你觉得早餐吃扇贝会不会太放纵了?但我必须先喝咖啡,咖啡,咖啡……"

"我要吃一小块牛排和洋葱。"

"如果你打算下午和我待在一起,赫夫先生,那就别吃洋葱。"

"哦,好吧。露丝,我尊重你的意见。"

"这并不代表着我会同意你吻我。"

"什么……在帕利塞德公园?"露丝咯咯的笑声突然变成了哈哈大笑。吉米脸涨得通红。"'我从来没问过你,夫人。'他说。"

阳光从草帽边缘的小洞中洒到她的脸上。她的窄裙比较短,所以步幅很小。她不得不加快步伐。透过薄薄的中国丝绸,阳光像一只手抚摸着她的背部。在炎热的街道上,商店、穿着盛装的人们、草帽、遮阳伞、有轨电车、出租车都闪烁着明亮的光芒,似乎她正在一堆金属碎屑中行走。耀眼的光芒如同利刃般切割着她。她不断地在嘈杂、刺耳、尖利的噪声中搜寻着。

一个女孩骑着白马慢慢穿过林肯广场,栗色的头发均匀地垂在灰白色的马背和带金边的鞍布上,鞍布上面绣着红绿相间的字母"丹德琳"。她戴着一顶绿色的多利·瓦登帽,上面装饰着一根深红色的羽毛;一只手戴着白色的手套,漫不经心地摇晃着缰绳,另一只手则拿着一根有着镀金球把手的马鞭。

艾伦看着她走过去,然后顺着脏兮兮的绿道穿过十字路口来到公园。一群男孩在草地上打棒球,被踩踏的草地在阳光下散发着青草的味道。树荫下的长椅上都坐满了人。穿过弯曲的汽车道时,她法式高跟鞋尖尖的鞋跟陷进了沥青中。两个水手在阳光下懒洋洋地躺在长椅上。她走过时,其中一个人发出啧啧的声音。她感觉到他们贪婪的目光粘在她的脖子、大腿和脚踝上。她试图控制走路时臀部的晃动。小树苗上的叶子都枯萎了。公园建筑物的南面和东面迎着明媚的阳光,西面则投下紫色的阴影。

一切都被警察和服装束缚着,让人感到浑身不自在。她为什么不乘坐地铁呢?她看到一个戴草帽、黑眼睛的年轻男子正将一辆红色斯图兹跑车停到路边。他的眼睛在她的眼中闪烁着。他微笑着猛地转过头来,噘起的嘴巴仿佛在亲吻她的脸颊。他用一只手拉动刹车杆,用另一只手打开车门。她移开了目光,昂起了下巴继续走路。两只脖子铁绿色、爪子珊瑚红色的鸽子摇摇摆摆地在她面前走开。一个老人正从纸袋里掏出花生逗着松鼠。

"身穿绿衣,骑在一匹白色战马上的迷失营女士……绿色,绿色,丹德琳……像戈黛娃夫人一样,长发飘飘,威风凛凛。"

谢尔曼将军的金色身影打断了她的思绪。她停了一会儿,看着广场高楼闪耀着像珍珠贝一样的白色光泽。是的,这就是伊莱恩·奥格勒索普的公寓。她乘上了一辆驶往华盛顿广场的公共汽车。星期天下午,第五大道尘土飞扬,拥挤热闹。在阴凉处,偶尔会有一个戴着高礼帽和穿着燕尾服的男人。遮阳伞、夏季连衣裙、草帽在阳光下十分耀眼。阳光照在房子的顶层窗户上,照在豪华轿车和出租车的漆面上。空气中弥漫着汽油和沥青的气味,还有薄荷糖和爽身粉的香气,以及那些在公共汽车座位上紧紧挨在一起坐着的情侣们身上的香水味。在商店临时展柜的橱窗里,陈列着油画、深红色的布料、刷了漆的古董椅子。圣·雷吉斯·谢里商店。她身边的男人穿着防水鞋套,戴着柠檬色手套,可能是个导购员。当他们经过圣帕特里克大教堂时,她从敞开的大门里闻到了焚香的味道。德尔莫尼科餐厅。在她前面,年轻人的手臂正悄悄搂着他身旁穿着灰色法兰绒衣服的女孩。

"天啊,乔运气不好,他不得不娶她。他只有十九岁。"

"我觉得,这是你所认为的不幸吧。"

"马提尔,我不是说我们。"

"我打赌你就是。不管怎样,你见过那个女孩吗?"

"我打赌那不是他的。"

"什么?"

"孩子。"

"比利,你说的话真可怕。"

四十二大街。联盟俱乐部。"这是一个非常有趣的聚会,非常有趣,大家都到场了。这次演讲很愉快,让我回想起往日的时光。"她耳边响起了一个文雅的声音。那是华尔道夫酒店。"比利,那些旗帜是不是很棒……那面旗很有趣,因为暹罗大使住在那里。我今天早上在报纸上读到的。"

当你和我,我的爱,即将分开时,我将在你的唇上留下最后一吻,然后离去……心,开始,你是谁……保佑,这位,小姐……当你……当你和我,我的爱……

第八大街到了。她下了公交车,走进布雷沃特酒店的地下室。乔治坐在那里,背对着门,不停地开关着公文包的锁。"嗯,伊莱恩,你终于来了,让我耐心等三刻钟的人可不多。"

"乔治,你不能责备我。我刚才过得很开心,我好几年没这么开心了。这一天,我一个人走过整个公园,从一零五大街一直走到五十九大街。公园里有很多有趣的人。"

"你一定很累了。"他明亮的眼睛被一圈细小的皱纹包围着,瘦削的脸像一艘轮船的船首一样向她靠近。

"乔治,我猜你一整天都在办公室工作了吧。"

"是的,我一直在处理一些案子。我不能指望其他人完成,哪怕是日常工作,我必须自己做。"

"你知道吗,我已经猜到你会这样说了。"

"什么?"

"就是等了三刻钟这个事。"

"哦,你知道的太多了,伊莱恩……来点茶点吧?"

"哦,但我对任何事情都一无所知,这就是问题所在……还是给我来杯柠檬汁吧。"

玻璃杯互相碰撞。雪茄蓝色的烟雾中,脸庞、帽子和胡须不住地摆动,在镜中映出人们绿莹莹的身影。

"但是,亲爱的,这总是同样的复杂问题。这可能适用于男性,但对于女性来说并没有什么意义。"一个女人的声音从隔壁桌传来。"你的女权主义已经升华成了一个无法逾越的障碍。"一个男人用沙哑的声音小心地跟着说。"如果我是一个利己主义者怎么办?天知道我为此受过苦。""火可以净化一切,查理……"

乔治在说话,试图引起她的注意。"著名的乔乔怎么样了?"

"哦,我们不要谈论他。"

"越少谈论他越好,对吧?"

"乔治,你不要笑话乔乔了。不管好坏,他都是我的丈夫,除非我们离婚分手……我不是逗你开心。你太粗俗、太简单,无法理解他。乔乔是一个非常复杂而悲情的人。"

"拜托,不要谈论丈夫和妻子。重要的是,小伊莱恩,你和我现在坐在这里,没有任何人来打扰我们。我们什么时候再见面,真正地见面,真正地……"

"我们不是真的这么迫切要见面,对吧,乔治?"她轻声笑着说道。

"但我有很多话要对你说,有很多事情想要问你。"

她笑着望着他,用粉色的手指托起一块被咬过一口的小樱桃馅饼。"当你在证人席上指责可恶的罪犯时,你就是这样表现的吗?我以为你会这么说:二月三十一日夜里你在哪里?"

"但我是非常认真的,这点你无法理解或不愿理解。"

一个年轻人站在桌子旁,轻轻地晃了晃,低头看着他们。

"你好,斯坦,你从哪儿来的?"鲍德温板着脸抬起头。

"鲍德温先生,我知道这很无礼,但我可以坐在你们这一桌吗?有人在找我,我不能见他。哦,天啊,那面镜子!如果他们看到你,就不会找我。"

"奥格勒索普小姐,这是我们公司高级合伙人的儿子,斯坦伍德·埃默里。"

"哦,见到你很高兴,奥格勒索普小姐。我昨晚看到了你,但你没有看到我。"

"你去看演出了吗?"

"我高兴得差点飞起来,我觉得你太棒了。"

他棕色的皮肤透着红润的血色,眼睛离鼻梁很近,眼神里充满渴望,鼻子很尖,大嘴巴一直说个不停,棕色卷发立在头上。艾伦看着他们两个人,心里暗自发笑。他们三个都正襟危坐。

"今天下午我见到了那位丹德琳女士。"她说,"她给我留下了深刻的印象,正是我心目中骑白马的贵妇的形象。"

"手指上戴着戒指,脚趾上戴着铃铛,她走到哪里都会顽皮捣蛋。"斯坦一口气巴拉巴拉地说出来。

"你想说的是演奏音乐,对吧?"艾伦笑着说,"我总是说成顽皮捣蛋。"

"学校怎么样了?"鲍德温用干巴巴的声音冷淡地问道。

"我猜它还安然无恙,"斯坦脸红地说,"我希望他们在我回去之前把它烧掉。"他站起来。"鲍德温先生,请原谅我的冒犯,打扰到你们实在太冒昧了。"他转身靠近艾伦,她闻到了他呼出的酒气。"不好意思,奥格勒索普小姐。"

她不由自主地伸出手去,一只干瘦的手紧紧地握住了她的手。他大步走出去,摇摇晃晃地撞到了一个服务员。

"我搞不懂那个该死的小崽子。"鲍德温爆发了,"可怜的老埃默里为此心碎。他非常聪明,性格很好,但他成天就知道喝酒和闹事。我想他需要去工作,获得价值感。钱太多就是大多数大学生的问题所在。但是伊莱恩,谢天谢地我们又能够单独待在一起。我从十四岁起就一直在工作。现在我想放下这一切,缓一阵子。我想享受生活、旅行、思考和快乐。我无法再像以前那样忍受市区的节奏。我想学会娱乐,缓解紧张……所以才需要你。"

"但我不想成为任何人的减压阀。"她笑了笑,睫毛遮住了眼睛。

"今晚我们去乡下吧。整天都在办公室里让人透不过气。我讨厌星期天。"

"但是,我还要排练。"

"你可以请病假,我会打电话叫车的。"

"天啊,那是乔乔……你好,乔乔。"她把手套举过头顶挥舞着。

约翰·奥格勒索普脸上涂着粉,嘴角微微上扬,穿着立领衬衫,在拥挤的桌子间穿行,从带有黑色条纹的手套里抽出手来。"亲爱的,你好,这真是个惊喜啊。"

"你们认识吧?这位是鲍德温先生。"

"如果我打扰了你们的二人世界,请原谅我。"

"没有这回事。坐下来,我们一起喝杯开波酒。我真的很想见到你,乔乔。顺便说一句，如果你今晚没别的事，你可以在这里坐一会儿。我想知道你对我扮演的角色的看法……"

"当然，亲爱的，没有什么比这更让我高兴了。"

乔治•鲍德温整个身体绷得紧紧的，手在椅背后紧握着。"服务员……"他的声音像金属断裂一样刺耳，"请一次送三杯苏格兰开波酒过来。"

奥格勒索普把下巴靠在手杖把手的银球上："信任，鲍德温先生，夫妻之间的信任是非常美好的。时间和空间对它没有影响。哪怕我们中的一个人去中国一千年，也不会改变我们的感情。"

"你看，乔治，乔乔的问题在于他年轻时读了太多莎士比亚。但我得走了，否则默顿又会大声责备我。谈谈工业奴隶制。乔乔，告诉他演员工会是什么。"

鲍德温站了起来，颧骨上微微泛红。"让我带你去剧院。"这句话从他牙缝里蹦出来。

"我自己能走，而且乔乔，你必须清醒着看我的表演。"

风吹散令人窒息的烟雾、鸡尾酒、令人作呕的甜言蜜语，天空中飘浮着粉色和白色的云朵，第五大道显得粉白相间。她欢快地向出租车司机挥手微笑。随后，她发现一双焦急的眼睛认真地注视着她，这双眼睛属于一个棕色脸庞的高个子。

"我在这里等你出来。我能捎你一段吗？我的福特车停在拐角处了，拜托了。"

"但我马上要去剧院。我有彩排。"

"好的，我送你去那里。"

她沉思着，戴上手套。"好的，但这对你来说是不情之请。"

"没关系的，就在这附近。我那样插嘴真是太无礼了，不是吗？但那是另一回事。反正我已经认识你了。这辆福特车的名字叫作丁戈，但那也是另一回事。"

"能遇到年轻人还是挺高兴的。纽约周围没什么年轻人。"

他脸色绯红，俯身发动汽车。"哦，我可太年轻了。"

发动机轰鸣着启动了。他转身用修长的手按下了油门："我们很可能要被抓起来。我的消声器松动了，可能会掉。"

　　来到三十四大街的时候,他们经过一个骑着白马在街道上缓缓行进的女孩。那女孩栗色的头发均匀地垂在灰白色的马背和带金边的鞍布上,鞍布上面绣着红绿相间的字母"丹德琳"。

　　"她的手指上戴着戒指,"斯坦按响了他的喇叭,"脚趾上有铃铛。无论头皮屑长在哪里,她都能治好。"

2. 地峡的长腿杰克

晌午时分,联合广场上。清仓甩卖。闭店在即。我们犯了一个可怕的错误。跪在尘土飞扬的沥青路面上,小男孩擦亮鞋子:低帮鞋、棕色鞋、纽扣鞋、牛津鞋。阳光像蒲公英一样落在每个新擦亮的鞋尖上。这边走,伙计,先生,小姐,在店后面有我们的新款花呢大衣,质优价廉。男士、小姐、夫人,减价……我们犯了一个可怕的错误。闭店在即。

中午的阳光模模糊糊地投射到餐馆里。柔和的音乐营造出东南亚氛围。他吃着芙蓉蛋,她吃着炒面。他们嘴里塞满食物跳着舞,轻薄的蓝色针织衫紧贴笔挺的黑色西装,卷发贴在黑色顺滑的头发上。

在第十四街下车,光荣的救世军来了,女士们踏着步;四人一排,身材圆胖,光鲜亮丽,身着海军蓝制服,那是救世军乐队。

质优价廉。闭店在即。我们犯了一个可怕的错误。闭店在即。

从利物浦出发的英国轮船拉雷号,船长凯特威尔;933大包、881箱、10篮、8袋织物;57箱、89大包、18篮棉线;156大包毛毡;4包石棉;100袋线轴……

乔·哈兰德停止了打字,抬头看着天花板。他的手指尖很疼。办公室里有浆糊的味道、清单的味道,还有穿衬衫的男人味。透过敞开的窗户,他可以看到通风井的褐色墙壁,还有一个戴着绿色护目镜的男人茫然地望着窗外。金发的勤杂员在他的桌角上放了一张便条：波洛克先生将在5：10见你。他如鲠在喉。他要解雇我了。他的手指又开始敲打着打字机。

从格拉斯哥出发的荷兰轮船戴福特号，船长特龙普；200大包，123箱，14桶……

乔·哈兰德在炮台公园闲逛，他看到长椅上有个空座，便一屁股坐了上去。泽西市的上空金黄色的雾气蒸腾，夕阳淹没其中。好吧，终于结束了。他坐在那儿，看了很久落日，仿佛自己身在牙医诊室里看挂画。一艘拖船经过，喷出大团黑色和深红色的烟雾。他坐在那里等待着日落。我之前有十八美元五十美分，减去六美元的房费、一美元八十四美分的洗衣费，还有四美元五十美分欠查理的钱，一共花了七美元八十四美分，十一美元八十四美分，十二美元三十四美分。十八美元五十美分剩下了六美元十六美分。如果不喝酒，我还有三天时间找到下一份工作。哦，上帝，我的运气什么时候才会转好？以前的日子里我运气挺好的。他的膝盖颤抖，胃里感到一阵恶心。

你把你的人生搞得一团糟，乔·哈兰德。四十五岁了，没有朋友，一文不名。

一艘独桅船挂着深红色的三角帆，距离人行道只有几英尺。当细长的横桁摆过来时，一个年轻男子和一个年轻女孩一起匆匆躲避。他们两个都被阳光晒成了古铜色，头发被阳光烤得焦黄。独桅船在海湾深红色的雾气中渐行渐远。乔·哈兰德咬着嘴唇，不让眼泪流出来。上帝，我需要一杯酒。

"这不是犯罪吗？这不是犯罪吗？"坐在他左边的人一遍又一遍地说。乔·哈兰德转过头，那个人满头银发，脸色发红，满脸褶子。他用两根脏兮兮的手指夹着报纸的戏剧版。"那些年轻的女演员都穿得那么暴露……怎么就不能放过你呢？"

"你不喜欢在报纸上看到他们的照片吗？"

"我说为什么他们就不能放过你呢？如果你没有工作，也没有钱，这些照片有什么用呢？"

"很多人喜欢看到这些刊登在报纸上的照片。以前我也是这样的。"

"以前你有工作，现在你不是没有工作了吗？"他凶狠地咆哮着。乔·哈兰德摇了摇头。"怎么回事？他们应该让你一个人待着，不是吗？直到开始铲雪的时候才会有工作。"

"那么之前你做什么工作？"

老人没有回答。他又弯下腰来，眯起眼睛喃喃自语："衣不蔽体，这是犯罪，我告诉你们。"

乔·哈兰德站起身走开了。

暮色已经临近，他的膝盖因为长时间静坐而变得僵硬。他疲惫地走着，感觉到紧绷的腰带勒得他的大肚子生疼。可怜的老战马，你需要几杯酒来思考问题。一股杂酿的啤酒味从旋转门里飘出来。酒吧里，酒保的脸色像温室里红木架子上的铁锈色苹果一样难看。

"给我来一杯黑麦威士忌。"威士忌的辣味刺激着他的喉咙，热烈而芬芳。这让我变得更有男子气概。他没有喝酒后饮料，而是走到了免费午餐区，吃了一份火腿三明治和一颗橄榄。"再来一杯黑麦威士忌，查理。它能让你变得更有男子气概。我已经戒酒太久了，这就是我的问题所在。你们现在不会想要见我，我的朋友，但他们曾经称我为华尔街巫师，这只不过是证明了运气有时候决定命运……好的，先生，很荣幸。祝你健康长寿，去他妈的厄运……哈哈，让你变得更有男子气概……我想，这里的各位都冒过险。有多少人冒险之后更加悲伤或者更有智慧？运气决定命运的又一个例证。但我不是这样的人，先生们，我在市场混迹了十年，十年来我日夜不停地守着电报机，包括上一次，我一共才失败了三次。先生们，我要告诉你们一个秘密。我要告诉你们一个非常重要的秘密……查理，给我的这些好朋友再上一轮酒，我请客，你也来一口……哎呀，那真是让她舒爽……先生们，运气有时候决定命运。先生们，我幸运的秘诀……这是真的，我向你们保证，你们可以在那些日子的报纸文章、杂志、演讲、讲座中自行查证。一个肮脏的恶棍最终——甚至有人写了一篇关于我的悬疑小说，书名叫作《成功的秘密》。如果你愿意查一下，你们可以在纽约公共图书馆找到它……我的成功秘诀是……当你们听到它时，也许会笑着跟自己人说，乔·哈兰德喝醉了，乔·哈兰德是个老傻瓜……是的，你们会的……十年来，我做套利交易，全仓买入，我在从未听说过的股票上做空，每次我都获利。我积累了很多财富，手中有四家银行。我开始吃香喝辣，但那还没到我的全盛时期……但你们迫切地想知道我的秘密，你们认为你们可以用上它……你们不能……那是一条蓝色丝绸钩针领带,小时候母亲为我做的……别笑,该死的……不,我不是在挑事。运气决定命运。我和另一个人一起拿了一千美元的路易斯维尔和纳什维尔股票,那天我就戴着那条领带。在二十五分钟内上涨了二十五个点。就是从那时候开始的。然后我逐渐注意到,我不戴那条领带的时候,我会亏钱。它变得又旧又破,我试着把它放在口袋里。没用。我必须戴着它,你明白吗?……其余的都是老掉牙的故事了,先生们……有一个女孩,该死的,我爱她。我想向她证明,世界上没有什么是我不能为她做的,所以我把领带给了她。我假装那是个笑话,哈哈哈。她说,为什么它这么烂,都磨破了。她把它扔进了火里……只是另一个例子……朋友,你能再请我喝一杯吗?我今天下午突然没钱了……谢谢你,先生……啊,这又让你们焕发活力了。"

在拥挤的地铁车厢里,送信的男孩被挤在一个高个子金发女人的背后,她身上散发着玛丽花园香水的气味。每一次地铁呼啸着颠簸时,他们的胳膊、包裹、肩膀、臀部都会更加贴近。他那汗津津的西联汇款公司帽歪到了一边。如果我能有一个像她这样的女人,一个像她这样的女人,就值得让地铁停止、灯光熄灭、地铁出轨。如果我有勇气又有钱,我就能拥有她。地铁减速时,她倒在他身上。他闭上眼睛,屏住呼吸。他的鼻子被压在她的脖子上。火车停了。他被人群夹带着下了车。

他来到外面看着灯光闪亮的大厦,觉得头晕目眩。百老汇挤满了人,水手们在九十六大街角落里闲逛。他在熟食店里吃了一份火腿和香肠三明治。柜台后面的女人有着像地铁里的那个女人一样的黄色头发,但她更胖、更老。他嚼着最后一块三明治的面包皮,坐电梯去往日本花园大厦。他坐着思考了一会儿,眼前闪烁着屏幕的光芒。天啊,他们看到送信员穿着这身衣服坐在这里一定会觉得很搞笑。我最好从这里出去。我还是送我的电报去吧。

他一边走下楼梯,一边系紧腰带。他沿着百老汇向北走到一零五大街,然后向东走到哥伦布大道,一路上仔细观察着门牌号、消防梯、窗户和屋檐。就是这儿。唯一亮着灯的是二楼。他按了二楼的门铃。门闩响了。他跑上楼梯。一个头发乱蓬蓬、脸被火炉烤得红彤彤的女人探出头来。

"有封桑缇欧诺的电报。"

"这里没有叫这个名字的人。"

"抱歉，夫人，我一定是按错门铃了。"

门砰的一声关上，几乎拍在他的鼻子上。他那苍白而松弛的脸吓得突然紧绷起来。他踮着脚尖轻轻地跑上顶层的楼梯，沿着小梯子来到一个活板门旁边。他滑动插销的时候它嘎吱嘎吱响了起来，他不由得屏住了呼吸。爬上了铺着煤渣的屋顶后，他轻轻地把活板门关上。四周耸立的黑色烟囱在明亮的街道的映衬下显得分外醒目。他蹲下身子小心翼翼地走到房子的后面，从排水沟上爬下来，落在消防栓上。他在落地的时候碰倒了一个花盆。漆黑一片。顺着窗户，他爬进一间女人居住的闷热的房间，把手伸到未整理的床铺上的枕头下，又沿着梳妆台摸索，弄洒了些抹脸的粉，然后小心翼翼地拉开抽屉，发现了一只手表。胸针上的别针刺破了他的手指。抽屉里面的角落放着一团皱巴巴的东西：钞票，一卷钞票。逃走吧，今晚不再冒险了。沿着消防梯到下一层。没有灯光。另一扇窗户打开了。爬过去，轻而易举。同样的房间，散发着狗和香料的气味，还有某种毒品的味道。他看到自己模糊的身影在橱柜的玻璃门里摸索着，手伸进一罐冷奶油里了，然后在裤子上擦掉。该死。伴着脚下传来的一声嘶吼，他感觉自己踩到一个软绵绵的东西。他站在狭窄的房间中央颤抖着。小狗在角落里大声吠叫着。

房间的灯亮了起来。一个女孩站在门口，用一把左轮手枪指着他。她身后有一个男人。

"你在干什么？为什么穿着西联汇款的衣服？"她的头发被铜色的光笼罩，红色丝绸睡袍凸显出她的身材。那个年轻男人敞着衬衫，身体结实，皮肤黝黑。"你在房间里干什么？"

"夫人，我饿得不行了才这么干的，我和我可怜的母亲正在挨饿。"

"这不是很有趣吗，斯坦？他是个盗窃犯。"她挥舞着左轮手枪，"出来吧，到大厅来。"

"是的，小姐，您说什么我就做什么，但不要把我交给警察。想想我可怜的母亲都快饿死了。"

"好吧，但如果你偷了什么东西，必须还回去。"

"说真的，我还没来得及偷。"

斯坦一屁股坐在椅子上，笑个不停。"艾莉，你真是太棒了，谁能想到你能做到。"

"嗯，去年整个夏天我不是一直在表演这个场景吗？交出你的枪。"

"不，小姐，我没携带枪支。"

"我不相信你，但我想我会让你走。"

"上帝保佑你，小姐。"

"但你是个送信员，总能赚到钱的。"

"上周我被解雇了，小姐，只是饿得不行了才这么干的。"

斯坦站起身来。"我们给他一美元，让他滚出去。"

他走出门外，她把一美元钞票递给了他。

"上帝，你们真善良。"他哽咽着说道。他抓住了拿着钞票的手，亲吻着它。弯下腰亲吻她的手时，他瞥见了她红色丝绸袖子下的身体。他颤抖着走下楼梯时，回头看到男人和女孩手挽手、肩并肩地站在一起看着他。他的眼里充满了泪水。他把一美元钞票塞进了口袋里。

孩子，如果对女人太心软，你会发现自己就要完蛋了……不过那只手还是很软的。他哼着小曲，走到地铁站，坐上了一趟开往市区的列车。他不时用手摸摸后面口袋里的那卷钞票。他跑上一幢公寓的三楼，空气里有炸鱼和煤气的气味。他来到一扇脏兮兮的玻璃门前按了三下门铃，停顿了一会儿后，又轻轻敲了敲门。

"是你吗，莫克？"隐约传来一个女人的声音。

"不，是尼克·沙茨。"

一个染着红褐色头发的尖脸女人打开了门。她身穿毛皮外套，里面穿着蕾丝内衣。

"怎么了，孩子？"

"天啊，一个漂亮女人在我干点小活的时候抓住了我。你猜她做了什么？"他兴奋地说着话，跟着这个女人走进了墙皮剥落的餐厅。桌子上放着用过的杯子和一瓶绿河威士忌。"她给了我一美元，告诉我要做个好人。"

"她竟然这么干？"

"这是一块手表。"

"这是一块英格索尔表,不能算是一块好表。"

"把灯打开。"他掏出一卷钞票,"这不是一卷钞票吗?……天啊,这得有几千美元。"

"让我看看。"她从他手中抢过钞票,眼睛瞪得大大的,"嘿,你这个傻子。"她把钞票扔在地上,用摇摆的犹太手势揉搓着双手,"哦哟,这是舞台上用的钱。这是舞台上用的钱,你这个傻瓜,该死的……"

他们并排坐在床边咯咯地笑着。在充满丝绸衣物气息的小小房间里,梳妆台上的黄玫瑰散发出一股淡淡的清香。他们的手臂紧紧地搂在彼此的肩膀上。突然,他松开手俯身亲吻她的嘴唇。"你就像个小偷。"他气喘吁吁地说道。

"斯坦。"

"艾莉。"

"我想可能是乔乔。"她勉强从紧绷的喉咙中发出一声耳语,"偷偷摸摸地潜伏在周围就像是他的风格。"

"艾莉,我不明白你和他怎么能跟这么多人生活在一起。你是如此可爱。我只是认为你不适合在这种环境中生活。"

"在遇见你之前,生活还算容易……而且说实话,乔乔还好。他只是一个古怪而不幸的人。"

"但你是来自另一个世界的……你应该住在伍尔沃斯大楼的顶层,住在装饰着雕花玻璃和樱花的公寓里。"

"斯坦,你后背晒焦的皮肤脱落了。"

"游泳导致的。"

"这么快?"

"我猜大部分都是去年夏天留下的。"

"你真是个幸运的年轻人。我从来没有学会正确的游泳姿势。"

"我可以教你……下周日天气晴朗,我们早点起床,开着丁戈去长滩。沿着海滩走到尽头,那里一个人都没有……甚至不需要穿泳衣。"

"我喜欢你这种瘦而结实的身材,斯坦……乔乔白白胖胖的,像个女人。"

"看在上帝的分儿上，别提他了。"

斯坦分开双腿站立着，系着衬衫扣子。"艾莉，我们走吧，去喝一杯……天啊，我可不想现在碰到什么人，还得对他们说谎……我敢打赌，我会用椅子砸他们的脑袋。"

"我们还有时间，这里十二点之前没有人回家……我在这儿是因为头疼。"

"艾莉，你是不是喜欢这样头疼？"

"我喜欢得要疯了，斯坦。"

"我猜那个西联汇款的盗窃犯知道……天啊……盗窃、通奸、沿着消防梯偷偷溜下来、顺着排水沟悄悄地行走。天啊，这真是美好的生活。"

他们一起走下楼梯，艾伦紧紧握着他的手。来到破旧走廊里的信箱前，他突然抓住她的肩膀，压着她的脸吻了她。他们几乎没有喘气，径直走向百老汇的街道。他的手搭在她的臂弯里，她用肘部使他的手臂紧紧地贴在她腰上。她看着人们的脸庞、店铺橱窗里的水果、蔬菜罐头、橄榄罐头、花店里的火炬花、报纸、浮现的电子标志，如同透过水族箱的厚玻璃看一样，觉得遥不可及。当他们经过十字路口时，河水的气息扑面而来。稻草帽下闪亮的眼神、下巴的姿态、薄薄的嘴唇、噘起的嘴唇、丘比特的弓、颧骨下饥饿的阴影、女孩和年轻男人的脸庞像飞蛾一样扑动着向她袭来。她与他并肩走着，在这凉意沁人的昏黄夜色里，一同迈着不紧不慢的步伐。

他们找了个地方坐下。管弦乐队在演奏。"斯坦，我什么都不能喝，你先喝吧。"

"但是，艾莉，你不像我一样觉得这很好吗？"

"比你感觉还好，我只是无法承受更好的感觉了。我无法集中精力喝酒。"她在他明亮目光的注视下畏缩了。

斯坦喝得醉醺醺的。他一直重复着"我希望地球上拥有类似水果一样的身体可以食用"。艾伦则一直用叉子搅动着弹性十足的威尔士兔肉块。她的心情像过山车一样急转直下，颤抖地陷入悲痛深渊。在地板中央的一个方形空地上，四对情侣在跳着探戈。她站了起来。

"斯坦，我要回家了。我明天要早起，得排练一整天。十二点给剧院打电话找我。"

他点了点头，又倒了一杯威士忌。她在他的椅子后面站了片刻，注视着他那蓬松的长发。他正在自言自语地吟诵诗句："看到了洁白无瑕的阿佛洛狄忒，真是太好了，看到了她的长发和赤足，天啊……像西方海洋上的落日一样火光闪耀。看到了那不情愿的……真他妈的好诗啊，充满智慧。"

她再次回到了百老汇，感到非常愉快。她站在街中央等待去城里的车。偶尔有出租车呼啸而过。温暖的河风送来了长长的汽笛声。在她的内心深处，仿佛有成千上万个小矮人正在建造华美而易碎的高大塔楼。车子响着铃沿着轨道驶来，停下。上车的时候，她想起了斯坦身上那让人迷醉的汗味。她坐在座位上，咬着嘴唇不让自己哭出声来。上帝，爱情真可怕。对面坐着的两个短下巴、青鱼脸的男人拍打着大腿狂热地交谈着。

"我告诉你，吉姆，艾琳·卡斯尔让我深深着迷……看她在舞台上跳舞就像听到天使在唱歌一样。"

"她太瘦了。"

"但她在百老汇上创造了有史以来最大的轰动。"

艾伦下了车，沿着一零五大街荒凉空荡的人行道向东走去。街区房屋的狭窄窗户里散发出床垫和睡眠的恶臭。垃圾桶在排水沟边发出酸臭的气味。在一个门廊的阴影里，一个男人和女孩紧紧地拥抱在一起，互相道着晚安。艾伦幸福地微笑着。百老汇有史以来最大的轰动。这些话令她眩晕，像电梯一样载着她直上云霄：那里富丽堂皇，红色、金色和绿色的灯光闪耀；那里明亮的空中花园散发着兰花香气，而她穿着金绿色的裙子和斯坦伴着音乐跳着探戈。他们周围响起雷鸣般的掌声。百老汇有史以来最大的轰动。

她走上了白色的台阶。在标着"桑德兰"的门前，一股恶心的感觉突然袭来。她站了很久，拿着钥匙摸索着锁孔，心脏怦怦直跳。然后，她猛地将钥匙插入锁孔，打开了门。

"奇怪的家伙，吉米，奇怪的家伙。"在一个嘈杂的低矮餐厅里，赫夫和露丝·普林坐在最里面的角落里，一边咯咯地笑着，一边吃着东西，"全世界所有的二流演员似乎都在这里用餐。"

"全世界所有的二流演员都住在桑德兰太太家。"

"巴尔干地区有什么最新消息吗？"

"巴尔干地区风平浪静。"

越过露丝装饰着红色花冠的黑色草帽上方，吉米看着挤满了人的桌子，人们的脸庞融入了模糊的灰绿色之中。两个气色不佳的服务员在纷纷扰扰的谈话声中挤过来。露丝睁大了眼睛，笑着看着吉米，咬着一口芹菜茎。

"嘿，我感觉喝多了。"她噼里啪啦地说道，"酒精上头了，这不是很可怕吗？"

"一零五大街发生了什么令人震惊的事情？"

"哦，你错过了。可刺激了，每个人都在走廊里，桑德兰太太头上裹着卷发纸，卡茜在哭泣，托尼·亨特穿着粉色睡衣站在门口。"

"他是谁？"

"只是一个小青年。但是，吉米，我一定告诉过你托尼·亨特的事情。奇特的家伙，吉米，奇怪的家伙。"

吉米感到自己脸涨红了，垂下了脑袋。"哦，那就是他的问题吗？"他生硬地说道。

"现在你被震惊到了，吉米，承认你被震惊到了。"

"不，我没有。继续吧，说出来吧。"

"哦，吉米，你真搞笑……卡茜在哭泣，小狗在吠叫，没有存在感的科斯特洛在喊警察，还晕倒在一个穿着礼服的陌生男子的怀里。乔乔挥舞着一把手枪，可能是一把镀镍的小玩具枪……唯一看起来神志清醒的人是伊莱恩·奥格勒索普……你知道那个红发女子，她曾经给你留下深刻印象。"

"老实说，露丝，在我幼小的心灵里并没有留下那么深刻的印象。"

"最后，奥格勒厌倦了这场闹剧，高声喊道：'拿走我的武器吧，否则我要杀了这个女人。'托尼·亨特抓起他的手枪，带进了自己的房间。然后伊莱恩·奥格勒索普像是在谢幕一样微微鞠了一躬，说了声晚安，冷静地钻进了她的房间，你能想象吗？"露丝突然压低了声音，"餐厅里的每个人都在听我们说话……而且我真心觉得这很讨厌。但最糟糕的还在后面。在奥格勒敲了门几次没有得到任何回答之后，他走到托尼身边，像《哈姆雷特》中的演员福布斯·罗伯逊一样翻着白眼搂住他，说：'托尼，一个心碎的男人能在你的房间里过夜吗？'……老实说，我真的很震惊。"

"奥格勒索普真的这么干的？"

露丝点了几次头。

"那她为什么要嫁给他？"

"为什么，如果她认为有利可图，她会嫁给一辆有轨电车。"

"露丝，老实说，我认为你彻底搞乱了。"

"吉米，你太天真了。但让我讲完这悲惨的故事……那两个人消失并锁上门后，你无法想象大厅里发生了多么可怕的骚动。当然，卡茜一直在歇斯底里，只能添乱。当我从浴室里拿回一些甜苏打水给她时，我发现大厅里已经开启了审判。太震惊了。科斯特洛小姐想在天亮前把奥格勒索普一家赶出去，要不她就离开；桑德兰太太不停地抱怨，在三十年的戏剧生涯中，她从未见过像那样的场景；而那个穿着礼服的男人是本杰明·阿登，你知道他在《忍冬》中扮演了一个角色……他认为像托尼·亨特这样的人应该被关进监狱。当我上床睡觉时，审判还在继续。我经历了这一切之后睡得那么晚，所以才让你在时代药店等了一个小时。可怜的孩子，这下知道原因了吧？"

乔·哈兰德双手插兜站在走廊尽头隔成的卧室里，盯着挂在摇晃铁床正上方的《海湾的雄鹿》画像。那幅画挂得歪歪斜斜，后面的墙壁上布满了绿色的霉点。他手指冰凉，不安地在裤兜里动来动去，低声自言自语道："哦，你知道的，这全靠运气，不过这是我最后一次去梅里韦尔家了。如果不是那个该死的守财奴，艾米莉就会给我这份工作的。我已经找到艾米莉心里的软肋了。但他们似乎都没有意识到这些事情并不总是人为的错。这只是运气，上帝知道，他们以前都靠我过活。"他的声音越来越高，刺痛了自己的耳朵。他咬紧了嘴唇。你这个老家伙正在变得疯狂。他在床和墙之间的狭窄空间里来回踱步。三步。三步。他走到洗脸台前，拿起大水罐喝水。水有一股烂木头和污水桶的味道。他把最后一口吐了出来。我需要一块上等的里脊牛排，而不是水。他握紧拳头，砸在一起。我得做点什么。我得做点什么。

他穿上外套，遮住了裤子屁股位置的破洞。磨损的袖子蹭得他的手腕发痒。黑乎乎的楼梯吱吱作响。他太虚弱了，一直抓着扶手，生怕摔倒。一位老妇人突然出现在楼下大厅的门口。发垫在她头侧摇摆，似乎欲从她稀疏的灰色的发髻逃脱。

"哈兰德先生，你可否将这三周的房租支付给我？"

"我现在正要出门兑现支票呢，巴德科维茨夫人。对于这些小事您总那么善良……也许您会感兴趣，我已经得到了一个非常好的职位的邀约，不，可以说是确定，下个星期一我就可以正式入职了。"

"我已经等了三周，没法再继续等了。"

"但是，亲爱的夫人，我向您保证，以绅士的名誉向您保证……"

巴德科维茨夫人开始扭动肩膀，声音变得尖细，像花生摊的声音一样哀嚎着："你不给我那十五美元，我就把房间租给别人。"

"我今晚会付给您钱。"

"什么时间？"

"六点整。"

"好的，请把钥匙给我。"

"可是我不能给您。万一我没来得及呢？"

"所以我才找你要钥匙。我等够了。"

"好吧，拿走钥匙吧……我希望您明白，在受到这种屈辱之后，我无法再在您的屋檐下继续生活了。"

巴德科维茨夫人沙哑地笑了起来："好的，你付给我十五美元，你就可以带走你的手提箱。"他把两把用绳子绑在一起的钥匙放进她灰色的手中，砰地关上门，大步走到街道。

在第三大道的拐角处，他停下来，站在下午炎热的阳光中瑟瑟发抖，汗水从他的耳后流下。他太虚弱了，连咒骂都做不到。高架桥上有地铁驶过，刺耳的声音就像一把利锯在他头顶拉扯。卡车沿着大街行驶，扬起一股带有汽油和马粪味的灰尘。死寂空气中散发着商店和小餐馆的臭味。他开始缓慢地朝着十四大街的方向走。在一个拐角处萦绕着沁人的雪茄味，仿佛一只手拍在肩膀上，止住了他的脚步。他站了一会儿，看着小店里雪茄卷烟工染色的细长手指轻轻将细碎的烟叶挑出来。他深深地嗅了一口，想起了罗密欧和朱丽叶·阿吉耶斯·莫拉莱斯。轻松地撕开锡箔纸，轻轻地拆下封带,用小小的象牙折刀像切割肉类一样精细地割开尾部,露出新鲜的烟草。蜡梗火柴的气味浮起后,深深吸一口苦涩而有回甘的烟雾。现在,先生,关于新发的北太平洋债券的小问题……他的手放在雨衣湿漉漉的口袋里,攥紧了拳头。她要拿走我的钥匙吗,那个老婆子?我会给她点颜色看看,该死的。乔·哈兰德可能已经穷困潦倒,但他仍然有尊严。

他沿着十四大街向西走,没有停下来思考,也没有失去勇气。他走进了一间小小的地下文具店,跟跟跄跄地从中穿过,来到一小间办公室的门口。办公室里,一个蓝眼睛的秃头胖男人正坐在一张翻盖书桌前。

"你好,菲尔西斯。"哈兰德沙哑地说。

那个胖男人不知所措地站了起来。"上帝啊,这不是哈兰德先生吗?"

"正是乔·哈兰德本人,菲尔西斯……我看起来有点狼狈。"他的笑声消失了。

"好吧,我真是……请坐,哈兰德先生。"

"谢谢你,菲尔西斯,我现在落魄了。"

"哈兰德先生,我已经五年没见过您了。"

"这是最糟糕的五年……我想这都是运气的问题。我的运气一直这么糟。还记得我从斗牛比赛回来后在办公室里狂欢吗?那个圣诞节我给办公室员工发了可观的奖金。"

"的确是这样,哈兰德先生。"

"在街区背面经营杂货店一定很乏味吧。"

"这种生活更合我的胃口,哈兰德先生,这里没有人来管我。"

"你的妻子和孩子们怎么样?"

"挺好,挺好的,最大的男孩刚刚高中毕业。"

"用我的名字命名的那个孩子?"

菲尔西斯点了点头。他用香肠一样粗的手指不安地敲击着桌子边缘。

"我记得我曾经考虑过要为那个孩子做些什么。这是个有趣的世界。"哈兰德无力地笑了笑。他感到自己大脑一片空白。他用手紧紧地握住膝盖,收紧了手臂上的肌肉。"你看,菲尔西斯,事情是这样的,我现在的财务状况相当尴尬……你知道是怎么回事。"菲尔西斯直视着桌子前方。他的光头上开始冒汗。"我们都有走霉运的时候,不是吗?我想借一小笔钱,只有几美元,比如 25 美元,直到……"

"哈兰德先生,我做不到。"菲尔西斯站了起来,"很抱歉,但原则就是原则,我一生从未借过或借出一分钱。我相信你能理解这一点……"

"好的,不要再说了。"哈兰德温顺地站起来,"给我 25 美分……我已经不那么年轻了,两天没吃东西了。"他嘟囔着,低头看着裂口的鞋子。他伸出手按着桌子支撑着自己。

菲尔西斯退到墙边,仿佛要避开一记重拳似的。他用颤抖的手指递出一枚五十美分硬币。哈兰德接了过去,没有说话,跟跄着走出了商店。菲尔西斯从口袋里掏出一块紫边手帕,擦了擦额头,又继续看他的信件。

我们冒昧地向顾客推荐四款穆兰公司的特级新品,我们对这些产品充满信心。它们不仅技术新颖,还是空前绝后的造纸艺术……

他们从电影院走出来,眨着眼睛看着璀璨灯火。卡茜看着他站在那里,双脚分开,目光专注地点燃雪茄。莫克阿沃是个矮壮的男人,脖子很粗。他穿着一件单扣外套和一件方格背心,锦缎领带上别着一枚狗头图案的别针。

"那是一场糟糕的表演,除非我是个荷兰人。"他咆哮着。

"但是我喜欢那些生动的画面,莫里斯。那些瑞士农民跳舞的画面,让我感到身临其境。"

"里面太热了,我想喝一杯。"

"莫里斯,你答应过的。"她抱怨道。

"哦,我只是指苏打水,不要紧张。"

"哦,那太好了。我也只想要一杯苏打水。"

"然后我们去公园散步。"

她眨了一下眼睛,没有看他,轻声说道:"好的,莫里斯。"然后她把有些颤抖的手挽在他的胳膊上。

"要是我不是这么穷就好了。"

"我不在意,莫里斯。"

"上帝,我在乎。"

在哥伦布圆环,他们走进了一家店铺。穿着绿色、紫色、粉色夏季裙子的女孩和戴草帽的年轻男子里三层外三层地围着汽水吧台。她站在一旁，欣赏着他挤过去的样子。一个男人斜靠在她身后的桌子上和一个女孩说话，他们的脸都被帽檐遮住了。

"你把那个家伙绑在外面，我对他说完这句话之后就辞职了。"

"你的意思是你被解雇了。"

"没有，老实说，之前我就辞职了，没给他解雇我的机会。他是个讨厌的家伙，你知道吗？我再也受不了他了。当我走出办公室时，他追在我后面喊道：'年轻人，让我告诉你一些事情——在你搞清楚谁才是这个城市的老板之前，你永远不会成功，明白吗？'"

莫里斯递给她一杯香草冰激凌苏打水。"卡茜，你又做白日梦了，别人都会觉得你是只雪鸟。"她笑眯眯地接过苏打水，他喝的是可乐。"谢谢你。"她噘起嘴唇吸了一勺冰激凌，"哦，莫里斯，太好吃了。"

在两侧霓虹灯的照耀下，小路渐渐消失在黑暗中。斜照的灯光把影子拉得老长，空气中传来灰扑扑的树叶和被踩踏的青草的味道，还有从灌木丛下裂缝中不时透出来的冰凉的泥土气息。

"噢，我喜欢公园。"卡茜唱道。她忍不住了打了一个嗝。"莫里斯，你知道吗，我不应该吃那个冰激凌。它总是让我胃胀气。"

莫里斯什么也没说。他紧紧搂住她，以至于走路时他们的大腿互相摩擦。"皮尔庞特•摩根死了。我希望他留给我几百万遗产。"

"哦，莫里斯，这不是太棒了吗？我们住在哪里？中央公园南边。"他们站在那里，看着哥伦布圆环点亮的灯火。向左看，他们可以看到白色公寓楼窗户里透过帘子的灯光。他偷偷地向左右看了看，然后吻了她。她把嘴从他的嘴里挣脱开。

"别……有人可能会看到我们。"她喘着气轻声说道，身体里面像有台发电机一样嗡嗡作响，"莫里斯，我一直都在等机会告诉你。我觉得戈德韦泽会在他下一场演出中给我一个特别的角色。他是第二戏剧公司的舞台经理，在办公室有很大的影响力。他昨天看我跳舞了。"

"他怎么说的？"

"他说他会安排让我在周一见到大老板……但是，莫里斯，这不是我想做的事情，太庸俗了，太可怕了，我想做一些美好的事情。我感觉我内心有一种无名的东西在飞舞,像一只羽毛绚丽的鸟被关在可怕的铁笼里。”

“你的问题就在这里,你永远不会成功,你太高傲了。”

她抬头看着他,眼睛湿润,在霓虹灯白色的光线下楚楚动人。

“哦,看在上帝的分儿上,别哭了。我没什么意思。”

“莫里斯,我没有得意忘形吧?”她吸了吸鼻子,擦了擦眼睛。

“你有一点儿得意忘形,这让我很恼火。我喜欢我的小女孩多爱我宠我一点。该死的,卡茜,生活并不都是轻松愉快的。”他们紧紧地贴在一起走着,脚下有石块的触感。他们站在一座花岗岩裸露的小山上,四周都是灌木丛。建筑物的灯光笼罩着公园的每个角落,映照在他们的脸上。他们分开站着,紧握着对方的手。

“想想在一零五大街的那个红发女孩,我打赌她和男人独处时不会表现得很高傲。”

“她是个可怕的女人,她不在乎她自己是什么样的人。噢,我觉得你很可怕。”她又开始哭了。

他粗暴地将她拉到自己身边,手掌紧紧地按着她的背。她感到自己颤抖的腿变得乏力,她虚弱得如同坠入五颜六色的光晕之中。他的嘴不让她喘息。

“小心。”他低声说着,推开了她。他们在灌木丛中沿着小路艰难前行。“我猜这里不行。”

“什么,莫里斯?”

“这儿有警察。天啊,没有地方可去真是见鬼。我们能去你的房间吗?”

“但是莫里斯,他们会看见我们的。”

“谁会在乎呢?房子里的人都这么干。”

“哦,我讨厌你这样说话!真正的爱是纯洁可爱的……莫里斯,你并不爱我。”

“别再欺负我了,卡茜,能不能让我消停片刻?该死,一无所有真是痛苦。”

他们坐在灯光下的长椅上。身后的道路上汽车川流不息,发动机的轰鸣此起彼伏。她把手放在他的膝盖上,他用粗壮的大手盖住她的手。

“莫里斯,我感觉我们从现在开始会非常幸福,我能感觉到。你一定会找到一份好工作的,我相信你会的。"

"我不太确定,我已经不再年轻了,卡茜。我没有时间可以浪费。"

"你还很年轻,只有三十五岁,莫里斯。我相信美好的事情终将发生,我也要找机会跳舞。"

"你应该比那个红发女孩赚更多钱。"

"伊莱恩·奥格勒索普,她赚得不多。但我和她不同。我不在乎钱,我想为舞蹈而生。"

"我想要钱。有了钱,才可随心所欲。"

"但是,莫里斯,你难道不相信只要你足够努力就能做成任何事吗?我相信。"他的另一只手搂住她的腰,她慢慢地把头靠在他的肩膀上。"哦,我不在乎。"她干燥的嘴唇低声说道。在他们身后,豪华轿车、敞篷车、旅行车、小型轿车在道路上蜿蜒前行,闪烁的车灯就像潺潺流淌的河水。

她折叠好散发着樟脑球味道的棕色的哔叽衣服,弯腰把它放进了箱子里。箱子底部铺着一层衬纸,用手抚平时发出沙沙的响声。窗外第一缕紫色的晨光使电灯泡显得像熬夜的眼睛一样通红。艾伦突然站直了身子,双臂僵硬地垂放在身体两侧,脸涨得通红。"这太可怕了。"她说道。她在箱中的衣裙上铺了一条毛巾,然后把刷子、手镜、拖鞋、衬衫、粉盒等东西乱七八糟地堆在上面。她砰的一声把箱盖关上,锁好,把钥匙放进了扁平的鳄鱼皮钱包里。她咬着手指茫然地站在房间里四处观望。黄色的阳光斜照在街对面房屋的烟囱和屋檐上。她发现自己盯着箱子底面三个白色的字母"E. T. O"[①]。"这太可怕了,太恶心了。"她又念叨了一遍。然后她从梳妆台上拿起一把指甲锉,把字母 O 划掉了。"唉。"她咬着手指低声叹息。她戴上了一顶小桶形的黑帽子和面纱,这样人们就看不出她哭过了,她把很多书,包括《青年相遇》《查拉图斯特拉如是说》《金驴记》《虚构的对话》《阿佛洛狄忒》《比利提斯之歌》和《牛津法语诗集》用丝绸披肩绑在一起。

门外传来轻微的敲门声。

"是谁?"她低声问道。

[①] 艾伦·撒切尔·奥格勒索普的首字母缩写。

"是我。"传来带着哭腔的声音。

艾伦打开门。"卡茜,怎么了?"卡茜在艾伦的脖子凹处蹭了蹭泪眼婆娑的脸。"哦,卡茜,你把我的面纱弄湿了。到底怎么了?"

"我整晚都在想你是多么不幸福。"

"但是,卡茜,我从来没有过这么快乐的时光。"

"男人是不是都很可怕?"

"不,他们比女人好得多。"

"伊莱恩,我得告诉你一件事。我知道你不在乎我,但我还是要告诉你。"

"我当然在乎你,卡茜,别傻了。但我现在很忙,要不你先回去睡觉,等会儿再告诉我?"

"我必须现在就告诉你。"艾伦无奈地坐在她的箱子上。"伊莱恩,我已经和莫里斯分手了,很可怕吧?"卡茜用薰衣草色的睡袍袖子擦了擦眼睛,坐在她旁边的箱子上。

"亲爱的,"艾伦轻声说,"你等一下,我打电话叫辆出租车。我想在乔乔醒来前逃走。我受够了大场面。"人们仍在沉睡,大厅里弥漫着按摩霜的气味。艾伦低声对着话筒说话。车场里男人粗声回应着,此刻这个声音在她听来很动听。"当然,马上就到,小姐。"她踮起脚尖回到房间,关上了门。

"我以为他爱我,真的,伊莱恩。男人真是可怕。莫里斯生气了,因为我不和他住在一起。我觉得那是邪恶的。我从头到脚都爱他,他知道的。我不是爱了他两年了吗?他说不能真正拥有我,就无法继续下去。你知道他的意思。我说我们的爱是如此美丽,可以持续多年。我可以爱他一辈子,甚至不用亲吻他。你不觉得爱应该是纯洁的吗?他嘲笑我的舞蹈,说我是魔鬼的情妇,只是在愚弄他。我们吵得很厉害,他骂了我很多难听的话,然后走了,说永远不会回来了。"

"别担心,卡茜,他会回来的。"

"不,你太现实,伊莱恩。我指的是我们精神上的结合已经永远破裂了。你看不出来我们之间曾有美丽的神圣的灵魂纽带吗?它已经破裂了。"她把脸埋在艾伦的肩膀上再次哭泣起来。

"但是,卡茜,我不明白你从中得到了什么乐趣。"

"哦,你不明白。你太年轻了。我起初也像你一样,只是我没有结婚,也没有和男人在一起。但现在我想要精神上的富足。我想通过跳舞和生活来获得它，我希望美好无处不在。我以为莫里斯也是这样想的。"

"但是莫里斯显然不是这样想的。"

"哦，伊莱恩，你是多么可爱，我非常爱你。"

艾伦站了起来。"我得跑下楼了，要不然出租车司机就要按门铃了。"

"但你不能这样走了。"

"你目送我走就行。"艾伦一手拿着那堆书，另一只手提着黑色皮箱。"卡茜，你能不能帮我一下，等司机来拿行李箱的时候给他。还有一件事，如果斯坦·埃默里打电话来，告诉他可以往布雷沃特酒店或拉法耶特酒店打电话找我。谢天谢地，上周我没把钱存进银行里。卡茜，如果你看到我落下的小东西就自己留着吧，再见。"她掀起面纱，快速地亲了卡茜的脸颊。

"哦，你怎么能做到如此勇敢地独自离开呢？让我和露丝送你下楼，好吧？我们多么喜欢你。哦，伊莱恩，你会事业有成的，我相信你。"

"答应我不要告诉乔乔我在哪里，他迟早会找到我……我会在一周内给他打电话。"

她在大厅里找到了出租车司机，他正在看着按钮上面的名字。他上楼去拿她的行李箱。她高兴地坐在出租车满是灰尘的座位上，深深地吸了几口清晨夹带着河流气息的空气。当司机把行李箱从后背卸到后备箱时朝她露出了笑脸。

"真重啊，小姐。"

"很抱歉让你一个人扛着它。"

"再沉我也拿得动。"

"我想去布雷沃特酒店，大约在第五大道和第八大街的路口。"

司机把帽子往后推了推，露出被红色卷发遮挡的眼睛，然后倾下身体发动了汽车。"好的，使命必达。"他说着跳上了颤动的汽车。车辆拐弯后来到了空旷的百老汇，沐浴着灿烂的阳光，一种幸福的感觉开始在她内心像火箭一样炽热升腾。新鲜的空气拂面而来，令人心旷神怡。出租车司机透过敞开的车窗和她搭着话。

"我以为您要赶火车去别的地方，小姐。"

"我是要去别的地方。"

"今天是个适合告别的好日子。"

"我要离开我丈夫了。"她不由脱口而出。

"他把你赶出去了吗？"

"不，不能这样说。"她笑着说。

"我的妻子三周前把我赶出去了。"

"为什么呢？"

"有一晚我回家时发现门被锁上了，她不让我进去。我出去工作时，她把锁给换了。"

"听上去像是件有趣的事儿呢。"

"她说我经常烂醉如泥。我不会回去找她了，也不会再养着她了。她可以把我关进监狱，我无所谓。我说的是实话。我和另一个人一起在第二十二大道租了间公寓，我们打算买一架钢琴，平静生活，或者什么都不干。"

"婚姻不是那么重要，对吧？"

"你说的没错。无论因为什么走在一起，婚姻总会带来失望沮丧。"

第五大道整洁空旷，惠风和畅。麦迪逊广场的树木格外鲜绿，像是暗室里的蕨类植物。在布雷沃特酒店，一个困倦的值夜的法国人帮她搬着行李。在这个低矮的白色房间里，阳光懒洋洋地照在一把褪色的深红色扶手椅上。艾伦像个小孩子一样在房间里跑来跑去，蹦跶着，拍着手。她紧闭着嘴唇，微微仰起头，在梳妆台上整理洗漱用品。之后她把黄色睡衣挂在椅子上，脱下衣服，双手放在她那小巧而结实的苹果形乳房上，在镜子里打量自己的胴体。

她穿上睡袍，走到电话旁。"请尽快送一份巧克力和面包卷到一零八号房间。"然后她上床了。她躺在凉爽光滑的床单上，伸开两腿，笑了起来。

发簪扎疼了脑袋，于是她坐起来，把它们都拔出来，松开沉重的卷发，披在肩上。她用膝盖顶着下巴，开始静静地思考。街上不时传来卡车的轰鸣，楼下的厨房里也传来咔嗒咔嗒的声音。四面八方的车流声越来越响。她感到饥饿和孤独。床仿佛是一艘筏子，她独自一人被困在上面，孤独地漂浮在波涛汹涌的海面上。一阵寒意从后背袭来，她把膝盖和下巴贴得更紧了。

3. 九天的奇迹

太阳向泽西市的方向沉去,落到了霍博肯的后方。

打印机被套上罩子,翻盖书桌都被合上了。电梯空着上升,满载下降。市区的人潮退去,在弗拉特布什站、伍德劳恩站、迪克曼街站、羊头湾站、纽洛兹大道站、卡纳西站,人潮涌入。

粉红色的表格,绿色的表格,灰色的表格,完整的市场报告和哈夫尔格雷斯的决算报表。办公室文员们脸上满是疲惫,手指酸痛,脚底生疼,文件随着他们一起在破旧的办公室里晃来晃去。男人们粗暴地挤进地铁快车。参议员八名,巨头两名,天后珍珠失而复得,八十万美元的抢劫案。

太阳在泽西市落山了。

"天啊,"菲尔·桑伯恩大喊着,用拳头砸着桌子,"我不这么认为,一个人的私德与别人没有关系。重要的是他的工作业绩。"

"什么?"

"我认为斯坦福·怀特为纽约做的贡献比其他人都要多。在他来之前,没有人真正理解建筑设计……而现在,那个索尔却冷血地射杀了他,然后逍遥法外。如果这个城市的人们有为科学献身的精神,他们就应该……"

"菲尔,你在为无关紧要的事情而激动。"另一个人把雪茄从嘴里拿出来,向后靠在他的旋转椅上打了个哈欠。

"哦,该死,我想休假。天啊,要是能再次回到缅因州的老木屋就好了。"

"和犹太律师和爱尔兰法官一起真是……"菲尔咕哝着。

"噢,老兄,打住吧。"

"你是一个热心公益的好公民,哈特利。"

哈特利笑了笑,用手掌摸了摸自己的光头。"噢,那房子在冬天还好,但夏天我受不了。我活着的盼头就是三周的假期。哪怕全纽约的建筑师都被撞死了,只要不涨到新罗谢尔的通勤费,我才不在乎呢。咱们去吃饭吧。"当他们走进电梯时,菲尔接着说道:"我认识的唯一一个真正的天才建筑师是老斯佩克。我刚来北方时为他工作过。他是个不错的丹麦人。可怜的家伙两年前死于癌症。他是个真正的建筑师。我有一套他所称的公共建筑的建筑方案和详细说明,七十五层高楼、花园式露台、酒店、剧院、土耳其浴室、游泳池、百货商店、供暖设备、冷库和市场都在同一建筑物内。"

"他喝可乐吗?"

"他不喝。"

他们沿着三十四大街向东走。湿热难耐的午后,路上鲜有行人。菲尔·桑伯恩突然喊道:"天啊,这个城市的姑娘们都越来越漂亮。你喜欢这些时髦的姑娘,对吗?"

"当然。我只希望我都能变得更年轻,而不是变老。"

"是的,我们这些老家伙能做的就是看着她们经过。"

"这对我们来说已经很不错了,否则我们的妻子会放出猎犬来追我们。当我想到那些可能会发生的事情时,感觉很可怕!"

他们穿过第五大道的时候,菲尔看到了一辆出租车里坐着的女孩,她戴着装饰着红色帽章的小帽子,黑色帽檐下两只灰色的眼睛炯炯有神。他屏住呼吸。车辆的嘈杂声渐渐远去。她未曾移开目光。往前跨两步,打开车门,坐在她旁边。她苗条的身影像一只鸟儿栖息在座位上。司机开车快得要命。她朝他噘着嘴,眼睛就像灰色的鸟儿扑棱翅膀一样眨巴着。"嘿,小心!"一声猛烈的撞击声从他身后传来。第五大道似乎在红蓝紫三色的螺旋中旋转。哦,上帝啊。"没事,我自己过会儿能起来。""向前走。回到那里。"警报声,穿蓝制服的警察。他的背部、他的腿都被热乎乎的血液包裹着。第五大道随着越来越强烈的疼痛而抽搐着。铃铛叮当作响,越来越近。当他们把他抬上救护车时,第五大道爆发出令人窒息的痛苦哀嚎。他伸长脖子看着她,像一只翻过身来的陆龟那样虚弱。我的眼睛是否深深吸引了她?他发现自己在呜咽。她本来应该留下来看看我是否还能生还。叮当作响的铃声越来越微弱,渐渐消失在夜色中。

街对面的防盗警报一直响个不停。这噪音让吉米的睡梦断断续续,仿佛串珠上的木疙瘩。敲门声把他吵醒了。他一下子从床上坐了起来,发现斯坦•埃默里站在床边,灰头土脸,双手插在红色皮大衣的口袋里,一边笑着,一边不停地晃动着脚尖。

"天啊,现在几点了?"吉米坐起身来,用指节揉着眼睛。他打了个哈欠,用嫌弃的目光扫视着印着波兰水瓶图案的暗绿色墙纸、没有拉严实而透过一道长长的光柱的绿色窗帘、大理石壁炉上绘着玫瑰图案的釉面锡盘、床尾放着的那件蓝色旧浴袍、紫玻璃烟灰缸里压扁的烟蒂。

斯坦的脸棕里透红,布满灰尘,笑着说:"十一点半。"

"让我看看,才睡了六个半小时。我想那也可以了。但是,斯坦,你在这里干吗?"

"你这里有酒吗,赫夫?丁戈和我非常口渴。我们从波士顿一路过来,只停了一次加油和喝水。我已经两天没睡觉了。我想看看我能不能坚持到这个星期结束。"

"天啊,我希望我能在床上撑过这个星期。"

"你需要看着报纸上的信息,找份工作让自己充实起来,赫夫。"

"斯坦,你走着瞧吧,"吉米扭过身子,坐在床边,"在某个早晨醒来,你会发现自己躺在停尸房的大理石板上。"

浴室里弥漫着其他人的牙膏味和消毒剂的味道。浴垫是湿的,吉米把它折成一个小正方形,小心地踩上去。冷水激得他血流加速。他把头浸入水中,然后跳出来,像狗一样摇晃着身体。水流进了他的眼睛和耳朵。然后他穿上浴袍,涂上了刮胡子的泡沫。

河水流啊流

流向大海

他一边用安全剃须刀刮着下巴,一边哼着走调的曲子。格罗弗先生,恐怕下周之后我就得辞职了。是的,我要出国了,我要为美联社做外国通讯员,去墨西哥为《联合快报》工作,或者更有可能去耶利哥,成为《泥龟报》驻哈利法克斯通讯员。

圣诞节到了,太监们都在后宫里。

……来自塞纳河畔

流至萨斯喀彻温河岸

他往脸上拍了拍护肤水,把洗漱用品包在湿毛巾里,然后沿着铺着绿地毯的卷心菜样的楼梯跑回自己的卧室。他半路遇到了戴着发带的房东太太。她停下了手中的地毯清扫机,冷眼看着他蓝色浴袍下瘦小的光腿。

"早上好,玛吉斯太太。"

"今天挺热的,赫夫先生。"

"我猜天气还可以。"

斯坦躺在床上读着《天使的叛变》。"该死,我希望我能像你一样懂好几种语言,赫夫。"

"哦,我也就懂点法语了。忘得总比学得快。"

"顺便说一下,我被学校开除了。"

"怎么回事?"

"院长告诉我明年不要来了,他觉得其他领域更适合发挥我的能力。你知道,那都是些废话。"

"那可真尴尬。"

"不,不尴尬。我高兴极了。我问他既然这么想,为什么不早些开除我。父亲肯定气炸了,但我攒的钱够我一周不回家的。反正我不在乎。老实说,你有酒吗?"

"斯坦,像我这样的穷雇工,靠每周三十美元的工资过活,怎么可能存酒呢?"

"这个房间够糟心的……你应该像我一样生为资本家。"

"房间还行吧……只是街对面那个整晚响个不停的警报让我发疯。"

"是防盗警报吗?"

"这里不可能有任何盗贼,因为这个地方一无所有。可能是电路出了问题。我不知道它什么时候停止的,但当我今天早上上床睡觉时,它确实快让我发疯了。"

"詹姆斯·赫夫,你不是想让我确定你每晚都清醒地回家吧?"

"只有聋子才听不到那该死的声音,无论是醉的还是清醒的。"

"好吧,我的债券赚了些钱,想请你出来吃午餐。你知道吗?你在洗手间待了快一个小时了。"

他们顺着楼梯往下走,闻到了剃须皂、黄铜抛光剂、熏肉、烧焦头发、垃圾和煤气的气味。

"赫夫,你从没上过大学,真是幸运。"

"我不是毕业于哥伦比亚大学吗?你这个笨蛋!那可比你的学校强多了。"

吉米打开门时,阳光直射在他的脸上。

"那不能算。"

"天啊,我喜欢阳光。"吉米喊道,"我希望那是真正的哥伦比亚……"

"你是指《万岁,哥伦比亚》吗?"

"不,我是指波哥大和奥里诺科以及其他地方。"

"我认识一个很好的家伙去了波哥大。为了避免死于象皮病,他往死里喝。"

"我宁愿得象皮病、黑死病和斑疹热,也要离开这个地方。"

"花天酒地、寻欢作乐的城市……"

"花天酒地,就像我们在三十三大街聊的那样……你知道吗,除了小时候离开的那四年,我一辈子都待在这该死的城市里,而且我很可能要在这儿终老……我想加入海军,去周游世界。"

"你觉得丁戈的新漆面怎么样?"

"挺不错的,看起来就像一辆被尘土覆盖的奔驰车。"

"我想把她涂成像消防车一样的红色,但修车厂的人最终说服我把她涂成像警察制服一样的蓝色。要不要去莫奎因餐厅喝一杯苦艾鸡尾酒?"

"早餐喝苦艾鸡尾酒……天啊!"

他们沿着二十三大街向西行驶,街道两边的窗户反射着光亮,送货马车上的椭圆形窗户和镍制的八边形配件也在阳光照耀下闪闪发光。

"露丝怎么样，吉米？"

"她很好。还没有找到工作。"

"看，那有辆戴姆勒汽车。"

吉米含糊地咕哝了一声。当他们拐进第六大道时，一名警察拦住了他们。

"停车。"他吼道。

"我正要去修理厂修车呢。消声器快要掉下来了。"

"你最好是……下次再这样就要开罚单了。"

"哎呀，斯坦，你什么事都能脱身。虽然我比你大三岁，但从来没能这样过。"吉米说。

"这是天赋。"

餐厅里充满了炸土豆、鸡尾酒和雪茄这些好闻的味道。里面很热，人们脸上满是汗水，彼此交谈着。

"但是，斯坦，在你问起我和露丝的关系时，请不要用那种暧昧的眼神，我们只是非常好的朋友。"

"说实话，我没有恶意，但听你这么说我还是感到有点难过。我认为这很糟糕。"

"露丝除了演戏什么都不在乎。她为了成功而疯狂，放弃了其他一切。"

"为什么每个人都想成功？我真想遇到一个渴望失败的人。这才是唯一崇高的事情。"

"如果你有可观的收入，那就没问题了。"

"那都是胡说八道。天啊，这鸡尾酒很不错。赫夫，我想你是这个城镇唯一明智的人。你没有野心。"

"你怎么知道我没有？"

"但是当你成功了，你又能怎么样呢？又不能吃，又不能喝。当然，我理解那些没有足够钱来养家糊口的人忙忙碌碌去追求成功。但是成功……"

"我最大的问题是我无法确认自己最想要的是什么，所以我总是原地打转，无助而沮丧。"

"哦,但是上帝已经为你决定了。你一直知道,但你不承认自己知道。"

"我想我最想做的是离开这个城镇,最好是先在时报大厦下面引爆一枚炸弹。"

"那你为什么不去做呢?按部就班来就行。"

"但你必须得知道从哪儿着手。"

"那是最不重要的事情。"

"然后就是钱的问题。"

"钱是世界上最容易得到的东西。"

"对于埃默里和埃默里公司的大公子才是这样。"

"喂,赫夫,把我父亲的过错甩给我是不公平的。你知道我和你一样讨厌那些事情。"

"我不是在责怪你,斯坦。你是个非常幸运的孩子,就是这样。当然,我也很幸运,比大多数人都要幸运得多。我母亲留下的钱可以供我生活到二十二岁,而且我还有几百美元存款应急。而我的姨父,讨厌的家伙,总是在我被解雇后给我找新工作。"

"败家子。"

"我想我真的很害怕我的姨父和姨妈,你应该见过我的表兄詹姆斯·梅里韦尔。他一生中都听任指挥,像青葱的月桂树那样茁壮成长,是完美而明智的处子。"

"啊,我猜你是那些愚蠢的处子之一。"

"斯坦,你喝醉了,开始学黑鬼说话了。"

"哈哈。"斯坦放下餐巾,仰头大笑。

苦艾酒刺鼻的气味仿佛魔术师变出的玫瑰花丛,从吉米的杯子里散发出来。他抿了一口,皱着鼻子说:"作为一个卫道士,我要抗议。哇,这太神奇了。"

"我需要的是威士忌和苏打水来消化那些鸡尾酒。"

"我会看着你的。这是我的工作。我必须能够分辨出新闻报道是否有价值。天啊,我不想谈论那个,这一切都太可笑了。我是说这些鸡尾酒确实让人晕头转向。"

"你今天下午就别想做其他事情了。我想给你介绍一个人。"

"我本来准备要坐下来写一篇文章的。"

"写什么文章？"

"哦，一篇名为《初出茅庐的记者的自白》的小报道。"

"今天是周四？"

"对。"

"那么我知道她会在哪里。"

"我要远离这一切，"吉米沉重地说道，"去墨西哥发财……我正在纽约堕落，浪费生命中最好的时光。"

"你怎么赚大钱？"

"石油、黄金、公路抢劫，只要不在报纸行业工作就行。"

"啧啧，你这个败家子。"

"不要讥讽我。"

"让我们赶紧离开这里，带丁戈去修理消声器。"

吉米站在臭气熏天的车库门口等待。飞扬的尘土中，午后明亮的阳光伴着热浪照在他的脸和手上。棕色的石头、红色的砖头、路标上的红绿色字母闪烁，倒映在柏油路上，身旁排水沟里缓缓打转的纸片。他身后两个洗车工正在闲侃：

"是的，我挣了不少钱，直到我去追那个糟糕的女人。"

"我得说她是个漂亮姑娘，查理。我担心……别是第一周过后就觉得平平无奇了。"

斯坦从他身后走上来，一起肩并肩在街道上行走。"车子要到五点才能修好。我们打车去吧……拉法耶特酒店，"他对司机喊道，还拍了拍吉米的膝盖，"好吧，赫夫，老伙计，你知道北卡罗来纳州州长对南卡罗来纳州州长说了什么？"

"不知道。"

"很久没有喝酒了。"

"啧啧。"当他们冲进咖啡馆时，斯坦低声咕哝着，"伊莱恩，这位是'败家子'先生。"他笑着喊道。他的脸突然僵住了。艾伦对面坐着她的丈夫，他一只眉毛高高地扬起，另一只几乎与睫毛连为一体。一个茶壶突兀地摆在他们之间。

"你好,斯坦,坐下吧。"她轻声说道。然后她继续对着奥格勒索普微笑着说道,"乔乔,那不是很棒吗?"

"伊莱恩,这是赫夫先生。"斯坦粗声介绍道。

"哦,很高兴见到你。我以前从桑德兰太太那里听说过你。"

他们彼此沉默了。奥格勒索普用勺子敲打桌子,突然发问:"你怎么了,赫夫先生?难道你不记得我们是怎么认识的吗?"

"顺便问一下,乔乔,那边一切如何?"

"感谢关心。卡桑德拉的情人离开了她,那个叫科斯特洛的家伙也陷入了十分可怕的丑闻。似乎她在某个晚上喝醉了回家,我听见她试图把出租车司机带进她的房间,而那可怜的男孩一直抗议,他只想要他的车费……太可怕了。"

斯坦木然地站起来走了出去。

他们三个人默默地坐着。吉米如坐针毡。他正要站起来,她温柔的眼神却阻止了他。

"露丝找到工作了吗,赫夫先生?"

"她还没有。"

"真是够背的。"

"哦,这真是太可惜了。我知道她会演戏。问题是她太具有幽默感,总惹得经理和其他人不快。"

"哦,舞台是一个肮脏恶心的地方,对吗,乔乔?"

"恶心至极,亲爱的。"

吉米无法将目光从她身上移开:她小巧方正的手、金色的头发、明亮的蓝色裙子,还有露出的光彩照人的脖颈。

"嗯,亲爱的……"奥格勒索普站了起来。

"乔乔,我要在这里再坐一会儿。"

吉米盯着奥格勒索普粉色鞋套中伸出的细三角形的漆皮鞋尖。没法穿着这样的鞋子。他突然站了起来。

"赫夫先生,你能不能陪我十五分钟?我六点钟就得离开这里,我忘了带书,而且我不能穿着这鞋走路。"

吉米脸红了,结结巴巴地坐回去说:"当然,乐意至极。我们喝点什么吧。"

"我要喝完我的茶,你要不来一杯杜松子酒?我喜欢看人们喝杜松子酒,这让我感觉像是身处热带的枣园中,等待着轮船带我们穿过两岸长满了金鸡纳树的荒诞河流。"

"服务员,我要一杯杜松子酒。"

乔•哈兰德瘫坐在椅子上,脑袋耷拉在双臂之间。两只僵直的脏手之间,他的目光不安地扫着大理石桌子上的线条。空荡荡的餐厅静寂无声。餐厅柜台上方两盏灯泡发出微弱的光亮,钟形玻璃罩里摆着几块馅饼,一个穿着白大褂的男人坐在高脚凳上打盹,不时地睁开灰色面团般的脸上的眼睛,嘟哝着四处张望。在远处的餐桌上,熟睡的人们耸着肩,弓着身子,枕在手臂上的脸像旧报纸一样皱巴。乔•哈兰德坐直了身子,打了个哈欠。一个穿着雨衣的女人,脸色红紫,布满雀斑,站在柜台前要一杯咖啡。她小心翼翼地用双手捧着杯子,坐到他的对面。乔•哈兰德又把脑袋靠在了胳膊上。

"嘿,你们能帮个忙吗?"女人的声音像是粉笔在黑板上刮擦一样尖利地刺进哈兰德的耳朵。

"你想要怎么样?"柜台后面的男人咆哮道。女人开始哭泣。"他问我想要怎么样……这样粗暴的问话太令人不适了。"

"嗯,如果你需要什么,你可以随时来拿……深夜的这个时间提供服务!"

她抽泣的时候,哈兰德闻到了她嘴里呼出的酒气。他抬起头看着她。她咧着松弛的嘴角笑了笑,向他点了点头。

"先生,我不习惯被这样粗暴地对待。如果我丈夫还活着,他也不会容忍。像他这样的人有什么资格要求女士晚上应该在特定时间才能享受服务,这个干瘪的小子。"她仰头大笑,帽子向后掉了下去,"他就是那样,干瘪的小子,在晚上侮辱女士。"

几缕灰发散落在她的脸上,发尖残留着染过的痕迹。穿着白大褂的男人走到桌子旁。

"听着,默克里夫人,如果你再惹是生非,我就把你赶出去。你到底想要什么？"

"五分钱的甜甜圈。"她斜眼看着哈兰德,哭泣着说。

乔·哈兰德再次将脑袋埋进他的手臂中,试图入睡。他听到盘子被放下的声音,接着是她用没牙的嘴巴啃咬食物的声音,还有喝咖啡时偶尔发出的吸吮声。又一位客人进来了,用低沉的声音在柜台前说着话。

"先生,先生,想喝酒真的很过分吗？"他再次抬起头,发现她正直勾勾地看着自己,蓝色的眼睛就像掺了水的牛奶一样混浊。"我应该怎么办,亲爱的？"

"上帝才知道。"

"圣母和圣徒也想拥有带漂亮花边的床和像你这样的好男人,亲爱的……先生。"

"仅此而已？"

"哦,先生,如果我可怜的丈夫还活着,他不会让他们如此对待我。我的丈夫死在斯洛克姆将军号上,就好像发生在昨天。"

"他真的太不幸了。"

"但他死的时候没有牧师在身边。亲爱的。在罪恶中死去是可怕的事情……"

"哦,该死,我想睡觉了。"

她微弱而尖锐的声音依旧在絮絮叨叨,让他牙齿发麻。"自从我的丈夫死在斯洛克姆将军号上以来,天使就没有保佑过我。我不是一个诚实的女人……"她又开始哭泣起来,"圣母和圣徒们都嫌弃我,每个人都嫌弃我,难道没有人能对我好一点吗？"

"我想睡觉,你能不能闭嘴？"

她弯下腰,在地上摸索她的帽子。她哭泣着坐下来,用脏兮兮的红肿指节揉着眼睛。

"哦,先生,你不能对我好一点吗？"

乔·哈兰德站起身来,喘着气。"该死的,你不能闭嘴吗？"他的声音里透出不满,"难道你找不到一个安静的地方吗？没有地方可以得到片刻宁静。"他把帽子拉到眉梢,把手塞进口袋里,摇摇晃晃地走出了餐厅。且林广场的上方,透过高架铁路的格栅,天空呈现出明亮的紫红色。空荡荡的鲍威利街两侧的灯像是两排明晃晃的黄铜旋钮。

　　一个警察挥舞着他的警棍经过。乔·哈兰德感觉到警察在盯着他。他试图加快步伐，显得像是有事在赶路。

　　"噢，奥格勒索普小姐，你喜欢吗？"

　　"喜欢什么？"

　　"你知道的，一个九天的奇迹。"

　　"我完全不知道，戈德韦泽先生。"

　　"女人什么都知道，但她们不会透露。"

　　艾伦穿着尼罗绿色的丝绸长袍，坐在房间尽头的扶手椅上。房间里谈话声此起彼伏，吊灯和珠宝光彩夺目，穿着黑色晚礼服的男人和银边长裙的女士三三两两地挪动着。哈里·戈德韦泽的鼻子曲线与他的光秃秃的前额相得益彰，硕大的屁股坐在三角形的镀金凳子边缘。和她交谈的时候，他那棕色的小眼睛像天线一样打量着她的脸。附近的一个女人身上散发着檀香。一个嘴唇发黄、脸上抹粉、戴着橙色头巾帽的女人和一个留着小胡子的男人经过。一个鹰钩鼻、红头发的女人把手搭在一个男人的肩膀上。"克鲁克山小姐，你好啊。世界上所有人总是在同一个时间在同一个地方出现，这真是令人惊讶。"艾伦昏昏欲睡地坐在扶手椅上听着，脸和手臂上的粉感觉凉飕飕的，嘴唇上的唇膏感觉油腻腻的。她才洗过澡，穿着丝绸内衣和丝绸裙子，像紫罗兰花一样清爽。她迷迷糊糊地坐着，昏昏欲睡地听着。突然间一个令人不快的男人的声音让她一惊。她坐了起来，像灯塔一样，冷淡木然，似乎遥不可及。男人的手指像虫子一样在玻璃杯上蠕动，男人的眼神飘忽不定，无助得像飞蛾一样。但似乎有消防车般的声音在浓墨样的黑暗中回荡。

　　乔治·鲍德温手里拿着一份折叠着的《纽约时报》，站在早餐桌旁边。"西西莉，"他说，"我们必须对这些事情保持理智。"

　　"你看不出来我在试图变得理智吗？"她用颤抖的哭声说道。他站在那里看着她，没有坐下来，用手指和拇指卷着纸角。鲍德温夫人是个高个子女人，精心打理的栗色卷发堆在头上。她坐在银色咖啡器具前，用白色的手指摆弄着糖碗,手指上留着非常锋利的粉红色指甲。

"乔治,我再也受不了了,就这样吧。"她紧紧咬住颤抖的嘴唇。

"但是亲爱的,你太夸张了。"

"怎么夸张了?这意味着我们的生活是一堆谎言。"

"但是西西莉,我们互相喜欢啊。"

"你娶我是因为我的社会地位,你知道的。我够傻,爱上了你。好吧,都结束了。"

"这不是事实。我真的爱过你。你不记得你曾经认为你不能真正爱我有多可怕了吗?"

"提起这事你太无情了……哦,太可怕了!"

女佣端着一盘培根和鸡蛋从食品储藏室走了进来。他们坐着看着彼此,没有人说话。女佣迅速走出房间,关上了门。鲍德温夫人把额头靠在桌子边上开始哭泣。鲍德温则盯着报纸上的头条新闻:大公遇刺引发严重后果。奥地利军队已动员。他向她走去,把手放在她蓬松的头发上。

"可怜的西西莉。"他说。

"别碰我。"

她用手绢捂着脸跑出了房间。他坐下来,自己端起培根、鸡蛋和吐司开始吃起来。所有的东西都像草纸一样索然无味。他停下来,从胸前手绢后面的口袋里掏出便笺本,匆匆写了一张便条:出席柯林斯诉阿巴斯诺特案件,纽约州上诉法院。

他听到外面走廊上的脚步声和锁门的响声。电梯刚刚下去了。他跑下了四层楼梯。透过前厅的玻璃和铁艺门,他看到她站在路边,身体挺直而僵硬,戴着手套。他冲出去抓住了她的手。一辆出租车正好驶到。他的额头上冒出汗珠,衣领下的汗水让他刺痒难耐。他站在那里,手里不合时宜地拿着餐巾。看门的黑人咧嘴笑着说:"早上好,鲍德温先生,看起来今天天气不错。"他紧紧握住她的手,低声说道:"西西莉,有件事我想和你谈谈。你能等一会儿,我们一起去城里吗?……请等五分钟,"他对出租车司机说,"我们马上下来。"他紧紧地握住她的手腕,拉着她回到电梯里。当他们站在自己公寓的走廊里时,她突然用炽热的眼神直视着他。

"请进来,西西莉。"他温柔地说道,关上了卧室的门并锁上了。"现在我们安静地谈一谈。亲爱的,请坐。"他在她身后放了一把椅子。她僵硬地猛然坐下,像个提线木偶。

"西西莉,你没有权利这样说我的朋友。奥格勒索普夫人是我的朋友。我们偶尔在一些绝对公共的场合一起喝茶,仅此而已。我本来想邀请她来这里,但我担心你会对她无礼。你不能继续放任自己受不理智的嫉妒的控制。我给予你充分自由,并绝对信任你。我觉得,我有权期望你给予我同样的信任……西西莉,接着做回那个明事理的小女孩吧。一直听长舌妇恶意捏造的谎言会让你自己徒增痛苦。"

"不只是她一个人。"

"西西莉,我坦率地承认,在我们结婚后不久发生过几次,但那都是多年前的事情了。那是谁的错?哦,西西莉,像你这样的女人无法理解像我这样的男人的生理需求。"

"我难道没有尽力吗?"

"亲爱的,这些事情不是任何人的错。我不怪你,如果你真的爱我的话……"

"你以为我留在这个可恶的地方为了什么?还不是为了你?哦,你真是个畜生。"她坐着,眼睛盯着穿着灰色鹿皮拖鞋的双脚,用手指绞着打湿的手绢。

"西西莉,离婚对我目前的处境非常不利。但如果你真的不想和我继续生活,我会想想怎么安排。但无论如何,你必须更加信任我。你知道我喜欢你。拜托了,不要问都不问我便就此事去找别人。你不想爆料出丑或者上报纸头条吧?"

"好吧……让我独自待会儿……我什么都不在乎了。"

"好的,我要迟到了。我要坐出租车去市区。你不想一起去购物吗?"

她摇了摇头。他亲了亲她的额头,走到门厅拿起草帽和手杖匆匆离开。

"我是最悲惨的女人。"她呻吟着站起来,头疼欲裂。她走到窗户前,探出身子,沐浴着阳光。公园大道对面,火焰蓝的天空被一座在建高楼的红色钢架分割着。蒸汽铆钉机一刻不停地工作着,偶尔传来发动机的轰鸣,有链条的叮当作响声,一根新钢梁横空飞过。穿着蓝色工作服的工人在脚手架上来回走动。在西北方向,一朵亮闪闪的云仿佛一棵紧密的花椰菜。

哦,如果能下雨就好了。当这个念头刚浮现在她脑海里时,建筑和交通的噪音中传来一阵低沉的雷声。哦,如果能下雨就好了。

艾伦刚刚在窗户上挂了一条印花棉布窗帘,试图用红色和紫色印花来遮挡后院的荒凉景色和市区建筑的砖墙。空荡荡的房间中央是一张箱式沙发,上面堆着茶杯、铜盘和咖啡壶。黄色的硬木地板上散落着印花棉布和窗帘挂钩。书籍、衣服、床单从角落的一个箱子里溢了出来。壁炉那边摆放的新拖把散发着松油的气味。艾伦穿着一件淡黄色的晨袍靠在墙上,高兴地环视着形如鞋盒的房间。这时门铃响了,吓了她一跳。她把一缕头发从额头上拨开,按下了开锁按钮。门外有人轻轻敲了下门。一个女人站在黑暗的走廊里。

"卡茜,我没认出你来。进来吧,怎么了?"

"你确定我没有打扰你吗?"

"当然没有。"艾伦靠近她,轻轻地亲吻了一下。卡桑德拉•威尔金斯脸色非常苍白,眼皮紧张得有些颤抖。"你能给我一些建议吗?我刚刚挂上了窗帘,你觉得紫色图案和灰色的墙搭配吗?我觉得有点奇怪。"

"我觉得很美。多么美丽的房间。你在这里会很开心。"

"把那个餐炉放在地上,然后坐下。我来泡茶。壁凹那里有一个卫生间和小厨房。"

"你确定没有给你添太多麻烦吗?"

"当然没有,卡茜,发生什么事情了?"

"哦,我来就是想告诉你一切……但我做不到。我永远不能告诉任何人。"

"这个公寓让我很激动。卡茜,想想,这是我这辈子拥有的第一个属于自己的地方。爸爸想让我和他一起住在帕塞伊克,但我觉得我不能那样做。"

"奥格尔勒索普先生在做什么?哦,是我无礼了……请原谅我,伊莱恩。我要疯了。我不知道我在说什么。"

"哦,乔乔是个好人。只要我想,他甚至会同意离婚。如果你是我,你会同意吗?"她没有等到回应,就消失在折叠门后。卡茜仍然蜷缩在沙发边缘。

艾伦一手拿着蓝色茶壶，一手端着一锅冒着热气的水回来了。"没有柠檬或奶油你不介意吧？壁炉架上有些糖。这些杯子是我刚刚洗过的，很干净。你不觉得它们很漂亮吗？哦，你无法想象，拥有一个属于自己的地方是多么美好和有着落。我讨厌住在酒店里。老实说，这个地方让我特别有家的感觉……当然，可笑的是，等我把它收拾好了，却很可能要搬走或者将它转租出去。三周后要出去演出了。我不想参加，但哈里·戈德韦泽不同意。"卡茜用勺子小口地喝茶，轻声地哭泣起来。"卡茜，怎么难过起来了？怎么了？"

"哦，你所有的事情都很顺利，伊莱恩，而我却那么痛苦。"

"为什么我总觉得是自己够倒霉，才换来美貌安慰奖呢？到底是怎么回事？"

卡茜放下杯子，双手紧紧按在脖子上。"是这样，"她用窒息的声音说道，"我想我怀孕了。"她把头埋在膝盖上哭泣。

"你确定吗？人们总喜欢吓唬自己。"

"我希望我们的爱情永远纯洁美好，但他说如果我不……他就再也不会见我。我恨他。"她一字一句地泣诉着。

"你们为什么不结婚？"

"我不能。我不愿意。这会影响我的事业。"

"你知道这件事多久了？"

"哦，那至少是十天前了，我知道那是怀孕了。我只想跳舞，别的什么都不想要。"她停止了哭泣，继续小口地喝茶。

艾伦在壁炉前来回踱步。"卡茜，别为这些事情过度烦忧了，没用的。我认识的一个女人可以帮助你，振作起来吧。"

"哦，我做不到，我做不到……"茶碟从她的膝盖上滑落，摔在地板上碎成了两半。"告诉我，伊莱恩，你经历过这种事吗？哦，我很抱歉。我会给你买一个茶碟，伊莱恩。"她摇摇晃晃地站起来，把杯子和勺子放在壁炉架上。

"哦，当然了。刚结婚的时候，我经历了一段很糟糕的时光……"

"哦，伊莱恩，这一切真是骇人听闻。如果没有这些烦恼，生活会多么美好自然,自由自在!我可以感受到它的恐怖,正在慢慢地侵袭我,杀死我。"

"生活原本就是这样。"艾伦粗声粗气地说道。

卡茜又哭了。"男人太残忍、太自私了。"

"再喝一杯茶,卡茜。"

"哦,我不能再喝了。亲爱的,我感觉恶心得要命。哦,我想我要吐了。"

"卫生间就在折叠门后面,左手边。"

艾伦咬紧牙关在房间里来回踱步。我讨厌女人。我讨厌女人。

过了一会儿,卡茜回到房间里,脸色苍白,用毛巾擦拭着额头。

"躺在这里,可怜的孩子。"艾伦在沙发上清出一块地方,"这样你会感觉好些的。"

"哦,你会原谅我带来这么多麻烦吗?"

"只需要躺一会儿,就能忘记一切。"

"哦,如果我能够放松就好了。"

艾伦的手很冷。她走到窗户前往外看。一个穿牛仔服的小男孩在院子里挥舞着晾衣绳跑来跑去。他绊倒了。艾伦看到他站起来时皱着眉头,泪水在眼眶里打转。一个矮胖的黑发女人正在院子里晾衣服。麻雀叽叽喳喳地在篱笆上打闹。

"伊莱恩,亲爱的,你能给我一点粉底用用吗?我的化妆盒丢了。"

她转身回到房间里。"我想……好的,壁炉架上有一些……卡茜,你现在感觉好些了吗?"

"好些了,"卡茜颤抖着说道,"你有口红吗?"

"非常抱歉,我平时从不化妆。上台表演前,我才不得不化妆。"她走进衣帽间,脱下晨服,穿上一件素净的绿色连衣裙,把头发盘起来,戴上一顶小黑帽子。"我们出发吧,卡茜。我想在六点之前吃点东西,我讨厌在演出前花五分钟匆匆吃完晚餐。"

"哦,我好害怕,答应我不要丢下我一个人。"

"哦,她今天什么都不做,她只会给你做检查,也许会开一些药。让我看看我有没有带钥匙。"

"我们得坐出租车。天啊,我手头只有六美元。"

"我打算让爸爸给我一百美元买家具。那样就没问题了。"

"伊莱恩,你是世界上最美好的天使,你所有的成功都是理所应当的。"

在第六大道的拐角处,她们上了一辆出租车。

卡茜牙齿咯咯作响。"要不下次再去吧,我现在太害怕了。"

"亲爱的孩子,你别无选择。"

乔·哈兰德抽着烟斗,关上摇摇欲坠的宽大木门并插上了门闩。最后一缕石榴红色的霞光穿过凿出的洞,照在屋里高高的石墙上,慢慢暗淡。吊车蓝色的机械臂在石墙的衬托下格外显眼。哈兰德的烟斗已经熄灭了。他叼着烟斗,背对着门站着,看着成排摆放的空推车、堆积成山的铲子和锄头、小棚子里的小型发动机、裂开岩石上的蒸汽钻机——好似登山者的小木屋。尽管喧嚣声从车水马龙的街上传来,但他似乎"心远地自偏"。他走向了门边台子上的电话机,跌坐在椅子上,磕出烟斗里的烟灰,补上烟草,然后点起来,把报纸展开放在膝头。承包商计划停工以应对建筑工人罢工。他打了个哈欠,仰起头来。光线太暗了,无法阅读报纸。他坐了很久,一直盯着靴子上大脚趾处磨损的破洞。他的大脑一片空白。他突然看到自己在镜中的影像:穿着礼服,戴着高礼帽,胸前别着兰花。"华尔街巫师"看着那张布满皱纹的红脸、脏帽子下露出的花白的头发和关节肿胀的手,暗笑着离开了镜子前。当他伸手从皮夹克的口袋里找一罐阿尔伯特王子牌烟草,准备重新装满烟斗时,隐约想起了科罗娜啤酒的气味。他大声说道:"我想知道这有什么区别?"当他点燃火柴时,突然为漆黑的夜色所包围。他吹灭了火柴。他的烟斗仿佛是一座温和宜人的红色小火山,在他每次吸气时都轻轻发出噗的声响。他缓慢地深吸着烟。周围高耸的建筑物都被街道上的灯光和电子广告牌的红光所笼罩。透过反射出来的朦胧光晕,他望着蓝黑色的天幕和星星。烟草的味道很香甜。幸福的感觉悄然而至。

一支点燃的雪茄穿过了小屋的门。哈兰德拿起他的灯笼走了出去。他把灯笼举起来,照出了一个金发年轻人的脸。他长着臃肿的鼻子和厚厚的嘴唇,嘴里还叼着一根雪茄。

"你是怎么进来的?"

"侧门是开着的。"

"太扯了！你找谁？"

"你是这里的看守吗？"哈兰德点了点头。

"很高兴见到你。抽根雪茄吧。我只是想和你聊聊，明白吗？我是当地四十七分会的组织者，明白吗？让我看看你的证。"

"我不是工会成员。"

"你很快就是了，我们建筑工会的人必须团结在一起。我们正在努力让所有人都站出来，从守夜人到检查员，形成一个坚固的阵营来对抗这个停工的局面。"

哈兰德点燃了雪茄。"听着，伙计，你在我这里就是浪费口舌。无论罢工与否，他们总是需要一个看守。我是个老人，我没有太多的战斗力了。这是我五年来第一份体面的工作。除非打死我，否则别想让我不干了。那一套是给像你这样的孩子们的。我已经落伍了。如果你试图四处组织起看守们，那肯定是徒劳的。"

"你别这么说，好像你已经干了多久了似的。"

"好吧，我没有。"

年轻人摘下帽子，用手擦了擦额头，然后向上捋了捋浓密的短发。"该死，争论真是累人。不过真是个美好的夜晚，不是吗？"

"是，还可以。"哈兰德说道。

"我的名字是奥基夫，乔·奥基夫。哇，我敢打赌你有很多故事。"他伸出手。

"我的名字也叫乔，乔·哈兰德……这个名字在二十年前还是响当当的。"

"二十年前……"

"作为一个工会代表而言，你是一个有趣的家伙。在我把你赶出去之前，听听一个老人的建议，别这么干了，这不是一个有志青年的作为。"

"时代在变，你知道的。这次罢工背后有些大人物，明白吗？我今天下午在议员麦克尼尔的办公室里和他讨论了当前的形势。"

"但是我直截了当地和你说，有件事情会让你们在这个城市里前功尽弃，那就是劳工问题。总有一天你会想起一个老醉鬼曾经提示过你，但那时已经太晚了。"

"哦,是喝酒吗?我倒不害怕喝酒。除了社交场合喝点啤酒,我都不碰酒。"

"小心点,公司的警卫快要巡视了。你最好赶紧离开。"

"我才不怕什么公司的警卫呢。好了,再见,我会再来看你的。"

"把门关上。"

乔·哈兰德从锡壶里倒出来一点水,坐在椅子上伸了个懒腰。十一点钟。人们应该刚刚从剧院出来,男人穿着晚礼服,女孩穿着低胸礼服。男人要回家去找他们的妻子或者情人。城市就要进入梦乡。出租车在围栏外响着喇叭,天空在电子广告牌的映照下幽幽地发亮,像洒了一层金粉。他扔掉雪茄的烟蒂,用脚跟在地上碾了几下,然后颤颤巍巍地站起来,提起灯笼,缓慢地绕着建筑工地巡视。

大大的广告牌在路灯的映照下微微泛黄,上面画着一座摩天大楼,白色的楼体,黑色的窗户,背景是蓝天和白云。西格尔和海恩斯公司将在此处建造一座24层的现代化写字楼。此楼于1915年1月开放,仍有空房,欢迎垂询……

房间宽敞简约,一角被灯泡照亮。灯光下,吉米·赫夫坐在一张绿色的沙发上看书。他读到了《约翰·克利斯朵夫》中奥里维的死亡,不由得喉头发紧。他的脑海中还回响着莱茵河激荡的水流声,那河水一刻不停地侵蚀着约翰·克利斯朵夫出生的那幢房子的花园地基。在他的印象中,欧洲是一个音乐声声、红旗飘飘和游行不断的绿色公园。不时有轮船汽笛声从河流上传来,打破了屋里的宁静。从街上传来出租车开动的声音和有轨电车响铃的声音。

有人敲门。吉米站了起来。因为专注于看书,他的眼睛发涩,视线有些模糊。

"你好,斯坦,你从哪里冒出来的?"

"赫夫,我都忙炸了。"

"这太正常了。"

"我正要告诉你后几日的天气预报。"

"也许你可以告诉我为什么这个国家人们都无所事事。没有人写音乐,没人发动革命，没人坠入爱河。所有人都只会喝醉酒，讲黄色笑话。我觉得这很讨厌。"

"听到了，听到了，小声点。我要戒酒了，喝酒没什么好处，酒只会变得单调无味。你有浴缸吗？"

"当然有浴缸。你以为这是谁的公寓，我的吗？"

"那是谁的，赫夫？"

"这是莱斯特的。他出国期间我负责看房子，真是幸运。"斯坦开始脱衣服，随它们堆积在脚下。"天啊，我想去游泳，为什么人们要住在城市里？"

"为什么我要在这个疯狂的城市里熬过悲惨的一生？我想知道为什么。"

"贺雷修斯，领导奴隶们吧！"斯坦站在他的衣服堆上大声喊道，褐色的肌肉紧绷着，身体因为微醺而晃动。

"浴缸就在那扇门后面。"吉米从房间角落箱子里拿出一条毛巾扔给他，然后回去看书了。

斯坦身上滴着水回到房间，一边用毛巾擦着头发一边说："你猜怎么着，我忘记摘帽子了。还有，赫夫，有件事想请你帮忙，可以吗？"

"可以，什么事？"

"今晚能让我住你的里屋吗？或者这个房间？"

"当然可以。"

"我的意思是和别人一起住。"

"你们请自便。就算把整个冬日花园合唱团都带进来也没人会看到。而且顺着消防通道还有一个通向小巷的紧急出口。我要去睡觉了，会把门关上。这样你们就可以不受打扰地享用这个房间和浴室了。"

"这也是被逼无奈，但她的丈夫正怒火攻心，我们必须非常小心。"

"早上不用担心。我一早就离开，这里就归你们了。"

"好的，我先走了。"

吉米拿起他的书走进卧室，脱下衣服。他的手表显示此刻是十二点十五分。夜晚很闷热。关灯后，他在床边坐了很久。远处河道上传来的汽笛声让他浑身直起鸡皮疙瘩。从街上传来脚步声、男男女女的说话声、年轻人成双成对回家时的笑声。留声机正在播放《二手玫瑰》。他仰面躺在床上。窗户飘来一股垃圾的酸味、燃烧的汽油味、人行道上的尘土味以及男女在夏天夜晚挤在鸽笼般狭小闷热房间里散发的味道。他躺在床上,干涩的眼睛盯着天花板,身体在像红热金属一样燥热难耐。

女人着急低微的呼唤声把他叫醒了。有人正在推开门。"我不会见他。我不会见他。吉米,求你去跟他谈谈。我不会见他。"裹着一条床单的伊莱恩·奥格勒索普走进了房间。

吉米从床上滚了下来。"到底发生了什么?"

"这里没有储藏室之类的地方吗?当乔乔处于那种状态时,我是不会和他说话的。"

吉米理了理他的睡衣。"床头有一个壁橱。"

"当然……现在,吉米,行行好,劝他离开。"

吉米迷迷糊糊地走到外面的房间。"荡妇,荡妇。"窗外传来了喊声。灯亮着。斯坦像印第安人一样裹着灰色和粉色条纹的毯子,蹲坐在由两张沙发拼成的大床中间。他冷静地盯着约翰·奥格勒索普,后者从窗户的上半部分探进身来,挥舞着手臂,尖叫着,咒骂着,像在进行布偶戏表演。他的头发乱糟糟地遮住眼睛,一只手挥舞着一根棍子,另一只手拿着一顶奶油咖啡色的呢帽。"荡妇,你给我过来,抓现行了吧。这就是事实,捉奸在床。幸亏我爬上莱斯特·琼斯家的消防通道。"他停下来,用醉醺醺的眼睛望着吉米。"这儿有个新人记者,黄色新闻①工作者,装出了一副可怜的样子,是吧?你知道我对你的看法吗?你想知道我对你的看法吗?哦,我从露丝那里听说过你的事情。我知道你认为自己是个风云人物,又超然物外。你喜欢当公共新闻媒体的收费妓女吗?你喜欢你的黄色通行证吗?新闻腐败,就是那回事儿。你认为作为一个演员、一个艺术家,我不知道这些事情吗?我从露丝那里听说过你对演员的看法。"

"奥格勒索普先生,我确信您误会我了。"

"作为读者,我保持沉默,是沉默的观察者之一。我知道公共媒体上出现的每个句子、每个单词、每个微不足道的标点符号都是为了迎合广告商和股东的利益而被审查和修改,有的甚至会被删除。国家的生命之泉在源

---

① 夸大、不负责任、吸引眼球的报道方式

头就被污染了。"

"是啊,你去告诉他们,"斯坦突然从床上站起来鼓着掌喊道,"我宁愿成为最卑微的舞台剧务,我宁愿成为清洁舞台的老弱妇女,也不愿坐在城里最大的日报编辑办公室里的天鹅绒椅子上。演戏是一种光荣、体面、谦虚、高雅的职业。"演讲戛然而止。

"我不知道你希望我怎么做。"吉米叉着手臂说道。

"现在开始下雨了。"奥格勒索普尖声哀怨道。

"你最好回家。"吉米说。

"我会走的,我要去一个没有荡妇、没有奸夫淫妇的地方,我将步入漫漫暗夜。"

"你觉得他能安全回家吗,斯坦?"

斯坦坐在床边,笑得直哆嗦。他耸了耸肩。

"我会永远记恨你的,伊莱恩,永远,你听到了吗?我将步入没有人会坐着嘲笑和戏弄人的黑夜里。你以为我看不见你吗?如果最坏的情况发生,那不会是我的错。"

"晚安。"斯坦大喊着。在最后一阵笑声中,他从床边摔了下来,在地板上滚了几圈。吉米走到窗前,俯视着通向小巷的消防通道。奥格勒索普已经走了。雨下得很大。房子的外墙散发出潮湿砖头的气味。

"这难道不是最愚蠢的事情吗?"他走回房间,无视斯坦。艾伦从门口轻巧地一闪而过。

"我非常抱歉,吉米。"她说道。

他狠狠地把门拍在她的面前并锁上了。"这些该死的傻瓜,"他咬牙切齿地说道,"他们以为这是什么地方?"

他的手冰凉,一直在颤抖。他拽来一条毯子盖上。他躺着听着雨有节奏的嘀嗒声和排水沟里水花四溅的声音。时不时地,微风夹带着凉爽的水气扑面而来。房间里仍然残留着她浓密卷发上的松木油气味,他仿佛还能感受到她蜷缩在被单里的柔软的身躯。

埃德·撒切尔坐在飘窗边,周日报纸散落身旁。他头发斑白,脸颊上有深深的皱纹,棉布裤子上面的纽扣敞开着,以便自己的大肚子可以松快点。

他坐在敞开的窗户前,望着滚烫的沥青路面上不断呼啸而过的汽车,道路两边是由黄砖砌成的商店和红砖砌成的车站。阳光照耀着车站的屋檐,黑色的背景映衬得金色的字闪闪发光:帕塞伊克。周围的公寓里传出留声机躁动的音乐,播放的是《它是一只小熊》《露茜亚的六重唱》以及《贵格会女孩》的选曲。他的膝头展开着《纽约时报》的戏剧版面。他眯着眼睛向外张望着,腾腾热气让他感到胸口紧得喘不过气来。他刚刚读了《城市话题》的一段已被标注过的内容。

最近一个不可否认的事实引发了人们的热议:年轻的斯坦伍德·埃默里的车每晚都停在尼克博克剧院外面,直到接到某位迷人的年轻女演员才会离开。那位女演员是一颗冉冉升起的舞台新星。这位年轻人的父亲是城里一个律师事务所的负责人,颇有名望。他最近因为一些琐事离开了哈佛大学。一直以来这位年轻人的冒险行为都让当地人吃惊不已,我们相信这只是因为年少轻狂。聪明人一点即明。

门铃响了三次。埃德·撒切尔放下报纸,匆忙开门。"艾伦,你来得真晚。我都担心你不会来了。"

"爸爸,我不是总是按时来吗?"

"当然,亲爱的。"

"你过得如何?工作进展如何?"

"埃尔伯茨先生在度假,我猜他回来时我就得去工作了。我希望你能和我一起去春湖度几天假。这对你会有好处。"

"但是爸爸,我没法去……"她摘下帽子,扔在了沙发上,"看,爸爸,我给你带了些玫瑰花。"

"考虑考虑。它们就像你母亲喜欢的那种红玫瑰。我得说你真的太体贴了……但我不喜欢独自度假。"

"哦,你会遇到很多朋友的,爸爸,一定会的。"

"你为什么不能腾出一个星期呢?"

"首先,我得找工作……巡回演出正在进行,而我目前不想加入。哈里·戈德韦泽对此非常生气。"撒切尔再次坐回了飘窗边,开始坐在椅子上翻看着周日报纸。"爸爸,你拿着那份《城市话题》在做什么?"

"哦,没什么。我没打算阅读,只是买来看看它怎么样。"他脸红了,嘴唇紧闭,把它塞在《纽约时报》中间。

"这就是街头小报。"艾伦在房间里走来走去。她把玫瑰插进花瓶里,花瓣散发出沁人心脾的香味,清新了布满尘土的空气。"爸爸,有件事我想告诉你,乔乔和我要离婚了。"埃德·撒切尔双手放在膝盖上,紧闭双唇点了点头,一言不发。他的脸色灰暗,几乎和他的黄绸西装一样斑驳灰暗。"没什么好担心的。我们只是决定不再在一起生活。一切都会以最合适的方式进行。我的朋友乔治·鲍德温会处理这件事。"

"他是埃默里和埃默里律师事务所的?"

"是的。"

"嗯。"

他们保持沉默。艾伦俯身嗅着玫瑰的芬芳。她看到一只小绿毛虫爬过一片古铜色的叶子。

"说实话,我非常喜欢乔乔,但和他住在一起让我发疯。我知道我欠他很多。"

"我宁愿你从未见过他。"

撒切尔清了清嗓子,把脸转向窗外,看着车站前的两条汽车道上络绎不绝的车辆。轮胎在光滑的碎石路面上碾压,刷刷作响,扬起灰尘。玻璃、车漆和金属的光泽闪烁。艾伦坐在沙发上,扫视着褪色的红色玫瑰花地毯。

门铃响了。"我去开,爸爸。你好,卡尔维蒂夫人?"

一个满脸通红的女人穿着黑白雪纺裙走进房间,喘着气说:"哦,抱歉我贸然来访,只是顺便来探望一下。撒切尔先生,你好吗?你知道吗,亲爱的,你可怜的父亲真的很不舒服。"

"胡说,我只是有点背痛。"

"腰疼,亲爱的。"

"爸爸,你应该让我知道的。"

"今天的布道非常鼓舞人心,撒切尔先生。劳顿先生表现得非常出色。"

"我觉得我应该偶尔去教堂,但你知道,在周日我喜欢待在家里。"

"当然,撒切尔先生,这是你唯一有空的时间。我的丈夫也是这样的人,但我认为劳顿先生和大多数牧师不同,他对事物的看法与时俱进。这更像是参加一场非常有趣的讲座,而不是去教堂。你明白我的意思。"

"告诉你我的打算,卡尔维蒂夫人,下个星期天如果不太热的话,我会去的。我想我有点太呆板了。"

"哦,一点改变对我们益处良多。奥格勒索普夫人,你不知道我们是多么密切地关注你的职业生涯,通过周日报纸等等渠道。我觉得你太优秀了,就像我昨天告诉撒切尔先生的那样,现在要经受住舞台生涯的诱惑必须具备坚韧的性格和拥有虔诚的基督教信仰。想到一个已为人妻的年轻女孩能保持纯洁和善良,真是欣慰啊。"

艾伦一直低头看着地板,以免引起父亲的注意。他用两根手指敲打着躺椅的扶手。卡尔维蒂夫人坐在沙发中间笑容满面。她站了起来。"我得走了。我们的厨房里有一个新手,我敢肯定晚餐要毁了。你下午要不要过来?很随意的。我做了一些饼干,我们还准备了一些姜汁汽水,以备有客人来。"

"乐意至极,卡尔维蒂夫人。"撒切尔僵硬地站起身来。卡尔维蒂夫人穿着蓬松的裙子,摇摇晃晃地走了出去。

"艾伦,我们去吃饭吧。她是一个非常好心的女人,总是给我带果酱和橘子酱。她和她姐姐一家住在楼上。她是一位旅行家的遗孀。"

"那句关于舞台生涯的诱惑可真是一针见血。"艾伦轻声笑着说,"赶快出发吧,要不待会儿人就扎堆了。避开拥挤是我的座右铭。"

撒切尔用嘶哑的声音暴躁地催促:"那就不要拖拖拉拉了。"

他们走出房门,艾伦撑开了她的遮阳伞。门的两侧分别是门铃和信箱。一股热浪扑面而来。他们经过了文具店、红色的 A&P 连锁杂货店、街角散发着过期苏打水味道的药店、绿色遮阳篷下的冰激凌冷藏车。他们穿过街道,双脚陷入晒得发黏的沥青,最后在萨格莫尔自助餐厅停下来。窗户上的时钟显示十二点整,时针周围用古老的英文字母拼出"该用餐了"几个字。字的下面是一大片铁锈色的蕨类和一张印着"鸡肉套餐 1.25 美元"的宣传卡片。艾伦在门口驻留,望着凌乱得像在颤动的街道。"看,爸爸,可能会有一场雷阵雨。"在板岩样的天空中,有着令人讶异的雪白轮廓的积雨云升腾。"那云不是挺好吗?来一场轰轰烈烈的雷阵雨,那不是很好吗?"

埃德·撒切尔抬头看了看,摇了摇头,穿过旋转门走了进去。艾伦紧随其后。餐厅里面有着清漆和女服务员的气味。他们坐在门附近的一张桌子旁,上方的电风扇嗡嗡作响。

"您好,撒切尔先生。这个星期您过得怎么样,先生?小姐,您好吗?"那位漂染过头发的瘦脸女服务员友好地探过身来问道,"今天要点什么,先生?长岛烤鸭还是费城烤鸡?"

4. 消防车

如此这般的午后,公共汽车像马戏团游行中的大象一样排成一行,从晨边高地排到了华盛顿广场,从宾夕法尼亚车站排到格兰特陵墓。人群熙熙攘攘,挤在住宅区与闹市区,挤在灰色的广场,直到他们看到新月爬上威霍肯的天空,直到死气沉沉的周日狂风拂面,尘土扬天,昏黄暗淡。

他们走在中央公园的草坪上。

"他的脖子上好像长了一个疖子。"艾伦在伯恩斯雕像前说。

"啊,"哈里•戈德韦泽带着沉重的叹息说,"但他是一位伟大的诗人。"

她戴着宽大的帽子,身穿宽松的淡色裙子。微风不时将裙子吹得贴在她的腿和胳膊上。她迈着轻盈而有节奏的步伐,行走在玫瑰色、紫色和淡黄绿色的暮色中,那是源自草地、树木和池塘的色彩。越过高楼,暮色向公园南蔓延,和深蓝色的天空融为一体。他厚厚的嘴唇圆滑地迸出句子,棕色的眼睛不停地打量她的脸庞。她感觉到他的话语压迫着她的身体,推搡着衣服的凹陷处。她因为害怕听他说话而几乎无法呼吸。

"《百日菊女孩》绝对是大热门,伊莱恩,我告诉你,那个角色就是为你量身打造的。我很高兴再次与你合作,真的,你别具一格,你就是你。纽约的女孩都一样,她们很单调。当然,只要你愿意,你肯定能唱得很好。自从遇见你以来，我就不能自已。这已经有六个月了，我连吃饭都没有胃口。你无法理解年复一年，一个感情压抑的男人有多孤独。我年轻的时候也是与众不同的，但又能怎么样呢？我必须赚钱，在这个世界上闯出一片天地。所以我年复一年地忙碌着。这是第一次我为自己出人头地还赚了大钱感到高兴，现在我可以把这些全部给你。你明白我的意思吗？当我在男人的世界里闯荡时，理想和美好像是压在我内心深处的种子，而你就是种子绽放的花朵。"

他们走路的时候，他的手背会时不时地擦到她的手。她闷闷不乐地握紧拳头，离开他那热情而坚定的胖手。

购物中心里人满为患，一对对情侣、一家又一家的人都在等待音乐开始。空气中弥漫着孩子、吸汗垫以及爽身粉的味道。一个卖气球的人从他们身边走过，身后拖着的一串红色、黄色和粉色的气球，像一大串倒置的葡萄。"哦，给我买个气球吧。"她的话脱口而出。

"嘿，每种颜色来一个，再来一个金色的？不用找钱了。"

艾伦把气球的绳子放进了三个戴着红色帽子和猴子面具的女孩黏糊糊的手里。每个气球都在灯光的映照下呈现出一抹紫蓝色的光晕。

"哦，你喜欢孩子，伊莱恩，不是吗？我对喜欢孩子的女人有好感。"

艾伦麻木地坐在娱乐场露台上的一张桌子前，被食物浓郁的香气和《他是个拾荒者》的音乐紧紧裹着。她不时在面包上涂上一小块黄油，然后放进嘴里。她感到非常无助，自己仿佛是一只被粘住的苍蝇，被他那黏糊糊的话语所困住。

"在纽约没有人能让我走那么远的路，我告诉你，我在过去走得太多了，你明白吗，小时候卖报纸，为施华茨玩具店跑腿。除了晚上上夜校，整天都在奔走。我以为我会成为一名律师，我们东区的人都以为我会成为律师。然后我在欧文广场的一家剧院当了一个夏天的引座员，就迷上了戏剧。这工作还不错，但太不稳定了。现在我不再在乎了，只想弥补损失。这就是我的问题。我三十五岁了，我不再在乎了。十年前，我还是厄兰格老头办公室的一个职员。有很多我以前给他们擦过鞋的家伙，恨不得现在能有机会在西四十八街给我打扫地板。今晚，我可以带你去纽约的任何地方，不管多么昂贵或多么时髦。在过去，我们这些孩子们认为只要有五美元，就可以带几个女孩去岛上，那里就是天堂。我敢打赌，对你来说，那一切都是不一样的体验，伊莱恩。但我想找回当年那种感觉，你明白吗？我们去哪里？"

"为什么我们不去康尼岛呢？我从来没有去过。"

"那里着实太拥挤了，不过我们可以坐车绕一圈。就这么定了。我去打电话叫车。"

艾伦独自坐着，低头看着咖啡杯。她在勺子上放了一块方糖，将方糖浸入咖啡中，然后放进嘴里。她慢慢地咀嚼着，用舌头将粘在上腭的糖粒抵下来。乐队正在演奏探戈舞曲。

阳光透过窗帘的间隙照进办公室，在雪茄烟雾里折射出水波绸缎般的投影。

乔治·鲍德温慢吞吞地说着："这很容易。格斯，这对我们而言非常容易。"格斯·麦克尼尔，脖子粗壮，面色发红，胸前挂着一条沉重的怀表，坐在扶手椅上，默默地点头，吸着雪茄。"现在的情况下，没有法院会支持这样的禁令。这个禁令在我看来纯粹是康纳法官的政治阴谋，但有一些因素……"

"你说的没错，听着，乔治，这个问题就全权交给你了。你曾经帮我渡过了东纽约码头的危机，我相信你也能帮我解决这个问题。"

"但是，格斯，在整个事件中你的立场需要完全受法律约束。如果不是这样，我肯定不能接这个案子，即使是像你这样的老朋友。"

"你了解我，乔治，我从来没有背叛过任何人，我也不希望有人背叛我，"格斯缓缓地站起身来，拄着装饰着镀金球形把手的拐杖，蹒跚地在办公室里走动，"康纳是个混蛋。老实说，你也许不会相信，但他在去奥尔巴尼之前是个不错的家伙。"

"我认为你在整个事件中的态度被故意曲解了。康纳一直在利用自己在法庭上的职位来实现他的政治阴谋。"

"天啊，我希望我们能搞定他。我以为他是我们之中的一员，直到他和那些糟糕的州共和党人搅在一起。奥尔巴尼毁了许多好人。"

鲍德温从堆满羊皮纸的红木桌子旁站起来，把手搭在格斯的肩膀上：

"别为此失眠了。"

"如果没有那些区间快线债券,我会感觉很好。"

"什么债券?谁见过什么债券?我们让这个年轻人进来……乔……还有一件事,格斯,求你闭上嘴巴。如果有记者或任何人来找你,就告诉他们你去百慕大旅行了。我们可以在需要的时候得到足够的关注。但现在我们要噤声,否则会树大招风的。"

"他们不是你的朋友吗?你可以跟他们达成一致。"

"格斯,我是律师而不是政客,我根本不插手那些事情。它们对我没有吸引力。"

鲍德温用手掌按了一下铃。一个象牙肤色、眼神沉郁、头发高耸的年轻女子走进了房间。

"您好,麦克尼尔先生。"

"艾米莉小姐,你看起来状态不错。"

"艾米莉,请把等待麦克尼尔先生的年轻人带进来。"

乔·奥基夫慢吞吞地走进来,手里拿着草帽。"您好,先生。"

"嗨,乔,麦卡锡说了什么?"

"承包商和建筑商协会将宣布从星期一开始停工。"

"工会怎么说?"

"我们准备好了。我们要战斗。"

鲍德温坐在桌边。"但愿我能知道米歇尔市长对这事是什么态度。"

"那些改革团伙只是一如既往地搅浑水,"格斯愤怒地咬着雪茄说道。"这个决定什么时候会宣布?"

"周六。"

"保持联系。"

"好的,先生们。请不要打电话给我。这样不大合适。你们知道那不是我的办公室。"

"可能正在进行窃听。那些家伙不会空手而归。再见,乔。"

乔点了点头,走了出去。鲍德温皱着眉头转向格斯。

"格斯,如果你不从这些劳工问题里脱身,我不知道该拿你怎么办。像你这样天生的政治家应该有更好的判断力。一旦陷入其中,你将无法全身而退。"

"但我们把整个城市都摆平了。"

"我知道城里还有很多没有摆平的事。但是谢天谢地,这不是我的事情。这些债券的事情还好,但是如果你卷入了这场罢工风波,我将无法处理你的案子。公司也不会容忍的。"他低声咆哮着,然后又用平常的声音大声说道:"嗨,格斯,你太太怎么样了?"

外面,乔·奥基夫站在光亮的大理石大厅里,用口哨吹着《甜美的露丝·奥加》等电梯。想象一下,能有这样一个秘书,真是太棒了。他停下口哨,噘起嘴,无声地呼气。在电梯里,他向一个穿格子西装的斜眼男子打招呼:"嗨,巴克。"

"你度假了吗?"

乔双脚分开,双手插在口袋里,摇了摇头。"我周六再去。"

"我想我会独自在大西洋城待上几天。"

"你是怎么做到的?"

"靠聪明才智。"

奥基夫不得不穿过挤满人的门廊,走出大楼。豆大的雨滴从高楼之间的灰色天空坠落在人行道。男人们用外套遮住草帽,奔跑着躲雨。两个女孩便帽上罩了报纸。他经过时,瞥了一眼她们蓝色的眼睛、亮晶晶的嘴唇和牙齿。他快步走到街角,赶上了一辆开往住宅区的车。雨水结结实实地砸在街道上,晶莹剔透,沙沙作响,打平了报纸,在沥青路面上溅起银色的水花,在窗户上留下斑驳的水痕,在电车和出租车漆面反着亮光。十四大街那边没有下雨,空气闷热。

"天气真有趣。"旁边的老人说。奥基夫咕哝了一声:"我小时候曾经看到过雨只下在街的一边,而我们这边却一滴都没落,尽管那边的老人非常想为他刚种下的番茄浇点水。"

穿过二十三大街,奥基夫看到了麦迪逊广场花园的塔楼。他跳下车,惯性带着他小跑几步冲到路边。他把大衣领子翻下来,穿过广场。在树下的长椅上,乔·哈兰德打着盹。奥基夫在他旁边的座位上一屁股坐了下来。

"你好,乔。抽根雪茄吧。"

"你好,乔。很高兴见到你,我的孩子。谢谢。我已经很久没有抽这种东西了。你在忙什么?是否超出了你的能力所及?"

"我感觉有点沮丧,我想买张周六的拳击比赛门票。"

"怎么回事?"

"哎呀,我不知道,事情似乎不太对劲。我深陷于这场政治游戏中,但似乎前路无望。天啊,我希望我像你一样受过教育。"

"接受教育的确让我受益良多。"

"我不是这个意思,如果我能走上你走过的路,我敢打赌我不会失败。"

"这可不好说,乔,一个人身上总会发生滑稽的事情。"

"比如女人之类的。"

"不,我不是那个意思,你觉得厌烦了吧。"

"但是我不明白足够有钱的人怎么会感到厌烦。"

"那么也许因为酒,我不知道。"

他们沉默了一分钟。落日的余晖渐渐染红了天空。雪茄蓝色的烟雾在他们头上缭绕。

"看那个漂亮的女人,看她走路的样子。她不是个可人的美人吗?这就是我的菜,漂亮的褶边裙,涂着口红的嘴唇,拿着钱去找那样的女人吧。"

"她们和其他人并没有什么两样,乔。"

"你瞎说。"

"乔,你身上没有多余的一美元吗?"

"好像我有。"

"我的胃有点不舒服,我想吃点东西来缓缓,但我要等到周六发薪日才有钱。嗯,你懂的。你确定不介意吗?给我你的地址,我会在周一早上第一时间还给你。"

"别担心,我总会在某个地方见到你的。"

"谢谢你,乔。看在上帝的分儿上,听听我的建议,不要购买蓝彼得矿业股票了。我可能已经过气了,但我仍然可以闭着眼睛辨别出谁是骗子。"

"好的,我会取回我的钱。"

"这需要极大的运气才能做到。"

"哎呀,那个曾经拥有半条街的家伙竟然向我借了一美元,真是好笑。"

"哦,我从来没有像他们说的那么富有。"

"这是个有趣的地方。"

"哪里?"

"哦,我不知道,我想到处都是这样。好了,乔,再见,我要去买张门票。天啊,这将是一场精彩的比赛。"

乔•哈兰德看着那个年轻人迈着短促而急躁的步伐,歪戴着草帽,沿着小路远去。然后他站起身,沿着二十三大街向东走。尽管太阳已经落山,人行道和房屋外墙仍然散发着热气。他停在一家拐角处酒吧的外面,仔细地观察着窗户中央布满灰尘的貂皮。旋转门里传来的低声交谈的声音和麦芽酒那让人觉得清凉的香气。他突然脸红了,咬着上唇,偷偷地向街道瞥了一眼,然后穿过旋转门,蹒跚着走到了吧台前。吧台包裹着黄铜,摆着亮晶晶的酒瓶。

雨后,剧院后台的泥灰味刺鼻。艾伦把湿雨衣挂在化妆室的门后,把伞收进角落里。伞上水滴汇聚一摊。她低声对跟在身后跟跟跄跄的斯坦说:"我想起了小时候别人告诉我的一首有趣的歌:唯一在洪水中幸存的人是来自地峡的长腿杰克。"

"天啊,我不明白为什么人们要生孩子。这就是在承认失败。生育代表承认生物的不完整,代表承认失败。"

"斯坦,求你了,别喊了,你会吓到舞台工作人员的。我不应该让你来的。你知道人们在剧院里会怎么八卦的。"

"我会像只小老鼠一样安静。让我等到米莉来给你化妆。看你化妆是我仅有的乐趣,我承认我不是一个完整的生物。"

"如果你不冷静,你连生物都算不上。"

"我要喝酒,我要把威士忌喝完再去戒酒。只要可以喝到威士忌,血还有什么用呢?"

"哦,斯坦。"

"不完整的生物只能喝酒。你们这样完美的生物不需要喝。我要躺下去睡觉了。"

"不要这样,天啊。如果你在这里喝得烂醉,我永远都不会原谅你。"

门外传来轻微的敲门声。"进来，米莉。"米莉是个皱纹满面的黑眼睛小女人。一点黑人血统让她的紫灰色嘴唇显得厚实，让她雪白的皮肤略微发乌。

"亲爱的，现在八点十五分了。"她匆匆走进来说道。她瞥了斯坦一眼，然后转向艾伦，带着一丝苦笑。

"斯坦，你得离开，之后我会在艺术中心或其他你喜欢的地方和你碰面。"

"我想去睡觉了。"

艾伦坐在梳妆台前的镜子前，用小面巾快速抹去脸上的冷霜。一股油彩和可可脂的气味从她的化妆盒里散发出来，氤氲在整个房间里。

"今晚我不知道该拿他怎么办，"她在脱下衣服时对米莉低声说道，"哦，我希望他别喝酒了。"

"我会把他拖进淋浴间，然后打开冷水，亲爱的。"

"今晚上座率怎么样，米莉？"

"很惨淡，伊莱恩小姐。"

"我猜是天气不好，我觉得很糟糕。"

"别让他影响你，亲爱的。不值得为男人这样。"

"我想去睡觉了。"斯坦在房间中央摇摇晃晃，皱着眉头。

"伊莱恩小姐，我会把他带到浴室里，没有人会注意到他在那里。"

"就这样，让他在浴缸里睡觉吧。"

"艾莉，我要在浴缸里睡觉。"

两个女人把他推进了浴室。他软绵绵地倒在浴缸里，脚朝天，头靠在水龙头上睡着了。米莉发出啧啧地感叹声。

"他就像个沉睡的婴儿一样。"艾伦轻声说，把浴室防滑垫卷起来塞在他的头下，擦去他额头上的汗水。他几乎没有呼吸。她倾身轻吻他的眼睑。

"伊莱恩小姐，你得抓紧一点了，马上要开幕了。"

"快看看，我看起来还好吗？"

"漂亮得像一幅画，上帝爱你，亲爱的。"

艾伦跑下楼梯，绕到侧面，站在那里，喘着气，好像差点被汽车撞倒一样。她从道具师那里拿到了接下来要表演的乐谱卷。收到登台提示后，她步入了灯光闪耀的舞台。

"你是怎么做到的,伊莱恩?"哈里·戈德韦泽坐在她身后的椅子上摇头晃脑地说道。她一边卸妆一边从镜子里看着他。一个身材高大、灰色眉眼的男人站在他旁边。"你还记得吗?当他们第一次让你试镜时,我对费利克先生说'索尔,她做不到'。对不对,索尔?"

"没错,哈里。"

"我觉得没有年轻美丽的女孩能够做到,你知道的,把激情和恐惧表现出来,你明白吗?索尔和我一直坐在前排等着最后一幕那个场景。"

"太棒了,太棒了,"费利克先生嘟囔着,"告诉我们你是怎么做到的,伊莱恩。"

化妆品在布料上留下了黑色和粉色的印迹。米莉小心翼翼地移动挂衣服的衬布。

"你知道是谁为我指导那个场景中的表演的吗?是约翰·奥格勒索普。他关于表演的想法真是令人惊叹。"

"是的,他太懒了。真是可惜,他本可以当一个非常优秀的演员。"

"不完全是因为懒惰。"艾伦松开头发,两手把它扭成了一个发髻。她看到哈里·戈德韦泽用胳膊肘碰了一下费利克先生。

"很漂亮,对吧?"

"《红红的玫瑰》怎么样了?"

"哦,别问我,伊莱恩。上周看演出的只有引座员,你能理解吗?我不明白为什么它不流行,它很精彩。梅·梅里尔身材也很好。哦,演艺业已经没救了。"

艾伦把最后一枚青铜别针插在铜色卷发中。她抬起下巴。"我想尝试这类音乐剧。"

"但是,亲爱的年轻女士,一次只能做一件事情。我们才刚刚让你成为一名有感染力的演员。"

"我讨厌这样,全是虚假的。有时我想跑到舞台下告诉观众:'回家吧,你们这些傻瓜。'你们应该知道这是一场烂戏,尽是装腔作势浮夸的表演。音乐剧的表演才是真情流露。"

"我不是告诉过你吗，她很疯狂，索尔？我没有告诉过你吗？"

"我会在下周的宣传中引用这一小段话，我可以让她这段话充分发挥作用。"

"你不能让她在演出中发牢骚。"

"不过，我可以在有关于名人志向的栏目中加入这些内容。你知道的，佐佐东公司的总裁本来想当消防员，还有人则更想当动物园管理员……成功人士的兴趣品位啊！"

"你可以告诉他们，费利克先生，我觉得女人就该待在家里，对于那些意志薄弱的人来说就应该这样。"

"哈哈哈，"哈里•戈德韦泽笑着露出嘴角的金牙，"但我知道比起他们，你能歌善舞，伊莱恩。"

"我不是在嫁给奥格勒索普之前在合唱团里唱了两年吗？"

"你一定是从摇篮里就开始起步了。"费利克先生灰色睫毛下的眼睛闪着狡黠的笑意。

"麻烦先生们能否先出去一会儿，我需要换衣服。每晚的最后一个节目结束后，我总是浑身湿透了。"

"我们是需要离开，你明白吗？能让我用一下你的洗手间吗？"

米莉站在浴室门前。艾伦看到她脸色发白。"恐怕你没法用，哈里，它坏了。"

"我去查理的洗手间，我会告诉汤普森让管道工来看看。好了，晚安，孩子，乖乖的。"

"晚安，奥格勒索普小姐。"费利克先生尖声说道，"保重。"米莉在他们离开后关上了门。

"哇，终于可以放松了！"艾伦舒展着胳膊喊道。

"我告诉你，我当时很害怕，千万别让那样的人陪你来剧院。我见过很多好演员因为这样的事情而毁了。我告诉你是因为我喜欢你，伊莱恩小姐。作为一个老手，我对演艺圈还是了解的。"

"当然，你是米莉，你说得对。让我们看看能不能把他吵醒。"

"我的天，米莉，你看看。"

斯坦躺在浴缸里，浴缸里充满了水。他的外套下摆和一只手浮在水面上。"斯坦，你这个白痴，快起来！可能会淹死的。你这个傻瓜，你这个傻瓜。"艾伦抓住他的头发,左右摇晃着他的脑袋。

"哎呀,好疼啊!"他用孩子般的困倦声音呻吟着。

"起来,斯坦,你全湿了。"

他抬起头,瞪大眼睛。他用双手撑着浴缸的两侧,站起身来摇晃着身体,黄色的水顺着衣服和鞋子滴下来。他不由放声大笑。艾伦靠在浴室门上,眼里含着泪水,也笑了起来。

"你没法对他生气,米莉,这就是他让人恼火的地方。哦,我们该怎么办?"

"幸好他没淹死。请把您的证件和钱包给我,先生。我试着用毛巾把它们擦干的。"米莉说道。

"即使我们把你的衣服拧干了,你也不能这样出门。斯坦,你必须脱掉所有的衣服,穿上我的连衣裙。你可以再穿上我的雨披。我们可以乘坐出租车带你回家。米莉,你觉得怎么样?"

米莉正在拧干斯坦的外套,她转转眼珠,摇摇头。洗脸盆里堆着一个湿漉漉的钱包、一个本子、几支铅笔、一把折叠刀、两卷胶卷和一个酒瓶。

"我本来就想洗个澡。"斯坦说。

"哦,我可以教训你了。好吧,至少你清醒了。"

"就跟企鹅一样清醒。"

"你得穿上我的衣服,这样就行。"

"我不会穿女人的衣服的。"

"你必须穿,你甚至没有雨衣来遮掩这个狼狈样。如果你不这样做,我会把你锁在浴室里,不管你。"

"好的,艾莉,老实说,我非常抱歉。"

米莉正在用报纸把刚刚在卫生间拧干的衣服包起来。斯坦在镜中打量着自己。"天啊,这身衣服看起来太别扭了,糟糕透顶。"

"我从未见过这么令人嫌恶的样子……不过你看起来很可爱,衣服也许有点紧。现在,求你,当你经过老巴尼的时候,一定要把脸朝向我。"

"我的鞋子都湿透了。"

"没办法,谢天谢地有这身披风,米莉,你真是个天使,把一切都收拾好了。"

"晚安,亲爱的,记住我说的话。我和你说……就这样吧。"

"斯坦,小步走,遇到人就直接跳上出租车。如果动作够快,就不会节外生枝。"他们走下台阶时艾伦的手在颤抖。她一只手挽着斯坦的胳膊,用低沉的声音说:"亲爱的,爸爸曾经有两三个晚上来这看演出,他吓坏了。他说,他觉得一个女孩在许多人面前表现出自己的感情是有失身份的。这不是吓死人吗?但他还是被《先驱报》和《世界报》周日关于我的评论所打动。晚安,巴尼。可恶的夜晚……我的天……这里有一辆出租车,上车。你要去哪里?"出租车里黑漆漆的,他修长脸庞罩着蓝色兜帽,眼睛那么黑、那么亮,以至于让她吓了一跳,像黑暗中突然掉进了深坑一样。

"好吧,我们去我家吧。一不做,二不休……司机,请开往银行街。"出租车启动了。他们穿过"百老汇"红、绿、黄三色灯光,随车颠簸。突然,斯坦向她靠过去,重重地快速地吻上了她的唇。

"斯坦,你必须戒酒。这可不是开玩笑。"

"为什么不能开玩笑?你尽管开玩笑,我不会抱怨的。"

"但是,亲爱的,你这是在自虐。"

"哪有?"

"我不能理解你,斯坦。"

"我不明白你说什么,艾莉,但我非常非常爱你。"他的低沉的声音中带着一丝颤抖,让她感到幸福无比。

艾伦付了出租车的费用。尖锐的汽笛声突然响起,哀号一般在街上回荡。一辆闪着红灯的消防车驶过,然后是一辆响着警铃的云梯车。

"我们去着火那边看看,艾莉。"

"你可是穿着那样的衣服,我们还是别去了。"

他默默地跟着她走进房子,上了楼。她长长的房间里凉爽清新。

"艾莉,你不生我的气吗?"

"当然没有,傻瓜。"

她打开了装着湿衣服的包裹,放到厨房旁的煤气炉边烘干。留声机里播放着《他在家乡是个魔鬼》,那歌声把她吸引过来。斯坦已经脱下了连衣裙。他把一把椅子当作舞伴跳起舞来,她的蓝色薄裙伴着他毛茸茸的瘦腿翩翩起舞。

"斯坦,你真是个奇葩。"

他放下椅子,朝她走过去,穿上棕色的男款丝绸睡袍。留声机播放的曲子结束了,唱片持续沙沙作响地转着,转着……

5. 去动物展会

红灯亮了。铃声响了。

四条长长的车龙堵在铁路道口,前后相连,左右相接。发动机嗡嗡作响,排气管烟雾滚滚。来自巴比伦和牙买加的汽车,来自蒙托克、杰斐逊港、帕乔格的汽车,来自长岛或者法洛克卫的豪华轿车,来自大颈的跑车……车上尽是紫菀和湿泳衣、晒黑的脖子、享用着汽水和热狗的嘴……车身蒙上了豚草和秋麒麟草的花粉。

绿灯亮了。发动机启动,齿轮发出尖锐的声音。车辆拉开间距,沿着长长的水泥道路行进如流,驶过有着黑色窗户的混凝土工厂,驶过色彩鲜艳的道路指示牌,驶向光芒笼罩的城市,那光芒不可思议地照入苍穹。城市仿佛是矗立着的灯光辉煌的巨大的帐篷,也像是盛大帐篷秀的高大的黄色主体。

"萨拉热窝。"这个词卡在她喉咙里,她欲言又止。

"想想就可怕,可怕。"乔治·鲍德温叹息着,"华尔街要完蛋了,他们会关闭证券交易所,这是唯一的出路。"

"我从未去过欧洲,战争一定是一件非同寻常的事情。"艾伦穿着蓝色天鹅绒裙子,外面披着黄褐色的披风,靠在出租车的靠垫上。车子载着他们平稳地行驶。"我总是认为历史就像教科书上画的那样，将军们发表声明，小小的身影在战场上伸开手臂奔跑，还有复印的签名。"路边嘈杂，锥形的光线交错，车灯照在树木、房屋、广告牌和白色油漆粉刷的电线杆上。出租车转弯后停在一家酒店前，屋里渗出粉红色的光，隐约传出雷格泰姆音乐声。

"今晚人很多。"出租车司机在鲍德温付钱时对他说道。

"我想知道为什么。"艾伦问道。

"我猜和卡纳西的凶杀案有关系。"

"那是怎么回事？"

"很可怕。我看到了。"

"你看到了凶杀案？"

"我没看到过程。我看到尸体横陈，等着被送到停尸房。我们这些孩子经常叫他圣诞老人，因为他有白胡子，我从小就认识他。"后面的车子都在按喇叭。"我得走了，晚安，女士。"

红色的走廊里散发着龙虾、蒸蛤蜊和鸡尾酒的气味。

"嗨，格斯！伊莱恩，介绍一下，这是麦克尼尔夫妇。这位是奥格勒索普小姐。"艾伦分别握了握红脖子短鼻子男人的大手和他妻子被手套包裹的小手。"格斯，在我们走之前我会找你的。"

艾伦跟随穿着燕尾服的领班沿着舞池边缘走了过去。他们坐在靠墙的桌子旁。《每个人都在这样做》的音乐声响了起来。鲍德温在她身后停留了一会儿，一边理了理椅子靠背上搭着的披肩，一边哼着这首歌。

"伊莱恩，你是最可爱的人，"他坐在她对面开始说道，"这看起来太可怕了。我不知道这是怎么发生的。"

"什么？"

"这场战争。我无法思考其他任何事情。"

"我可以。"她的目光停留在菜单上。

"你留意我介绍给你的那两个人了吗？"

"是的。那位是一直在报纸上出现的麦克尼尔吗？有些关于建筑工人罢工和区间快线债券问题的争议。"

"这都是政治。我打赌格斯一定为这场战争感到高兴，可怜的老格斯。

这场战争至少有一个好处,它会让那些争议不再出现在头版头条上。一会儿,我会告诉你关于他的事情。我想你可能不喜欢蒸蛤蜊吧？这里的蒸蛤蜊非常好吃。"

"乔治,我喜欢蒸蛤蜊。"

"那么我们就来一顿传统的长岛海鲜晚餐吧。你觉得怎么样？"她把手套放在桌子边缘,手碰到了插着有些枯萎的黄色和红色玫瑰的花瓶。褪色的花瓣飘落在她的手上、手套上和桌子上。她把它们从手上甩了下来。

"请让他把这些可怜的玫瑰花拿走,乔治,我讨厌凋谢的花。"

盘子里的蛤蜊散发着蒸汽,在灯罩下玫瑰色的光晕中慢慢升腾。鲍德温注视着她用粉嫩而灵活的手指捉住蛤蜊的出水管,将蛤蜊肉拉出,蘸上融化的黄油,然后利落地放进嘴里。她沉浸在吃蛤蜊的快乐中。他叹了口气。"伊莱恩,看到格斯·麦克尼尔的妻子,我觉得自己是个非常不幸的人。这是多年来的第一次。想想看,我曾经疯狂地爱她,现在我甚至想不起她的名字了……很可笑,不是吗？自从我在行业里站稳脚跟以来,事情一直进展得非常缓慢。那是个冲动的决定。那时我刚刚从法学院毕业两年,没有资金支持。那时候我很鲁莽。我本来决定如果那天我仍接不到案子,我就放弃一切,重新当回小职员。我出去散步整理思绪的时候,看到一辆货车在第十一大道上撞上了一辆运奶车。那个场景惨不忍睹。当我们把那个人扶起来时,我对自己说,我要为他争取到应得的赔偿,即使让我破产。我赢了他的案子,声名大噪。这开启了他的职业生涯,也开启了我的职业生涯。"

"那么说他是开运奶车的吗？我认为送牛奶的人是世界上最好的人。我的送奶工十分可爱。"

"伊莱恩,你不要把这些告诉任何人,我觉得我对你充分信任。"

"乔治,你真是太好了。女孩们现在越来越像卡斯尔夫人了,这不是很神奇吗？看看这个屋子里的人吧。"

"她就像一朵野玫瑰,伊莱恩,清新粉嫩,充满爱尔兰气息,而现在她变成了一个干练的矮胖小女人。"

"你还和以前一样性感。就是这样。"

"我想,你不知道在我遇见你之前,生活是多么空虚寂寞。西西莉和我只会让彼此痛苦。"

"她现在在哪儿？"

"她在巴港工作。我很幸运，年轻时就在多方面取得成功……我还不到四十岁。"

"我认为这很有魅力。你一定喜欢法律，否则你不会在这方面如此成功。"

"成功，成功，成功到底是什么？"

"我希望自己也能取得小小的成功。"

"但是，亲爱的女孩，你已经实现了。"

"哦，不是我想要的成功。"

"但现在成功已经不再有乐趣了。我所要做的就是坐在办公室里让年轻人去完成工作。我的前景一眼能看到头。我想我可以变得庄重或浮夸，可以有一些劣习……但我内心深处还有更多。"

"你为什么不从政呢？"

"我为什么要去华盛顿那个一潭死水的地方，就为了发号施令？对于人们来说，纽约变得索然无味的可怕之处在于没有其他地方可以去。这里是世界之巅。我们所能做的只是日复一日地在松鼠笼里打转。"

艾伦看着人们穿着轻便夏装在打蜡的舞池中央跳舞。她看到屋子那头的桌子旁坐着托尼·亨特，他椭圆的脸蛋白里透红。奥格勒索普没在他身边。斯坦的朋友赫夫背对着她坐着。他正在笑，瘦削脖颈上，脑袋略微歪着，长长的黑发乱糟糟的。另外的两个男人她不认识。

"你在看谁？"

"只是乔乔的一些朋友，我不知道他们怎么到这儿来了。这可不是那帮人的地盘。"

"每次我试图逃避什么事情的时候，总是这样。"鲍德温带着苦笑说道。

"我得说你已经实现了人生的理想。"

"哦，伊莱恩，如果你现在能让我如愿以偿就好了。我想让你快乐。你是一个勇敢的小女孩，总能坚持自我。天啊，你充满了爱、神秘、光芒。"他停顿了一下，深深地闷了一口酒，红着脸继续说道，"我感觉自己像个学童，我在自取其辱。伊莱恩,我愿意为你做任何事情。"

"我想要你做的就是把这只龙虾退掉。我觉得它不是很好。"

"天啊,也许是不太好。服务员!我太慌了,都没意识到自己在吃什么。"

"你可以给我些鸡胸肉。"

"你一定饿坏了,可怜的孩子。"

"……还可以来一点玉米棒……我现在明白你为什么是个出色的律师了,乔治。任何陪审团都会在你这么煽情的辩护陈述中哭得不能自已。"

"伊莱恩,你会怎样?"

"乔治,请不要问我。"

吉米·赫夫那桌人喝的是威士忌和苏打水。一个有着黄皮肤、浅色头发、细长鼻子、稚嫩蓝眼睛的男人压低声音说:"老实说,我让他们退无可退了。警察局的人疯了,绝对疯了,把它当作强奸和自杀案处理。那个老人和他可爱无辜的女儿被谋杀了,被残忍地杀害了。你知道是谁吗?"他用被香烟熏黄的胖手指指着托尼·亨特。

"法官,请不要盘问我,我对此一无所知。"他耷拉着眼皮说道。

"是黑手党干的。"

"你告诉他们的吧,布洛克。"吉米·赫夫笑着说。布洛克用拳头猛砸了一下桌子,盘子和玻璃杯发出叮当声。"卡纳西到处是黑手党、无政府主义者、绑架者和不良分子。我们的任务是找出他们,为这位可怜的老人和他心爱的女儿讨个公道。我们要为这位可怜的老家伙讨个公道,他叫什么名字来着?"

"麦金托什。"吉米说,"这里的人们习惯叫他圣诞老人。当然,每个人都承认他已经疯了多年。"

"我们所认同的唯有美国公民身份的神圣,但是,该死的战争占据整个头版究竟有什么用?我原本要做一个整版的报道,现在他们把我的报道缩减到了半栏。这就是生活吗?"

"你应该杜撰他是奥地利王室的后代,被剥夺了继承权,因政治原因被谋杀。"

"吉米,这不是个坏主意。"

"但是这实在太可怕了。"托尼·亨特说道。

"你觉得我们是一群冷酷无情的野兽,对吗,托尼?"

"不,我只是觉得人们从阅读这些内容中无法得到乐趣。"

"我们整天就在干这个。"吉米说道,"让我起鸡皮疙瘩的是军队动员、轰炸贝尔格莱德、入侵比利时等诸如此类的新闻。我无法想象,他们杀死了饶勒斯。"

"谁?"

"法国的社会主义者。"

"那些该死的法国人太堕落了,他们只会决斗和偷情。我打赌德国人两周内就会进入巴黎。"

"不会持续太久的。"弗雷明汉姆说道。他是一位高大庄重的男子,留着稀疏的金色小胡子,坐在亨特旁边。

"我想成为一名战地记者。"

"吉米,你认识在这里当酒保的那个法国人吗?"

"刚果·杰克?我当然知道他。"

"他是个好人吗?"

"还不错。"

"我们出去和他谈谈,他可能会给我们一些关于这起谋杀案的线索。如果我能把它和世界冲突联系起来,那就太好了。"

"我非常有信心,"弗雷明汉姆开始说,"英国人会想办法解决的。"

吉米跟着布洛克走向吧台。穿过屋子的时候,他看到了艾伦。她的头发在灯光的映照下通红。鲍德温向前倾着坐在桌旁,嘴唇湿润,眼睛明亮。吉米感觉到他胸中一阵悸动,像释放的弹簧。他突然转过头来,生怕她看到自己。

布洛克转过身来,用肘部轻推了他一下。"吉米,这两个跟我们一起出来的家伙到底是谁啊?"

"他们是露丝的朋友。我跟他们不是很熟。我想弗雷明汉姆是位室内装饰设计师。"

吧台上方挂着卢西塔尼亚号的照片,照片下站着一个深色皮肤的人,他的白色外套被壮实的胸膛撑起。他用毛茸茸的手摇晃着调酒器。一个服务员站在吧台前，手里端着盛放着鸡尾酒杯的托盘。鸡尾酒在杯子里泛起绿色和白色的泡沫。

"你好，刚果。"吉米打着招呼。

"晚上好，赫夫，一切顺利？"

"很好，刚果，我想给你引荐一个朋友。这是《美国人》的格兰特•布洛克。"

"非常荣幸。您和赫夫先生很受欢迎，先生。"

服务员用手掌将盛放着玻璃杯的托盘举到与肩膀齐平的高度，平稳地走了过去。

"我感觉杜松子酒会毁掉威士忌的味道，但我还是想来一杯。你和我们一起喝点什么。刚果，你喝什么？"布洛克把脚放在黄铜栏杆上，喝了一口酒。"我在想，"他慢悠悠地说道，"有没有关于这起谋杀案真相的消息。"

"每个人都有自己的看法。"

吉米看到刚果深陷的黑眼睛微微眨了一下眼。"你住在这里吗？"他忍着笑问道。

"半夜里，我听到一辆汽车很快地开过去。我想可能是撞到了什么，因为它突然停下来，然后又飞快地开回去了。"

"你听到枪声了吗？"

刚果神秘地摇了摇头。"我听到说话的声音，非常愤怒的说话声。"

"哎呀，我要去调查一下这件事，"布洛克把酒一饮而尽，"我们回去找那些女孩吧。"

　

艾伦看着长着核桃一样皱巴巴的脸和死鱼眼睛的服务员倒着咖啡。鲍德温斜靠在椅子上，低垂着睫毛盯着她。他用低沉单调的声音说道："你难道看不出来，如果没有你我会疯掉吗？你是这个世界上我唯一想要得到的。"

"乔治，我不想被任何人利用。你能理解一个女人想要的自由吗？请对此保持风度。如果你这样说话，我就回家了。"

"那你为什么一直让我悬着呢？我可不是任人玩弄的那种人。你很清楚这一点。"

她用灰色的大眼睛直视着他,棕色的瞳孔里闪耀着金色光泽。

"人不可能没有朋友。"她低头看着搭在桌子边缘的手指。他的目光落在她闪着金光的睫毛上。他突然开口,打破了两人之间越来越紧张的沉默。

"来,我们跳舞吧。"

在我的航行之中

已经三次环游世界

刚果·杰克哼着曲子,毛茸茸大手摇晃着调酒器。贴着绿色墙纸的小酒吧充斥着谈话声、倒酒的声音、冰块和玻璃清脆的碰撞声,偶尔还传来另一个房间里的音乐声。吉米·赫夫独自站在角落里喝着杜松子酒,身旁的格斯·麦克尼尔拍着布洛克的背,在他的耳边咆哮着:

"如果他们不关闭证券交易所,天啊,在崩盘来临之前会有一次机会,我们会赚大钱的。头脑冷静的人总是能在大家恐慌之时找到赚钱的机会。"

"已经有太多前车之鉴了,这只是刚刚开始。"

"机会只有一次。当券商公司破产的时候,你们要听我的建议,诚实的人会得到祝福,你不会把我告诉你的一切都登在报纸上,对吗?你们大多数人借别人的嘴说事。你们中的任何一个人都不值得信任。不过我可以告诉你们,停工对承包商来说是一件好事。在战争期间不会有房屋建设工程。"

"战争不会持续超过两个星期,我还没发现它对我们有什么影响。"

"但是全世界都会受到影响。时局……喂,乔,你到底想要什么?"

"先生,我想和您私下谈一会儿。有一些重要的消息……"

酒吧里的人逐渐散去。吉米·赫夫仍然站在另一头的墙角。

"你从不会喝醉,赫夫先生。"刚果·杰克坐在吧台后面,喝着一杯咖啡。

"我宁愿看其他人喝酒。"

"很好。喝酒不但浪费钱,第二天还头痛,一点用都没有。"

"这不是酒保该说的话。"

"这是我想说的话。"

"我一直想问你,你介意告诉我吗?你为什么起刚果·杰克这个名字？"

刚果发自内心地笑了起来。"我不知道。当我还很小的时候，第一次出海，他们叫我刚果，因为我长着卷曲的黑头发，像黑鬼一样。当我在美国工作，坐在美国人的船上，有人问我：'感觉怎么样，刚果？'我说'杰克（很满意的音译）'，所以他们叫我刚果·杰克。"

"原来这是个绰号，我猜你曾四海漂泊。"

"那是种艰苦的生活。告诉你，赫夫先生，我很不走运。我最早的记忆是在一艘平底船上，你知道我的意思，在运河里，一个大个子，他不是我的父亲，每天都打我。后来我逃跑了，在波尔多的帆船上工作，你知道那儿吗？"

"我小时候好像在那儿待过。"

"当然，您理解这些事情，赫夫先生。但像您这样受过良好教育的人，不知道什么是生活。我十七岁来到纽约……一点好处都没有。我一无是处，只会惹是生非。然后我又出海了，去了各种地方。在上海，我学会了说美式英语并当了酒保。后来我回到旧金山结了婚。现在我想成为美国人。但不幸的是，再次失败了。在和那个女孩结婚之前，我们在一起生活了一年，甜蜜无比。但当我们结婚后就不行了，她嘲笑我，称我为法国佬，因为我说不好美式英语。然后她把我赶出了家门，我让她滚蛋。人生真是奇妙。"

在我的航行之中

已经三次环游世界……

他又开始用低沉的嗓音哼起来了。

有人把手放在吉米的胳膊上。他转过身去。"艾伦，怎么了？"

"我被一个疯子缠上了，你必须帮我逃脱。"

"这是刚果·杰克。艾伦，你应该认识他，他是个好人。这是一位非常知名的艺术家，刚果。"

"女士，要来点茴香酒吗？"

"和我们一起喝一点吧，现在人们都走了，这里舒适多了。"

"不用了，我要回家了。"

"但是夜晚才刚刚开始。"

"好吧，你必须帮我搞定那个疯狂的男人。赫夫，你今天见到斯坦了吗？"

"没有呢。"

"他没有按照约定的时间出现。"

"艾伦，我希望你能让他少喝点酒。他喝酒喝得让我很担心。"

"我又不是他的监护人。"

"我知道，但你明白我的意思。"

"我们的朋友对这场战争有什么看法？"

"我不会去参战，工人没有国界。我要成为美国公民，我曾经在海军服役，但是……"他用一只手拍打着抽筋的前臂，发出深沉的笑声，"二十三岁。我是无政府主义者，你明白吗，先生？"

"但是那样你就不能成为美国公民。"

刚果耸了耸肩。

"哦，我喜欢他，他太棒了。"艾伦在吉米耳边轻声说道。

"你知道他们为什么打这场战争吗？是为了让全世界的工人都忙于打仗从而不能发动大革命，所以纪尧姆、维维亚尼、奥地利皇帝、克虏伯、罗斯柴尔德和摩根说，让我们打一场战争吧。你知道他们首先干什么事情吗？他们枪杀了饶勒斯，因为他是社会党党员。社会党党员是国际主义的叛徒，但是他们都一样……"

"但如果人们不想打仗，他们怎么能让人们打仗呢？"

"在欧洲，人们被奴役了数千年，不像在这里。但我见过战争。非常有趣。我曾在旅顺港当酒保，那时我还只是个孩子。那很有趣。"

"哎呀，我希望我能找到一份战地记者的工作。"

"我也许会成为一名红十字会护士。"

"记者这个职业很不错，总是能够远离战场，在美国的酒吧买醉。"

他们笑了。

"但是我们离战场不是很远吗，赫夫？"

"好吧，让我们跳舞吧。如果我跳得不好，请多包涵。"

"如果你跳错了，我会踢你的。"

搂着她跳舞的时候，他心潮澎湃，手臂像石膏一样僵硬。闻着她的发香，他觉得自己就像坐上了升腾的热气球。

"踮起脚尖,跟着音乐的节奏动,直线行走是最关键的技巧。"她的声音像是一把小巧灵活的锯子,切入他的内心。他们周围挤满了或胖或瘦的男男女女,胳膊轻摇,面容呆板,瞪大眼睛。她仿佛是一台由齿轮和白色、蓝色、铜色金属构成的精密机器,埋在他的怀中,融化了他的心。舞步停止,她的胸部、身体一侧和大腿贴在了他身上。他突然血液上涌,如奔腾的野马般满身大汗。一阵微风从敞开的门口吹进来,吹散了餐厅里的烟雾和浓稠的粉红色空气。

"赫夫,我想去看看谋杀案发生的小屋,请带我去。"

"好像我没有看够打着叉样标记的犯罪现场似的。"

在大厅里,乔治·鲍德温挡在他们面前。他脸色苍白得像粉笔,黑色领带歪歪扭扭,瘦瘦的鼻孔微微张开,显露出红色的小血管。

"你好,乔治。"

他的声音像公鸭的叫声一样嘶哑。"伊莱恩,我一直在找你。我必须和你谈谈,也许你认为我在开玩笑,但是我从不开玩笑。"

"对不起,赫夫,等一下。乔治,怎么了?回到桌子这边来。乔治,我也不是在开玩笑。赫夫,你可以给我叫辆出租车吗?"

鲍德温抓住她的手腕。"你已经玩我玩够了,听到我说的话了吗?总有一天会有人拿枪打你。你以为你可以像对待其他那些小鬼头一样玩弄我……你还不如一名普通妓女。"

"赫夫,我让你帮我叫辆出租车。"

吉米咬了咬嘴唇,走出前门。

"伊莱恩,你打算做什么?"

"乔治,我不希望被胁迫。"

鲍德温手中有东西闪着金属的光泽。格斯·麦克尼尔向前迈步,用那只红色大手握住了他的手腕。

"把那个给我,乔治,天啊,控制好你自己。"他把左轮手枪塞进口袋里。鲍德温摇摇晃晃地走到他面前的墙边。他右手扣扳机的手指正在流血。"

"出租车来了。"赫夫挨个打量着这些紧绷的苍白面孔。

"好的,你带那个女孩回家吧。没什么事,只是一场虚惊,明白吗?没必要报警。"麦克尼尔像在演说。领班服务员和衣帽间的女孩不安地看着对方。"没什么事,这位先生只是有点紧张,工作过劳。"麦克尼尔放低声音,试图安抚对方。"你们就忘了刚刚的事情吧。"

上出租车的时候,艾伦突然嗲声嗲气地说:"我忘了我们要去看那个谋杀案发生的小屋了……让他等一下吧。我想溜达一分钟换换气。"空气中弥漫着盐沼的气味;饰有云彩和月光的夜如大理石般冰冷;沟渠里的蟾蜍鸣叫着,发出雪橇铃铛般的声音。

"很远吗?"她问道。

"不,就在拐角处。"

他们踩在碎石路上,发出沙沙的响声,过会又轻轻地走到了柏油路上。一辆车呼啸而来,头灯晃得他们眼睛发花。于是,他们停下来让车子先过去。尾气灌满了鼻腔,又淡化成盐沼的气味。

这是一座尖顶灰墙的房子,门廊朝着大路,上面的格栅已经破烂不堪。房子后面是一棵大槐树。一名警察在门口来回走动,轻轻地哼着小曲。灰蒙蒙的月亮从云层后面露出了小半边脸,给破碎窗户上镀上了锡纸样的光泽,网勒出了槐树的小圆叶,最后像一枚丢失的硬币一样滚进了云层的缝隙里。

他们俩沉默着往回走。

"说真的,赫夫,你看到斯坦了吗?"

"我完全不知道他躲在哪里。"

"如果你见到他,请告诉他我希望他立刻给我打电话。赫夫,那些在法国革命中跟随军队出征的女人被称作什么?"

"让我想想,是被称为'养路女工'吗?"

"类似这样的称呼吧。我想像她们那样。"

一辆电车从他们的右边呼啸驶来,越来越近,然后消失在远方。

伴着探戈的旋律,酒吧被笼罩在融化的冰激凌一般的粉色之中。吉米跟着她上了出租车。

"不,我想独自一人,赫夫。"

"但我很乐意送你回家,让你独自一人走非我所愿。"

"作为朋友,我请求你让我独自一人。"

他们没有握手。出租车扬起的尘土和烧焦的汽油味扑面而来。他站在台阶上,不愿回到噪声和尾气中。

奈莉·麦克尼尔独自坐在桌前,面前的椅子上放着她丈夫用过的餐巾。她的目光直视前方,舞者们像影子一样在她眼前穿梭。酒吧的另一端,她看到苍白瘦弱的乔治·鲍德温走向餐桌,站在桌旁仔细检查账单。付款后他心烦意乱地环顾四周。他马上要看到她了。服务员将找零放在盘子上,低头鞠躬。鲍德温用深邃的目光扫视着舞者们的脸庞,然后转身离开。一回想起百合令人沉醉的甜美气息,她的眼泪就不自觉地涌上眼眶。她从银色网袋里拿出记事簿,匆忙地翻阅着,用银色的铅笔标记着。过了一会儿,她抬起头来,尽显疲态。她向服务员招手示意:"可不可以告诉麦克尼尔先生,麦克尼尔夫人想和他谈谈?他就在酒吧里。"

"萨拉热窝,萨拉热窝,就是在那时点燃导火索的。"布洛克对着吧台边喝着酒的人们大声叫道。

"嘿,"乔·奥基夫随便找了一个路人热情地说道,"一个在电报局工作的人告诉我,在纽芬兰的圣约翰斯附近发生了一场大海战,英国人击沉了四十艘德国战舰。"

"吉米,那战争会立刻停止的。"

"但是他们还没有宣战呢。"

"你怎么知道?电报都没法用了,无法传递任何消息。"

"你看到了华尔街又有四只股票崩盘了吗?"

"我听说芝加哥小麦的股价疯涨。"

"他们应该在这场风暴平息之前关闭所有交易所。"

"也许当德国人打败英国后,英格兰会给爱尔兰自由。"

"但是他们······明天股市不开市。"

"如果一个人有足够的资本并能保持头脑清醒,那么现在就是赚大钱的时候了。"

"好的,布洛克老兄,我要回家了,"吉米说"今晚是我轮休,我得去休息了。"

布洛克眨了眨眼睛,挥了挥醉醺醺的手。

吉米耳畔传来忽远忽近的轰鸣声。像狗一样死去,继续前进,他说。他已经花光了所有的钱,只剩下两毛五。日出时开枪。宣战。开始敌对行动。然后他们撇下他独享荣光。莱比锡,荒野,滑铁卢,那里的农民严阵以待,挺身而出,打响战斗……不能坐出租车,无论如何要走路。最后通牒。军车唱着歌,戴着花,驶向废墟。那些留在家中的冒牌伊特鲁里亚人应该感到羞耻……

当他顺着碎石路走向马路时,一只胳膊拉住了他。

"你介意我跟你一起走吗?我不想待在这里。"

"当然,来吧,托尼,我正打算步行过去。"

赫夫大步走着,直视前方。云彩使天空变得暗淡,月光依旧朦胧。路的两侧一片漆黑,偶尔能看到亮着紫光的霓虹灯,前方是则是亮着模糊黄色和红色灯光的街道。

"你不喜欢我,对吧?"儿分钟后,托尼•亨特喘着气问道。

赫夫放慢了脚步。"为什么这么说,我还不是很了解你。在我看来,你是个很友善的人。"

"别撒谎了,你没有理由……我想今晚自杀。"

"天啊,别这样。发生什么了?"

"你没有权利阻止我自杀。你对我一无所知。如果我是个女人,你就不会这么冷漠。"

"是什么事情把你逼上绝路?"

"我快疯了,一切都太可怕了。在我和露丝一起见到你的那个晚上,我以为我们会成为朋友,赫夫。你看起来很有同情心而且善解人意。我以为你和我一样,但现在你变得这么冷漠。"

"我猜是《纽约时报》的事情……我很快就会被解雇了,别担心。"

"我受够了贫穷,我想要成功一次。"

"你还年轻,肯定比我年轻。"

托尼没有回应。

他们正沿着一条宽阔的大道走着,道路两边是成排的黑乎乎的木屋。

一辆长长的黄色有轨电车驶过，发出刺耳的刮擦声。

"我们肯定到弗拉特布什了。"

"赫夫，我曾经以为你和我一样，但现在我只看到你总和某个女人在一起。"

"你是什么意思？"

"我从未告诉过任何人，上帝，如果你告诉任何人……我年轻时需求就旺盛。"他哭泣着。当他们经过一盏路灯时，吉米看到他脸颊上的泪光。"如果我没喝醉，肯定不会告诉你这些的。"

"几乎每个人小时候都会遇到类似这样的事情，你不必担心这个。"

"但是现在我还是这样，这就是可怕的地方。我无法喜欢女人。我试过了，试了很多次。你看，我无法解脱了。我很羞愧，几个星期都不敢去上学。我妈妈哭了又哭。我很羞愧。我很害怕别人发现。我总是在努力隐藏，隐藏我的感受。"

"但这可能只是一个想法。你可以克服它。去看看心理医生。"

"我不能跟任何人说。只不过今晚我喝醉了。我试着在百科全书里查找答案，字典里都没有。"他停下来，倚着路灯柱，双手捂着脸，"连字典里都没有。"

吉米·赫夫拍了拍他的背。"看在上帝的分儿上，振作起来。有很多人和你处境一样。舞台上都是这样的人。"

"我讨厌他们所有人……我不会爱上那样的人。我讨厌自己。我想今晚之后你也会讨厌我。"

"胡说。这不关我的事。"

"现在你知道我为什么想自杀了吧……哦，这不公平，赫夫，这太不公平了……我一生都没有好运气。我高中毕业就开始自谋生路了。我曾经在夏日酒店里当过行李员。我母亲住在莱克伍德，我曾经把挣的钱都寄给她。为了走到今天这一步，我付出了如此多的努力。如果这一切暴露了，如果有丑闻爆出来，我就完了。"

"但是人们都说青少年就是这样，而且没有人因此感到困扰。"

"每当我错过一个角色时，我就觉得是因为那个原因。我讨厌和鄙视那种男人……我不想成为一个少年。我想演戏。哦，这真见鬼，真是见鬼。"

"你现在是在排练，对吧？"

"愚人秀而已，也就能在斯坦福露脸。现在当你听到我已经做到了，就不会感到惊讶。"

"做到什么？"

"自杀。"

他们默默无言地走着。天开始下雨了。低矮的房屋像是黑绿色的鞋盒，房屋后面的街道上空不时划过一道闪电。大雨砸在沥青路面上，掀起一股潮湿的灰尘味。

"附近应该有一座地铁站，那边不是亮着一盏蓝灯吗？赶快走，否则我们会淋湿的。"

"哦，见鬼，托尼，快不快都无所谓了，我已经淋湿了。"吉米摘下毡帽，一只手拿着扇了起来。冰冷的雨滴在他的额头上，雨水、屋顶、泥土和沥青的气味盖住了他口中威士忌和香烟的味道。

"天啊，太可怕了！"他突然喊道。

"怎么了？"

"所有有关性的隐秘话题。我以前从未意识到痛苦如此难耐，直到今晚。天啊，你一定有过落魄的时光，每人都有这样的经历。你只是运气不好，非常不好。马丁曾经说过：如果教堂的钟声突然响起，每个人都如实地告诉别人他们如何处理问题、如何生活、如何去爱，那么一切都会变得更好。隐瞒让人堕落。天啊，这太可怕了。生活已经够难了，还要加上这些问题。"

"好吧，我要在这儿下去坐地铁。"

"你得等几个小时才能坐上车。"

"就这样吧，我累了，也不想淋湿了。"

"晚安，赫夫。"

天空滚过长长的一声惊雷。雨下得很大。吉米把帽子往下一按，把大衣领子往上一拉。他想一边跑一边大声骂娘。闪电在黑洞洞的窗户上闪烁。雨水沿着人行道、商店橱窗、棕色石阶流淌。他的膝盖湿了。细细的水流顺着后背淌下来，寒冷的水滴顺着袖子滴落到手腕。他整个身体都发痒发麻。他穿过布鲁克林。拥挤卧室里的每张床上躺着的人们都执迷不悟，沉睡的人们像没有足够伸展空间的根系一样,扭曲纠缠。在旅馆楼梯上行走的人们也执迷不悟,楼板嘎吱作响,手在门把上摸索。因为头痛和孤独直挺挺地躺在床上的人们也执迷不悟。

在我的航行之中

已经三次环游世界

至于我,先生,我是无政府主义者……我们的豪华大船绕了三圈,又绕了三圈……该死的,不仅仅是钱的问题……她沉到了海底……我们游行示威。

在我的航行之中

已经三次环游世界

战争拉开帷幕……鼓声隆隆……英国皇家的卫兵穿着红色制服;鼓手戴着暖手筒状的皮毛高帽,挥舞着装饰着银色球形杖头的指挥棒,指挥着队伍前进,前进,前进……直面革命动荡的世界。被雨水洗刷的街道空空荡荡,游行的队伍长长的一串,内部已然出现了分歧。号外!号外!号外!圣诞老人试图对他的女儿施暴,开枪打死了她。然后,他用猎枪自杀了。把枪顶在下巴下,用脚趾扣动了扳机。星星俯视着弗雷德里克敦。全世界的工人,团结起来。热血永存,热血永存。

"天啊,我全湿了。"吉米·赫夫大声说道。目之所及,是雨中空荡荡的街道,两旁是一排排死寂的窗户、零零散散的紫色路灯。他绝望地继续前行。

6. 五个法定问题

人们成双成对地匆忙奔走。车上禁止站立。链条紧紧地绷住齿轮,咯咯作响。汽车颠簸地爬上斜坡,离开闪烁迷离的灯光,远离拥挤的人群,远离蒸玉米和花生的气味。汽车咯咯作响地颠簸着,穿过九月有流星划过的夜。

海洋,沼泽的气味,一艘正在驶离码头的蒸汽铁轮亮着灯。无边无际的深蓝夜色中,一座灯塔灯光闪烁。突然,船猛地俯冲。海浪翻涌,灯光伴着波浪跳跃。她的头发飘进他的嘴里,他紧搂着她的腰,两人的大腿紧紧贴在一起。

他们俯冲时,风声淹没了叫喊声,他们猛地被甩向上方错综复杂的梁架。俯冲。翱翔。在黑暗和海洋之间,灯光如泡沫般涌动。下坠。**即将出发,请在座位上坐好。**

"进来吧,乔,我看看老太太能不能给我们弄点吃的。"
"非常感谢您,呃,我不……呃……我穿得不适合见女士。"
"哦,她不会介意的。她是我的母亲。请坐,我去找她。"
厨房里黑乎乎的,哈兰德坐在门旁的椅子上,把手放在膝盖上。他盯着自己的手,红红的,脏兮兮的,直发抖。他的舌头像是被肉豆蔻磨过一样不利索。因为上周喝了廉价威士忌的缘故,他整个身体发麻,汗津津的,一股酸臭味。他盯着自己的手。

乔•奥基夫回到了厨房。"她躺下休息了。她说炉子后面有一些汤。给你。这会让你感觉好一些。乔,你应该去我昨晚去的地方。我去了海滨酒吧,得到一个重磅消息。有人向头儿透露股票市场要关闭,这真是我见过的最糟糕的事情。那个家伙是市中心著名的律师,他在走廊里大喊大叫,看起来很凶。然后他拿出一支枪想要杀死那位女士。头儿像平常一样挂着拐杖,冷静地走上来,拿走了他的枪,把它放进口袋里。没人看清发生了什么。这个鲍德温是他的朋友,你知道吗?这是我见过的最糟糕的事情。然后他就崩溃了。"

"我告诉你,孩子,"乔•哈兰德说,"他们迟早都会完蛋。"

"嘿,吃饱点,你还没吃多少。"

"我吃不下了。"

"你还可以多吃点的。喂,乔,有关于这场战争的什么小道消息吗?"

"我猜他们这次会遭殃,自从阿加迪尔事件以来,我就知道这一天会到来。"

"嗨,英国不让爱尔兰自治,我倒希望他们能被人好好教训一顿。"

"我们得帮助英国。不管怎样,我觉得这种局面持续不了太久。掌控国际金融的人不会允许这种情况发生。毕竟是银行家掌握着钱袋子。"

"鉴于他们在爱尔兰、法国大革命和美国内战中的所作所为,我们不会帮助英国,不会的,先生。"

"乔,每晚在公共图书馆阅读的历史给你洗脑了。你好好瞅瞅股票行情分析,保持警惕,不要被这些关于罢工、动乱和社会主义的报道愚弄了。我希望看到你成功,乔。好了,我想我得走了。"

"再待一会儿,我们才刚刚进入正题。"他们听到厨房外面的过道里传来沉重的脚步声。

"是谁?"

"是你吗,乔?"一个头发金黄、脸色红润、肩膀厚实、脖子粗壮的大男孩跟跄走进房间。

"天啊,谁能想到呢?这是我的弟弟迈克。"

"那又怎样?"迈克晃晃悠悠地站在厨房里,耷拉着脑袋,肩膀在厨房低矮的天花板的衬托下显得更加壮实。

"他是不是像一头鲸？但看在上帝的分儿上，迈克，我不是告诉过你不要喝醉了回家吗？……他可能会把房子拆了。"

"我总得回趟家吧？自从你成为监护人，你对我比老头子还要苛刻。我很高兴我不用在这该死的城镇逗留太久。要不然会让人发疯的。如果我能登上金门那边出海的船，我一定会这么干的。"

"见鬼，我不介意你留在这里。只是我不喜欢你一直闹事，懂吗？"

"我要做我想做的事情，你明白吗？"

"你出去吧，迈克，等你清醒了再回家。"

"我想看看你怎么把我赶出去，我想看看你怎么把我赶出去。"

哈兰德站起身来。"好的，我走了，"他说，"得去看看我能不能得到那份工作。"

迈克握紧拳头在厨房里向前走。乔咬紧牙关，他举起一把椅子。

"我要让你脑袋开花。"

"天啊，一个女人难道不能在自己的家里安享宁静吗？"一个头发花白的小个子女人尖叫着跑到他们两人中间。她眼睛发亮，皮肤像放了一年的苹果一样干瘪，饱经沧桑的手在空中挥舞着。"你们都闭嘴，总是在房子里吵闹和打架，就像上帝不存在一样……迈克，你上楼去，在床上躺到你清醒为止。"

"我刚刚就是这么跟他说的。"乔说。

她转向哈兰德，尖厉的声音像黑板上咯咯作响的粉笔。"请你离开吧，我不允许醉鬼进我家。走，离开这里。我不管是谁带你来的。"

哈兰德带着无奈的表情看着乔微笑，耸了耸肩就走了。"女佣。"他一边咕哝着，一边迈着僵硬疼痛的腿沿着布满尘土、盖着黑砖房屋的街道走去。

炎热的午后，阳光灼烧着他的后背。女佣、清洁工、厨师、速记员、秘书的声音在他耳边响起：是的，先生，哈兰德先生，谢谢您，哈兰德先生。哦，谢谢您，先生，非常感谢您，哈兰德先生……

红色在她眼皮上轻吟，阳光唤醒了她。她旋即又沉入紫色的、软绵绵的梦乡。再次醒来，她打着哈欠翻了个身，蜷起身子，不舍得离开沉沉的梦乡。一辆卡车在街道上轰鸣前行，太阳烘烤着她的后背。她打了几个大大的哈欠，扭动身体，手枕着脑袋，睁大眼睛盯着天花板。蒸汽轮船的汽笛声从远处传来，穿过街道和墙壁，像是草芽顶出沙粒一样穿透她的耳膜。艾伦坐了起来，摇摇头，试图赶走脸边聒噪的苍蝇。苍蝇在阳光中一晃一晃地消失了，但她脑海中仍然响着难以名状的嗡鸣，似乎是昨晚的烦心事仍在影响她。但她很开心，很清醒，而且正是清晨。她爬起床，穿上睡衣，在房间里转悠。

太阳照射着硬木地板，暖意顺着脚底传来。麻雀在窗台上吱吱叫着，楼上缝纫机响着。她爬出浴缸，皮肤光滑而有弹性。她用毛巾擦着身体，漫长的一天开始了。穿过垃圾遍地的市中心街道，来到堆放着红木木材的东河码头，在拉法耶特酒店独自享用早餐，品尝咖啡、牛角面包和甜黄油，早早地去罗德泰勒百货公司购物，躲过闷热的天气，避免萎靡不振的售货员，午餐……那种折磨她一夜的痛苦又涌上心头，爆发了出来。"斯坦，斯坦，求求你了。"她大声说。她坐在镜子前，凝视着自己放大的瞳孔。

她匆忙穿好衣服出门，沿着第五大道向下走，顺着第八大街向东走，目不斜视。阳光炽热，热气在人行道、平板玻璃、布满灰尘的彩色指示牌上升腾。经过的男男女女脸上都皱巴巴的、灰扑扑的，像用了太久的枕头一样。她穿过卡车、送货马车轰鸣往来的拉法耶特街，感到嘴里一股灰尘味，牙缝间塞了沙粒。接着向东走，她路过了推车，男人们正在擦拭饮料摊的大理石柜台，手风琴演奏的《蓝色多瑙河》萦绕，腌菜摊上弥漫着刺鼻的气味。在汤普金斯广场，喊叫的孩子们在潮湿的柏油路上下乱窜。就在她的脚边，一群脏兮兮的衣衫褴褛的小男孩，口中流涎，扭在一起，拳打脚踢，你抓我挠，散发出一股发霉面包的气味。艾伦突然感到膝盖发软。她转身沿着原路返回。

阳光如此沉重，像他的手臂搂在她的背上，又仿佛他用手指轻抚着她裸露的前臂，又如他的呼吸吹在她的脸颊上。

"只是五个法定问题。"艾伦对着穿着长衬衫的男人说道。那人瘦骨嶙峋，眼皮耷拉得像牡蛎。

"判决已经下来了吗？"他严肃地问道。

"当然，毫无异议。"

"作为双方的世交，听到这个消息我非常难过。"

"听着，迪克，老实说我非常喜欢乔乔。我欠他很多……他是个方方面面都很不错的人，但是这件事没有商量的余地。"

"你的意思是，有了第三者吗？"

她抬头看着他，眼睛明亮，微微点头。

"哦，但离婚是非常严肃的事情，我亲爱的年轻女士。"

"哦，没有那么严重。"

他们看到哈里·戈德韦泽穿过铺着胡桃木地板的房间，向他们走来。她突然提高了声音。"他们说这场马恩河战役将结束战争。"

哈里·戈德韦泽用两只胖乎乎的手握住她的手，低头鞠躬。"伊莱恩，你能来陪伴这些老光棍们真是太好了，要不然他们就要无聊死了。你好，斯诺老朋友，最近怎么样？"

"还行，你怎么想起来这儿了？"

"哦，各种事情都困扰着我，反正我讨厌避暑胜地。无论如何，没有比长滩更美的地方了。至于巴港，就算你给我一百万美元我也不会去。"

斯诺先生冷冷地哼了一声。"我听说你好像在那里经营房地产呢，戈德韦泽。"

"我只不过买了一幢小屋。真不可思议，时代广场上的每个报童都知道你买了一幢小屋。我们进去吃饭吧，我妹妹马上就来。"餐厅很大，装饰着鹿角。他们刚在餐桌旁坐定，一个穿着亮片裙子的矮胖女人就走了进来。她胸部前凸，肤色蜡黄。

"哦，奥格勒索普小姐，见到你真高兴。"她像鹦鹉一样叽叽喳喳地小声说道，"我经常看你的演出，爱得不行，所以千方百计说服哈里带你来见我。"

"这是我的妹妹，瑞秋。"戈德韦泽对艾伦说道，并没有站起来，"她替我打理家务。"

"我希望你能帮我，斯诺，说服奥格勒索普小姐扮演《百日菊女孩》中的那个角色。说真的，这个角色就是为你量身打造的。"

"但这只是一个戏份很少的角色。"

"的确不算主角。但对一位多才多艺、演技精湛的艺术家来说,这是这部戏中最好的角色。"

"你要再来点鱼吗,奥格勒索普小姐?"戈德韦泽小姐问道。

斯诺先生吸了吸鼻子。"再也没有伟大的表演了,布斯、杰斐逊、曼斯菲尔德……都已经去世了。现在都是广告,男女演员就像专利药品一样被推销。这不是现状吗,伊莱恩?广告,全是广告。"

"但成功并不来源于此。如果凭借广告就能成功,纽约的每个制片人都会成为百万富翁。"戈德韦泽插嘴道,"是由于某种神秘的力量,吸引了街上的人,让他们走进剧院,使得票房收入上升。你明白我的意思吗?广告做不到这一点,锐评也做不到这一点。也许是天才,也许是运气。如果能在特定的时间和地点带给公众期待的东西,你就会成功。这就是伊莱恩在最后一场演出中给我们所展示的,她与观众建立了联系。可能世界上最伟大的剧本,交给世界上最伟大的演员表演,也依旧会一败涂地。我不知道你是如何做到的,没有人知道你是如何做到的。你晚上睡觉的时候还家徒四壁,第二天早上醒来时也许就已经声名在外了。制片人无法主导这些,就像天气预报员无法控制天气一样。我说的对吗?"

"华莱剧院时代已经一去不返了,纽约观众的品位也在退步,着实可悲。"

"但还是有一些亮眼的表演。"戈德韦泽小姐的声音犹如鸟鸣。

漫长的一天里,爱意在卷曲的眉毛中萌生并清晰,在钢铁般深邃的目光中碎裂,高高地升腾,那么那么高,冉冉升向耀眼的天际……她用叉子切着莴苣脆生生的菜心。她在心里自说自话,这些零乱的词语像包装破裂的珠子似的杂乱无章地蹦出。她坐在那里凝视着一张照片。照片上,有两个女人和两个男人坐在一个高高的房间里,在摇摇欲坠的水晶吊灯下进餐。她抬起头,发现戈德韦泽小姐正如小鸟般友善而疑惑地盯着自己。

"哦,是的,纽约的盛夏比其他时间更加舒适宜人,没有那么匆忙和喧嚣。"

"哦,是的,戈德韦泽小姐,说得太对了。"艾伦微笑着顺着圆桌扫视了一圈。漫长的一天里,爱意在他细长而卷曲的眉毛中萌生并清晰,在他钢铁般深邃的眼中闪烁。

出租车里,戈德韦泽的宽大膝盖紧贴着她的膝盖,他的视线偷偷摸摸地编织成一张温暖甜腻、密不透气的网,罩在了她的脸蛋和脖子上。戈德韦泽小姐敦实地挤在她旁边的座位上。迪克·斯诺嘴里叼着一根未点燃的雪茄，用舌头滚动着。艾伦试图回忆斯坦的样子——撑竿跳运动员般细长紧实的身材。她无法完全回忆起他的脸，只想到了他的眼睛、嘴唇和耳朵。

时代广场张灯结彩，五光十色。他们乘坐阿斯特酒店的电梯上了楼。艾伦跟随戈德韦泽小姐穿过摆满桌子的屋顶花园。穿着晚礼服、夏季纱裙和轻便西装的男男女女转过头，目光随着她的步伐移动。乐队正在演奏《我的后宫》。他们在一张桌子旁坐下。

"我们跳支舞吧？"戈德韦泽问道。

她朝他勉强微微一笑，让他搂住了她的背。他那只大耳朵上庄严而又孤寂地挺立着几缕毛发，几乎与她的眼睛平齐。

"伊莱恩，"他在她耳边轻声着，"老实说，我以为自己很理智。"他喘了口气，"但我并不理智，你让我着迷了，小姑娘，我不得不承认。为什么你不能喜欢我一点儿呢？我希望……等你离婚后我们就结婚吧。你不能偶尔对我好点儿吗？你知道我什么都能为你做。在纽约，我可以为你做很多事情。"音乐停了。他们在一棵棕榈树下分开了。"伊莱恩，来我的办公室签合同吧。我已经让费拉利等着了，我们十五分钟后就能回来。"

"我得考虑一下，三思而后行。"

"天啊，你让我要发狂了。"

突然她想起了斯坦的脸。此刻他站在她面前，领带歪斜地系在柔软的衬衫上，头发凌乱，又在喝酒了。

"哦，艾莉，我很高兴见到你。"

"这位是埃默里先生，戈德韦泽先生。"

"我刚刚经历了最不同凡响的旅行。说实话，你应该来的。我们去了蒙特利尔和魁北克，然后从尼亚加拉瀑布回来。从离开小纽约直到在波士顿邮路上因超速行驶而被逮捕的期间，我们从未清醒过来，对吧，皮尔琳？"艾伦盯着一个站在斯坦身后的醉醺醺的女孩。她戴着一顶小花草帽，蓝色的眼睛如淡牛奶一般纯净。"艾莉，这是皮尔琳，是不是很好听的名字？当她告诉我这是她的名字时，我差点笑翻了。不过你不知道这个笑话，我们在尼亚加拉瀑布喝得酩酊大醉，醒来后发现我们居然已经结婚了，我们的结婚证上有三色堇的图案。"

艾伦看不见他的脸。她周围管弦乐声、嘈杂的话语声和盘子的碰撞声越来越大。

> 后宫的女士们
> 知道如何穿戴它们
> 古老的东方巴格达

"晚安,斯坦。"她的嗓音嘶哑,但她清晰地听到自己说出这句话。

"哦,艾莉,我希望你能和我们一起聚会……"

"谢谢,谢谢。"

她和哈里·戈德韦泽再次共舞。屋顶花园在快速旋转,然后缓慢下来。令人作呕的噪声渐渐消退。"哈里,不好意思,我得离开一会儿,"她说,"我会回到桌子这里的。"在女士洗手间里,她小心地坐在豪华沙发上,在化妆盒的圆镜子中打量自己的脸。她黑色的瞳孔逐渐扩散,变得模糊,直到周围的一切都陷入黑暗。

吉米·赫夫觉得腿乏,他整个下午都在走路。他坐在水族馆旁的长椅上,望着水面。九月的清风吹拂着港口。水面波光粼粼,泛起圈圈涟漪,倒映着灰蓝色的天空。一艘有着黄色烟囱的白色巨轮经过自由女神像,拖船排出的烟边缘清晰,呈波浪形,就像剪纸一样。尽管码头的房屋密密麻麻,但是对他而言,曼哈顿的另一头就像是缓慢而平稳推进的船头。海鸥盘旋着,鸣叫着。他猛地站起来。"哦,天啊,我得做点什么。"

他踮着脚尖,紧绷着肌肉站了一会儿。那个正在看着周日报纸、衣衫褴褛的男人似曾相识。"你好。"他轻声地打招呼。那个男人没有伸出手,说:"我知道你是谁,你是莉莉·赫夫的儿子。我以为你不会和我说话,你也没有必要和我说话。"

"哦,当然有必要,你一定是乔·哈兰德表亲。我非常高兴见到你,我经常想起你。"

"想起我什么呢?"

"哦,我不知道。你从来没有想过你的亲戚和你一样,对吗?"赫夫再次坐回座位上,"你要抽根香烟吗?只不过是骆驼牌。"

"好的,我不介意。你的工作怎么样,吉米?你不介意我这样称呼你吧？"吉米·赫夫点燃了一根火柴,熄灭了。他又点燃了另一根,递给了哈兰德。"这是我一周以来第一次吸烟,谢谢。"

吉米瞥了一眼旁边的男人。他灰色的脸颊深深地凹陷,与从嘴角延伸的皱纹形成了一个倒置的 V 形。"你觉得我很糟糕,是不是？"哈兰德咆哮道,"你后悔坐在我旁边了,对吧？你为母亲把你培养成绅士而不是其他人那样的流氓感到遗憾……"

"哎,我在《纽约时报》担任记者,这是一份烂工作,我已经受够了。"吉米慢吞吞地说道。

"不要这样说,吉米,你太年轻了,你这种态度永远不会有所成就。"

"好吧,我什么都不想干。"

"可怜的莉莉为你感到骄傲,她希望你成为一个伟大的人,她对你寄予厚望。你不能忘记你的母亲,吉米。她是这整个见鬼的家庭中我唯一的朋友。"

吉米笑道:"我可没说过我胸无大志。"

"看在上帝的分儿上,为了你亲爱的母亲,小心行事。你才刚刚开始人生,接下来的几年很关键。吸取我的教训。"

"嗯,我得承认'华尔街巫师'干得相当不错。不,只是我不喜欢在这个该死的城市里逆来顺受。我厌倦了向那些不值得尊重的领导们示好。你最近怎么样,乔表亲？"

"别提了。"

"看,你看到那艘有着红色烟囱的船了吗？是法国的。看,他们正在扯下船尾盖在枪支上的帆布。我想去打仗,唯一的问题是我不擅长争论。"

哈兰德咬着上唇,沉默片刻后,用嘶哑的声音断断续续地喊了出来:"吉米,看在莉莉的面子,我请求你做一件事……呃……你有没有……呃……零钱？相当不幸,我过去两三天没有吃好饭,我有点虚弱,你明白吗？"

"我正想提议,为什么不去喝杯咖啡或茶之类的呢？我知道华盛顿街上有一家不错的叙利亚餐厅。"

"一起走吧,"哈兰德说着,有些僵硬地站起来,"你确定不介意被人看到和我这样的衣衫褴褛的人在一起吗？"

他手中的报纸掉了下来。吉米弯腰捡了起来。报纸上，一张棕色脸蛋的模糊照片让他感到内心一阵刺痛，就像有什么东西触碰到了牙神经一样。不，她不是那样的，是的，天才年轻女演员在《百日菊女孩》中大获成功。

"谢谢，别管报纸了。我在地上捡的。"哈兰德说。吉米扔掉了报纸，印着照片的那面扣在了地上。

"照片真糟糕，不是吗？"

"看看报纸打发打发时间，我喜欢了解一下纽约的动态。猫也有权看国王①，你知道的，猫也有权看国王。"

"哦，我只是觉得照片拍得不好而已。"

---

① 意为人人平等。

7. 贸易船

　　老人走向百老汇。暮色越来越浓,笼罩在他干瘪的肢体上。路过街角的奈蒂克店铺时,有样东西吸引了他的目光。他像一个破旧的玩偶,被摆在橱窗里上了清漆的玩偶队列之中。他低垂着脑袋,步履沉重,艰难前行,走进斑斓的灯光之中,走进沸腾与悸动的喧嚣之中。他对小男孩嘟囔着:"我还记得这里曾经都是草地。"

　　"路易斯特浓咖啡协会",标牌上的红色字母映入斯坦的眼帘。正举办年度舞会。年轻男女三三两两往里走。大象和袋鼠成双成对进入。管弦乐队的演奏声从大厅旋转门那头传来。外面正在下雨。还有一条河,哦,还有一条河要越过。他整理了一下外套的翻领,抿了抿嘴巴,支付了两美元,走进了一个挂着红、白、蓝、彩旗,回荡着音乐的大厅。他感到头晕目眩,靠在墙上休息了一会儿。还有一条河……舞池里满是情侣,慢摇着跳着舞,就像他们身处船上晃动的甲板。吧台要相对平稳一些。"格斯·麦克尼尔来了,"每个人都在说,"你好,格斯。"大手拍着宽厚的背部,红色脸蛋上的嘴巴大声呼唤着,杯子随着舞蹈被举高或者倾斜着,晶莹透亮。一个头发卷曲、眼眶深陷、嗓音嘶哑的男人挂着拐杖穿过酒吧。

　　"格斯,叫一下服务员,可以吗?"

"好的，领班就在那儿。"

"麦克尼尔终于来了，太好了。"

"你好，麦克尼尔先生。"酒吧安静下来了。

格斯·麦克尼尔挥舞着他的手杖。"你们好，伙计们，玩得开心。伯克老兄请大家喝一杯，由我来付账。"

"穆瓦内老爹也在他身边。穆瓦内老爹真不错，就像王子一样。"

他是个漂亮的好小伙

没有人能否认

只见一些"宽后背"跟随着人群缓慢的步伐毕恭毕敬地弓身走出舞池。月光下的大狮狮正梳着它褐色的毛发。"能请您跳个舞吗？"女孩转过白皙的肩膀，走开了。

我是名单身汉

独自一人生活

从事纺织工作

斯坦发现自己正对着镜子里自己的脸歌唱。他的头发耷拉着，一些挨着眉毛，另一些则挨着睫毛。"不，我不是单身汉，我是一个已婚男子。不管是谁说我不是纽约市、纽约县或者纽约州的公民，或者说我是单身狗，我都肯定要跟他干一架。"他站在椅子上慷慨陈词，用拳头敲打手掌，"朋友们，罗马人和同胞们，借给我五美元。我们要让凯撒闭嘴，而不是给他刮胡子。根据纽约市、纽约县、纽约州法律，并根据1888年7月13日法案的规定，在地区检察官面前作证并签字……该死的教皇！"

"嘿，别这样。伙计们，把这个家伙扔出去。他不是我们的人，不知道他怎么进来的。他喝醉了。"斯坦闭着眼睛跳下了椅子，陷入了"拳头丛"中。他的眼睛和下巴被猛击。他被扔到了淅淅沥沥下着雨的静谧街道上。哈哈哈。

我是名单身汉

独自一人生活

还有一条河要渡过

还有一条流向约旦的河流

还有一条河要渡过……

他醒来时发现自己坐在渡船的船首。冷风吹在他脸上，牙齿直打战，浑身发抖。"我开始有幻觉了。我是谁？我在哪里？纽约市，纽约州。斯坦伍德·埃默里，二十二岁，学生；皮尔琳·安德森，二十一岁，女演员。让她去见鬼吧。天啊，我有四十九美元八分钱，我去了哪里？居然没有人抢劫我。我根本没有产生幻觉，感觉很好，只是有点儿虚弱。我只需要喝点儿酒，你呢？喂，我还以为这里有人呢。我想我最好闭嘴。"

四十九美元挂在墙上

四十九美元挂在墙上

隔着镜子般的水面，市中心高耸的桦树林般的建筑群在玫瑰色晨光中若隐若现，就像是一阵号角声穿过巧克力色的薄雾。随着船只靠近，建筑物变得更加密集，像是被峡谷劈开的陡峭的花岗岩山。渡船靠近一艘又矮又宽的汽轮，抛锚的方向朝着斯坦，他正好得以看到甲板的全貌。一艘来自埃利斯岛的拖船靠在旁边。甲板上全是向下张望的脑袋，像是满载着一车西瓜，散发出酸腐的气味。三只海鸥鸣叫着，盘旋着。一只海鸥盘旋着高飞，白色的翅膀浸染着阳光。在淡金色的光芒中，它悄无声息地滑翔。纽约东部那边，太阳从紫色云带中升起。数百万扇窗户亮闪闪的。城市传来了各种各样的轰鸣。

动物们成双成对

大象和袋鼠

还有一条流向约旦的河流

还有一条河要渡过……

海鸥盘旋在越来越明亮的暮光中。下面，裂缝累累的板墙间，充斥着破箱子、橘子皮、腐烂的卷心菜。渡船随潮水起伏，劈波斩浪，吞噬着碎玉样的浪花，慢慢滑入了渡口。手动绞盘旋转起来，带动链条发出叮叮当当的声音。闸门向上打开了。斯坦跨过缝隙，踉跄地通过散发着粪臭味的木头栈道，走进炮台公园，来到暖阳照射的长椅上坐下来，抱紧膝盖，以免它们接着颤抖。他的思绪像机械钢琴一样不停地跳跃着。

手指上戴着戒指

脚趾上戴着铃铛

白衣贵妇骑在马背上

走到哪里都会顽皮捣蛋……

那里是巴比伦和尼尼微——都是由砖砌成的。雅典是金色的大理石柱建成的。罗马矗立于宽阔的瓦砾拱门上。在君士坦丁堡，尖塔熠熠生辉，环绕着金角湾，像是巨大的蜡烛……还有一条需要渡过的河流。钢铁、玻璃、瓷砖、混凝土将成为建造摩天大楼的材料。狭窄的小岛上，高楼大厦将拔地而起，挤挤挨挨。金字塔形尖顶上，数不清的窗户闪闪发亮，仿佛雷暴上方层层叠叠的白云。

<blockquote>
哦，下了四十个白天的雨
又下了四十个夜晚的雨
一直到圣诞节都没有停
洪水中唯一幸存的人
是地峡的长腿杰克
</blockquote>

"上帝啊，我希望我是一座摩天大楼。"

钥匙转了一整圈，打开了锁。斯坦抓住机会，冲进敞开的大门，沿着长长的走廊朝着起居室大喊皮尔琳。有股特别的味道，是皮尔琳的气味，见鬼。他拿起一把椅子，椅子似乎要飞起来。它被甩过头顶，撞上窗户，稀里哗啦地把玻璃砸得稀碎。他透过窗户向外看去，街道直入眼帘。伴着急促的警笛声，一辆救火车和一辆云梯车正在飞速向街道那头驶去。着火了，着火了，浇水！苏格兰正在燃烧！一场损失千元的火灾，十万美元的火灾，一百万美元的火灾。摩天大楼里火光闪耀，火焰四起，燃烧着。他转身回到房间，将桌子翻了过来，餐具柜叠在桌子上，橡木椅子放在煤气灶上面。浇水，苏格兰正在燃烧。不喜欢纽约市、纽约县、纽约州的气味。天旋地转，他躺在厨房地板上笑个不停。洪水中唯一幸存的人与一位贵妇共骑一匹白马。燃烧着，燃烧着。厨房角落里，煤油罐嘶嘶作响。浇水。在倒过来的桌子上、底朝天的椅子劈啪作响。他站在上面，摇摇晃晃。煤油冷冰冰的白色火苗舔了舔他。他一打滑，拽住了煤气灯的喷嘴，喷嘴脱落了。他躺在地上的水坑里，试图点燃火柴。火柴受潮了，一时点不着。终于，刺啦一声，火柴点燃了。他小心翼翼地把火焰护在双手中。

"哦,是的,但是我的丈夫充满了野心。"皮尔琳在杂货店与一位穿着蓝色方格衣服的太太交谈,"他虽然看上去喜欢玩乐,但他比我认识的任何人都更有野心。他想让他老爷子送我们出国,这样他就可以学习建筑学。他想成为一名建筑师。"

"那对于你来说肯定很不错吧?这样的旅行……还有别的需要吗?"

"没有,我想我没有忘记什么。如果是别人,我会担心的。我已经两天没见他了。我猜他去看他爸爸了。"

"你们才刚刚结婚。"

"如果我觉得有什么问题,我就不会告诉你了,对吧?他没问题,他只不过爱玩。好了,再见,罗宾逊夫人。"她把包裹夹在一只胳膊下,用另一只手拎着饰有珍珠的包走在街道上。尽管风中有一丝秋意,阳光依然温暖。路边的盲人正在弹奏《快乐寡妇圆舞曲》,她施舍了一点儿零钱。等他回家后,她最好把他训一顿,要不然他就习以为常了。她走进了二百大街。人们从窗户里探出脑袋,街道上的人蜂屯蚁聚。那儿发生了火灾。她闻到了烧焦的气味。这让她直起鸡皮疙瘩,她喜欢看火。她加快了脚步。怎么回事?是在我们这栋楼的外面。在我们公寓外面。滚滚浓烟涌出了五楼的窗户。她突然发现自己全身颤抖。开电梯的黑人男孩跑到她面前,脸色发青。"啊,是我们公寓里着火了!"她尖叫道,"才搬进来一周。让我过去。"她的包裹掉了下来,奶油瓶摔碎在人行道上。一名警察挡住了她的去路。她扑向他,用拳头击打着他宽厚的胸膛。她一直尖叫着。"没事的,小姐,会没事的。"他用低沉的声音说道。脑袋撞到他的胸口时,她能感觉到他的声音在胸膛里隆隆回响。"他们正在把他带下来。他只是被烟熏晕了,没事的,只是被烟熏晕了。"

"哦,斯坦,我的丈夫。"她尖叫着。眼前一阵发黑。她抓住警察外套上的两颗亮闪闪的纽扣,晕倒了。

8. 另一条流向约旦的河流

　　休斯敦大街和第二大道路口处的大都会咖啡馆前,男人站在的空箱子上喊叫:"伙伴们,像我一样为工资奔波的伙伴们,这些家伙,骑在你们的头上,从你们的口中夺走口粮。曾经在林荫大道上来来往往的漂亮女孩们都去哪儿了?去上城区的夜总会找她们吧!朋友们,这些家伙把我们榨干了。工友们,倒不如称我们为奴隶⋯⋯他们夺走了我们的工作、我们的意志和我们的女人,他们建造了属于他们的广场酒店、百万富翁俱乐部、豪华剧院和战舰,给我们留下了什么?他们让我们家徒四壁、身患佝偻病,他们让垃圾遍地。你们看起来苍白无力,你们需要新鲜血液,为什么不往血管里注入一些新鲜血液呢?回俄国去,那里的穷人并不比我们更穷。要相信吸血鬼晚上会来吸你们的血⋯⋯这就是资本主义,一个日日夜夜吸食你们鲜血的吸血鬼。"

　　开始下雪了。雪花在路灯下飘舞,被镀上金边。透过玻璃窗,大都会咖啡馆里弥漫着蓝色和绿色的烟雾,看起来像一个混浊的水族箱。桌旁是一张张苍白的脸,像是生病了的鱼。雨伞在被积雪斑驳点缀的街道上逐渐密集起来。那位演讲者竖起领子,将沾着泥巴的箱子提得离裤子远远地,迅速沿着休斯敦大街向东走去。

地铁车厢里,脸庞、帽子、手、报纸夹带着臭烘烘的味道,像锅里的爆米花一样颤动。市区快车咔嗒咔嗒地经过了黄色信号灯。随着车辆的行进,车窗影影绰绰。

"乔治,看这里。"桑伯恩对站身旁抓着吊环扶手的乔治·鲍德温说道,"看菲茨杰拉德的简介。"

"再不离开地铁,我就要进殡仪馆了。"

"偶尔让你们这些富豪看看其他人如何通勤,也是有好处的。也许会帮助你们说服坦慕尼协会的那些伙伴们停止争论,给我们这些讨生活的人留条活路。上帝啊,也许我可以告诉他们一两件事情,我指的是在第五大道发生的一系列运动。"

"是你在医院时策划出来的吗,菲尔?"

"我在医院期间思考了很多事情。"

"嗨,我们在中央车站下车步行吧。我受不了,我不习惯坐地铁。"

"好的,我会给艾尔西打电话,告诉她我要晚一点回家吃晚饭。现在很少见到你了,乔治。哎呀,感觉像是回到了从前。"

人群混乱,四处是手臂、腿、汗津津的脖子、斜戴的帽子。他们夹在其中挤出站台,走上列克星顿大道,在玫瑰色的雾气中安静地行走着。

"但是,菲尔,你是怎么走到卡车前面去的呢?"

"老实说,乔治,我不知道。我只记得一位非常漂亮的女孩坐着出租车经过,我扭头看了看,然后我就躺在医院里用茶壶喝冰水了。"

"你这个年纪了还这样,菲尔,真丢人。"

"天啊,难道我不知道吗?但我不是个例。"

"你竟摊上这种事情,太好笑了。你听到关于我的什么消息了吗?"

"天啊,乔治,不要紧张,一切都好……我在《百日菊女孩》里见过她,她表现得非常出色。那个出名的女孩表现平平。"

"菲尔,如果你听到有关奥格勒索普小姐的任何谣言,请千万不要再传下去。这太荒唐了。只不过和一个女人一起喝茶,就让整个城镇到处是流言蜚语。我发誓不会爆出丑闻的,不管发生什么。"

"冷静下来,乔治。"

"我目前处境非常微妙。西西莉和我终于达成了暂时的妥协,我不希望有变。"

他们默默地走着。

桑伯恩把帽子拿在手里。他的头发几乎全白了，但眉毛仍然黑而浓密。每走几步，他都会调整步幅，好像走路让他很痛苦。他清了清嗓子："乔治，你问我在医院的时候有没有策划什么。你还记得多年前老斯佩克先生谈论过的玻璃和瓷砖吗？嗯，我一直在霍利斯研究他的配方。我有位朋友在那里有一个两千度的烤炉，用来烧制陶器。我认为它可以商业化，天啊，它将使整个行业发生翻天覆地的变化。搭配着混凝土，它将极大地增加建筑师使用材料的灵活性。我们可以制作任何颜色、大小或光泽度的瓷砖。想象一下这座城市所有的建筑物不再是脏兮兮的灰色，而是色彩鲜艳的。想象一下高楼大厦的横梁上缠绕着红色的带状装饰。彩色瓷砖将彻底改变整个城市的生活，我们可以创新设计、颜色、样式，而不囿于传统的哥特式或罗马式装饰。如果城镇中增添点点色彩，封闭压抑的生活牢笼都会被打破，会有更多的爱，离婚的人会更少。"

鲍德温大笑起来。"你去告诉他们吧，菲尔，等有时间我会和你聊这件事的。等西西莉在家，你得来吃晚饭，和我们聊聊这件事。为什么帕克赫斯特什么都不做呢？"

"我不会让他知道这件事情。等他搞明白配方就会把我撇在一边。我一点都不信任他。"

"他为什么不和你合伙呢，菲尔？"

"他只在用得到我的时候才会想起我，他知道我能搞定他那些该死的工作。他也知道我太容易生气了，跟大多数人都合不来。他这个老滑头。"

"我认为你应该向他提出来。"

"他只在用得到我的时候才会想起我，他明白这一点，所以我继续工作，而他敛财。我想这很合乎逻辑。如果我有更多的钱，我也只会花掉。我只是得过且过。"

"但是，听我说，你比我大不了多少，你仍旧前途无量。"

"没错，每天要拼命干九个小时。天啊，我希望你能和我一起做瓷砖生意。"

鲍德温在街角停下来，拍了拍手里的公文包。"菲尔，你知道我很愿意不遗余力地帮助你,但是现在我的经济状况很成问题。我陷入了难以脱身的纠葛之中,天知道该如何解决,这就是为什么我不能有丑闻或离婚之类的事情。你不了解事情是多么复杂,我不能投资新的买卖,至少要等一年以后才可以。欧洲的这场战争使得局势非常不稳定。任何事情都有可能发生。"

"好的。晚安,乔治。"

桑伯恩猛地转身走回大道。他很累,腿也很疼。天色将黑透。返回车站的路上,脏兮兮的砖块和褐色的石头房子拖拉着后移,如同他的生活一样单调乏味。

太阳穴的皮肤像被铁钳紧紧地夹住了,她感觉自己的脑袋会像鸡蛋一样被压碎。房间里闷热难耐,她大步走来走去。图画、地毯、椅套,这些物品斑驳的色彩仿佛热毯一样缠绕包裹着她,令人窒息。窗外,落雨的黄昏,后院呈现出蓝色、紫色和浅黄色。她打开了窗户。斯坦说黄昏时间应该好好放松。电话震动着响起阵阵铃声。她猛地关上了窗户。哦,该死的,他们不能让你享受片刻安静吗?

"哈里,我不知道你回来了……哦,我想知道我能不能……哦,是的,我想我可以。剧院节目结束之后来吧……演出很棒吗?你得告诉我这一切。"她刚放下电话,铃声又响了起来。"喂,不,我不,哦,也许我……你什么时候回来的?"她对着话筒发出了清脆的笑声,"但是霍华德,我非常忙……是的,我真的……你去看过演出吗?在演出后有时间就来一趟……我非常想听听你的旅行经历……你知道的……再见,霍华德。"

散步会让我感觉好些。她坐在梳妆台前,晃晃了脑袋,让头发散在肩头。"这真是个麻烦,我想把它全部剪掉。迅速散开。白色的死亡阴影,不应该熬夜,我都有黑眼圈了。那扇门边,堕落悄然发生。如果我能哭出来就好了,有些人哭得眼睛都瞎了。无论如何,离婚会有进展。"

远离海岸

远离颤抖的人群

他们的帆从未经历过暴风雨

天啊,已经六点了。她又开始在房间里来回走动。我天生怕黑……电话响了。"喂,是的,我是奥格勒索普小姐。噢,露丝,自从在桑德兰太太那会面以后好久不见了。哦,我真想见你。我们可以路上吃点东西再去看戏。我在三楼。"

她挂断电话,从衣橱里拿出一件雨披。毛皮、樟脑球和衣服的气味在她的鼻子里萦绕。她再次打开窗户,深深地呼吸着寒冷潮湿的秋日空气。她听到河上传来大轮船低沉的轰鸣声。远离这荒谬的生活,远离这莫名的愚蠢和斗争。男人可以把船当作他的妻子,女人可没法做到。电话震动着响起阵阵铃声,阵阵铃声。

门铃声同时响起。艾伦按下按钮,打开门锁。"喂,不好意思,请问是哪位?啊,是拉里·霍普金斯啊,我还以为你在东京呢。他们又把你调走了吗?当然,我们得见见面。亲爱的,这真是太糟糕了,但我接下来两周都排满了,你明天中午十二点打电话给我,我会试着挤出时间来。当然,我迫不及待想见你,你这个有趣的老家伙。"露丝·普林和卡桑德拉·威尔金斯一边走来,一边抖落她们雨伞上的水滴。"好了,拉里,再见。见到你们两个真是太好了,先把你们的衣服脱下来。卡茜,跟我们一起吃晚饭吧?"

"我觉得我必须来见见你,你实在太成功了,"卡茜颤抖着说,"亲爱的,听到埃默里先生的事情时,我感到非常难过。我哭了又哭,不是吗,露丝?"

"哇,你的公寓真漂亮。"露丝同时惊叹道。艾伦的耳朵难受得嗡嗡作响。"我们都有一天会死去。"她粗暴地脱口而出。

露丝穿着橡胶雨鞋轻轻地踏在地板上,她捕捉到卡茜示意她不要发声的目光。"我们得走了吧?时间有点晚了。"她说道。

"对不起,露丝,等我一分钟。"艾伦跑进浴室,砰的一声关上门。她坐在浴缸边,用握紧的拳头敲打着膝盖。"那些女人会把我逼疯的。"然后她的紧张情绪突然松弛了,感觉有什么东西从她身体里流走了,像水从洗脸盆里流出来了一样。她轻轻地在嘴唇上涂了一点口红。

她回到了客厅,用平常的语气说:"好了,让我们出发吧。露丝,你接到角色了吗?"

"我本来有机会和一家专业剧团一起去底特律,但我拒绝了。无论发生什么,我都不会离开纽约。"

"为什么我没有机会离开纽约呢？说实话,如果给我提供一份在梅迪辛哈特市为电影唱歌的工作,我想我会接受的。"

艾伦拿起雨伞,三个女人走下楼梯,来到街道。"出租车。"艾伦喊道。

出租车碾擦着地面,停了下来。路灯灯光中,有着红色老鹰似的脸庞的出租车司机探出身子。艾伦说:"去四十八大街的尤金妮饭店。"其他人随之上车了。沾着水滴的车窗外,绿色的灯光和黑漆漆的夜色交替闪现。

哈里·戈德韦泽穿着晚礼服。她挽着他的胳膊站在屋顶花园隔着护栏眺望。在他们的下方,中央公园闪烁着点点灯火,如同坠落的繁星。身后传来探戈舞曲声、微弱的对话声和舞池上拖曳的脚步声。艾伦感觉自己像尊穿着铁绿色晚礼服的铸铁雕像,硬邦邦的。

"啊,但是博恩哈特、瑞秋、杜塞、西顿夫人……不,伊莱恩,我告诉你,你明白吗？没有什么艺术能像舞台表演那样激发人们高涨的热情。如果我能做我想做的事情,我们将成为世界上最伟大的人。你将成为最伟大的女演员,我将成为伟大的制片人、幕后的塑造者,你明白吗？但是公众想要的不是艺术,这个国家的人们不让你为他们做任何事情。他们只想要看看侦探情节剧、有着大腿舞或漂亮姑娘的堕落的法国闹剧或者听听音乐。好吧,演艺工作者的使命就是给公众想要的东西。"

"我觉得这个城市的人们是在期待遥不可及的东西……看着吧。"

"还好晚上看不见。没有艺术的氛围,没有漂亮的建筑,没有历史的沉淀,这就是问题所在。"

他们站了一会儿,没有再说话。管弦乐队开始演奏华尔兹舞曲《紫丁香》。突然,艾伦转向戈德韦泽,用尖刻的语气说道:"你能理解一个女人有时想当妓女,一名普通的妓女吗？"

"我亲爱的年轻女士,一个甜美可爱的女孩突然说出这样的话,着实有点奇怪。"

"我猜你很震惊。"她没有听到他的回答。她感到自己快要哭了。她锋利的指甲刺入手掌,屏住呼吸,数到二十,然后才用小女孩般哽咽的声音说道:"哈里,我们去跳舞吧。"

楼房上方的天空仿佛一片被打磨过的铅制拱顶。如果下雪，可能还会暖和一些。艾伦在第七大道的拐角处叫了一辆出租车，一屁股坐在柔软的车座上。她戴着手套，用手掌揉搓另一只手麻木的指头。"去西五十七街。"她透过震颤的窗户看着外面的水果店、招牌、在建的楼房、卡车、女孩、信差、警察，面容十分憔悴。如果我有孩子，我和斯坦的孩子，他将在不下雪的铅色天空下成长，在第七大道上颠簸前行，像这样看着外面的水果店、招牌、在建的楼房、卡车、女孩、信差、警察……她并拢膝盖，挺直身子坐在座位的边缘，双手放在扁平的腹部。哦，上帝，他们一定是在跟我开天大的笑话，把斯坦带走了，把他烧成灰，只留下这个在我身体里长大的东西，这个折磨我的家伙。她握着麻木的手哭泣着。哦，上帝，为什么不下雪呢？

她站在灰色的人行道上，摸索着钱包里的钞票。旋风夹带着灰尘袭来，卷起一片纸屑顺着水沟飞舞，塞了她一嘴沙粒。电梯员脸圆圆的，黑黄黑黄的。"去斯陶顿•威尔斯夫人那儿？""好的，在八楼。"

电梯嗡嗡作响，她站在狭窄的镜子前看着自己。突然，莫名的喜悦涌上心头。电梯员微笑着，咧开的嘴像钢琴键盘一样宽。她用揉成一团的手帕擦去脸上的灰尘，微笑回应，然后迅速走到公寓门口。一个穿着褶边裙的女仆打开了门。房间里弥漫着茶、毛皮、花的味道，女人们的话语和茶杯的叮当声像鸟笼里的鸟一样叽叽喳喳地响个不停。她走进房间时，人们的目光纷纷聚焦过来。

桌布上洒了些红酒，还沾上了意大利面上的番茄酱。餐厅里雾气腾腾，墙上用浓重的蓝绿色调描画着那不勒斯湾的景色。圆桌旁坐了一群年轻男士。艾伦坐在他们当中，看着手中香烟的烟雾萦绕着面前胖乎乎的基安蒂酒瓶。盘子里盛放的三色冰激凌慢慢融化了。"但是，天啊，人们就一点权利都没有吗？不，是工业文明迫使政府和社会生活不得不彻底变革。"

"他不会用长点儿的单词吗？"艾伦悄声问坐在她旁边的赫夫。

"他说得没错，"他粗声粗气地回答她，"自古埃及和美索不达米亚可怕的奴隶文明以来，少数人手中掌握的权力之大前所未有，这就是后果。"

"听着，听着。"

"不，但我是认真的。打破现状的唯一方式是让工人、无产阶级、生产者和消费者——无论你怎么称呼他们——成立工会,好好组织起来以接管整个政府。"

"我觉得你彻底弄错了,马丁,正是你所谓的利益集团,这些可怕的资本家,建立了我们今天所拥有的这个国家。"

"好吧,那你看着吧。天啊,我说的就是这些。我不会去掺和的。"

"我不这么认为。我热爱这个国家,这是我唯一的祖国。我认为所有这些被压迫的群众是心甘情愿被压迫的,他们不适合做别的事情,否则他们早成为事业发达的商人了。那些有能力的人正在变得越来越好。"

"但我觉得,成为生意兴隆的商人并不应该是人类的最高理想。"

"总比头脑发昏、令人厌恶的无政府主义煽动者高尚得多。那些人不是骗子就是疯子。"

"听着,米德,你不理解这件事,你对它一无所知,而且你刚刚还出言不逊。我不能容忍你这样做。你应该在侮辱别人之前先试着了解清楚。"

"这是对智慧的侮辱,这些全是社会主义者的胡言乱语。"

艾伦轻拍赫夫的袖子。"吉米,我得回家了。你想和我一起走一小段路吗?"

"马丁,你能帮我们结账吗?我们得走了。艾莉,你看起来脸色苍白。"

"这里有点热。哇,出来舒服多了。反正我不喜欢争论,我从来都不知道该说什么。"

"那帮人无所事事,只不过是一晚又一晚地闲扯而已。"

第八大道被迷雾笼罩,他们感到喉咙发紧。灯光透过迷雾,人脸轮廓隐约浮现,像混浊鱼缸里时隐时现的鱼。

"感觉好点了吗,艾莉?"

"好多了。"

"我很高兴。"

"你知道吗,你是这里唯一称呼我艾莉的人。我喜欢这个名字,自从我登上舞台后,每个人都想把我想象得太成熟了。"

"斯坦过去也常常这么称呼你。"

"也许这就是为什么我喜欢这个名字。"她的声音很弱,像是寂静夜晚远处沙滩上传来的哭泣声。

　　吉米感到如鲠在喉。"哦,天啊,真是糟透了,"他说,"上帝啊,我希望我能像马丁那样把一切都归咎于资本主义。"

　　"这样散步很愉快,我喜欢雾。"

　　他们默默地走着。浓浓的雾气中车轮隆隆,夹杂着远处传来的警笛声和轮船汽笛低沉的声音。

　　"但至少你还有事业。你喜欢你的工作,非常成功。"赫夫在十四大街的拐角处说道。当他们穿过街道时,他抓住了她的胳膊。

　　"不要这么说,你肯定不相信是这样的。我没有你想象的那么自欺欺人。"

　　"没有,事实就是如此。"

　　"在我遇见斯坦并陷入爱河之前曾经是这样的。你看,我曾是个疯狂的小演员,还没有理解生活的真谛,就得在舞台上诠释很多我不理解的事情。十八岁结婚,二十二岁离婚,这是一个相当不错的记录。但斯坦那么好……"

　　"我知道。"

　　"他给我感觉就是一切尽在不言中……难以置信的事情。"

　　"天啊,虽然我很反感他的疯狂,但这太可惜了。"

　　"我不想谈论那些事情。"

　　"那我们就不说。"

　　"吉米,你是唯一一个我可以说心里话的人。"

　　"不要相信我。我也可能有一天为你痴狂。"

　　他们笑了。

　　"天啊,我很高兴我还活着。你也是吧,艾莉?"

　　"我不知道。看,我家到了。你不用上去了,我直接就睡了。我有点难受。"吉米摘下帽子看着她。她在钱包里摸索着寻找钥匙。"吉米,我也许该告诉你了。"她走到他面前,转过脸去,拿着钥匙冲着他,快速地说道。钥匙在路灯的照耀下亮闪闪的,雾气如同帐篷一般罩着他们。"我要生孩子了,斯坦的孩子。我要远离这一切,这愚蠢的生活,把他抚养大。我不在乎会发生什么事情。"

　　"哦,天啊,据我所知,这是作为一个女人最勇敢的表现。哦,艾莉,你太棒了。天啊,如果我告诉你我……"

"哦,不。"她的声音嘶哑了,眼睛里充满了泪水,"我只是个傻瓜。"她表情痛苦,像个小孩子一样跑上了台阶。泪水顺着脸颊流淌。

"哦,艾莉,我想对你说几句话……"

门在她身后啪地关上了。

吉米•赫夫站在棕色的石阶下一动不动,太阳穴跳动着。他想破门而入去追她。他跪下来亲吻她曾经站过的台阶。雾气在他周围飘荡,像五彩纸屑一样斑斓。然后,喇叭声远去,他仿佛跌入了黑洞洞的深井。他站在那里一动不动。一个身着蓝色制服的壮实警察挥舞着警棍经过,瞪着铜铃般的眼睛,检查着他的脸庞。突然,吉米握紧了拳头,走开了。他大声说道:"哦,上帝啊,一切都糟透了。"他用外套袖子擦去嘴唇上的沙子。

她伸手拉着他的手,跳出了敞篷车,恰好渡轮刚刚开动。"谢谢你,拉里。"她跟着他高大的身影走到了船头。河上吹拂着和煦的微风,带走了他们鼻子里的尘土和汽油味。珍珠般的夜色中,沿岸房屋的方形框架之中微光闪烁,像烟火将灭的余烬。波浪轻轻拍打着船头。一个提琴手弓着背,演奏着《玛丽内拉》。

"成功才能出人头地。"拉里用低沉单调的声音说道。

"如果你知道我现在对任何事情都漠不关心,你就不会再用这些话来取笑我了。你知道,爱情、婚姻、功名,只是一些字眼而已。"

"但是它们对我来说意义非凡。我想你会喜欢利马这个地方的,伊莱恩。我一直在等你恢复自由之身,不是吗?现在我来了。"

"但我们都已不是曾经的那个自己了,我已经麻木了。"河上吹来的风咸咸的。在一百二十五大街上方的高架桥上,汽车像甲虫一样蠕动前行。渡轮靠岸的时候,他们听到车轮在沥青路上行驶时发出的咯吱声和隆隆声。

"好了,我们最好回到车里去,伊莱恩,你真是个可人的家伙。"

"奔波了一整天,回到市中心真是令人兴奋,不是吗,拉里?"

白色的门污迹斑斑,旁边有两个按钮,分别标有"夜铃"和"昼铃"字样。她用颤抖的手指按响了门铃。一个贼眉鼠眼、梳着油腻背头的矮胖男人打开了门。他蘑菇色的短小手臂垂在身旁,肩膀前耸,弯腰鞠躬。

"您就是那位女士吗?请进。"

"是亚伯拉罕医生吗?"

"是的,您就是我朋友打电话介绍的那位女士吧。请坐,亲爱的女士。"办公室里有一股跌打药水的气味。她的心脏在胸腔里狂跳不已。

"你明白的,"她讨厌自己声音颤抖,她快要晕倒了,"你明白,亚伯拉罕医生,这是绝对必要的。我马上要和丈夫离婚,必须自食其力。"

"非常年轻,婚姻却不幸。真让人感到难过。"医生轻声地咕噜着,仿佛在自言自语。他发出一声叹息,黑色的眼睛突然直视她的眼睛,像是钻头一样。"不要害怕,亲爱的女士,这是非常简单的手术。现在准备好了吗?"

"是的。不会太久,对吧?如果我能缓过劲来,五点还要参加一个下午茶约会。"

"你是位勇敢的姑娘。一个小时后,就没感觉了。我很抱歉,这样的手术很悲哀但是也很必要。亲爱的女士,你应该有一个家,有许多孩子和一个疼爱你的丈夫。可以进手术室自己准备一下吗?我没有助手。"

天花板的中央是明亮刺眼的光芒,照着锋利的金属、搪瓷和里面装着锋利工具的闪亮玻璃器皿。她摘下帽子,颤颤巍巍地坐在一个小小的釉面椅子上,然后僵硬地站起来,解开裙子的带子。

街道上的轰鸣像海浪一样,与她的阵阵痛楚一同激荡。她注视着自己歪戴着的皮帽、脸上的粉饰、玫红色的脸颊和深红色的嘴唇,仿佛自己的脸上戴了面具。她扣好手套上的扣子,抬起手招呼:"出租车!"一辆消防车呼啸而过;接着是一辆水龙车,上面的人身着橡胶外套,满头大汗;随后还有一辆叮当作响的云梯车。随着警笛声的远去,她所有痛感也消失了。街角处,摆着一个涂着颜料、举着一只手的木制印第安人雕像。

"出租车。"

"是,女士。"

"去丽兹饭店。"

第三部分

1. 无忧无虑的欢乐之城

第五大道所有的旗杆上都挂着旗帜。在亘古未有的凛冽寒风中,巨大的旗帜翻飞,拉扯着绳索,拍打得旗杆顶端金色的阻断球啪啪作响。星星躺在岩板一样的夜空中,安静地闪烁着,旗帜上红白相间的条纹则在云层下不停地翻卷。

寒风呼啸,马蹄铮铮,炮声隆隆,飘舞的旗帜投下阴影,好似伸出利爪的饥饿野兽,扭曲的舌头不停地舔舐着。

哦,去蒂珀雷里的路途漫漫……去那吧!去那吧!

港口停满了蒸汽轮船,船身涂了斑马、臭鼬身上那样的斑纹。纽约湾海峡塞满了金块,国库里堆满了金币。广播里说美元不被看好,电报里频频出现美元这个字眼。这是一条漫漫的长路……去那吧!去那吧!

在地铁里,人们瞪大眼睛谈论着末世、伤寒、霍乱、弹片、暴乱和无情水火、饥荒、泥石流导致的死亡。

哦,从阿曼提尔到马提莫塞路途漫漫,去那吧!美国佬来了,美国佬来了。在第五大道上,乐队为自由公债运动和红十字会运动鼓噪。医护船悄悄地驶入港口,趁着夜色在泽西的旧码头偷偷地卸下伤员。第五大道上,十七个州的旗帜在呼啸的狂风中飘扬翻卷。

哦,橡树、白蜡树和哭泣的垂柳树啊,还有上帝国度里那青青的草。

巨大的旗帜翻飞，拉扯着绳索，拍打得旗杆顶端金色的阻断球啪啪作响。

詹姆斯·梅里韦尔上尉闭眼躺在那儿，理发师厚实的手指轻轻地在他的下巴涂抹着泡沫。泡沫让他的鼻孔阵阵发痒。他能闻到月桂油的味道，听到电动剃须刀的嗡鸣和剪刀剪断胡须的声响。

理发师在他耳边说："先生，要不要做一下脸部按摩，去掉一些黑头？"理发师是个秃头，下巴圆圆的、青青的。

"好吧，"梅里韦尔说，"就按你说的办。这是自开战以来我第一次正经刮个胡子。"

"是刚从海外回来吗，上尉？"

"是啊，一直在为世界民主而战斗。"

理发师用热毛巾打断了他的话。"要不要来点丁香水，上尉？"

"不，别再给我抹那些讨厌的了，涂一点金缕梅或消毒水就行。"

金发美甲女郎的睫毛上挂着星星点点的汗珠。她抬起头朝他露出迷人的微笑，轻启玫瑰花蕊般的小嘴，说道："上尉，我猜你刚上岸不久，看你都晒成什么样了。"他把手伸向她，放在小白桌上。"上尉，您这双手已经很久没有好好打理过了。"

"你是怎么知道的呢？"

"看手上老茧都长成什么样了。"

"我们哪有时间顾得上这个。过了八点钟，我就成为自由之身了，仅此而已。"

"哦，这一定挺……糟糕的。"

"这只是一场小小的战争，尽管它持续了一阵子。"

"我也是这么认为的。现在上尉你们就算是彻底熬过来了吧？"

"当然，我保留了我在后备部队的军衔。"

最后她俏皮地拍了一下他的手，然后他起身站了起来。

他给了两份小费，一份放在理发师绵软的手里，另一份放在了给他递帽子的黑人男孩粗糙的手掌中。他缓缓走上白色大理石台阶。楼梯平台处有一面镜子。詹姆斯·梅里韦尔上尉停下脚步，端详着镜子里的自己。

他是名身材挺拔、面容端正的年轻人,下巴以下的部分看起来略微笨重。他穿着一身整齐的马裤呢制服,上面彩虹师的徽章分外醒目,还装饰着绶带和军龄袖条。镜子的反光让他的护腿上呈现出银色的光泽。他一边上下打量自己,一边清了清嗓子。这时一个穿着便服的年轻人出现在他身后。

"嗨,詹姆斯,收拾利索了?"

"你这个家伙,不让我们穿武装腰带真是够蠢的,破坏了这套制服的整体效果。"

"他们可以把所有武装腰带都拿上,然后挂在将军的屁股上,跟我都没关系。我现在不过是个平头百姓。"

"你可别忘了,你仍然是预备役部队的军官。"

"让他们的预备役部队逆流而上,开到一万英里外去吧。咱们去喝点酒去。"

"我得走了,去看看老朋友们。"他们已经走到了四十二大街上。

"好吧,那就再见吧,詹姆斯,我自己去喝个一醉方休,体验下自由自在的感觉。"

"再见,杰里,别干傻事。"

梅里韦尔沿着四十二大街向西走去。街上,旗帜依然悬垂在窗外,懒洋洋地挂在旗杆上,在九月的微风中摆动着。他一边走一边参观着商店,透亮的玻璃橱窗里陈列着鲜花、长筒袜、糖果、衬衫和领带、裙子、彩色窗帘。人头攒动。男人们大多新剃了胡须,女孩们则涂着口红和扑了粉。这场景让他不由地激动兴奋。他坐上了地铁,开始坐立不安。"看那个人的绶带,他获得过十字勋章。"他听到一个女孩对另一个女孩说道。他在七十二大街站下了车,昂首挺胸,沿着无比熟悉的褐砂石街道向河边走去。

"你好,梅里韦尔上尉。"电梯员问候道。

"啊,是你回来了吗,詹姆斯?"他母亲哭喊着跑进他的怀里。

他点了点头,亲吻了她。她穿着黑色的衣服,显得苍白憔悴。梅茜窸窸窣窣地跟在母亲身后,她也穿着黑色的衣服,个头高高的,脸色红润。

"看到你们俩都挺好,真是令人欣慰。"

"当然,我们过得……还不错。亲爱的,我们也度过了一段艰难的时光。现在你是一家之主了,詹姆斯。"

"可怜的爸爸,就这样去世了。"

"那时候你不在,仅是纽约就死了好几千人。"

他一手揽着梅茜,一手揽着母亲,一句话也说不出来。

"不得不说,"梅里韦尔说着走进客厅,"这是一场大战。"他的母亲和妹妹紧跟在他身后。他在皮椅上坐下来,伸展双腿。"回家的感觉真是太好了。"

梅里韦尔太太把她的椅子挪到他身旁。"亲爱的,现在你可以和我们聊聊都发生了什么。"

阴暗的门廊下,他伸手把她拽到身前。"不要,不要这么野蛮。"他的手臂像打了结的绳索一样从她的背部紧紧缠住了她。她的膝盖在颤抖。他的嘴贴上她的颧骨,顺着鼻侧往下摸索,探上她的嘴,让她感到窒息。"哦,我受不了了。"她被一把推开,踉跄着靠在墙上气喘吁吁。他那双大手仍然抓着她。

"没什么好担心的。"他轻轻地说。

"我得走了,很晚了,明早六点我就得起床。"

"你以为我会睡懒觉吗?"

"妈妈会逮到我的。"

"让她见鬼去吧。"

"总有一天我会的……甚至会更加过分……如果她一直挑三拣四。"她捧起他长满胡茬的脸颊,快速地吻了他的嘴,并从他身上挣脱出来,一步四个台阶,跑上了脏兮兮的楼梯。

门依然紧锁。她脱下舞鞋,踮着脚小心翼翼地穿过厨房。从隔壁房间传来她叔叔和婶婶此起彼伏的鼾声。有人爱着我,我想知道是谁。这首曲子在她身体里流淌,她的脚抽痛,跳舞时曾被他抱紧的后背处传来刺痛。安娜,你必须忘掉,否则你将无法入眠。安娜,你得忘掉。她撞上桌子,盛早餐的盘子发出刺耳的叮叮当当的响声。

"是你吗,安娜?"母亲躺在床上迷迷糊糊地问道。

"我去喝口水,妈妈。"

老妇人从牙缝中叹出一口气,翻身时弹簧床垫吱吱作响。又睡过去了。

有人爱着我，我想知道是谁。她脱下派对礼服，穿上睡袍，蹑手蹑脚地走到衣柜前挂上衣服，最后一点一点地合上柜门，以免门上的木板发出噪声。我想知道是谁。舞动吧，伴着明亮的灯光，粉红的面颊，纠缠的手臂，绷直的大腿，跳动的脚尖。我想知道是谁。舞动吧，伴着萨克斯低沉的吹奏声，和着鼓、长号、单簧管发出的声响。舞动吧，脚，大腿，脸贴着脸。有人爱着我……舞动吧，舞动吧，我想知道是谁。

婴儿绷着紫粉色的小脸蛋，双手握着小拳头，躺在铺位上睡着了。艾伦靠着黑色的皮箱。吉米·赫夫穿着衬衫，正看着舷窗外。

"那儿是自由女神像。艾莉，咱们最好去甲板上待会儿。"

"我们要等很久才能靠岸，你先上去。我和马丁很快就上来。"

"哦，来吧，船驶入停泊区的时候，我们再把婴儿用品收拾收拾吧。"

他们来到甲板上。这会儿正是九月的午后，阳光明媚，海水湛蓝发绿，汽轮排出褐色的烟雾和棉白色的蒸汽，在海风轻拂下扫过蓝靛色的天空。烟尘弥漫的地平线上，驳船、汽轮、发电厂的烟囱、码头的棚顶、桥梁混杂在一起，纽约下城如同一座用粉红色和白色纸板剪出来的锥形金字塔。

"艾莉，我们应该把马丁抱出来，让他看看。"

"他会哭得像拖船的汽笛一样，还是就在那儿待着吧。"

他们绕过缆绳，经过嘎嘎作响的蒸汽绞盘，走到船头。

"上帝啊，艾莉，这是世界上最壮观的景象。没想到我还会回来，你呢？"

"我一直打算回来的。"

"但不是像这样回来。"

"是啊，我也没想到我会这样回来。"

"夫人，请您……"

一个水手在示意他们回去。艾伦迎风转过头，铜色的头发从她的眼睛上拂开。"这里真美，对吧？"她在风中对着红色脸庞的水手露出微笑。

"我觉得勒阿弗尔更棒。请您回去吧，夫人。"

"好吧，我们下去给马丁收拾收拾。"

拖船发出突突的响声，盖住了吉米的回答。她从他身边走开，再次回到船舱里。

他们挤在跳板前摩肩接踵的人群中。

"看来我们需要一个搬运工。"艾伦说。

"不用,亲爱的,我已经拿了。"吉米满头大汗,步履蹒跚,两只手各拿着一个手提箱,腋下夹着包裹。婴儿在艾伦的怀里咿咿呀呀,向四周的人们伸出小手。

"你知道吗?"吉米在他们走过跳板时说,"我更希望现在我们是上船,我讨厌回家。"

"我不讨厌。这儿有……我马上就来。我去找弗朗西斯和鲍勃。你们好。"

"好的,那我就……"

"海伦娜,你长胖了,看起来过得很不错。吉普斯在哪里?"

吉米正在揉搓着他的手,他的手被沉重的行李箱勒得酸疼麻木。

"你好,赫夫。你好,弗朗西斯。见到你们真是太好了,不是吗?"

"天啊,见到你真高兴……"

"吉普斯,我要带宝宝去布雷沃特酒店。"

"他真可爱啊。"

"你有五美元吗?"

"我只有一美元零钱。还有一百美元是支票。"

"我的钱还富裕。海伦娜和我去酒店。你们带着行李一起过来吧。"

"检查员先生,我可以带着孩子先过去吗?我丈夫照看行李。"

"当然可以,夫人,去吧。"

"他可爱吧?哦,弗朗西斯,可有意思了。"

"去吧,鲍勃,我一个人搞定更快些。你把女士们护送到布雷沃特酒店吧。"

"哦,我们不想撇下你一个人。"

"去吧,我自己没问题的。"

"詹姆斯·赫夫先生和妻子及婴儿,对吧?"

"是的,没错。"

"我马上就来,赫夫先生。所有的行李都在吧?"

"是的,都在这里。"

"他是不是挺可爱的?"弗朗西斯咯咯笑着,和希尔德布兰一起跟着艾伦上了出租车。

"谁?"

"当然是宝宝了。"

"哦,你得时不时看一看他,他似乎挺喜欢旅行。"

在他们下车时,一名便衣警察打开出租车门并向车里打量着。"是想尝尝我们呼吸过的空气吗?"希尔德布兰问道。那人一脸木然地关上了车门。"海伦娜还不知道禁酒令,是吗?"

"他把我吓坏了,看。"

"天啊!"她从包裹着婴儿的毯子下面拿出一个牛皮纸包裹,"两夸脱我们特制的白兰地,'赫夫家酿',我还藏了一夸脱烈酒在我的腰带里,所以我看起来像是又怀了一个孩子。"

希尔德布兰夫妇大笑起来。

"吉普斯的腰上也有瓶烈酒,他屁股后装着一瓶查特酒。也许我们需要把他从监狱保释出来。"

他们笑不可抑,以至于在酒店门口停车时,眼泪都流出来了。上电梯时,婴儿开始号啕大哭起来。

房间里采光很好。她一关上门就从衣服下面摸出酒瓶。"看,鲍勃打电话去要一些碎冰和苏打水来……我们都要来点白兰地加苏打水……"

"我们是不是最好等一下吉普斯?"

"哦,他马上就来。我们没有任何需要报税的东西。穷得响叮当,啥都没有了。弗朗西斯,你们在纽约是怎么给牛奶报税的?"

"我怎么知道,海伦娜?"弗朗西斯•希尔德布兰红着脸走到窗前。

"哦,好吧,我们又得给他喂饭了,他在旅途中表现得相当好。"艾伦将婴儿放在床上。他躺在那儿蹬着腿,用亮晶晶的黑眼睛四处张望着。

"他算是个小胖墩吗?"

"他可健康了,我猜他一定特别聪明。哦,天啊,我得给父亲打个电话。家庭生活就是这么复杂,对吧?"

艾伦在盥洗台上摆弄着酒精炉。服务员用托盘端来了酒杯、一碗叮叮当当的冰块和白色苏打水。

"先从热水瓶里倒点喝的,以防烈酒伤胃。我们要为哈考特咖啡馆干杯。"

"当然,你们不会懂得,"希尔德布兰说,"在禁酒令下保持清醒是多么困难。"

艾伦笑了。她身前那盏小灯散发出金属加热和酒精燃烧的气味,让她像在家一般感到安宁。

乔治·鲍德温在麦迪逊大道上走着,胳膊上搭着风衣。秋日的夕阳一点一点扫走了他的疲惫。出租车在楼群之间穿梭,尾气让周围笼上阴翳。他脑海中两名衣领笔挺、身着黑色大衣的律师争论不休。如果你回家,在书房里会很舒适。公寓幽暗而安静,你可以穿着拖鞋坐在皮椅上阅读,身旁则是大西庇阿①的半身像,而且还会有人给你送来晚餐……内华姐活泼而粗鄙,会给你讲故事逗趣。她知道所有市政厅那些喜闻乐见的八卦……但你不会再去见内华姐了……太危险了。她会让你心惊肉跳……西西莉则淡定地坐在那里,优雅而苗条,咬着嘴唇。她憎恨我,憎恨生活。天啊,怎么才能让我的生活回归正轨?他在一家花店前停下脚步。门里散发出一股湿润、温暖、甜美、奢华的气息,这气息弥漫在灰蓝色街道上。如果我能先稳定住收支状况就好了。橱窗里陈列着日式花园的模型,花园中有断桥和池塘,池塘里面的金鱼看起来硕大如鲸。对,是比例的原因。像谨慎的园丁一样经营生活,耕耘播种。不,今晚不去见内华姐了,但是我可以给她送花。送黄玫瑰吧,那种金铜色的玫瑰。伊莱恩才和这种花比较搭。她竟然再婚了,还生了孩子。他走进了花店。

"那是什么品种的玫瑰?"

"这叫俄斐黄金,先生。"

"好的,给我来两打,马上送到布雷沃特酒店,给伊莱恩小姐……不,给詹姆斯·赫夫先生和夫人。我写张卡片吧。"

他坐在书桌前,手握钢笔。玫瑰的香味,伴随着她的发香。看在上帝

---

① 罗马共和国统帅和政治家。

的分儿上,停下这些幻想吧……

亲爱的伊莱恩:

作为老朋友我想近日来拜访你和你丈夫,希望你能够允许。请记住,我一直衷心盼望着——你是知道的,这绝对不是客套话——我将竭尽所能为你们带来幸福。请原谅我自称是你的终身奴隶和崇拜者。

乔治·鲍德温

他用了三张花店的白色卡片才写完这封信,抿着嘴看了一遍,小心翼翼给字母"t"画上横线,为字母"i"打上点。然后,他从后面的口袋里掏出一卷钞票付了钱,又回到街上。这时天色已黑,快七点了,他仍然犹豫不决地站在街角,看着出租车经过,黄色的,红色的,绿色的,还有橘色的。

纽约湾海峡,船在雨中缓慢前行。总军士长奥基夫和一等兵达奇·罗伯逊站在船舱里注视着停泊在隔离区进行检疫的邮轮和低矮杂乱的海港。

"你看,他们有的船还涂装着战时图案呢,航务局的船……根本不值得炸毁它们。"

乔·奥基夫含糊地说:"没错。"

"天啊,我开始觉得纽约是个不错的地方了。"

"我也是,军士长。下雨或者晴天对我来说无所谓。"

他们经过几艘杂乱无章地停泊在一起的蒸汽轮船。瘦长的船上是短烟囱,矮胖的船上是高烟囱,红色的船锈迹斑斑,有的船涂上了蓝绿相间的迷彩色。一个开摩托艇的男人挥舞着手臂,一群穿着卡其色雨衣的人挤在运输船湿漉漉的灰色甲板上高歌:

> 哦,步兵,步兵
> 耳朵后面有污垢……

穿过总督岛低矮建筑物后亮珠般的薄雾,高高的铁塔、弯曲的电缆、布鲁克林大桥上的拉索映入眼帘。罗伯逊从口袋里掏出一个包裹,把它扔到了水里。

"那是什么?"

"不过是我在部队用的性病预防套装,现在用不上了。"

"怎么回事?"

"哦,我打算找一份好工作,也许会结婚,过上正常的生活。"

"我想这不是一个坏主意。我已经厌倦了现在这种生活。天啊,有人靠这些航务局的船大捞了一笔。"

"我猜他们就是这么发达的。"

"我要广而告之。"

前方,他们在唱歌:

哦,她在一家果酱厂工作

这还不错……

"天啊,我们要沿着东河往上游走,军士长。他们到底想让我们在哪儿靠岸呢?"

"上帝,我宁愿自己游上岸。想想那些靠我们挣钱的人,别忘了,在船厂工作的每天只有十美元。"

"军士长,现在我们有经验了。"

"经验……"

等到战争结束后

回到美国来找我……

"我打赌船长一定是喝多了,把布鲁克林当成是霍博肯了。"

"看,那是华尔街。"

他们正从布鲁克林大桥下经过,头顶上有电车的嗡嗡轰鸣声,湿漉漉的铁轨上偶尔迸出紫色的电火花。身后是驳船和拖船,驶过高大的建筑物。灰色的高楼大厦耸入云霄,被白色的蒸汽和薄雾笼罩着。

喝汤的时候没人说话。梅里韦尔夫人穿着黑色的衣服坐在椭圆桌的首座,透过半开的门和客厅的窗户向外张望。火车站上空升起一根白色烟柱,烟柱在阳光的照射下消散。她想起了她的丈夫,想起了几年前他们来到这儿参观公寓的场景。那时房子还没有完工,充斥着石膏和油漆的气味。她喝完汤后,打起精神说道:"好吧,吉米,你是想回报社工作吗?"

"我想是的。"

"詹姆斯已经被三家单位录用了。我觉得这很了不起。"

"但我还是想和少校一起干。"詹姆斯·梅里韦尔对坐在身旁的艾伦说，"你认识古德伊尔少校,海伦娜表亲,布法罗·古德伊尔家族的一员。他是银行家信托公司外汇部的负责人,他说能让我很快事业有成。我们在国外时是朋友。"

"那太棒了,"梅茜的声音像咕咕叫的鸽子,"不是吗,吉米?"她穿着黑色的裙子坐在对面,身材苗条,脸色红润。

"他推荐我加入朴诺俱乐部。"梅里韦尔继续说。

"那是什么?"

"吉米,你得知道,我确定海伦娜表亲经常去那儿喝茶。"

"你知道吗,吉普斯,"艾伦的眼睛盯着盘子,"斯坦·埃默里的父亲以前每个星期天都去那里。"

"哦,你认识那个不幸的年轻人吗?太可怕了。"梅里韦尔夫人说,"这几年发生了许多可怕的事情……我都快把这件事儿忘了。"

"是的,我认识他。"艾伦说。

羊腿和炸茄子、玉米、红薯,一道道菜上桌了。"你知道吗,我觉得这太可怕了。"梅里韦尔夫人切完肉后说道,"你们一点都不透露你们的经历,而其间一定发生了非常有趣的事。吉米,我觉得你应该把你的经历写成书。"

"我已经试着写了几篇文章。"

"什么时候发表?"

"好像没人愿意发表。你知道,我在有些事情上的观点与别人分歧很大。"

"梅里韦尔夫人,我已经多年没有吃到如此美味的红薯了。这些红薯的味道像洋芋。"

"的确不错,是我烹饪的独家口味。"

"这是一场大战。"梅里韦尔说。

"停战之夜你在哪里,吉米?"

"我当时在耶路撒冷与红十字会在一起。难以置信吧?"

"我在巴黎。"

"我也是。"艾伦说。

"所以你也在那边,海伦娜?我打算从现在开始就叫你海伦娜了。很有趣吧?你和吉米是在那里认识的吗?"

"哦,不,我们是老朋友,我们经常见面。我们在红十字会的同一个部门工作——宣传部。"

"真是一部战争罗曼史,"梅里韦尔夫人高呼起来,"难道这不是很有趣吗?"

"现在,伙计们,是这样的,"乔•奥基夫喊道,红脸上渗出汗水,"我们是不是应该要求补偿?我们是不是为他们而战?是不是我们赶走了德国佬?然而,现在我们回家了,他们却待我们如此不公。没有工作,女人也跑了,嫁给别人了!像对待脏兮兮的流浪汉和游手好闲的懒汉一样对待我们,而我们不过是要求正当的、合法的补偿金。我们要忍受这样的待遇吗?不!我们要忍受这群政客们把我们当成在后门要钱的乞丐吗?我问你们,同伴们!"

人们跺着地板。"不!""让他们见鬼去吧!"许多声音喊道,"要我说现在让政客们见鬼去吧!为了那些我们为之战斗、流血牺牲的美国人民,为了唤起他们的善良与慷慨,我们要在全国发动游行。"

长长的军械室里响起了热烈的掌声,前排的伤员们用拐杖敲打地板。"乔伊是个好人,"一个失去双臂的人对坐在身边装着假肢的独眼龙说道。"他确实是,伙计。"当他们掏出香烟分发时,一个站在门口的人喊道:"成立委员会,补偿金委员会。"

在一间上校借给他们的房间里,他们四个人围坐在桌旁。"好吧,伙计们,先让我们抽根雪茄。"乔跳到上校的办公桌前,拿出四支"罗密欧和朱丽叶"雪茄。

"他从来不会落下抽烟这种事。"

"我看他不过是个小毛贼。"希德•加内特伸着他的长腿说。

比尔•杜根说:"乔伊,这里没有苏格兰威士忌吗?"

"没有,这种时候我可不会喝酒。"

"我知道哪里可以搞到正宗的翰格酒,"西格尔得意地插了一句,"战前的东西,六美元一夸脱。"

"那我们到哪里去弄这六美元呢?"

"听着,伙计们,"乔坐在桌子边上,"让我们坐下来好好筹划一下。我们要做的是筹集资金,大家同意吗？"

"我们当然同意,你去告诉他们。"杜根说。

"我知道很多老家伙认为我们受到了不公平的待遇。我们可以称它为布鲁克林补偿金动员委员会。要做就把事情做好,要不就别做。你们和我一起干不？"

"当然了,乔伊。你去告诉他们,我们支持你。"

"杜根得当委员会主席,因为他形象最佳。"

杜根红了脸,结巴起来。

"哈,你是海滩上的太阳神阿波罗。"加内特嘲笑地说。

"我认为我可以胜任会计,因为我有更多的经验。"

"你的意思是你心眼最多。"西格尔小声说。

乔昂起头。"喂,西格尔,你和我们一起干吗？ 如果不打算一起,最好现在就直接说出来。"

"当然,别闹了。"杜根说,"乔可以胜任这个角色,你知道的。严肃点,如果你不愿意你可以出去。"

西格尔揉了揉他那细长的鹰钩鼻。"我只是在开玩笑,我没有恶意。"

"听我说。"乔生气地接着说,"你们以为我花时间图什么？昨天我才拒绝了周薪五十美元的工作,不是吗,希德？你看到我和那个人说话了。"

"我当然知道,乔伊。"

"好吧,翻篇吧,伙计们。"西格尔说,"我只是在和乔伊开玩笑。"

"我认为西格尔应该当秘书,因为你熟悉办公室工作……"

"办公室工作？"

"当然,"乔挺起胸膛说道,"我们可以在一个我熟人的办公室里摆上办公桌,已经说好了。他让我们免费使用,直到我们开始运作。我们还要置办办公用品。'工欲善其事,必先利其器。'"

希德•加内特问道:"那我做什么呢？"

"你是委员会成员,你这个大笨蛋。"

会后乔•奥基夫吹着口哨走在大西洋大道上。这是一个清爽澄明的夜晚,他步履轻快。戈登医生的办公室亮着灯光。他按响门铃,一个身穿白色夹克、面色苍白的男人开了门。

"你好，医生。"

"是你吗，奥基夫？进来吧，我的孩子。"医生的声音仿佛一只冰冷的手攥住了他的脊柱。

"试验还顺利吗，医生？"

"还好，算是很好了。"

"感谢上帝。"

"不要太担心，我的孩子，我们会在几个月内把你医治好的。"

"几个月。"

"保守估计，你在街上遇到的人中有百分之五十五感染了梅毒。"

"这又不是说我是个该死的傻瓜。我在那边很小心。"

"在战时不可避免的。"

"现在我希望自己当初放纵一下。我放弃好多次机会。"

医生笑了起来。"你可能甚至不会有任何症状，打几针就好了。我会让你完全康复的。现在要不要打一针？我已经准备好了。"

奥基夫的手冰凉。"好的。"他强颜欢笑，"我猜测当你治好我的时候，我都变成该死的温度计了。"医生嘎嘎地笑了起来。"灌满了砒霜和水银。没错。"

寒风凛冽，他牙齿打战，走在回家的路上。竟然在打针的时候晕过去了，太无语了。他仍然能感觉到针头扎入时那令人讨厌的刺痛。他咬紧了牙关。但愿今后我能幸运些，我需要点儿运气。

两个壮汉和一个瘦小的男人坐在靠窗的桌旁。天空仿佛从眼镜、银器、牡蛎壳和眼睛上吸收了光亮，泛着锌皮色。乔治·鲍德温背对着窗户。格斯·麦克尼尔坐在他的右边，邓斯坐在他的左边。当服务员俯身拿走空的牡蛎壳时，他的视线越过窗户和灰岩护墙，落在几座像崖边松树一样突起的高楼顶端和堆满了船只、如同闪闪发光的锡纸般的港口。"这次我得说说你，乔治。上帝都知道你以前经常教训我。说实话，这的确是够蠢的。"格斯·麦克尼尔说，"你这个时候放弃政治生涯真是非常愚蠢。在纽约没有人比你更适合担任公职的了。"

"在我看来,这是你的义务,鲍德温。"格斯深沉地说着,从眼镜盒取出他的玳瑁眼镜,匆忙戴上。

服务员送来了一大盘牛排,配着蘑菇、胡萝卜丁、豌豆和褐色的土豆泥。邓斯扶正了他的眼镜,仔细地盯着牛排。

"这道菜真不错,原汁原味,不得不说真是非常不错……就是这样,鲍德温……在我看来,这个国家正在经历一个危险的重建阶段,巨大的冲突引发混乱,整个大陆的银行破产,布尔什维克主义和颠覆性学说泛滥。美国……"他说着,用锋利闪亮的钢刀切着撒着胡椒粉的半熟厚牛排,慢条斯理地咀嚼了一口。"美国,"他又开始说起来,"正接管世界的破产产业。我们整个文明所依赖的民主原则以及商业自由危如累卵。我们从未比现在更需要有能力和正直的人来担任公职,特别是熟悉司法程序、有丰富的法律知识的人。"

"这就是我前几天想要对你说的,乔治。"

"没错,格斯,但你怎么知道我会当选,毕竟这意味着这几年我要放弃律师事业了,这意味着……"

"你就把这事交给我吧,乔治,你已经当选了。"

"这牛排真不错。"邓斯说,"我得说,不,不是报纸上说的那些。我碰巧从一个靠谱而秘密的渠道听说,不良分子在密谋颠覆这个国家。好家伙,想想华尔街气炸了的样子,我必须得说,新闻界在某方面的表态上总是令人满意的。事实上,我们国家正迎来前所未有的团结局面,这是战争之前无法想象的。"

"不,但是乔治,"格斯打断道,"这么说吧,政治生涯的公开价值会更有助于你巩固你的律师事业。"

"也许会的,也许不会,格斯。"

邓斯正在剥开雪茄上的锡纸。"不管怎么说,未来可期。"他摘下眼镜,伸着粗壮的脖子向明亮的港口望去,那里到处是桅杆、烟雾、蒸汽、黑色的长方形驳船,还有一直延伸到斯塔滕岛的朦胧山丘。

明亮的鳞状云从炮台公园上方靛蓝的天空慢慢消散,一群群身穿深色衣服的人站在埃利斯岛的渡口和小船码头,似乎默默等待着什么。拖船和汽轮喷出的烟雾低垂,在不透明的玻璃绿水面拖行。一艘三桅帆船正被牵拉着沿北河顺流而下,新悬挂的三角帆在风中乱舞。港口的尽头,一艘汽轮越驶越近,四个红色的烟囱挤在一起,奶油色的上层船舱若隐若现。"毛里塔尼亚号将在二十四小时后抵达。"拿着望远镜的男人喊道,"看,毛里塔尼亚号,最快的海上快船二十四小时后抵达。"像摩天大楼一样的毛里塔尼亚号穿过港口,一缕阳光照射在上层甲板的白色条纹上,一排排舷窗闪闪发光。烟囱慢慢分开,船身看起来更长了。毛里塔尼亚号冷冰冰的黑色船身推着前方的拖船,像一把利刃切入北河,破浪前行。

一艘渡轮正在离开移民站,码头边拥挤的人群中传来窃窃私语。"被驱逐的人……司法部要驱逐的人是共产主义者,被驱逐的人……是赤色分子……他们要驱逐的是赤色分子。"渡轮已经驶出船坞,一群人像铁皮士兵一样在船尾静静地站着。"他们要把赤色分子遣送回俄国。"一条手帕在渡船上挥舞,那是一条红色的手帕。人们小心翼翼地回到人行道上,蹑手蹑脚,像身处病房一样安静。

挤在河边的男男女女背后,长着大猩猩般脸孔的警察挥舞着警棍,紧张地巡逻。

"他们要把赤色分子遣送回俄国……被驱逐者……煽动者……不受欢迎的人……"海鸥鸣叫着在空中盘旋。一个酱油瓶随着小碎浪浮沉。水面上飘来一阵歌声,歌声随着渡轮一同渐行渐远。

这是最后的斗争

团结起来到明天

英特纳雄耐尔就一定要实现

"看看那些被驱逐的人,看看那些不受欢迎的外国人。"一个拿着望远镜的人大声说。突然,响起一个女孩的声音:"起来,饥寒交迫的奴隶……""嘘,他们会因此把你抓走的。"

歌声在水面上逐渐消失。渡轮拖着大理石样的尾流,慢慢消失在薄雾中。

英特纳雄耐尔就一定要实现。歌声消失了。河的上游传来了长串汽轮驶离码头的咔嗒声。海鸥在空中盘旋。身穿深色衣服的人们依旧伫立着,静静地望着水面。

2. 自动点唱机

午夜前用一枚五分钱硬币购买明天……关于抢劫事件的头条新闻，自动售货机里的一杯咖啡，去伍德朗、李堡、弗拉特布什的车程……投入一枚五分钱的硬币，买口香糖。《某人爱着我》《天赐的宝贝》《你在肯塔基州，你出生的地方》。伤感的狐步舞曲悠悠荡荡传出门，蓝调、华尔兹（《我们要跳一整夜舞》）牵惹起闪亮的记忆……十四大街的第六大道上，仍然有一台脏兮兮的投影仪。投入五分钱硬币，你就能窥见发黄的往事。接踵而至的电影展里，老电影的画面俯拾即是：《火热年代》《单身汉的惊喜》《被偷走的吊袜带》……废纸篓里盛满了撕碎的白日梦，午夜前用五分钱硬币可买到往日的时光。

露丝·普林因走出医生的办公室，围紧了脖子上的毛皮围巾。她觉得虚弱无力。出租车在她身边停下。上车的时候，她想起了桑德兰太太房子里的化妆品和烤面包的味道，还有那条乱七八糟的走廊。哦，我还不能回家。"司机，请到四十大街的老英国茶室去。"她打开绿色长款皮包看了看。我的上帝，只有一美元二十五美分、一枚五美分硬币和两枚一分硬币。她一直盯着计价器上闪动的数字。她几乎崩溃了，想大哭一场……钱就这么没了。当她下车时，凛冽的寒风刺痛了她的喉咙。"八十美分，小姐。我没有任何零钱,小姐。""好的,不用找了。"天啊,只剩下三十二美分了。室内很暖和,有茶和饼干那令人愉悦的气味。

"怎么了,露丝,这不像你啊。亲爱的,多年不见,让我抱抱你。"是比利·沃尔德隆,他比以前更胖、更白了。他给了她一个熊抱,在她的额头上吻了一下。"你还好吗?一定要告诉我。你戴着那顶帽子看起来那么与众不同。"

"我刚刚给我的喉咙照了 X 射线,"她笑着说,"我感觉上帝生气了。"

"你最近在忙什么,露丝?我已经很久没有你的消息了。"

"你又没有联系我,不是吗?"她立刻接过他的话。

"你在《果园女王》中的精彩表演之后……"

"说实话,比利,我的运气糟透了。"

"哦,我知道,看不到曙光。"

"我下周约了贝拉斯科见面,可能会有转机。"

"我说,露丝,你在等人吗?"

"不,比利,你还是那么爱开玩笑。今天下午就别调侃我了,没心情。"

"你这个可怜的家伙,坐下来和我喝杯茶吧。"

"我告诉你,露丝,今年年景不好。许多老演员都当掉了最后一块怀表,我还以为你四处奔波。"

"别说这个了。如果我能够把喉咙治好就好了。这样的事情太折磨人了。"

"还记得以前在萨默维尔剧团的日子吗?"

"比利,我怎么可能忘记?那时多么可笑啊。"

"我最后一次见你是在西雅图出演《车轮上的蝴蝶》。我当时要去前线……"

"你为什么不回来看我?"

"我想我还在生你的气。那是我最低落的时候。低落到谷底,忧郁症,神经衰弱,还身无分文。那晚我有点喝醉了,你明白。我不想让你看到我身上的兽性。"

露丝给自己倒了一杯新茶。她突然感觉一阵狂喜。"哦,但是比利,你难道忘记这一切了吗?我那时是个单纯的小女孩,我害怕爱情或婚姻之类的事情会影响我的演艺生涯，你明白吗？我疯狂地想成功。"

"你会再做同样的事情吗？"

"我在想……"

"怎么说来着……'移动的手指在写作，一直写下去'……"

"大概是'你所有的眼泪冲淡不了任何字'。但是，比利，"她甩了甩头，笑了起来，"我以为你打算再向我求婚呢。哦，我的喉咙啊。"

"露丝，我希望你不要接受X射线治疗。我听说那非常危险。不是吓唬你，亲爱的。但我听说过因此患癌的病例。"

"那是胡说八道，比利。那在X射线使用不当而且长期暴露在其中的情况下才会发生。不，我觉得华纳医生医术高明。"

之后，她坐上了市郊快车，仍然能感觉到他柔软的手轻拍着她戴了手套的手。"再见，小姑娘，上帝保佑你，"他沙哑地说道。她一直在心里嘲笑他，他已然是一名蹩脚的演员。"谢天谢地，你永远不会知道。"然后，他掸了掸他的宽边帽，像出演《博凯尔先生》时一样甩了甩丝滑的白发，转身淹没在百老汇的人海中。可能是我运气不好，但我不像他那么蹩脚。他说会得癌症。她在车厢里上上下下打量着对面的那些形形色色的面孔。在所有这些人中，一定有人得了癌症。五分之四的人有。傻瓜，那不是癌症。腹泻，医用润滑剂，奥沙利文牌……她把手放在喉咙上。喉咙肿得厉害，发热并跳动着。也许情况更糟。肉里长着活生生的东西，蚕食你的生命，让你变得可怕、腐烂……对面的人直直地盯着前方，广告牌昏暗的灯光映照得年轻男女和中年人脸色发绿。五分之四的人有……地铁列车载着行尸走肉向九十六大街奔去，他们在快车轰鸣声中点头摇摆。她得在九十六大街换乘。

达奇·罗伯逊坐在布鲁克林大桥的长椅上，军大衣外套的领子翻立着，在报纸上搜寻着招聘启事。这天下午是个闷热的桑拿天，桥上不停滴答着水珠，如同密集的汽轮气笛花园里孤零零的一座凉亭。两个水手经过他身边。"这是我毕业后待过的最好的地方。"

伙伴电影院，繁华街区，现场调查……三千美元……天啊，我连三千美元都没有……香烟摊，忙碌的工地，被迫牺牲……吸引人而设备齐全的收音机和音乐商店……繁忙……有着滚筒印花机、凯莱油墨、米勒送料机、压缩印刷机、铸排机和一个完善的装订车间的现代中型印刷厂……犹太餐厅和熟食店……保龄球场……繁忙……大型舞厅和其他服务设施。我们收购假牙、黄金、铂金、珠宝。让他们见鬼去吧。招聘男性劳工。那更适合你这个酒鬼。发件人，一流的笔杆子……放过我吧……艺术家，服务员，汽车、自行车和摩托车维修店……他拿出一个信封，写下地址。擦鞋匠……不。男孩，不，我不再是个孩子了。糖果店，揽客的，洗车工，洗碗工。边学边赚。枯燥的牙科是你通往成功的捷径……没有淡季……

"你好，达奇，我本以为我再也不会来这里。"一个戴着红色帽子，穿着灰色兔毛外套的灰脸女孩在他身边坐下。

"招聘广告我都看够了。"他伸开双臂，打了个哈欠，报纸从腿上滑落。

"坐在桥上你不觉得冷吗？"

"是有点，我们去吃饭吧。"他站起来，将那张红彤彤的脸和细长的鼻子凑近女孩，用灰白色的眼睛注视着她的黑眼睛。他急促地拍打着她的手臂。"你好，法朗希，你还好吗？"

他们向曼哈顿走去，那是她来时的方向。在他们下方，河水波光粼粼，蒙着一层薄雾。一艘大蒸汽轮船缓缓驶过，亮起灯光。从人行道的边缘往下看，他们看到了黑色的烟囱。

"你出国乘坐的船和这条一样大吗？"

"比这条大。"

"哎呀，我也想去。"

"我会带你去的，带你到处看看，离开军队那阵子我去了很多地方。"

在 L 站，他们徘徊不前。"法朗希，你身上有钱吗？"

"当然，我有一美元，不过我得留着明天花。"

"我只剩下最后二十五美分了。我们去那个中国餐馆吃两份五毛五分钱的晚餐吧。一共是一块一。"

"我得留着五美分明天早上坐车去办公室。"

"哦，见鬼！该死的，我希望我们能有钱。"

"有什么办法吗？"

"如果我有，会瞒着你吗？"

"来吧,我的房间里还有五十美分,可以用它来支付车费。"她换了一美元零钱,并把两枚五分硬币投入入口闸机。他们坐上了开往第三大道的地铁。

"法朗希,你说,他们会让我们穿着卡其色衬衫跳舞吗?"

"为什么不可以,看起来挺好的。"

"我觉得有点纠结。"

餐馆里的爵士乐队正在演奏印度斯坦音乐。飘来炒杂碎和酱油的气味。他们溜进了一个卡座。涂了发油的少男们和留着波波头的少女们紧紧相拥舞动。他们相视一笑,坐了下来。

"天啊,我好饿啊!"

"真的吗,达奇?"

他往前伸了伸腿,夹住了她的腿。"你真是个好孩子。"他喝完汤的时候说道,"说真的,这周我会找到工作的。然后我们找个好住所,然后结婚,然后一切都会好起来。"

起身跳舞时,他们都在颤抖,以至于无法跟上音乐的节奏。

"先生,衣衫不整是不允许跳舞的。"一个衣着整洁的中国人拉住达奇的胳膊说。

"他想要干吗?"他嘟囔着继续跳着。

"我想是衬衫的问题,达奇。"

"去他的。"

"我累了。反正我宁愿聊天也不想跳舞了。"他们回到座位,品尝作为甜点的菠萝片。

晚餐后,他们沿着十四大街向东走。"达奇,我们能不能去你家里?"

"我没有住所了。那个老顽固不让我住了,她拿走了我所有的东西。说实话,如果我这周找不到工作,我就得回到军队当兵。"

"哦,别这样,那样我们就结不成婚了,达奇。哎呀,不过你为什么不告诉我?"

"我不想让你担心,法朗希,六个月没有工作了……天啊,这足以让一个人发疯了。"

"但是,达奇,我们去哪里呢?"

"我们可以去那个码头,我知道一个码头。"

"太冷了。"

"只要有你和我在一起,我不会觉得冷。"

"不要这样说,我不喜欢。"

他们在黑暗中依偎在一起,走在泥泞的河边街道上,经过巨大的储气罐、破损的栅栏、有很多窗户的长仓库。当他们经过街角的路灯时,一个男孩朝他们发出嘘声。

"我要戳破你的脸,你这个小杂种。"达奇从嘴角放出话来。

"不要搭理他,"法朗希小声说,"否则他们整个团伙都会来找我们麻烦的。"

他们悄悄穿过高高的围墙上的一个乱七八糟地堆着木材的小门。他们可以闻到河流、雪松和锯末的味道,可以听到河水在脚下拍打着木桩的声音。达奇把她拉过来,亲了上去。

"嘿,亲爱的,你们不知道晚上不应该这样跑出来吗?"一个声音对他们喊道。看守打着灯笼在他们眼前晃了晃。

"好吧,冷静点儿,我们才散完步。"

"散一小会儿步。"

他们拖着疲惫的身躯回到大街上,阴冷的河风直灌到他们嘴里。

"当心。"一个警察经过,轻轻地吹口哨。他们彼此分开。"哦,法朗希,如果我们继续这样下去,他们会把我们带到疯人院的。我们回你的房间去吧。"

"房东太太会把我赶出去,就是这样。"

"我不会发出任何声音。你有钥匙,对吧?天亮前我就溜走。该死的,整得我们和做贼似的。"

"好吧,达奇,我们回家吧,我不关心会发生什么。"

他们沿着泥泞的楼梯走到公寓的顶层。

"把你的鞋子脱掉。"她在他耳边低语着,同时把钥匙塞进锁孔。

"我的袜子上有洞。"

"没关系,傻子。我去看看是否有问题。我的房间在厨房后面,所以如果他们都睡了,就听不到我们的声音。"

当她离开他时,他能听到自己的心跳。一会儿,她回来了。他蹑手蹑脚地跟在她后面,穿过地板吱吱作响的大厅。鼾声从一扇门里传来。走廊里有一股卷心菜的味道。一进房间,她就锁上了门,并用椅子抵在门把手下。三角形的灰暗光线从街上透过来。"看在上帝的分儿上,现在不要动,邓斯。"他朝她扑过去,紧紧抱住,两只手分别拎着一只鞋。

他在她身边躺下,贴着她的耳朵不停地说着悄悄话:"法朗希,我要赚钱,我会的。要不是因为他们逮住我擅离职守,我本来能成为一名海外驻军的。这说明我有这个能力。如果有机会,我会赚一大笔钱。你和我一起去蒂耶里堡,去巴黎,去所有地方。说真的,你会喜欢的,法朗希……天啊,那些城镇古老而有趣、安静而舒适,有最棒的小酒吧。你可以坐在户外的小桌子旁,沐浴着阳光,看人来人往。你喜欢的食物应有尽有。旅馆也到处都是,像今晚这样想去就去,才不管你结婚没结婚。那里有舒适的木制大床,他们会把早餐送到你床头。天啊,法朗西,你会喜欢的。"

他们冒雪步行去吃饭,鹅毛大雪在身边盘旋飞舞,模糊了视野,街道上看上去尽是蓝色、粉色和黄色的光影。

"艾莉,我讨厌让你做这份工作,你应该继续你的演艺事业。"

"但是,吉普斯,我们必须活下去。"

"我知道,我知道。你一定是失去理智了才会嫁给我。"

"哦,我们不要再说这个了。"

"今晚让我们好好玩玩,这是第一场雪。"

"就在这里吗?"他们站在一扇没有灯光的地下室门前,门上有一扇紧密的栅栏窗,"让我们试试吧。"

"铃响了吗?"

"我想是的。"

里面的门打开了,一个穿着粉红色围裙的女孩向他们望来。

"晚上好,小姐。"

"啊,晚上好,先生,太太。"她将他们领进了一个充满食物气味、点着煤气灯的大厅,墙上挂着大衣、帽子和围巾。面包、鸡尾酒、烤黄油、香水和口红的气味,还有喧闹的说笑谈话声透过门帘伴着热气扑面而来。

"我可以闻到苦艾酒的气味，"艾伦说，"让我们走近些。"

"好家伙，那是刚果。你不记得海滨酒吧的刚果•杰克吗？"

他站在走廊的尽头向他们招手致意。他的脸晒得很黑，蓄着光洁的黑胡子。"你好，赫夫先生，你还好吗？"

"好得很。刚果，我想让你见见我的妻子。"

"如果你不嫌弃，我们就在厨房喝上一杯。"

"我们当然不介意。这是最好的地方。你怎么一瘸一拐的，你的腿怎么了？"

"命运啊。我把它留在了意大利。一旦切断了，我就没办法带着它了。"

"那是怎么回事？"

"在托姆巴山尽干蠢事了。妹夫给了我一副特别好的假肢，坐这儿来。女士，现在你能告诉我到底怎么回事了。"

"不，我不能。"艾伦笑着说。他们坐在拥挤的厨房角落里的一张大理石小桌旁。一个女孩在厨房中间的工作台洗着碗，两个厨师在炉子旁忙碌。空气中弥漫着油脂滋滋作响的食物香味。刚果用一个小托盘装着三个杯子，蹒跚地走回他们身边。喝酒时，他就伫立在他们身边。

"干杯，"他举起杯子，"苦艾鸡尾酒，好像在新奥尔良喝的就是这种。"

"这酒真冲。"刚果从他的马甲口袋里拿出一张名片。

马尔基•德•古洛米埃

进口商

河滨路 11121 号

"也许有一天你需要一些小东西……我做进口生意。我是纽约最好的酒贩子。"

"但凡有钱，我一定会花在你身上，刚果。你是怎么找到生意的？"

"很好……我告诉你吧。今晚我太忙了……现在我在餐厅给你找一个空位。"

"这个地方是你经营的吗？"

"不，这是我妹夫的餐厅。"

"我不知道你还有个妹妹。"

"我之前也不知道。"

当刚果蹒跚着离开他们的餐桌后,他们开始沉默,仿佛是剧院演出已然谢幕。

"他是个有趣的家伙。"

吉米强颜欢笑。

"的确是。"

"嘿。艾莉,我们再喝杯鸡尾酒吧。"

"好的。"

"我得和他聊聊,从他那获取一些酒贩子的消息。"

当他把腿伸到桌子下面时,碰到了她的脚。她把他的脚踢开。吉米能感觉到自己在咀嚼。咀嚼声这么响,艾莉一定听到了。她坐在他对面,穿着灰色的女士西服,上衣 V 形流苏领口露出她的脖子,令人心动。她的灰色的帽子有点紧,脑袋稍稍歪着,嘴唇上涂着唇膏。她把肉切成小块却没有吃,一言不发。

"上帝,让我们再喝杯鸡尾酒。"他觉得自己像在做噩梦一样瘫软无力,她仿佛是玻璃罩下的一尊瓷塑。挟裹着雪花的新鲜空气从某处突然席卷而来,穿过纷繁嘈杂的餐厅,带走了食物、饮料和烟草的气味。有一瞬间,他闻到了她头发的味道。鸡尾酒在他体内燃烧起来。"上帝啊,我不想晕倒。"

里昂火车站,他们并排坐在火车站餐厅的黑色皮椅上。他探身把鲱鱼、黄油、沙丁鱼、凤尾鱼、香肠盛在她盘子里时,脸颊蹭上了她的脸颊。伴着外面火车发动机刺耳的轰鸣,他们匆忙地吃着,咯咯地笑,大口吃肉,大口喝酒。

火车驶出阿维尼翁火车站的时候,他俩醒了过来,看着对方的眼睛。此时此刻,车厢里鼾声四起,满是睡意。他一拐一拐地越过地上交错的双腿,来到昏暗颠簸的走廊尽头抽起了烟。叮叮当,往南走,叮叮当,往南走,车轮在铁轨上唱着歌穿过罗讷河谷地。倚在窗前,抽着一支断了的烟;用手指捏着断口,尝试着抽一支断了的香烟。铁轨沿线的灌木丛和银色杨树林中传来咕咕声。

"艾莉,艾莉,有夜莺在轨道沿线唱歌。"

"哦,我刚睡着了,亲爱的。"她跌跌撞撞地越过睡觉乘客的腿,摸索着向他走去。两人并肩站在颠簸着的走廊窗前。

叮叮当,往南走。银光闪闪的杨树林中,夜莺在欢歌;多云的月夜中,花园里飘散着大蒜和新鲜粪肥的味道。夜莺在欢歌。

在他的对面的瓷娃娃艾莉说着话。"他说龙虾沙拉都卖完了,这真让人扫兴。"

突然间,他舌头有点好使了。"天啊,你就为这事!"

"你是什么意思?"

"我们到底为什么要回到这个破地方来?"

"自从我们回来后,你就一直在喋喋不休地谈论它有多么美妙。"

"我知道。我想这是酸葡萄心理。我打算再来一杯鸡尾酒。艾莉,看在上帝的分儿上,我们之间是怎么了?"

"我们如果继续这样下去,会厌烦的。"

"好吧,那就厌烦吧。好坏都无所谓。"

当他们在大床上坐起来时,可以看到对面的港口,那里有一艘白色的单桅帆船、一艘红绿相间的拖船,河面波光摇曳,河对岸立着灰不溜秋的房子。当他们躺下时,可以看到天上的海鸥。黄昏时分,他们颤颤巍巍地穿上衣服,摇摇晃晃地穿行在旅馆发霉的走廊里,跌跌撞撞地走到嘈杂的街道上,那里充满了手鼓的响声、铜管的光泽、水晶的闪耀、汽车的轰鸣,好似一支铜管乐队在演奏。在黄昏中,在宽叶悬铃木下一起喝着雪利酒,像隐形人一样融于形形色色的人群之中。春天的夜自非洲过海而来,笼住了他们。

他们喝完了咖啡。吉米喝得很慢,仿佛当他一喝完就会痛苦不堪。

"我担心我们会在这里遇到巴尼夫妇。"艾伦说。

"他们知道这个地方吗?"

"是你自己带他们来这儿的,吉普斯。那个可怕的女人整晚都在和我谈论她的孩子。我讨厌孩子这个话题。"

"上帝,我希望我们能去看一场演出。"

"这会儿已经太晚了。"

"而且还得花钱,我没钱。让我们最后再喝杯白兰地。我不在乎它会不会让我们破产。"

"不喝这杯，我们也快破产了。"

"好吧，艾莉，这句话是说给养家糊口的顶梁柱听的。"

"怎么了，吉米？我以为干一段时间的编辑工作会很有趣。"

"我觉得所有工作都很有趣。好吧，我可以一直待在家里照顾孩子。"

"不要这么痛苦，吉米，这只是暂时的。"

"生命也是短暂的。"

出租车停了下来。吉米用最后一美元付了车费。艾伦用钥匙开了门。街道上飘着混杂着苦艾酒气味的雪，一片混乱。他们关上了公寓的门。他们周围，堆着积着昨天、前天和大前天的灰尘的椅子、桌子、书本、窗帘。尿布、咖啡壶、打字机油和荷兰清洁剂的味道让他们压抑。艾伦收拾了空奶瓶，上床睡觉了。吉米一直焦虑地在房间走来走去。醉意渐渐消散，他恢复了清醒，两个词像硬币一样在脑海里叮当作响：成功，失败，成功，失败。

我为哈里疯狂
哈里也为我疯狂

她一边跳舞一边小声哼着。长长的舞厅尽头是一支乐队，天花板的中央装饰着纸制的花彩，点缀着两串发出绿光的灯泡。门这边，涂着清漆的栏杆拦住了男士们的队伍。和安娜跳舞的是个身材高壮的瑞典人，他的大脚笨拙地跟在她的小脚后面。音乐停止了。这次是一个瘦小的黑头发犹太人。他试图抱得更紧。

"别这样。"她把他推开一些。

"哦，玩得高兴点儿。"

她没有回答，冷淡地迈着精确的舞步。她感到疲惫不堪。

我和我的男朋友
我的男朋友和我

一个意大利人贴着她的脸呼出带有大蒜味的气息，一个海军陆战队员，一个希腊人，一个金发碧眼的年轻人——她给了他一个微笑，一个醉醺醺的老人试图亲吻她……查理，我的孩子啊，哦，查理，我的孩子……油头粉面的、长着雀斑的、满脸痘痘的、鼻孔大的、鼻子直的、舞步急促的、舞步迟缓的……奔向南方……甘蔗的味道就在我的嘴里……她的后背搭着大手，热乎乎的手、汗津津的手、冷冰冰的手，于是她的舞票越来越多，拳头里攥得满满的。这个人华尔兹跳得不错，穿着黑色西装，风度翩翩。

"哎呀，我累了，"她轻声说。

"跳舞从来不会让我累。"

"和每个人都跳一段就会累了。"

"你不想单独和我再找个地方跳舞吗？"

"男朋友在等我呢。"

> 除了一张照片
>
> 我一无所有
>
> 可我的烦恼向谁说
>
> 我将何去何从

"现在是什么时候？"她问了一个胸膛宽阔，看起来机灵的家伙。

"是咱们俩认识的时间，小妹妹。"她摇摇头。突然间，《友谊地久天长》的音乐声响起。她从他怀里挣脱，跑回吧台，那儿一群女孩正支着胳膊数着舞票。"嗨，安娜，"一个臀部丰满的金发女孩说，"你看到和我跳舞的那个笨蛋了吗？他跟我说再见，我跟他说地狱里再见吧，然后他说滚蛋，他说……"

3. 旋转门

　　暮色降临，列车缓慢蠕行在交错纵横的桥梁上。雾气迷蒙，列车时隐时现，电梯在井道中呼啸升降，港口的信号灯闪烁。

　　五点钟，男人和女人开始逐渐从市中心的高楼有序走出，一脸倦容地涌向地铁，消失在地下，如同第一场霜冻时的树液一样。

　　整个晚上，巨大的建筑物安静地伫立在那里，空无一人，数不清的窗户都是黑洞洞的。渡轮沿着水道缓慢前行，灯光映照着港口。午夜时分，四个烟囱的快速汽轮离开明亮的泊位驶入夜色。开完秘密会议的银行家们睡眼惺忪，就在看守的引导下从侧门离开时，听到拖船汽笛声。他们坐进豪华轿车的后座打起呼噜。他们被送到福蒂斯街区，那里的街道五光十色，有杜松子酒般的白色、威士忌般的黄色、苹果酒般的褐色。

　　她坐在梳妆台前盘起了头发。他站在她身边，西裤上挂着淡紫色的吊带。他用粗短的手指扣着衬衫上的钻石纽扣。

　　"杰克，我希望我们离开。"她一边含着发卡一边抱怨。

　　"离开什么，罗西？"

　　"普鲁登斯推广公司。说实话，我很担心。"

　　"为什么？一切都很顺利。我们得诈一下尼科尔斯，就这样。"

"要是他告发了怎么办呢？"

"哦，他不会的。他这样做会损失很多钱。他最好和我们一起干。不论如何，我可以在一个星期内付给他现金。只要能让他相信我们有钱，我们就能拿捏住他。他不是说他今晚会在艾尔菲剧院吗？"

罗西在黑色发髻里插上一把水钻梳子，点了点头，站了起来。她丰乳肥臀，眼睛又大又黑，眉毛高挑，穿着一件缀着黄色蕾丝的紧身胸衣和一件粉红色的丝绸内衣。

"把你的首饰都戴上，罗西。我要你把自己打扮得花枝招展。我们今晚要去艾尔菲剧院，盯住尼科尔斯。然后明天我就去找他说说我的提议。先别管了，让我们喝杯小酒吧。"他走到电话旁，"送一些冰块和几瓶白岩葡萄酒到四〇四号房间来，名字叫西尔弗曼，要快些。"

"杰克，我们逃走吧。"罗西突然叫道。她站衣柜门边，胳膊上搭着一件衣服，"我害怕得受不了了，快要吓死了。你和我一起去巴黎、哈瓦那或其他地方重新开始吧。"

"那我们就会有麻烦了。你可能会因重大盗窃罪被引渡。天啊，你不会让我一辈子都戴着黑框眼镜，留着假胡须四处逃窜吧。"

罗西笑了。"不，我猜你贴着假痘痘应该更好看。哦，我希望我们至少是真的结婚了。"

"那也一样，罗西。这样他们也会以重婚罪追捕我。那就太有意思了。"

敲门声吓得罗西一激灵。杰克·西尔弗曼把装着冰桶的托盘放在桌上，冰块在冰桶里叮当作响。他从衣柜里拿出一个方瓶装的威士忌酒。

"别给我倒了。我没有心情喝。"

"孩子，你得振作起来。穿好晚礼服，我们去看演出。我曾经历过很多比这更紧张的时刻。"他手里端着高脚杯，走到电话旁。"我想找卖票的。你好，小可爱，我当然是你的老朋友，你当然认识我。听着，你能不能给我弄到两张《富丽秀》的票？这主意不错，不，我不要第八排后面的座位。真是个好姑娘。十分钟内给我回电话好吗，亲爱的？"

"说吧，杰克，那湖里真的有硼砂矿吗？"

"当然有。我们不是有四个专家的鉴定书吗？"

"当然，我只是好奇。杰克，如果这事结束了，你能答应我不要再有什么冒险举动吗？"

"当然，我没有必要。穿上那件衣服让你看起来性感迷人。"

"你喜欢它吗？"

"你看起来像巴西人，我说不好，带有热带风情。"

"这是我魅力的秘密。"

尖锐的电话铃响起。他们跳了起来。她用手按住自己的嘴。

"第四排两个座位。好的，我们马上下去取票。罗西，你不要再这样神经兮兮的了，我都快受不了了。你为什么不振作起来呢？"

"我们出去吃吧，杰克。这一整天我就喝了点牛奶，都不用减肥了。担惊受怕会让人瘦下来的。"

"你别那么担心，罗西。你让我都感到紧张了。"

他们在大厅的花摊前停下脚步。"给我来一朵栀子花。"他说。女孩把花固定在他晚礼服的扣眼里。他挺起胸膛，扬起嘴角，对她露出笑容。"亲爱的，你要戴什么花？"他夸张地转头问罗西。她噘起了嘴。"我不知道什么花能配我的礼服。"

"你在这儿挑吧，我去取剧院的票。"他大步向报摊走去，大衣敞开着，露出鼓起的白色衬衫前襟，袖口盖住了厚实的手掌。花店的女孩用银色的包装纸包着红玫瑰。罗西用眼角余光瞥见他倚靠在杂志架和金发女孩打趣。他回来时双眼发亮，手里拿着节目单。她把玫瑰花别在她的毛皮大衣上，挽住他的胳膊一起穿过旋转门，进入霓虹闪耀的寒夜。"出租车。"他大声招呼了下。

餐厅里弥漫着烤面包、咖啡和《纽约时报》的气味。梅里韦尔一家正在灯光下吃着早餐。雨夹雪打在窗户上。"派拉蒙又跌了五个点。"詹姆斯的声音从报纸后面传来。

"哦，詹姆斯，这样真是太可怕了。"梅茜一边小口喝着咖啡一边抱怨。

"无论如何，"梅里韦尔夫人说，"杰克不再是派拉蒙的人了。他在著名演员电影公司负责宣传事务。"

"两个星期后他要去东部。他希望能在这里过年。"

"你也收到了消息，梅茜？"

梅茜点了点头。"你知道吗,詹姆斯,杰克从来不会写信。他总是发电报。"梅里韦尔夫人对她那在看报纸的儿子说。"他肯定会让房子里的花香弥漫。"詹姆斯在报纸后面嘟囔着。

"都是通过电报。"梅里韦尔夫人得意地说道。

詹姆斯放下了他的报纸。"好吧,我希望他真的像看起来那样好。"

"哦,詹姆斯,你对杰克成见太深了,我觉得你很刻薄。"她站起身来,拨开门帘走进客厅。

"如果他要成为我的妹夫,我想我应该有权利对他挑三拣四。"他埋怨道。

梅里韦尔夫人跟在梅茜后面进了客厅。"回来把你的早餐吃完,梅茜,他就是开玩笑。"

"我不允许他那样谈论杰克。"

"但是,梅茜,我认为杰克是个好孩子。"她搂着女儿的胳膊,带她回到餐桌前。"他很单纯,我知道他非常不错,我相信他会让你过得幸福的。"梅茜再次坐下来,粉红色的帽檐下露出噘着的嘴。"妈妈,我可以再喝杯咖啡吗?"

"亲爱的,你知道你不应该喝两杯。弗纳德医生说过,过量喝咖啡会导致你神经衰弱的。"

"只是有一点点虚弱,妈妈,一点点而已。我想吃完这块松饼,如果不配着喝点东西,我根本无法吃下去,再说你也不希望我再瘦下去了吧。"詹姆斯推开椅子,腋下夹着纽约时报走了出去。"已经八点半了,詹姆斯,"梅里韦尔夫人说,"拿着那份报纸,他就总能看上一个小时。"

"好吧,"梅茜不耐烦地说道,"我想要回去睡觉了。我觉得大家一同起床吃早餐不太明智,太俗气了,妈妈。现在大家都不这么做了。在帕金斯家,早餐是用托盘端着送到床上的。"

"可是詹姆斯必须在九点赶到银行。"

"这不是我们非得起床的理由。这样会让人脸上爬满皱纹的。"

"但那样的话,我们要到晚餐时间才会见到詹姆斯,而且我要早点起床。早上是一天中最美好的时光。"梅茜拼命地打着哈欠。

詹姆斯一边用刷子刷着帽子,一边来到了客厅的门口。

"你的报纸呢,詹姆斯?"

"哦,落在那儿了。"

"没关系,我去收拾。亲爱的,你的胸针歪了,我来调整一下。好了。"梅里韦尔夫人的双手放在儿子的肩膀上,看着他的脸。他穿着一身深灰色的西装,上面有淡淡的绿色条纹,橄榄绿的针织领带上别着镶金胸针,脚上穿着印有黑色时钟图案的橄榄绿袜子和深红色的牛津鞋,鞋带整齐地打着难以松开的死结。"詹姆斯,你带手杖吗?"他脖子上系着橄榄绿的羊毛围巾,正在穿深棕色冬大衣。"我注意到那儿的年轻人都不带手杖,妈妈。人们可能会认为这有点……我不知道。"

"但帕金斯先生总是拿着那根带金鹦鹉头的手杖。"

"是的,但他是副总裁,他可以随心所欲。但我得赶紧走了。"詹姆斯·梅里韦尔匆匆吻了母亲和妹妹,在下降的电梯里戴上了手套。雨雪伴着寒风,他缩着脑袋快步沿着七十二大街向东走去。他在地铁口买了一本《论坛报》,匆匆走下台阶,来到拥挤不堪、散发着汗酸味的站台。

"芝加哥!芝加哥!"从留声机里突然传来一阵声音。托尼·亨特身穿黑色修身西装,正在和一个女孩跳舞。那女孩卷曲的金发贴在他的肩膀上。酒店的客厅里只有他们俩。

"亲爱的,你是一个可爱的舞者。"她轻声低语,依偎得更紧了。

"你真这么想,内华姐?"

"嗯,亲爱的,你有没有注意到我的不同呢?"

"什么,内华姐?"

"你难道没有注意到我的眼睛吗?"

"它们是世界上最可爱的小眼睛。"

"是的,但它们很特别。"

"你是说其中一个是绿色的,另一个是棕色的。"

"哦,你观察得很仔细呢。"她朝他噘起嘴。他吻了上去。唱片快要播放结束了。他俩同时跑过去关上唱片机。"刚才那个吻不算,托尼。"内华姐·琼斯说着甩甩眼旁的卷发。他们放上了《孤独舞步》的唱片。

"托尼,"当他们再次开始跳舞时她说,"你昨天去看心理医生时,他说什么了?"

"哦，没什么，我们只是聊天，"托尼叹了口气说，"他说那都是想象出来的。他建议我多认识一些好女孩。他说得对。不过他不知道自己在说什么。他什么都做不了。"

"我敢打赌你可以。"

他们停止舞步，凝视着对方，热血翻涌，烧红了面颊。

"能认识你，内华姐，"他用哀伤的语气说，"对我来说意义非凡……你对我太好了。每个人都对我很刻薄。"

"他不正派吗？"她若有所思地走过去关掉唱片机。

"只是开乔治的几句玩笑。"

"我觉得很可怕。乔治一直很体面……不过不论如何，要不是他，我根本就没钱去找鲍姆加特医生。"

"这是他自己的错。他是个可恶的傻瓜。如果他认为可以用提供酒店住宿和剧院门票来收买我，他就想错了。但说实话，托尼你必须继续看那位医生。他给格兰·加斯顿治疗的效果很好。一直到三十五岁之前他都以为自己就这样了，最近我听说他结婚了，还生了一对双胞胎。现在，给我一个真正的吻，亲爱的。坏小子。让我们再跳一会儿。哎呀，你跳得真好。你总是像个孩子。我不知道为什么……"

刺耳的电话铃在房间突然响起。"喂，是的，我是琼斯小姐。当然，乔治，我在等你。"她放下听筒，"他要来了，托尼，快走。我稍后再打给你。不要坐电梯下去，你会遇到他的。"托尼·亨特消失在门口。内华姐把《宝贝，可爱的宝贝》这张唱片放进唱片机，紧张地在房间里走来走去，摆了摆椅子，整了整短而密的卷发。

"哦，乔治，我还以为你不来了呢。麦克尼尔先生，你好吗？我不知道为什么今天这么紧张。我以为你永远不会来了。我们去吃午饭吧。我太饿了。"

乔治·鲍德温把礼帽和手杖放在角落的一张桌子上。"你要吃什么，格斯？"他说。

"当然是我经常吃的羊排和烤土豆。"

"我就吃点饼干和牛奶，我的胃有点不舒服。内华姐，你能不能为麦克尼尔先生倒杯加冰威士忌？"

"好的，乔治。"

"乔治给我点半只烤鸡配龙虾和一些牛油果沙拉。"内华妲在浴室里尖声说，她正在那儿敲打冰块。

"她最喜欢吃龙虾了。"鲍德温笑着走到电话旁。

她从浴室里走出来，托盘上放着两杯加冰威士忌。她在脖子上围了一条猩红色和鹦鹉绿相间的蜡染围巾。"只有你和我喝酒，麦克尼尔先生，乔治按照医嘱只能喝水。"

"内华妲，今天下午我们去看一场音乐剧怎么样？我想让大脑放空一下。"

"我喜欢午后场。你介意我们带上托尼•亨特吗？他打电话说他很孤独，想今天下午来看我。他这周不工作。"

"好吧……内华妲，不好意思，我们要在窗边谈一下业务，估计到午餐时间就完事。"

"好吧，我去换衣服。"

"在这儿坐，格斯。"

他们沉默地坐了一会儿，看着窗外建筑工地上的红色钢梁。"好吧，格斯，"鲍德温突然厉声说道，"我参加了竞选。"

"很好，乔治，我们需要你这样的人。"

"我打算以改革派的身份参加竞选。"

"你在搞什么鬼？"

"我想自己告诉你，而不是让你从别人口中听到。"

"谁会选你？"

"哦，我已经有了支持者，我还会得到媒体的好评。"

"见鬼的媒体！我们赢得了选民。但，该死的，如果不是因为我，你的名字根本不会与地方检察官连在一起。"

"我知道你一直是我的好朋友，我希望你能继续做我的好朋友。"

"我从未背弃过任何一个朋友，但是，天啊，乔治，在这个世界上是有得有失的。"

"哦，"内华妲姐穿着一件粉色的丝绸裙子，跳着舞步向他们走来，"你们还没有谈完吗？"

"我们完事了。"格斯低声说道,"内华妲小姐,你的名字是怎么起的?"

"我在里诺[1]出生……我母亲去了那里然后离婚了。天啊,她很伤心,就在那时候有了我。"

安娜·科恩站在柜台后面,头上的招牌写着"纽约最好的三明治"。她穿着尖头高跟鞋,觉得脚有点疼。

"我猜客人们快来了,要不然这一天我们都没啥生意。"她身边卖苏打水的人说。他皮肤粗糙,喉结突出。"大家一窝蜂似的来了。"

"是的,看起来他们都在同一时间有了同样的想法。"他们站在那里,透过玻璃隔板看着地铁里永无休止的进进出出的人流。突然她从柜台前溜走,回到了闷热的小厨房。一个壮实的老妇人正在清理炉子。角落里有一面镜子挂在钉子上。安娜从挂在衣架上的大衣口袋里取出粉底盒,开始往鼻子上涂粉。她屏住呼吸打量自己宽大的脸庞:额头上留着刘海,短发又黑又直。只是一个相貌平平的犹太女孩,她自怨自艾道。当她溜回柜台时,碰到了经理——一个矮胖的意大利人,有着油光的秃头。"一整天你除了照镜子打扮还能干点儿什么?好吧,你被解雇了。"

她盯着他像橄榄一样圆脸。"我能待到今天下班吗?"她磕磕巴巴地说道。他点点头。"快干活儿吧,这里不是什么美容院。"她匆匆忙忙地回到她在柜台的位置。凳子坐满了人,有女孩、办公室职员、灰头土脸的会计。

"鸡肉三明治和一杯咖啡。""奶油干酪和橄榄三明治,再来一杯全脂牛奶。""巧克力圣代。""鸡蛋三明治、咖啡和甜甜圈。""大份套餐。""鸡汤。""巧克力冰激凌和苏打水。"人们匆匆忙忙自顾自地吃着饭,眼睛盯着自己的盘子和杯子。有些人在坐在凳子上的人身后站着,等着座位空出来。有些人站着吃。有些人背对着柜台,透过玻璃隔板和"绿线午餐厅"的招牌,看着进出地铁的拥挤的人群穿过沉闷阴暗的环境。

---

[1] 里诺在内华达州(Nevada),有"世界离婚之都"之称。内华妲,即"Nevada",和内华达州为同一词。

"好吧,乔伊,告诉我,"格斯•麦克尼尔吐出一大口雪茄烟,靠在转椅上,"你们在弗拉特布什那边做什么?"

奥基夫清了清嗓子,挪了挪脚。"好吧,先生,我们成立了一个补偿金动员委员会。"

"那么我是不是可以说,你们没有理由袭击制衣工会,对吧?"

"我和那事一点关系都没有,那帮人对和平主义者和赤色分子十分恼火。"

"一年前这么搞还行,但公众的情绪在变化。我告诉你,这个国家的人民对战争英雄已经非常厌烦了。"

"我们成立了一个充满活力的组织。"

"我知道,乔,我知道这个事。我相信你,不过我对补偿金一事持谨慎态度,纽约州已经为退役军人尽了责任。"

"没错。"

"国家支付补偿金就意味着对普通商人多收税,仅此而已。没有人希望交更多的税。"

"但我认为他们应当得到应得的补偿。"

"我们都会遇到许多意外。看在上帝的分儿上,不要引用我的话。乔伊,从那边的盒子里给自己拿一支雪茄,是朋友托一名海军军官从哈瓦那送来的。"

"谢谢你,先生。"

"去吧,拿上四五支。"

"天啊,谢谢你。"

"说吧,乔伊,市长选举,你们打算支持谁?"

"这取决于候选者对退役军人的态度。"

"乔伊,你是个聪明的家伙。"

"哦,他们会好好站队的,我可以说服他们。"

"你那边有多少人?"

"我们的组织有三百名成员,每天都有新的成员加入。我们从各地招募退役军人。如果我们能找到斗犬,我们都打算在军械库举行圣诞舞会或者斗狗比赛了。"

格斯·麦克尼尔仰头大笑。"这帮坏小子！"

"老实说，只有补偿金才能让我们把他们团结起来。"

"改天晚上我过去和他们谈谈。"

"那就好，但他们对没有参加过战争的人不感冒。"

麦克尼尔脸红了。"回来之后变聪明了，是不是，你们这些'海归'？"他笑了起来，"不过一两年而已，我见过从美西战争中回来的人，我记得，乔。"

一个勤杂员走进来放了张卡片在桌上。"有位女士要见您，麦克尼尔先生。"

"好的，带她进来……是学校董事会的那个老婊子。好吧，乔，下周再来。我会记住你和你的团队。"

杜根在外面的办公室里等着。他神神秘秘地悄悄走近。"喂，乔，事情怎么样了？"

"很好，"乔挺起胸膛说道，"格斯告诉我，坦慕尼协会将为我们争取补偿金的行动提供支持，策划一场全国性的运动。他给了我几支他朋友从哈瓦那空运过来的雪茄，你要不要来一根？"他们嘴角叼着雪茄，趾高气扬地穿过市政厅广场。

对面老市政厅外面搭着一个脚手架。乔用雪茄指着它。"那是市长要立的新的公民道德雕像。"

经过查尔德饭店时闻到了饭菜的香味，他那倒霉的胃传来一阵绞痛。黎明时分，黑色冰冷的城市上空笼罩着细密的灰尘。达奇·罗伯逊惆怅地穿过联合广场，他想念法朗希温暖的床和她的发香。他将双手深深插入空空如也的口袋。没有一分钱，法朗希也不能给他什么。他向东走过十五大街的旅馆，一个黑人正在打扫台阶。达奇羡慕地看着他，羡慕他有工作。送奶车叮叮当当地驶过。在史岱文森广场，一个送奶工双手各捧着一个奶瓶从他身边经过。达奇抬起下巴，粗声问道："能给我们来点牛奶吗？"送奶工是年轻人，面颊绯红，看起来有点弱不禁风，蓝眼睛显得萎靡不振。"当然可以，到马车后面去，座位下面有瓶开封的牛奶。喝的时候不要让别人看到。"他一饮而尽，甘甜的牛奶滋润了干涩的喉咙。"天啊，我不该那么粗鲁。"他一直等到那个小伙子回来。"谢谢你，伙计，牛奶真不错。"

他走进寒冷的公园，在一张长椅上坐下。柏油路面上结了一层冰霜。他拾起一张晚报的碎片。

50 万美元大劫案，银行押运员在华尔街高峰时段被劫。

在中午最繁忙的时候，两名歹徒拦住了担保信托公司的银行押运员阿道夫·圣约翰，并从他手中抢走了一个装有 50 万美元钞票的包裹……

达奇在阅读这篇专栏时感到自己的心跳加速。他浑身发冷，于是站了起来，拍了拍胳膊。

刚果蹒出 L 线地铁尽头的转门，吉米·赫夫跟在他后面东张西望。外面一片漆黑，暴风雪在他们耳边呼呼作响。一辆福特轿车在车站外等候。

"你还好吗，赫夫先生？"

"很好，刚果。那是河吗？"

"那是羊头湾。"

他们沿着道路散步，不时绕开着反射着微光的水坑。弧光灯仿佛是风中摇曳的小葡萄。远方，路两边成片的房屋里的灯光忽明忽暗。他们在一长排靠着河边的房子前停下，房子的地基搭在水中的长桩上。房间没有开灯，吉米勉强辨认出"球厅"这两个字。他们刚到门口，门就打开了。"你好，迈克，"刚果说，"这是赫夫先生，我的朋友。"他们进来后，身后的门就关上了。屋子里面黑得像个烤箱，一只长满老茧的手在黑暗中握住了吉米的手。

"很高兴见到你。"一个声音说。

"你是怎么找得到我的手的？"

"哦，我在黑暗中也看得见。"那个嘶哑的声音笑着说。

这时，刚果打开了内门。光线射进来，照亮了台球桌、长条形的吧台和一排排球杆架。"这是迈克·卡迪纳尔。"刚果说。吉米发现自己身边站着一个害羞的瘦高个，他长着黑发，额前发际线很低。在内屋，架子上摆满了瓷器和一张铺着芥末黄色油布的圆桌。"老板娘。"刚果喊道。一个面色红润的法国胖女人从另一扇门走了出来，随之而来的是一股黄油和大蒜的味道。"这是我的朋友……现在我们可以吃饭了。"刚果喊道。"她是我的妻子，"卡迪纳尔骄傲地说，"耳聋得厉害，必须得大声说话才行。"他转过身来,小心翼翼地关上了通往大厅的门,并把门闩上。"路上的光亮照不进来。"他说。"夏天,"卡迪纳尔夫人说,"有时我们一天提供一百份饭菜,有时可能得一百五十份吧。"

"你就没一点提神的东西吗?"刚果嘟囔着坐在了椅子上。

卡迪纳尔在桌上摆放了一大瓶酒和几个玻璃杯。他们尝了尝,咂了咂嘴。"不错的红酒,对吧,赫夫先生?"

"当然,味道像真正的基安蒂红酒。"

卡迪纳尔夫人摆了六个盘子,每个盘子旁都配着褪色的叉子、刀子和勺子,桌子中间放了一锅热气腾腾的汤。

"意大利面。"一个小母鸡叫般尖细的女声喊道。"这是安妮特。"卡迪纳尔说。这时,一个面颊红润的黑发女孩跑进房间,她有双明亮的黑眼睛,翘着长长的睫毛,身后跟着一个身穿卡其色工作服、头发被太阳晒得卷曲的年轻人。他俩马上坐下来,弯着身子专心享用胡椒味的蔬菜浓汤。

刚果喝完汤后抬起头来。"迈克,你看到灯光了吗?"卡迪纳尔点了点头。"当然了,一直有。"他们吃着煎蛋配大蒜、煎小牛排配土豆和西兰花。赫夫听到远处传来摩托艇噗噗的声音。刚果站了起来,示意他们保持安静,小心翼翼地掀开遮阳板的一角并向窗外看去。"就是他,"他蹑步走回餐桌边,"我们享用了一顿美餐,不是吗,赫夫先生?"

那个年轻人站起来,用胳膊擦了擦嘴。"给我五分钱,刚果。"他一边说着,一边穿着运动鞋跳起了双人舞。"来吧,约翰尼。"女孩跟着他走到黑漆漆的屋外。过了一会儿,机械钢琴开始演奏华尔兹舞曲。透过门,吉米可以看到他们在灯光下跳舞。摩托艇噗噗的轰鸣声越来越近了。刚果走了出去,然后卡迪纳尔和他的妻子也出去了,只剩下吉米一个人啜着红酒,面对着残羹冷炙。他感到兴奋和困惑,还有点醉意。他已经在脑海中构思出一个故事。路上传来一辆卡车齿轮的摩擦声,接着,另一辆卡车发出同样的声音。摩托艇的发动机进了水,熄火停了下来。一艘船吱呀一声撞上木桩,波浪飞溅,然后一切归于寂静。机械钢琴已经停止演奏。吉米坐在那喝着酒。他能闻到河水的湿气渗入屋内。在他身下,依稀传来河水拍打木桩的声音。另一艘摩托艇从远处破浪疾驰而来。

"有五分钱吗?"刚果突然走进房间问道。"点歌用的。今晚将非常有趣。也许你和安妮特可以让自动点唱机接着演奏音乐。我没有看到麦基上岸，也许是别人来了。动作快点。"

吉米站起来，在口袋里翻找。他在点唱机旁找到了安妮特。"你愿意跳支舞吗？"她点了点头。钢琴演奏的是《纯洁的眼睛》。他们心不在焉地跳起舞来。外面传来了说话声和脚步声。"抱歉。"她突然说。他们停下了舞步。第二艘摩托艇已经非常接近了，发动机突突响着。"请在这里等会儿。"她说完便走开了。

吉米•赫夫不安地抽着烟来回走动。他在脑海里构思着故事：在羊头湾一个的废弃舞厅里，可爱的意大利花季少女，黑暗中响起尖锐的口哨……应该出去看看发生了什么。他摸索着走到前门。门是锁着的。他走到钢琴旁，又投了五分钱进去。然后他点燃一支香烟，接着走来走去。总是这样，生活如戏，人如蜉蝣，点滴中就能窥见生活的全貌。还是不要深陷其中吧。钢琴在演奏《是的，我们没有香蕉》。"哦，见鬼！"他不停地嘀咕着，咬着牙走来走去。

外面台阶上传来的脚步声杂沓，混着木板折断和瓶子破碎声。透过餐厅的窗户，吉米看到船坞上人们打斗的身影。他冲进厨房，在那里他撞见满头大汗的刚果，他正拄着一根沉重的手杖跟跟跄跄地走进屋里。

"该死的，他们打断了我的腿。"他喊道。

"上帝啊。"吉米扶着呻吟着的刚果走进餐厅。

"上次我花了五十美元才把断腿修好。"

"你是说你的木腿？"

"当然，要你以为是什么？"

"是禁酒处的人干的吗？"

"禁酒处的是傻子，而这帮人是强盗。去给钢琴投个硬币。"钢琴欢快地演奏起《我梦中的美丽女孩》。

当吉米回到他身边时，刚果正坐在椅子上收拾放在桌上的假腿。假腿的木头部分已经被劈碎了，铝制部分也凹陷了。"你看，这，这是个大麻烦，完全是个大麻烦。"他说话的时候，卡迪纳尔走了进来。他的眼睛上有一个很深的伤口，血顺着脸颊流到外套和衬衫上。他的妻子揉着眼睛跟在他身后，拿着一个脸盆和一块海绵，不停地在他的额头上擦拭。但是没什么效果。他推开了她。"我给了他们中的一个家伙一棍子,让他好看,我估计他掉进了水里。上帝,我希望他被淹死。"约翰尼昂首挺胸地走了进来。安妮特用手搂着他的腰。他一只眼被打得淤青,衬衫的一只袖子被撕成了碎片。"就像拍电影一样,"安妮特歇斯底里地笑了起来,"他是不是很棒,妈妈,他是不是很棒?"

"天啊,幸运的是他们没有开枪;他们中的一个人带着枪。"

"我猜他们不敢。"

"卡车都走了。"

"只有一箱酒打碎了。上帝啊,里面可有五瓶酒。"

"哎呀,他是不是和他们打起来了?"安妮特尖叫道。

"闭嘴。"卡迪纳尔咆哮道。他跌坐在椅子上,他的妻子正在用海绵擦拭他的脸。"你看清楚那艘船了吗?"刚果问道。

"太他妈的黑了,"约翰尼说,"听口音,他们像来自新泽西州。一开始,他们中的一个人走到我面前,以为我是个税务官员。我在他没来得及拔枪之前给了他一击,他就落水了。他们都是黄种人。乔治那个家伙差点用船桨把他们中的一个人的脑袋给打开花,然后他们就跑掉了。"

"但他们怎么知道我们是从哪儿上岸的呢?"刚果结结巴巴地说,他的脸发紫。

"可能是有人泄密了,"卡迪纳尔说。"看在上帝的分儿上,如果我发现是谁,我会……"他用嘴唇发出砰的声音。

"你看,赫夫先生,"刚果又用他那礼貌的声音说,"这都是为节日准备的香槟,价值不菲的货物,对吗?"安妮特仍然坐在那里,脸色通红,张大嘴巴、瞪着眼睛看着约翰尼。赫夫发现自己在看着她,脸不由地红了。

他站了起来。"我必须回去了。谢谢你们提供的晚餐和插曲,刚果。"

"你知道车站在哪儿吗?"

"当然。"

"晚安,赫夫先生,也许你可以买一箱香槟作为圣诞礼物,正宗的香槟酒。"

"我穷得响叮当了,刚果。"

"也许你可以转卖给你的朋友,我给你佣金。"

"好吧,我试试。"

"我明天给你打电话,告诉你价格。"

"好的,晚安。"

坐在空荡荡的地铁上,穿过空荡荡的布鲁克林郊区,吉米试图为周日刊构思一个私酒贩子的故事。那个女孩粉红色的脸颊和明亮的双眸让他心神不宁,渐渐沉入梦境一般的幻觉中。孩子出生前,艾莉的眼睛有时也那样明亮。有一次在山上的时候,她突然晕倒在他怀里。他把她留在草坡上那些只顾着闷头吃草的牛群中,去了牧羊人的小屋并用木勺子带回了一勺牛奶。当山峦笼罩在夜色中的时候,她的脸颊又恢复了红润。她那样看着他,淡淡地笑着说:"我的肚子里有小赫夫了。"上帝啊,为什么我总是对已经过去的事情念念不忘?当孩子出生后,艾莉躺在讷伊的美国医院里,他却自己心不在焉地逛集市,看跳蚤马戏,玩旋转木马和蒸汽秋千,购买玩具和糖果,为了奖品娃娃疯狂碰运气,最后夹着一只大石膏猪跌跌撞撞地回到医院。有趣的是,这些都是过去的事了。如果她已经死了那就好了,我希望她死去。那么过去的一切将是完整的、有始有终的,像戴在脖子上的宝石项链,或者被编排成文字,制作成版画,印刷在杂志版块上,就像詹姆斯·赫夫第一篇关于走私团伙的文章一样。燃烧的思绪逐渐清晰,好像被铸排机逐一归位的字母。

午夜时分,他正走过十四大街。尽管刺耳的寒风用锋利的冰爪撕扯着他的脖子和下巴,他还是不想回家睡觉。他向西走过第七大道和第八大道,在一条昏暗的过道里的一个门铃旁找到了罗伊·谢菲尔德的名字。他一按门铃,门上的锁扣就咔咔作响。他跑上台阶。罗伊出现在门口,他顶着个大脑袋,头发卷曲,眼睛灰暗。

"你好,吉米,请进。我们这里像教堂一样灯火通明。"

"我刚刚看到了私酒贩子和抢劫犯之间的打斗。"

"在哪里?"

"在羊头湾那边。"

"吉米·赫夫来了,他刚和禁酒处的人打过架。"罗伊对妻子喊道。爱丽丝有一头深栗色的娃娃卷发,长着桃粉色的精致娃娃脸。她跑到吉米面前,在他的下巴上亲了一下。"哦,吉米,给我们讲讲吧,我们真是太无聊了。"

"你们好!"吉米喊道。他刚刚分辨出房间昏暗角落的沙发上坐着的是弗朗西斯和鲍勃·希尔德布兰。他们向他举起了酒杯。吉米被推到一张扶手椅上,手里拿着一杯掺着姜汁汽水的杜松子酒。"现在可以说说这场打斗了吗?你得告诉我们,因为我们肯定不会去买周日刊发的《论坛报》来寻找答案。"鲍勃·希尔德布兰用低沉的嗓音说。

吉米喝了一大口酒。"我和一个哥们去的。据我所知,他认识所有法国和意大利的私酒贩子。他是个好男人,有一条软木假腿。他让我在羊头湾岸边一个荒废的台球厅里享用了丰盛的食物和真正的意大利葡萄酒……"

"对了,"罗伊问,"海伦娜在哪里?"

"不要插嘴,罗伊,"爱丽丝说,"这是个好故事。还有,你不应该问一个男人他的妻子在哪里。"

"很多信号灯闪烁着,一艘满载的汽艇驶来,上面装满了为公园大道圣诞节活动而准备的特级干香槟。强盗们乘着一艘快艇抵达,也可能是一架水上飞机,开得太快了。"

"我的天,真令人兴奋,"爱丽丝咕哝道,"罗伊,你为什么不从事私酒生意?"

"这是我在电影之外看到的最惨烈的打斗,六七个人在和这个房间一样大的狭小平台上打成一片,人们用船桨和铅管互相爆头。"

"有人受伤吗?"

"每个人都受伤了。我猜两个强盗被淹死了。不管怎么说,强盗被打退了,留下我们收拾这些洒落的香槟酒。"

"当时一定很可怕。"希尔德布兰夫妇叫道。

"你当时在干什么,吉米?"爱丽丝紧张得大气不敢喘。

"哦,我跳来跳去避开危险。我不知道谁是哪一伙的,周围一片黑暗、潮湿和混乱。最后,终于把我的私酒贩子朋友拖出了打斗现场。他的腿断了,他的那条木头假腿。"

每个人都发出了呼喊。罗伊又给吉米的杯子里斟满了杜松子酒。

"哦,吉米,"爱丽丝咕哝道,"你的生活是多么刺激啊。"

詹姆斯·梅里韦尔正在核对一份刚刚解译的电报。他一边读一边用铅笔指着这些字。塔斯马尼亚锰制品公司要求我们开信用证……他桌上的电话响了起来。

"詹姆斯,我是妈妈。赶快回来,发生了可怕的事情。"

"但我不知道能否抽得出空。"

她挂断了。梅里韦尔感到自己脸色发白。"我找阿斯平沃尔先生……阿斯平沃尔先生,我是梅里韦尔。我母亲突然病了。我担心可能是中风。我想请上一个小时假。我会及时回来处理好塔斯马尼亚那封电报的事情。"

"好的,真是坏消息,梅里韦尔。"

他抓起帽子和大衣,没顾得上拿他的围巾,便冲出银行,冲向地铁站。

他气喘吁吁地冲进公寓,紧张地掰着手指。梅里韦尔夫人面色苍白,在大厅里等着他。

"亲爱的,我还以为你生病了呢。"

"不是你想的那样,是关于梅茜的。"

"她不会遇到意外了吧?"

"进来吧。"梅里韦尔夫人打断了她的话。客厅里坐着一个戴着貂皮圆帽、穿着貂皮长大衣的圆脸小姑娘。"亲爱的,这个女孩说她是杰克·坎宁安夫人,她有结婚证书可以证明。"

"天啊,这是真的吗?"

女孩忧郁地点点头。

"邀请函都已经发出去了。自从他上次发来电报以后,梅茜一直在准备嫁妆。"

女孩展开了一张装饰着三色堇和丘比特的大证书,递给了詹姆斯。

"这可能是伪造的。"

"这不是伪造的。"女孩甜甜地说道。

"约翰·C. 坎宁安,二十一岁;洁西·林肯,十八岁,"他大声念道,"我要打烂他的脸,这个混蛋。这肯定是他的签名,我在银行见过,这个混蛋。"

"不要,詹姆斯,不要急躁。"

"我想现在知道总比婚礼仪式后知道要好。"女孩用甜甜的声音说,"我无论如何也不想杰克犯上重婚罪。"

"梅茜在哪里？"

"可怜的家伙在房间里一蹶不振呢。"

梅里韦尔的脸涨得通红。汗水浸润着衣领，脖子上的皮肤直发痒。"现在，亲爱的，"梅里韦尔夫人说，"你必须答应我，不要冲动行事。"

"是的，必须不惜一切代价保护梅茜的声誉。"

"亲爱的，我认为最好的办法是把他叫到这里来，让他和这位……和这位女士当面对质。你同意吗，坎宁安夫人？"

"哦，亲爱的，我同意。"

"等一下。"梅里韦尔喊道并大步走到大厅的电话旁，"请接12305……你好，我想和杰克•坎宁安先生通话……喂，是坎宁安先生的办公室吗？我是詹姆斯•梅里韦尔……他出城了？……他什么时候回来？"他大步走了回来，"这个该死的混蛋出城了。"

"我认识他这么多年，"戴圆帽的小姑娘说，"他经常出门在外。"

办公室大玻璃窗外，夜色灰暗，雾气弥漫，灯光零落晦暗。菲尼亚斯•布莱克海德坐在办公桌前的真皮扶手椅上，倚靠着椅背，身体向后倾斜。他垫着大大的丝绸手巾，端起一杯热苏打水。圆滚滚的秃头邓斯坐在深色的扶手椅上，摆弄着玳瑁眼镜。房间里很安静，只有蒸汽管道偶尔发出嘎嘎声和啪啪声。

"邓斯，你必须原谅我。你知道我很少对别人的事情指手画脚。"布莱克海德在喝水时慢悠悠地说。他突然坐直了身子。"这是一个该死的愚蠢的提议，邓斯，上帝啊，这太荒谬了。"

"我不想蹚浑水，就像你一样。鲍德温是个好家伙。我认为我们支持他是安全的。"

"进出口公司与政治有什么关系？如果那些人有谁想要救济，就让他来这里拿。我们唯一关心的是豆子的价格，而且是该死的低价。只要你们这群哀怨的律师能够稳定汇率，我愿意做世界上的任何事情……他们每个人都是骗子。他们每个人都是该死的骗子。"他脸涨得发紫，在椅子上坐得笔直，用拳头敲打着桌角，"现在你让我很激动，这对我的胃不好，对我的心脏不好。"菲尼亚斯•布莱克海德喝了一大口苏打水，打了一个饱嗝，然后又靠在椅子上，那沉重的眼睑耷拉着半遮住眼睛。

"好吧，老人家，"邓斯先生用疲惫的声音说，"这可能是一件坏事，但我已经答应支持改革派的候选人。这纯粹是个人行为，与公司无关。"

"见鬼！麦克尼尔和他那帮人怎么样？他们一直对我们很好，我们为他们做的只是提供几箱苏格兰威士忌和几根雪茄。这些改革派使整个市政府陷入混乱！上帝！"

邓斯站了起来。"亲爱的布莱克海德，作为一名市民，我觉得帮助政府肃清贿赂、腐败和阴谋责无旁贷。"他骄傲地挺着圆圆的肚子向门口走去。

"好吧，邓斯，请允许我说一句，我认为这是一个愚蠢的提议。"布莱克海德在他后面喊道。当伙伴走后，他闭着眼睛躺了一会儿。他面如死灰，大块头的身躯像泄气的气球一样萎靡不振。最后，他嘟囔着站了起来，戴上帽子，穿上大衣，迈着缓慢沉重的步伐走出办公室。大厅里空无一人，灯光昏暗。他等了很久还没有等到电梯。一想到抢劫犯可能偷偷摸摸地溜进空荡荡的大楼里，他就喘不过气来。他就像一个在黑暗中的孩子一样不敢看身后。终于，电梯升上来了。

"威尔默，"他对看电梯的守夜人说，"晚上大厅里应该多亮点灯，现在是犯罪高发期，我觉得你应该让这栋楼灯火通明。"

"是的，也许您是对的，先生。但是任何人进来都得先过我这一关。"

"寡不敌众，威尔默。"

"我倒想让他们试试。"

"我想你是对的。我不过是有些担心。"

辛西娅正坐在大堂看书。

"亲爱的，你是不是以为我不来了？"

"我都快把书看完了，爸爸。"

"好吧，管家，我们赶快进城。我们要赶不上晚餐了。"

当豪华轿车在拉法耶特街上奔驰时，布莱克海德转过头对女儿说："如果你听到一个男人谈论他作为公民的责任，看在上帝的分儿上不要相信他。他十有八九是个不靠谱的人。你要知道你和乔生活得舒适安定，对我来说真是莫大的安慰。"

"怎么了，爸爸，今天工作得不顺利吗？"

"没有市场,见鬼,没有买卖。我告诉你,辛西娅,人心险恶,谁也不知道会发生什么。听着,明天十二点你能去一趟市区的银行吗?我要给哈金斯带些证券,私人的,你懂得,我想把它们放在你的保险箱里。"

"但我的保险箱已经塞满了,爸爸。"

"阿斯特信托公司的那个保险箱也在你名下,对吗?"

"是我和乔共有的。"

"好吧,你去第五大道银行以你个人的名义开一个新的保险箱,我会让人在中午准时把东西送到那里。记住我刚告诉你的,辛西娅,如果你听到一个商业伙伴谈论公民的美德,要保持警惕。"

他们正在穿过十四大街。父女俩透过玻璃看着等待过街的人们饱经沧桑的脸。

吉米·赫夫靠着椅背打了个哈欠。金属打字机的反光刺痛了他的眼睛,他的手指尖也酸了。他把推拉门稍微推开一点,窥视着寒冷的卧室。他几乎看不见在凹室的床上睡着了的艾莉。房间的另一头是婴儿的摇篮。房间里的婴儿衣服散发着淡淡的奶味和酸味。他再次推开门,开始脱衣服。"如果我们的房间更大就好了,"他嘀咕着,"现在就像住在松鼠笼里一样拥挤。"他把放在沙发上的脏毛衣扔到地上,然后把睡衣从枕头下拽出来。空旷、清洁、安静,这几个词在他脑海里浮现,他仿佛在大礼堂发表讲话。

他熄了灯,推开一条窗缝,直挺挺躺在床上。没一会儿,他梦见在用打字机写一封信。现在我躺下睡觉……天空泛着鱼肚白……铸排机的挡把像是一只戴着白手套的女人的手,叮叮当当的打字声里面似乎混杂着艾莉的声音:"住手,住手,你弄疼我了,赫夫先生……"一个穿工作服的人说:"你在破坏机器,我们没法排版了。"打字机像是一张大嘴,露着森森白牙,闪着金属的寒光,大口大口地吞咽着、咀嚼着。他惊醒了,一下子从床上坐了起来。他浑身发冷,牙齿直打战。他拉了拉被子,又睡了过去。他再次醒来时已经是白天了。雪花在窗外翩翩起舞,他觉得温暖而幸福。

"嗨,吉普斯。"艾莉拿着一个托盘向他走来。

"怎么了,我已经死了?上天堂了?还是发生别的什么?"

"不,现在是周日早上。我想你需要放松一下。我做了玉米松饼。"

"哦,你真棒,艾莉。等一下,我现在得去刷牙。"他洗完脸后,穿着浴袍回来了。他朝艾莉吻去,她躲开了。"现在才十一点。休息日得多休息会儿。你不来杯咖啡吗?"

"等一下。听着,吉普斯,我有件事想跟你说。现在你又在上夜班了,你不觉得我们应该换个地方吗?"

"你是说搬家?"

"不,我在想,如果你能在附近的某个地方找到个睡觉的房间,那么早上就不会有人打扰你。"

"但是艾莉,那样的话我们就很难见面了。我们现在就几乎很少见面。"

"这很糟糕,我们上班的作息时间截然不同,那又能怎么办呢?"

马丁的哭声从另一个房间传来。吉米膝盖上放着空咖啡杯,坐在床边盯着自己的光脚。"按你希望的办吧。"他木木地说。他忽然有种冲动,想抓住她的手,把她牢牢压在身下蹂躏。不过这个念头转瞬即逝。她收拾好咖啡杯和托盘,风风火火地走开了。他们曾亲密接吻,他们曾紧紧拥抱。他熟悉她的一切,他爱她。他坐了很久,一直盯着自己的光脚。那双瘦长发红的脚丫子上青筋暴起,因为穿着挤脚的鞋走过太多楼梯和人行道,每个脚趾上都长了老茧。他感觉到自己的眼睛里充满了自怜的泪水。婴儿已经停止了哭泣。吉米走进浴室,开始给浴缸里放水。

"是你那个朋友导致这一切的,安娜。他让你觉得你根本没有付出,让你成为一个宿命论者。"

"你在说什么?"

"有人认为斗争是徒劳的,有人不相信人类会进步。"

"你认为鲍伊是那样的人吗?"

"反正他是个坏蛋。这些南方佬都没有阶级意识。他不是让你停止缴纳工会会费了吗?"

"我厌倦了像台缝纫机似的一直工作。"

"但你可以成为一个手工艺者,做一些精致的东西,赚大钱。你不是他们那种人,你是我们中的一员。我会让你重回正轨的,给你重新找到一份好工作。上帝,我绝不会让你像他那样在舞厅工作。安娜,一个犹太女孩和这样的人在一起跳舞，让我很难过。"

"他走了，我也没有工作了。"

"那些家伙是工人最大的敌人。他们只考虑自己，从不考虑别人。"

这是一个雾霭蒙蒙的夜晚，他们沿着第二大道慢慢走着。他是一个面容消瘦的年轻犹太人，赭色头发，脸颊凹陷，皮肤苍白发青。和其他制衣工人一样，他也是罗圈儿腿。安娜的鞋子对她来说太小了。她眼窝深陷。雾中到处是散步的人，他们说着意第绪语、口音浓重的东区英语和俄语。熟食店和饮料摊位的灯光暖暖地照在人行道上。

"我一直觉得很累。"安娜嘀咕道。

"我们歇一下喝点东西吧。安娜，来一杯全脂牛奶，会让你感觉好些。"

"我不想要牛奶，埃尔默。给我来一杯巧克力苏打水。"

"这会让你感到恶心的，但如果你想要的话，就来一杯吧。"她坐在金属长椅上。他站在她身旁。她斜靠在他身上。

"工人的问题在于，"他用低沉而冷酷的声音说道，"我们工人的问题在于我们什么都不知道，我们不知道如何吃饭、如何生活、如何保护我们的权利。天啊，安娜，我希望你思考这类事情。你没看到我们正处在一场战斗中，就像在战争中一样吗？"安娜则用长长的勺子从玻璃杯里厚厚的泡沫中捞出一点冰激凌。

乔治·鲍德温在办公室后面的小洗手间里洗手时，照着镜子打量打量了自己。他额头的头发仍然浓密，但几乎全白了，嘴角和下巴上都有深深的皱纹。虽然眼神依旧明亮，但是皮肤松弛粗糙。他慢慢而又仔细地擦干手，从马甲口袋里拿出一小盒士的宁药丸，吞下一颗。刺激的感觉如期而至。随后他回到了办公室。一个长脖子的员工手里拿着一张卡片，烦躁不安地站在他的桌子旁边。

"有位女士想和您聊聊，先生。"

"问问兰克小姐，她有预约吗？等一下。请把这位女士直接带到我的办公室来。"名片上写着奈莉·李尼汉·麦克尼尔。她衣着华贵，皮草大衣上装饰着蕾丝花边，脖子上挂着用来拴眼镜的紫水晶链子。

"格斯让我来见你。"他示意她坐在桌子旁边，她说道。

"我能为你做点什么？"他的心不知为何狂跳不已。

她戴上眼镜，看了他一会儿，说道："乔治，你比格斯保养得好。"

"什么？"

"没什么。我试图让格斯和我一起去国外休息一下，去马里昂巴德之类的地方，但他说自己无法脱身。"

"我想我们的实际情况都是这样的。"鲍德温带着冷笑说道。

他们沉默了片刻，然后奈莉·麦克尼尔站起来说："乔治，听我说，格斯非常难。你知道他喜欢支持他的朋友，也希望他的朋友支持他。"

"没有人能否认我支持他，只不过我不是政治家，而且可能很愚蠢，我只是被提名竞选，我是无党派人士。"

"乔治，你只说了一半事实，你知道的。"

"告诉他，我一直是他的好朋友，永远都是。他非常清楚这一点。在这场特定的活动中，我绝对会反对那些对格斯不利的因素。"

"你真是巧舌如簧，乔治·鲍德温，一直都是。"

鲍德温脸红了。他们木然地站在办公室门旁边。他的手静静地放在门把手上，一动也不动。外面的办公室传来打字机和说话的声音。建筑工地上传来了持续单调的铆钉敲打声。

"我希望你的家人能保重。"他好不容易挤出一句话。

"哦，好的，他们都很好，谢谢，再见。"于是，她走了。

鲍德温站在窗前，望着对面那幢灰色建筑。被琐事搅得心神不宁太不理智了，需要放松一下。他从洗手间门后的挂钩上取下他的帽子和外套，走了出去。"乔纳斯，"他对一个脑袋像甜瓜一样又圆又亮的男人说道，"把桌子上的所有东西都拿过来，我今晚要看。"乔纳斯正坐在位于律师事务所中央的天花板很高的资料室，看着堆得高高的文件。

"好的，先生。"

他走出百老汇时，感觉自己像个逃学的小男孩。这是一个阳光明媚的冬日下午，云朵不时从太阳前匆匆飘过。他跳上一辆出租车。在开往市区的路上，他靠在座位上打瞌睡。到了四十二大街的时候，他醒了过来。各种明亮的色彩和画面交织在一起，脸庞、腿、商店橱窗、有轨电车、汽车，乱糟糟的。他坐直身体，戴着手套的手放在膝上，兴奋不已。在内华妲公寓外，他付了出租车费。司机是一个黑人，当他得到五十美分的小费时，笑得露出了一口牙齿。两部电梯都不在一楼。鲍德温轻快地跑上楼梯，自己都觉得不可思议。他敲了敲内华姐的门。没有应答。他又敲了敲。她小心翼翼地打开了门。他看到她一头卷曲的金发，粉色的睡衣外面只罩着一件晨服。

"我的天，"她说，"我还以为你是服务员。"

他抓住她吻了过去。"我不知道为什么，但我感觉像是三年没见你了。"

"你看起来像是要憋疯了。我不喜欢你不打电话就过来，你知道的。"

"这次我忘了，你不介意吧？"

沙发上有东西吸引了鲍德温的视线，那是一条折叠整齐的深蓝色裤子。

"我在办公室里感到非常疲惫，内华姐。我想来和你聊聊天，让自己振作起来。"

"我刚才在听着点唱机练习舞蹈。"

"是的，非常有趣。"他开始在屋里走来走去。"现在，内华姐，我们得谈谈了……我不关心有谁在你的卧室里。"她突然看着他的脸，在沙发上长裤的旁边坐下。"事实上，我已经知道你和托尼·亨特交往了一段时间了。"她抿紧了嘴唇，跷起了二郎腿。"实际上，所有这些关于他不得不以每小时二十五美元的价格去看心理医生之类的胡话、疯话都让我觉得有趣……但就在这一刻，我决定了，我已经受够了。很够了。"

"乔治，你疯了。"她结结巴巴地说，然后突然略略笑起来。

"我告诉你我会怎么做。"鲍德温用宣读法律条文的声音继续说，"我会给你寄一张五百美元的支票，因为你是个好女孩，我喜欢你。这间公寓的房租会交到次月一日为止。这样你满意吗？而且请你以后不要以任何方式与我联系。"

她在那条折叠整齐的深蓝色长裤旁笑得直打滚。鲍德温向她挥了挥帽子和手套，然后轻轻地关上了身后的门。"终于解脱了。"在小心翼翼地关上身后的房门时，他跟自己说。

回到街上，他轻快地往市区奔去。他感到兴奋，有一肚子的话想要说。他想知道还能找谁去倾诉。脑海中浮现出的朋友的名字使他感到沮丧。

他开始感到孤独无助。他想找一个女人交流，让她为他单调乏味的生活感到遗憾。他走进一家雪茄店，开始翻阅电话簿。当他翻到 H 那页时，心里有一种隐隐约约的悸动。最后，他找到了赫夫，海伦娜·奥格勒索普的名字。

内华妲·琼斯在沙发上坐了很久，歇斯底里地傻笑着。最后，托尼·亨特穿着衬衫和内裤走进客厅，他的蝴蝶结领带依旧好好地系着。

"他走了吗？"

"走了？当然，他走了，总算走了。"她尖叫着说，"他看到了你这该死的裤子了。"

他跌坐在椅子上。"上帝啊，我是世界上最倒霉的人。"

"为什么？"她坐在那里一边大笑着，一边泪流满面。

"没有事情往好的方向发展。这意味着再也喝不到马提尼酒了。"

"我不在乎，不过是回归到一日三餐的生活，我从来不喜欢被包养。"

"但你没有考虑到我的事业。女人就是这么自私。如果你没有让我……"

"闭嘴，你这个白痴。你以为我不了解你吗？"她站起来，裹紧了身上的晨衣。

"上帝，我所需要的只是一个展示能力的机会，而现在没戏了。"托尼抱怨着。

"如果你按我说的做，一定会有机会。我本来想让你成长为一个男人，马上就要成功了。我们可以演一场戏。老赫斯比可以给我们一个机会的，他是个好人。来吧，打自己一拳，要不让我打你的下巴。我们好好想想吧……我们准备去看舞蹈表演……然后假装你要来接我……我在等一辆街车，明白吗？然后你说'嗨，姑娘'，然后我就叫警察。"

"长度合适吗，先生？"试衣裁缝说着就用粉笔在裤子上做了标记。

詹姆斯·梅里韦尔低头看了看售货员青色的光不溜秋的小脑袋，又看了看垂在他脚边的棕色长裤。"短一点。我觉得裤子太长了，看起来有点老气。"

"你好，梅里韦尔，我不知道你也在布鲁克斯服装店买衣服。天啊，我很高兴见到你。"

梅里韦尔的血液静止了。他发现自己正直视着杰克·坎宁安醉醺醺的蓝眼睛。他咬着嘴唇,试图冷冷地盯着他不说话。

"全能的上帝,你知道我们做了什么吗?"坎宁安喊道。"我们买了同一款衣服。我告诉你,一模一样。"

梅里韦尔困惑地从坎宁安的棕色裤子看向自己的裤子,同样的颜色、同样的红色条纹和同样的绿色暗纹。

"好家伙,可不能和未来的妹夫穿同一套衣服。人们会认为这是一套制服。这很荒谬。"

"那我们怎么办?"梅里韦尔抱怨地说。

"我们扔硬币来决定吧……你能借给我一枚硬币吗?"坎宁安对着售货员说道,"好的,就扔一次,你先猜。"

"头像。"梅里韦尔机械地说道。

"棕色西装是你的了。现在我得另选一件了。上帝啊,我很高兴我们相遇。听着,"他隔着试衣间的窗帘喊道,"你愿意今晚和我一起去萨尔马贡迪俱乐部共进晚餐吗?我将和世界上唯一一对水上飞机比我还疯狂的人共进晚餐……就是帕金斯老头,你认识他,他是你们银行的副总裁之一……还有,如果你看到梅茜,告诉她我明天会去找她。一系列非同寻常的事件导致我无法与她沟通。这一系列的倒霉事占用了我所有的时间……我们以后再谈这件事。"

梅里韦尔清了清嗓子。"好的。"他干巴巴地说道。

"好了,先生。"试衣裁缝最后拍了拍梅里韦尔,帮他整理一下臀部的裤子。然后他回到试衣间里去换衣服。

"好吧,老朋友,"坎宁安喊道,"我得去再挑一套西服了。咱们七点见。我会准备杰克玫瑰鸡尾酒等你。"

梅里韦尔系腰带的手在颤抖。帕金斯,杰克·坎宁安,这个该死的混蛋,水上飞机,杰克·坎宁安,萨尔马贡迪俱乐部,帕金斯。他走到商店一角的电话亭,给他母亲打了个电话。"嗨,妈妈,恐怕我不能回去吃饭了……我要和伦道夫·帕金斯一起在意大利俱乐部吃饭……是的,非常愉快……哦,他和我一直是相当好的朋友……哦,是的,和高层的人在一起是非常必要的。我见到杰克·坎宁安了。我直接对他说了,他非常尴尬。他答应在二十四小时内给我一个充分的解释。哦,没有,我没发脾气。我觉得是我对不住梅茜。我告诉你,我认为这个人是个混蛋,但现在还没有证据……好了,亲爱的,晚安,也许我回来会很晚。哦,不,请不要等我了。告诉梅茜别担心,我一定会把整件事情告诉她。晚安,妈妈。"

茶室里灯光昏暗,他们坐在后面的一张小桌子旁。桌上的灯罩遮住了他们脸庞的上部。艾伦穿着一条鲜艳的孔雀蓝裙子,戴着一顶有着绿色装饰的蓝帽子。露丝·普林的脸画着浓重的妆容,显得疲惫而松弛。

"伊莱恩,你一定要来,"她哀怨地说道,"卡茜会去的,还有奥格勒索普和所有的老伙计。现在你在编辑工作上小有成就,但毕竟没有理由置老朋友于不顾,不是吗?你不知道我们经常谈论你、关心你。"

"但是露丝,我只是越来越讨厌大型聚会了。我想我一定是老了。好吧,我就去待一小会儿。"

露丝放下了她正在啃的三明治,拍了拍艾伦的手。"你真是个小勇士,我知道你会来。"

"但是露丝,你一直没有告诉我去年夏天巡回剧团发生了什么……"

"哦,我的上帝,"露丝突然崩溃,"那太可怕了。当然,那太可怕了,特别可怕。首先,伊莎贝尔·克莱德的丈夫拉尔夫·诺顿,是剧团的经理,也是个酒鬼。其次,可爱的伊莎贝尔,让所有人都像提线木偶一样表演,怕那些乡巴佬不知道谁是明星。哦,我讲不下去了。对我来说,这一点也不好笑,简直太可怕了。哦,伊莱恩,太令人沮丧了。我的天,我已经老了。"她突然大哭起来。

"哦,露丝,请别这样,"艾伦低声请求。她笑了起来。"毕竟我们都不年轻了,不是吗?"

"亲爱的,你不明白,你永远不会明白。"

她们坐了很久,什么也没说。周围人们低声交谈的只言片语从昏暗茶室的其他角落里传来。头发苍白的女服务员给她们送来两份水果沙拉。

"天色一定很晚了。"露丝终于说。

"现在才八点半,我们不打算早早去参加聚会。"

"顺便说一下吉米·赫夫怎么样了。我已经很久没有见到他了。"

"吉普斯很好。他对报社的工作深恶痛绝。我真希望他可以从事真正喜欢做的工作。"

"他永远是那种不安分的人。哦,伊莱恩,当我听说你要结婚时真为你高兴,像个傻瓜一样哭了又哭。现在你有了马丁和这一切,一定很幸福。"

"哦,我们相处得很好。马丁在适应,纽约似乎也在逐渐接纳他。他有很长一段时间不哭闹,而且还很胖,我们甚至担心生出了个低能儿。你知道吗,露丝,我认为不会再生孩子了……我太害怕生出畸形儿了……一想到这些我就觉得难受。"

"哦,但有孩子还是挺美好的。"

她们按响了铜牌下的门铃,铜牌上面写着"舞蹈专家海丝特·沃希斯"。他们爬上了三段楼梯。楼梯吱吱作响,油漆也是最近新涂的。在一个挤满人的房间门口,她们见到了卡桑德拉·威尔金斯,她穿着希腊式束腰外衣,头上戴着缎子玫瑰花环,手里拿着一把镀金的木制风笛。

"哦,亲爱的,"她哭喊着,一下子搂住了她们俩,"海丝特说你们不会来,但我知道你们会来。进来吧,脱掉外衣,我们要开始表演经典的舞蹈了。"她们跟着她穿过点着蜡烛、燃着熏香的大房间,里面的男男女女身着飘逸的戏服。

"但是,亲爱的,你没有告诉我们这是个化装舞会。"

"哦,是的,你看不出来吗?所有的东西都是希腊式的,完完全全是希腊式的。海丝特,她们来了,亲爱的。海丝特,你认识露丝,这是伊莱恩·奥格勒索普。"

"现在得叫我赫夫夫人了,卡茜。"

"哦,抱歉,总是想不起来。他们来得正是时候。海丝特要跳一支东方舞蹈,源于《一千零一夜》故事的威姆斯之舞……哦,这太美了!"

当艾伦去卧室脱下外衣出来时,一个戴着埃及头饰、画着弯曲眉毛的高个子向她走来。"请允许我向海伦娜·赫夫致敬,她是《态度》杂志的杰出女编辑,这本杂志让千家万户知道了丽兹饭店,对吧?"

"乔乔,你真是瞎开玩笑……非常高兴见到你。"

"让我们去角落里聊聊天。哦,我唯一深爱的女人。"

"好的,我们去吧,我不太喜欢这里。"

"亲爱的,你有没有听说托尼·亨特已经被心理医生治好了,现在他都已经康复了,还和一个叫加利福尼亚·琼斯的女人登上了杂耍舞台。"

"你最好小心点,乔乔。"

两扇窗户之间的角落有一个沙发,他们在那儿坐下。她瞥见一个戴着绿色丝绸面纱的女孩在跳舞。点唱机正在播放萨赛尔·弗兰克的交响乐。

"我们决不应该错过卡茜的舞蹈,可怜的女孩会生气的。"

"乔乔,告诉我你的情况。你最近怎么样?"

他摇了摇头,用他垂下的手臂做了一个夸张的手势。"啊,让我们坐在地上,讲述国王死亡的悲伤故事。"

"哦,乔乔,我讨厌这样……一切都显得愚蠢而又低俗……我希望他们没有让我脱下帽子。"

"那样我才能看一看你的头发禁林。"

"哦,乔乔,你要理智一点。"

"你的丈夫怎么样了,伊莱恩,或者是叫海伦娜?"

"哦,他很好。"

"听上去,你兴致不高。"

"然而马丁很好。他长着黑色的头发和棕色的眼睛,脸颊开始红润起来。真的,他非常可爱。"

"我的天啊,不要向我展示你那泛滥的母爱了。接下来你可能会告诉我,你参加了一个婴儿游行。"

她笑了起来。"乔乔,再次见到你真开心。"

"我还没有问完问题呢,亲爱的。那天我在餐厅看到你和一个五官鲜明、头发灰白的男人在一起,他看起来非常尊贵。"

"那一定是乔治·鲍德温。怎么了?你过去认识他。"

"当然了,当然了。他变化太大了。我不得不说,他看起来比以前有趣多了。我不得不说,一个布尔什维克和平主义者的妻子和世界产业工人联盟的鼓动者共进午餐,真是太奇怪了。"

"吉普斯不是那样的。我倒有点希望他是。"她抽了抽鼻子,"我受够了这些事情。"

"我表示怀疑，亲爱的。"卡茜轻快地飘过。

"哦，快来帮帮我。乔乔一直在取笑我。"

"好吧，我先坐会儿，接下来要轮到我跳舞了。奥格勒索普先生要朗诵他翻译的《比利提斯之歌》，那是为我的舞蹈准备的。"

艾伦看着他们两人，奥格勒索普挑了挑眉毛并点了点头。

然后，艾伦独自坐了很久，索然无味地看着人们在这拥挤的房间里跳舞聊天。

点唱机播放的是《土耳其进行曲》。海丝特•沃希斯，一个瘦小的女人，留着蓬松的红褐色的齐耳短发，捧着一个香熏炉走出来，前面有两个小伙子为她展开脚下的地毯。她穿着丝绸灯笼裤，戴着叮当响的金属腰带和胸罩。每个人都在鼓掌叫好："真漂亮，美极了！"这时，从另一个房间里传来三声女人撕心裂肺的尖叫。所有人都吓了一跳。一个戴着圆顶礼帽的壮汉出现在门口。"好了，小姑娘们，回到后面的房间去。男人们留在这里。"

"可是你是谁？"

"别管我是谁，照我说的做。"礼帽下男人的脸蛋红得和甜菜根一样。

"他是个警探。"

"这太过分了。让他出示证件。"

"这是抢劫。"

"这是搜捕。"

房间里突然挤满了警探。他们站在窗前。一个男人站在壁炉前，戴着格纹帽，疙疙瘩瘩的脸蛋像个地瓜。他们把女人们粗暴地推到后面的房间里。男人们被赶到门边聚成一堆。警探们正在记录他们的名字。艾伦仍然坐在沙发上。她听到有人说："给警察局打投诉电话。"然后她注意到沙发旁边的小桌子上放着一部电话。她拿起电话，轻声说了一个号码。

"你好，是地方检察官办公室吗？我想找鲍德温先生……乔治，幸好我能找到你。地方检察官在吗？太好了……不，你告诉他有件事。发生了个大误会。我在海丝特•沃里斯家。你知道她有一个舞蹈工作室。她正在给一些朋友表演舞蹈。由于一些误会，警察正在搜查这个地方……"

戴着礼帽的男人来到她身边。"得了，打电话没有用，到另一个房间去。"

"我已经给地方检察官办公室打了电话。你跟他说吧……喂,是温斯洛普先生吗?是的,你好。请你和这个人说,好吗?"她把电话递给了警探,然后走到房间的中央。"我真希望我没有摘下帽子。"她在想。

另一个房间传来一阵抽泣,海丝特·沃希斯做作地喊道:"这是一个可怕的误会。我不应该被这样侮辱的。"

警探放下了电话,走到艾伦身边。"我向你道歉,小姐。我们行动的情报不够准确。我的人马上就撤。"

"你还是向沃希斯夫人道歉吧,这是她的工作室。"

"女士们,先生们,"警探以响亮欢快的声音说道,"我们犯了一个小错误,我们非常抱歉,差点发生意外……"

艾伦溜进旁边的房间取她的帽子和外套。她在镜子前站了一会儿,往自己的鼻子上扑了点儿粉。当她再次回到工作室的时候,大家都在议论纷纷。男人和女人站在一起,用床单或者浴巾裹着单薄的舞蹈服。警探们突然消失了,就像他们来时一样。奥格勒索普在一群年轻人中间激扬陈词。

"这帮欺负女人的混蛋!"他大声喊着,满脸通红,一手挥舞着他的头饰,"幸亏我能够控制自己,否则我可能会做出让我后悔的事。我已经够克制的了。"

艾伦设法溜了出来,跑下楼梯,来到下着小雨的街道。她叫了一辆出租车,然后回家了。脱下衣服和帽子后,她给乔治·鲍德温的家里打了个电话。"你好,乔治,非常抱歉不得不打扰你和温斯洛普先生。如果不是你在午餐时碰巧说你整个晚上都会在办公室,他们可能就会把我们送到杰斐逊市场法院……当然,这很有趣。有机会我会告诉你的,但我现在什么都不想聊。哦,就是舞蹈美学、文学、激进主义和心理治疗那些东西,我可听腻了……是的,我想就是这样……乔治,我想我在成长。"

寒夜清冷而凝重,吉米·赫夫仿佛还能闻到报纸的气味,听到打字机的声音。他双手插在口袋里,站在市政厅广场上,看着那些戴着帽子和耳罩、衣衫褴褛的人铲雪。老人和年轻人穿着一样颜色的衣服,他们的脸和脖子也都冻得和生牛肉一样通红。风像剃刀一样刮过他的耳朵,把他的额头冻得生疼。

"赫夫，你觉得能接受这份工作吗？"一个脸色苍白的年轻人风风火火地走到他面前，指着那堆雪说道。"为什么不能呢，丹？这难道不比一无是处、像个讨厌的游荡的窃听器那样插手别人的事情好吗？"

"这份工作在夏天会很不错。是去西边吗？"

"我打算走一走，今晚有种紧张的感觉。"

"天啊，老兄，你会冻死的。"

"我不在乎。你在乎，所以你没有任何私人生活，几乎变成了一台自动写作机器。"

"好吧，我希望我能摆脱一些私人生活。好吧，晚安。我希望你能找到一些私人生活，吉米。"

吉米·赫夫大笑着转过身，背对着铲雪的人群向百老汇走去。他把下巴埋在衣领里躲避着寒风。在休斯敦大街他看了看表，五点钟。"天啊，今天迟到了。"世界上没有能让他喝上一杯酒的地方。一想到还得走过冰冷的街区才能到他的房间，他就不由得自怨自艾起来。他不时停下脚步搓搓自己冻麻了的耳朵。最后，他回到了自己的房间，点燃煤气灶，靠在上面烤火。这是华盛顿广场南侧的一个小房间，阴冷暗淡，仅有一张床、一把椅子、一张堆满书的桌子，以及那个煤气炉。当他开始感觉不那么冷的时候，伸手从床下取出倒扣的篮子，里面装着朗姆酒。他把水倒进锡杯里放在煤气灶上加热，开始喝朗姆酒兑热水。在他的内心深处不可名状的痛苦正在爆发。他觉得自己就像童话故事里心脏上包着铁皮的人物。铁皮正在破碎。

他喝完了朗姆酒。房间不时地有规律地旋转。突然，他大声说："我得和她谈谈！我得和她谈谈。"他扣上帽子，拉上大衣。外面的空气寒冷而温馨。六辆牛奶车排成了一排，叮叮当当地经过。

两只黑猫在西十二街互相追逐，疯狂的号叫声在四周回荡。他觉得脑袋里有什么东西快要爆炸了，以至于他可能会突然倒在这回荡着诡异猫叫声的阴冷街道上。

他站在黑漆漆的过道里瑟瑟发抖，一遍又一遍地按着写有"赫夫"的门铃，然后他拼命地敲门。艾伦来到包着绿色外皮的门口。"怎么了，吉普斯？你没有带钥匙吗？"她的脸因为困倦显得懒洋洋的，她的身上有一股快乐舒适的气息。他气喘吁吁的，声音从牙缝里挤了出来。

"艾莉,我得和你谈谈。"

"你喝醉了吗,吉普斯?"

"我知道我在说什么。"

"我困得厉害。"

他跟着她走进她的卧室。她踢掉拖鞋,坐回到床上,睡眼惺忪地看着他。

"想着点马丁,不要太大声。"

"艾莉,不知道为什么我总是难以开口。我总是要喝醉了才能说出来。听着,你还喜欢我吗?"

"你知道我非常喜欢你,并将永远如此。"

"我的意思是爱,你知道我的意思,不管用什么词汇……"他厉声打断。

"我想我不会长久地爱任何人,除非他们死了。我就是这种可怕的人。讨论这些没有意义。"

"我知道。你知道我知道。哦,上帝,我的生活简直一团糟,艾伦。"

她坐在那里,双手环抱着双膝,睁大眼睛看着他。"你真的对我如此痴迷吗,吉普斯?"

"听着,我们离婚吧,一了百了。"

"不要这么着急,吉普斯……再说还有马丁,他怎么办?"

"也许我可以凑够钱抚养他,可怜的孩子。"

"我挣得比你多,吉普斯。不需要你这么干。"

"我知道。我知道。难道我不知道吗?"

他们相对无言地坐着,对视的眼睛似乎要燃烧起来。突然间吉米希望能够睡着,忘掉一切,让自己一头扎进黑暗,就像小时候埋进母亲的腿间一样。

"好吧,我要回家了。"他干笑着说道,"我们没想到事情会这样发展,对吧?"

"晚安,吉普斯,"她在打哈欠的时候抱怨道,"但事情没有结束……如果我不那么困就好了。你能帮我把灯灭了吗?"

他在黑暗中摸索着走到门口。外面曙光微露,天空渐白,寒冷袭人。

他急忙返回自己的房间,他想在天亮之前上床睡觉。

　　长长低矮的房间中间,摆着一张长桌,上面堆满了棕色、肉粉色和翡翠色的丝绸织物,有股针线和衣料的味道。桌旁坐着的都是低着头做针线活的女孩,有金发的,有黑发的,有棕发的。男童工们推着挂着衣服的滚轮架在过道上来回穿梭。铃声响起,房间里立刻变得像鸟巢一样嘈杂。

　　安娜站起来,伸开双臂。"天啊,我干得最快。"她对旁边的女孩说。

　　"昨天晚上没睡吗?"

　　她点点头。

　　"还是别这么干了,亲爱的,熬夜会毁了你的容貌。女孩不可能像男人那样熬夜。"那个女孩,瘦瘦小小,长着一头金发和歪歪的鼻子。她用手搂着安娜的腰。"我真希望你的体重可以分我一些。"

　　"我也希望可以如此。"安娜说,"不管我吃什么,吃进去的东西都会变成肥肉。"

　　"你又不是太胖,你只是很丰满,所以他们喜欢挨着你。你试试男式服装,会很好看的。"

　　"我的男朋友说他喜欢女孩前凸后翘。"

　　她们在楼梯上和一群女孩擦肩而过,听到其中一个红头发的小女孩正在说话。她张大嘴巴,转着眼珠,说得很快。"……她就住在旁边街区的卡梅伦大道2230号,她和几个女朋友去了马戏团,当她们回家时已经很晚了。她们让她独自回家。在卡梅伦大道上,你们知道吧?第二天早上,她的家人开始找她,在外面的箭牌广告牌后面发现了她。"

　　"她死了吗?"

　　"当然,一个黑人对她做了一些可怕的事,然后勒死了她。我觉得很可怕。我以前和她一起上学。现在卡梅伦大道的女孩没人敢在天黑后出来,他们都害怕极了。"

　　"的确,我昨晚在报纸上看到了。想想,就是在隔壁街区发生的事情。"

　　"你看到我摸那驼背了吗?"当他上了出租车在罗西身边坐下后,罗西叫道。"在剧院的大厅里?"他扯了扯长裤,长裤在膝盖处有些紧。"这将会给我们带来好运，杰克。我从来没有见过驼背的人，如果你碰他的驼背……哦，出租车开得太快，我觉得恶心了。"出租车一个急刹车，他们被甩得前倾。"我的上帝，我们差点撞到了一个男孩。"杰克·西尔弗曼拍了拍她的膝盖。"可怜的孩子，是不是都吓坏了？"他们开车奔向酒店。她冷得发抖，把脸埋在衣领里。当他们去服务台取钥匙的时候，店员对西尔弗曼说："有位先生等着见您，先生。"一个矮胖的男人嘴里叼着雪茄走到他面前。"请你往这边来一下，西尔弗曼先生。"罗西觉得自己快要晕倒了。她一动不动地站着，脸颊深深地埋在大衣的毛领里。

他们坐在两张深色的扶手椅上，头挨着头窃窃私语。她一步一步缓缓靠近，留神地听着。"搜查令……司法部……利用邮件诈骗……"她听不到中间杰克说了什么。他不停地点头，好像是表示赞同。然后，他突然露出微笑，平静地说道：

"我已经听了你的想法，罗杰斯先生。这是我的意见。如果你现在逮捕我，我就完蛋了，许多把钱投到这个企业的人也会完蛋。在一周之内，我可以清算整个企业的利润。罗杰斯先生，我也是错信了他人而深受其害。"

"我无能为力。我的职责是执行搜查令，恐怕我得搜查你的房间。你看，我们有几项内容……"那人弹了弹雪茄上的烟灰，开始用单调的声音念道，"雅各布·西尔弗曼，别名爱德华·法弗森、西门·J. 阿布斯诺、杰克·辛克雷、J. J. 戈尔德……哦，这份小名单真不短。我们在你的案子上下了不少功夫。在我看来这没必要。"

他们站了起来。抽雪茄的人扭头向一个戴帽子的瘦子点了点头，那瘦子正坐在大厅对面看报纸。

西尔弗曼走到服务台前。"我得出趟公差，"他对服务员说，"请准备好我的账单。西尔弗曼夫人还得在这住几天。"

罗西一言不发。她跟着这三个人进了电梯。"很抱歉要这样做，夫人。"瘦警探拉了拉帽檐说道。西尔弗曼给他们打开了房门，并小心翼翼地关上。"谢谢关心，先生们，我妻子感谢你们。"罗西坐在房间角落的一把靠背椅上。她用力咬着自己的舌头，努力控制自己的嘴唇不抽搐。

"西尔弗曼先生，我们认为这并不是普通的刑事案件。"

"先生们，你们不喝一杯吗？"

他们摇了摇头。那个矮胖的男人正在点燃一支新雪茄。

"好吧,迈克,"他对瘦子说,"翻翻抽屉,还有衣柜。"

"这是通常情况吗？"

"如果这是通常情况,我们就会给你戴上手铐,并把这位女士作为同伙来处置。"

罗西坐在那里,闭着眼睛,冰冷的双手紧紧夹在膝盖之间,身体左右摇摆。当警探们在衣柜里翻找时,西尔弗曼抓住机会将手放在她的肩上。她睁开了眼睛。"那些该死的家伙一把我带走,你就给沙茨打电话,告诉他一切。就算把全纽约的人都叫醒也要联系上他。"他说得又低又快,嘴唇却几乎不动。

片刻之后,他就被带走了,两个带着满满一挎包信件的警探跟在后面。他的吻痕在她的嘴唇上还没有干。她茫然地环视着这个空荡荡而又死寂的房间,注意到桌子上的淡紫色记事本上写着几行字。那是他的笔迹,非常潦草:"当掉所有东西,好好过日子。你是个好孩子。"泪水顺着她的脸颊流淌。她垂下脑袋亲吻着记事本上的笔迹,坐了很久很久。

4.摩天大楼

一个没有腿的年轻人一动不动地待在十四大街南侧人行道的中央。他身穿蓝色针织毛衣,戴着蓝色丝绒帽。他的眼睛瞪得大大的,仿佛要占满苍白的脸颊。天空飘过一艘飞艇,雪茄锡纸般的明亮光芒在高空中显得模糊,轻轻地探出被雨洗过的天空和柔软的云朵。这个没有腿的年轻人用双臂支撑着身体,一动不动地待在十四大街南侧人行道的中央。他被包围在大跨步的腿、瘦弱的腿、蹒跚的腿、穿裙子的腿、穿短裤的腿之中,一动不动,撑着胳膊,仰望着飞艇。

吉米·赫夫从普利策大厦出来,他失业了。他站在路边的一堆粉红色报纸旁边,深呼吸,抬头看向伍尔沃斯大楼上闪亮的旗杆。阳光灿烂,天空蔚蓝,他转身向北,向城区走去。从远处看,伍尔沃斯大楼像一个双筒望远镜。他一路向北,经过城里亮闪闪的窗户,经过迅速滚动的广告标语,穿过鎏金字母的招牌。

富含麸质的春天……每一口都是满满的幸福。烤麸之父,没有哪里的面包比阿尔伯特王子面包店的更好。锻钢、铜镍合金、铜、镍、精铁。全世界都倾心于自然之美。爱之小铺,品质一流,呵护你的青春容颜。乔·起斯五金店,发动机、照明器、打火机和发电机。

　　这一切都让他喜不自禁。十一点的时候,他还没有睡觉。生活仿佛颠倒了,他觉得自己是一只苍蝇,在城市的天花板上行走。丢了工作,今天、明天、后天,他都没有事情可做。月满则亏,日升有落,贵在永恒。富含麸质的春天,每一口都是满满的幸福。

　　他走进一间午餐室,点了培根和鸡蛋、烤面包和咖啡。他坐在那里高兴地吃着,每一口都尝得很香。思绪就像草原上日落时分的小马驹疯狂奔跑。旁边的餐桌,有人在单调地阐述着什么。

　　"被抛弃的人……我告诉你,我们不得不清理整顿。他们都是你教会的成员,你知道的。我们知道整个故事的来龙去脉。有人建议他把她送走。他说:'不,我很快就处理好了。'"

　　赫夫站了起来。他必须接着走。他走了出去,牙缝里还残留着培根的味道。

　　快递服务迎合人们的春日需求。上帝啊,迎合春日需求。没有罐头包装的,没有,先生,但是油的品质很好……美孚石油公司。事实胜于雄辩。黄色的铅笔,红色的条纹。胜过千言万语,胜过千言万语。"好吧,交出那成千上万的……好好盯住他,本恩。"扬克斯的帮派把他丢在公园的长椅上等死。他们打劫了他,但只不过得到千言万语。"但吉普斯,我对谈论书籍和无产阶级感到很厌烦,你能理解吗?"

　　春天富足而幸福。

　　迪克·斯诺的母亲拥有一家鞋盒厂。她破产了,于是他退学了,在街角摆摊。软饮料摊的商贩给了他不少教训。他买了两只珍珠耳环送给身材圆滚滚的黑发犹太女孩。他们在L站等着银行信使。他倒在了旋转门那儿,然后死在了那里。他们抢过挎包坐上一辆福特轿车走了。迪克·斯诺朝那个死去的人身上打光了枪里的子弹,然后留在原地。在死囚室里,他给母亲写了一首诗。他们在《纽约晚画报》上发表了这首诗来迎合人们的春日需求。

　　赫夫每呼吸一次,都感觉到脑海里嗡嗡作响,笔尖沙沙摩挲,语句倾泻而出,直到他开始膨胀,感觉自己跌跌撞撞、迷迷糊糊,像烟柱一样在四月的街道上窥视着机器车间、纽扣厂、公寓楼的窗户,感受床单上的污垢和车床平滑的运转,速记员用打字机敲下粗俗的字句,百货商店的价格标签都被弄混了。他的内心就像掺杂了甜甜的四月牌糖浆、草莓汁、中药汤、巧克力、樱桃汁和香草香精的苏打水,冒着泡沫从淡蓝色的天空滴落。他难受得像从四十四层高楼坠下,粉身碎骨。如果我买把枪杀了艾伦,坐在死囚室里写一首关于我母亲的诗并在《纽约晚画报》上发表,会不会也迎合人们的春日需求?

他缩成一团,感觉自己变得像尘土般渺小,越过峭壁或者湍流中的岩石,爬上稻草,绕过湖泊。

华盛顿广场在正午时分被阳光镀上一层粉色。他坐在广场上眺望着第五大道。热量从身体里渗出,他感到凉爽和疲惫。又是一个春天,上帝啊,多少个春天了。从墓地走到蓝色的柏油路上,麻雀在唱歌,路牌上写着:扬克斯。我的童年时光埋葬在扬克斯;我的少年时光从马赛的风中开始,在港口结束。在纽约的何处埋葬我二十几岁的时光呢?也许他们会被驱逐出境,乘坐埃利斯岛渡轮唱着《国际歌》出海。《国际歌》在水面上回响,渐渐消失在雾中。

驱逐

詹姆斯·赫夫,二十岁出头,从事报业,居住在西十二街190号。根据梅里韦尔法官的判决,他们将作为不受欢迎的外国人被驱逐出境,押送到埃利斯岛。年龄较小的四人——萨沙、迈克尔、尼古拉斯和弗拉基米尔因无政府主义而被指控,他们将被关押一段时间。另外两人因流浪罪被指控。最后,比尔、托尼和乔将因殴打妻子、纵火、袭击和卖淫等罪而被关押。所有被告都被证实存在违法乱纪或渎职行为。

"肃静,肃静!被告席上的犯人请保持肃静……我发现证据不足。"法官一边说着一边给自己倒了杯鸡尾酒。正在搅拌老式鸡尾酒的法庭书记员身上好像长满了葡萄叶,法庭上弥漫着葡萄的味道。私酒贩子牵着水牛的角,带着它们缓缓地走下法庭台阶。"休庭。"法官发现水杯里盛着杜松子酒,便大声喊道。记者们发现市长身穿豹皮,摆出公民道德雕像的造型,脚踩在东方舞蹈家菲菲公主的背上。通讯员正倚在银行家俱乐部的窗口,与他的叔叔,本市出名的花花公子杰弗逊·T. 梅里韦尔在一起,两人各拿着块撒了胡椒粉的羊排。与此同时,服务员们正在匆匆忙忙地安排管弦乐队。乐队的人挺着大肚子,敲着手鼓。服务员领班演奏了一首令人愉快的《我的肯塔基老家》,把特拉华州注水汽油公司七位董事的光头当作木琴来敲。与此同时,穿着紫色跑步裤、戴着蓝绶带丝帽的私酒商正带着两百三十四万四千二百五十一头公牛在百老汇大街上奔跑。他们来到了斯派滕戴维尔河,试图游向扬克斯时,却一排接一排淹死在水中。

而我坐在这里。吉米·赫夫心想,印刷品上的文字让他内心如患上皮疹一样刺痒。我坐在这里,被印刷品打上烙印。他站了起来。一只小黄狗蜷缩在长椅下睡觉。这只小黄狗看起来很高兴。"我需要好好睡一觉。"吉米大声说。

"你打算怎么处理它,达奇?你打算把它卖掉吗?"

"法朗希,那把小枪卖不了多少钱。"

"在上帝的分儿上,现在不要谈论钱。接下来,警察会看到它在你的屁股上别着并依据苏利文法逮捕你。"

"能逮捕我的警察还没出生呢,别去想这事儿了。"

法朗希哽咽起来。"但是,达奇,我们该怎么办,我们该怎么办?"

达奇突然把手枪塞进口袋,跳起身来。他在柏油路上来回踱步。这是一个雾蒙蒙的夜晚,寒气袭人。泥泞的道路上,来来往往的汽车的灯光在灌木丛中交错斑驳。

"天啊,你哭哭啼啼的,让我心烦意乱,能不能闭嘴?"他又闷闷不乐地坐到她身边。"我好像听到有人在灌木丛中走动。这个该死的公园里到处都是便衣,在这个糟糕的城市里到处都有人监视着。"

"如果我感觉不这么糟糕,我不会介意的。我吃什么都吐,而且我还一直很害怕其他女孩会注意到什么。"

"但我已经告诉过你,我有办法解决所有问题,不是吗?我向你保证,过几天我会把一切都解决好的。我们会离开这儿,然后结婚。我们去南方,我打赌其他地方有很多工作机会……我有点冷,我们离开这鬼地方吧。"

"哦,达奇,"当他们走在泥泞不堪的柏油路上时,法朗希疲惫地说,"你觉得我们还能像以前那样幸福吗?"

"我们现在没有工作,但这并不意味着我们会一直这样下去。我在俄勒冈州森林的毒气攻击中都挺下来了，不是吗？这几天我一直思考很多事情。"

"达奇，如果你被逮捕了，我就只能跳河了。"

"我不是告诉过你我不会被逮捕吗？"

科恩夫人是一个驼背老妇人，棕黄的脸上长着老年斑，像一个黄褐色的苹果。她站在厨房的桌子旁边，那双粗糙的手叠放在肚子上。她一边摇晃着臀部，一边用意第绪语絮絮叨叨地责备握着咖啡杯、睡眼蒙眬的安娜："你还不如就死在摇篮里，不如生下来就死掉……哎，我养育四个孩子是为了什么，他们都不怎么样，要么煽动闹事，要么是二流子或无业游民！本尼进了两次监狱，索尔不知道在哪里闹事，该死的萨拉在明斯基餐馆捣乱，现在是你，宁愿枯坐椅中，为那帮服装工人罢工，带着标语在街上走来走去，也不知道羞耻。"

安娜用一块面包蘸了蘸咖啡，放进嘴里。"啊，妈妈，你不明白。"她嘴里塞满食物。

"明白，明白淫乱和罪恶吗？你干吗不闭上嘴好好工作，安心赚钱呢？在你和舞厅认识的那个男孩私奔之前，你本来可以好好赚钱，然后体面地举行婚礼的。唉，我一把年纪了还要养个女儿，也没个像样的男人愿把你娶回家……"

安娜站了起来，尖叫道："这不关你的事。我一直按时支付我的那部分房租。你以为女孩子就一文不值，只能当牛作马做苦力吗？我不这么想，你听到了吗？要是你敢再骂我……"

"哎，你就知道和你老母亲顶嘴。如果所罗门王还活着，他会拿棍子打你。早知道你和外人一样跟妈妈顶嘴，还不如当初你生下来就死掉。在我动手撵你之前你最好赶快走。"

"好，我走。"安娜穿过堆满箱子的走廊跑到卧室，倒在床上。她脸颊发烫，静静躺着，试图思考。从厨房里传来老妇人刺耳而单调的抽泣声。

安娜从床上翻身坐起，在镜子里看到了一张泪痕斑斑的疲惫的脸和凌乱的头发。"天啊，我真煞风景。"她叹了口气。她站起身来，脚跟踩到了裙边，把裙子一下子扯破了。安娜坐在床边哭了又哭，然后她小心翼翼地用细密的针线把裙子补好。针线活使她感到平静。她戴上帽子,在鼻子上扑了很多粉,在嘴唇上涂了一点胭脂,穿上大衣走了出去。四月的东区街道色彩斑斓。手推车上装满菠萝,那些菠萝看起来甜美、饱满又新鲜。在街角处,她遇到了罗斯·西格尔和莉莉安·戴蒙德,她俩在软饮料摊上喝着可口可乐。

"安娜,和我们一起喝杯可乐吧。"他们招呼道。

"那你们得请我喝,我身无分文。"

"咦,你没有拿到罢工补贴吗?"

"我把所有的钱都给了老太婆,但没有什么用。她整天都在骂人。她太老了。"

"你听说有人持枪闯入艾克·戈尔茨坦的商店了吗?他们用锤子砸碎了所有东西,把他打昏在衣料堆上面。"

"哦,那太可怕了。"

"要我说,他活该。"

"但他们不应该这样破坏财产。我们和他一样靠这个谋生。"

"可真是谋得一条好生路……我都快被折磨死了。"安娜说着,把她的空杯子往柜台上一摔。

"轻点,轻点。"吧台的人说,"当心杯子。"

"但最糟糕的是,"罗斯·西格尔接着说,"当他们在戈尔茨坦的商店打砸时,一个铆钉飞出去,从九层楼高的地方掉下来,砸死了一个坐车经过的消防员。他当场掉下车摔死在街上。"

"他们为什么这样做?"

"一定是有人把铆钉丢给另一个人,然后它就恰好从窗户中飞出去了。"

"还害死了一个消防员。"

安娜看到埃尔默沿着大道向她们走来。他瘦削的脸向前探着,双手插在磨破的大衣口袋里。她离开了那两个女孩,向他走去。"你是要去我家里吗?咱们别去了,老太婆正骂得凶呢。我快受不了了,真想把她送到'以色列之女'犹太教会那里去。"

"那我们散散步,在广场上坐会儿,"埃尔默说,"你没感觉到春天来了吗?"

她用眼角的余光看了看他。"不是吗?哦,埃尔默,我希望这次罢工快点结束。整天无所事事快让我发疯了。"

"但是安娜,罢工是工人们重要的机遇,是工人学习的好机会。它让你有机会学习和阅读,还能去公共图书馆。"

"但你总是觉得一两天内就会结束,这到底有什么用呢?"

"一个人受的教育越多,对他的阶级做的贡献就越大。"

他们背对着广场坐在长椅上。夕阳西下,天空熠熠,宛如镶嵌着珠母贝碎片。脏兮兮的孩子们在沥青路上大喊大叫,吵吵闹闹。

"哦,"安娜抬头看着天空说,"希望我能穿上巴黎晚礼服,而你穿着礼服,一起在豪华餐厅吃饭,一起去剧院看戏。"

"如果我们生活在上流社会里,或许可以这样⋯⋯革命之后,工人们也能这样幸福生活。"

"但是埃尔默,如果那时候我们已经老了,变得像老太婆那样絮絮叨叨,那还有什么用呢?"

"我们的孩子将过上那样的生活。"

安娜笔直地坐着。"我永远不会有孩子,"她从牙缝里挤出声来,"永远,永远,永远。"

他们转身欣赏意大利糕点店的橱窗时,爱丽丝碰了碰他的胳膊。每个蛋糕上都装饰着鲜艳的花朵,搭配着糖渍羊肉,插着复活节小旗。"吉米,"她转过身来对他说,那张椭圆小脸上的嘴唇和蛋糕上的玫瑰花一样红,"你得为罗伊做点什么,他得去工作。如果让他再坐在家里阴阳怪气地看报纸,我会疯掉的⋯⋯你知道我的意思⋯⋯他尊重你。"

"但他正在努力找工作。"

"他并没有真正努力,你知道的。"

"他认为他有。我猜他对自己有点误解。但是,我的确适合跟他谈论工作的事情。"

"哦,我知道,我觉得这太好了。大家都说你放弃了报社的工作,要去写作了。"

吉米发现自己正低头看着她睁大的棕色眼睛,那眼底清亮得像一泓井水。他扭过头去,嗓子被什么东西堵住了,咳嗽起来。他们一起沿着色彩缤纷的街道走着。

在餐厅门口,看见罗伊和马丁·希夫在等他们。他们穿过外屋走进长长的大厅,里面摆满了桌子,墙上挂着两幅蓝绿色的那不勒斯湾风景画。空气中弥漫着浓烈的帕尔马干酪、香烟和番茄酱味道。爱丽丝做了个鬼脸,坐到椅子上。

"哦,来杯鸡尾酒,快点上。"

"我需要心无杂念,"赫夫说,"但这些在维苏威火山前来来往往的游船总让我想去什么地方走走。我想几周后我就能离开这里了。"

"但吉米,你要去哪里?"罗伊问,"这不是你最近才有的想法吧?"

爱丽丝说:"海伦娜对此有意见吗?"

赫夫脸红了。"她为什么有意见?"他厉声说道,"我只是觉得这儿已经没有什么东西吸引我了。"过了一会儿他说。

"哦,我们都不知道自己想要什么,"马丁突然说,"这就是为什么我们这一代如此微不足道。"

"我开始了解一些我不想要的东西,"赫夫静静地说,"至少我开始有勇气承认,自己是多么不喜欢这些不想要的东西。"

"这也不错,"爱丽丝叫道,"为了理想而放弃了事业。"

"失陪一下。"赫夫推开他的椅子。在洗手间,他注视着镜子里自己的眼睛。

"别说话,"他低声说,"你说的事你从来没兑现过……"他的表情看起来就跟喝醉酒一样。他两手捧起水洗了洗脸。当他回到餐桌坐下来时,他们欢呼起来。

"对,是给流浪者的。"罗伊说。

爱丽丝正在吃长条形梨片上的奶酪。"我觉得这很可怕。"她说。

"罗伊真没劲。"一阵沉默后,马丁·希夫喊道。他那张长着大眼睛、戴着玳瑁眼镜的脸在餐厅的烟雾中隐现,就像一条在混浊的水族箱中的鱼。

"我只是在想明天有哪些地方可以找工作。"

"你想要一份工作?"马丁夸张地接话,"你打算高价出卖你的灵魂吗?"

"天啊,如果你不得不卖……"罗伊嘟囔道。

"每天早上我都焦虑得睡不好。要为此交出自己的人格,诸如此类的事情太糟糕了。这不是靠能力工作,而是靠人格。"

"妓女是唯一诚实的人……"

"但是上帝,妓女出卖人格。"

"她只是暂时把它出租。"

"但罗伊很没劲,你们都很没劲。我也让你们觉得无趣。"

"我们正享受着生命中的时光,"爱丽丝继续说,"现在,马丁,如果我们感到无聊,就不会坐在这里了,不是吗?我希望吉米能告诉我们,他的神秘旅行下一站会去哪里。"

"不,你们都在暗想他是多么烦人,他对社会有什么用。他没有钱,没有漂亮的妻子,谈吐平平,没有股票市场的小道消息。他不过是社会中无用的累赘。艺术家都是累赘。"

"不是这么回事,马丁。你在胡说八道。"

马丁挥舞手臂打翻了桌上的两个酒杯。一个满脸惶恐的服务员用餐巾盖上了洒出来的红酒。马丁没有注意到,继续说:"这都是装出来的,你们都在说谎,不敢把真正的灵魂暴露出来。但现在你们必须听我说,最后一次,最后一次,我说……服务员,你也过来,俯身看看人类灵魂的黑洞。赫夫也很没劲,你们都很没劲,就像是无聊地在窗玻璃上嗡嗡叫着的苍蝇。你们认为窗玻璃就是整个房间。你们不知道里面有多么黑暗……我喝醉了。服务员,再来一瓶。"

"别喝了,马丁,我不知道我们是否付得起酒钱,我们不要酒了。"

"服务员,再来一瓶红酒和四杯白兰地。"

"好吧,看来今晚不好过了。"罗伊抱怨道。

"如果有需要,我用身体付账。爱丽丝,摘下你的面具,面具后面的你是一个美丽的小孩子。跟我一起堕落吧,我喝醉了,无法告诉你我的感觉。"他一把摘下他的玳瑁眼镜,攥在手里用力握碎。破碎的镜片在地板上闪闪发光,目瞪口呆的服务员在他们后面的桌旁蹲下,收拾起来。

有那么一刻,马丁坐在那里眨眼。其余的人面面相觑。然后他猛地站起身来。"我看到了你们在傻、傻笑。不用想,今天的是没办法好好用餐、好好交谈了。我保证我是真心实意的,保证……"他开始拽自己的领带。

"马丁,别说了。"罗伊说了好几声。

"没有人可以拦住我。我必须跑向真诚的……我必须跑到漆黑的东河码头尽头,跳下去来证明我的真诚。"

赫夫跟在他后面穿过餐厅跑到街上。在门口他脱掉了外套,在拐角处又脱掉了背心。

"天啊,他跑得跟小鹿一样快。"罗伊气喘吁吁,跟跟跄跄地靠在赫夫肩头。赫夫捡起外套和背心夹在胳膊下,回到了餐厅。他们在爱丽丝左右坐下时脸色苍白。

"他真的要跳河吗?他真的会跳河吗?"她不停地问。

"当然不,"罗伊说,"他会回家的。他在逗我们玩呢,因为我们配合他做戏。"

"如果他真跳河了怎么办?"

"我不想看到这一幕,我挺喜欢他的。我们给孩子取了和他一样的名字。"吉米忧郁地说道,"但是,如果他真的感到这么不快乐,我们有什么权利阻止他?"

"哦,吉米,"爱丽丝叹了口气,"再来点咖啡吧。"

一辆消防车在街道上呼啸而过。他们手冰冷,小口啜饮着咖啡,一片沉默。

法朗希从五角一分店的侧门出来,淹没在六点钟下班回家的人群中。达奇·罗伯逊正在等她。他在微笑,神采奕奕。

"怎么了,达奇,这是……"她说了一半止住了。

"你不喜欢吗?"他们沿着十四大街继续往前走,身边人来人往。"一切都很好,法朗希。"他轻声说。他穿着一件浅灰色春装外套,戴着一顶浅色的毡帽,崭新的红色尖头牛津鞋锃亮。"你觉得我这身打扮怎么样?我对自己说,如果不打扮得漂亮些,其他的事情也做不成。"

"但是达奇,你怎么整来的这身行头?"

"在雪茄店里从一个家伙那抢来的,这还不容易。"

"嘘,别那么大声,会被别人听见的。"

"他们不会知道我在说什么的。"

邓斯先生坐在邓斯夫人房间角落里,房间是路易十四世风格的。他蜷缩着身子坐在一张小小的有粉色靠背的镀金椅子上,膝盖顶着大大的肚子。他脸上的皮肤松弛下垂,胖乎乎的鼻翼到宽嘴角的褶皱构成了两个三角形。他手里拿着一叠电报,上面的蓝色纸条写着解译后的报文:汉堡分行亏损大约五十万美元。落款是海因茨。环顾四周,房间里摆满了毛茸茸和亮晶晶的物品,紫色的"大约"二字在空中晃动。然后他才注意到女仆,那个戴着褶皱帽、皮肤苍白的黑白混血儿,正在房间里盯着他。他的目光落在她手中扁平的纸板箱上。

"那是什么?"

"是夫人的东西,先生。"

"拿过来……西柯森商店……她添置衣物是想打扮成什么样,你告诉我……西柯森商店……把盒子打开。如果衣服看起来很贵,我就把它退送回去"。

女仆小心翼翼地拉开一层衬纸,露出了一件桃红色和豆绿色的晚礼服。

邓斯先生站了起来。"她一定以为还是战争时期。告诉他们我们不要。告诉他们我们这儿不会举办派对。"

女仆拿起盒子,昂着头走了出去。邓斯先生又回到小椅子上坐下,开始翻看电报。

"安——妮,安——妮。"从内屋传来尖细的声音,紧接着出现了一个戴着自由帽形状的花边帽、穿着荷叶边睡衣的大胖子。"怎么了,邓斯,你一大早在这里做什么?我在等理发师。"

"有件重要的事情,我刚刚收到海因茨的电报。亲爱的赛丽娜,布莱克海德和邓斯联合公司的情况非常糟糕。"

"来了,夫人。"女仆的声音从他身后传来。

他耸了耸肩,走到窗前。他感到疲惫和恶心,身体也很沉重。一个跑腿的男孩骑着自行车从街上经过,笑容满面,脸颊绯红。邓斯看着自己,一瞬间感觉到自己变回了多年前的那个纤瘦的光头男孩。那时他在松树街奔跑,用眼角余光偷看女孩的脚踝。他转身回到了房间里。女仆已经走了。

"赛丽娜,"他开口说,"你能不能理解事情的严重性?这是大衰退。最可怕的是,豆类市场已经完蛋了。我告诉你,已经没救了……"

"亲爱的,我不明白你希望我怎么做。"

"节约,节约!看看橡胶的价格涨到什么程度了。西柯森商店的那件衣服……"

"好吧,你不会让我穿得像个乡村教师一样去参加布莱克海德家的聚会,对吧?"

邓斯叹息着摇了摇头。"你还不明白吗?可能不会再有聚会了……听着,赛丽娜,这不是危言耸听……我想让你收拾好行李,这样我们随时都可以出海旅行……我需要放松一下,想去马里昂巴德疗养。这对你也有好处。"

她突然将目光锁定他。她脸上的小皱纹加深了,眼睛下面的皮肤就像一个泄气了的气球。他朝她走过去,把手放在她的肩膀上,噘起嘴唇准备吻她。这时她突然爆发了。

"我不会让你干涉我和我的裁缝!我不允许,我不会允许!"

"随你去吧。"他离开房间,脑袋耷拉在两个宽厚的肩膀之间。

"安——妮!"

"来了,夫人。"女仆回到了房间。

邓斯夫人在细腿沙发中间坐下,脸色发青。"安妮,帮我把那瓶甜氨酒拿来,再来点水。还有,打电话给西柯森商店,告诉他们是……是管家弄错了,所以把衣服送回去。请把衣服马上送来,我今晚要穿。"

追求幸福,不可剥夺的追求……生命自由的权利和……一个没有月亮的黑夜,吉米·赫夫正独自走在南街。码头大楼后面的船只在夜色中显现出朦胧的轮廓。"上帝啊,我承认我被难住了。"他大声说。四月,这些独自在摩天大楼旁漫步的夜晚让他难以释怀。凹凸不平的建筑物高高屹立,无数明亮的窗户在飘忽的空中倾泻着光芒,似乎向他压来。打字机上金属键盘持续不断的敲击声不绝于耳。从窗口探出歌舞团女孩的脸,她们微笑着向他招手。穿着金色裙子的艾莉,用薄薄的金箔制成的、栩栩如生的艾莉,正从每个窗口向他招手。他绕着街区走了一圈又一圈,寻找摩天大楼的门,绕了一圈又一圈,还是没有找到。每当他闭上眼睛的时候,梦境就会浮现;

每当他停下脚步,用华而不实的辞藻和自己争辩的时候,梦境就会浮现。年轻人,想要保持理智,就必须在两件事中做出抉择……先生,请问这栋楼的门在哪里?绕过这个街区?绕过街区……二者必选其一:穿着脏兮兮的柔软衬衫离开,还是穿着干净的硬领衬衫留下。但是,花一辈子的时间试图逃离这座毁灭之城又有什么意义呢?十三个州那不可剥夺的权利呢?他脑海里一片空白,不停地迈着脚步。他没有什么特别想去的地方。要是我还对文字有信心就好了。

"戈尔茨坦先生,你好!"记者一边轻快地说着,一边向雪茄商店柜台上方伸出胖胖的手。"我叫布鲁斯特,负责《纽约新闻报》犯罪方面的报道。"

戈尔茨坦先生的身材就和毛毛虫一样臃肿,灰色的脸上长着鹰钩鼻、粉红色招风耳。他用怀疑的眼神看着记者。

"如果你愿意的话,我想了解下你昨晚的小……遭遇。"

"我什么都不会告诉你,年轻人。你要是把它写出来,其他的男孩和女孩就有样学样了。"

"戈尔茨坦先生,你这样想太让人难过了。请给我来一根罗伯特·伯恩斯雪茄吧?在我看来,宣传就像通风一样必要,它让新鲜空气进来。"记者咬掉雪茄头部的一小段,点燃了它,站在盘旋上升的蓝色烟雾中若有所思地看着戈尔茨坦先生。"你看,戈尔茨坦先生,是这样的,"他语重心长地说,"我们从人性利益的角度来考虑这件事,怜悯和眼泪,你懂的。摄影师正在赶来的路上。我敢打赌,这报道将增加你未来几周的业务量。我想我大概得打电话让他现在不要来了。"

"这个家伙,"戈尔茨坦先生突然开始说,"总是衣着光鲜。他穿着新款春季大衣,来买一包骆驼牌香烟。'一个美好的夜晚。'他说着便打开烟盒取出一支香烟来抽。然后我注意到和他在一起的那个女人戴着面纱。"

"那么她没有扎起头发?"

"我看到的是丧礼上戴的那种面纱。她走到柜台后面用枪指着我的肋骨,开始说话……你知道的,就像在开玩笑……我还没搞清楚状况,那伙人已经扫荡了收银台,还问我:'你的牛仔裤里有现金吗,伙计?'我告诉你,当时我的汗就流下来了。"

"这就是全部的经过？"

"当然，当我报警的时候，他们早就跑没影了。"

"他们抢了多少钱？"

"哦，大约有五十六美元。"

"那个女人漂亮吗？"

"不知道，也许漂亮吧。我真想把她的脸打烂。应该让这两个家伙坐电椅。哪里都没有安全感。如果大家都拿着枪去对付邻居，那谁还工作呢？"

"你说他们穿得都不错，像是成功人士？"

"按我的推测，男的是大学生，女的已经步入社会了，他们这样做是为了好玩。"

"那家伙是个恶棍。"

"好吧，有的大学生面相不善。期待下周日报纸刊登的《镀金强盗》故事吧，戈尔茨坦先生……你订了《纽约新闻报》，不是吗？"

戈尔茨坦先生摇了摇头。

"我会给你送一份的。"

"我想看到这些崽子被定罪，你明白吗？如果有什么我可以做的，我肯定会去做。再也没有安全感了。我才不关心什么星期天的增刊呢。"

"摄影师马上就来了。我相信你会同意摆几个姿势吧，戈尔茨坦先生，非常感谢……再见，戈尔茨坦先生。"

戈尔茨坦先生突然从柜台下面拿出一把崭新发亮的左轮手枪，并把枪口指向记者。

"嗨，小心。"

戈尔茨坦先生发出了讽刺的笑声。"我已经为他们再次光临做好充分准备了。"他冲着往地铁站赶的记者的背影大声喊道。

"亲爱的赫夫夫人，我们要做的事情，"哈普斯考特先生亲切地看着艾伦的眼睛，露出灰猫般微笑，"就是在时尚的浪潮退去之前上岸，就像冲浪一样。"

艾伦用勺子挖着半个牛油果，眼睛盯着盘子，嘴唇微微张开，姿态优雅。她穿着紧身的深蓝色连衣裙，显得清爽而苗条。她留意着餐厅里旁人的侧目和周围的纷纷议论。

"我可以预言，你比我认识的所有女孩都要迷人。"

"预言？"艾伦问道，抬头看着他笑。

"你不应该对一个老人的话咬文嚼字……我表达得不好……这总是一个危险的信号。不，你理解得完全正确，尽管你有点看不上……承认吧……我们的期刊上需要这样的词汇，我相信你可以解释得比我更好。"

"当然，你想做的是让每个读者都能身临其境。"

"好像她就在阿尔贡金酒店吃午饭一样。"

"不是今天而是明天。"艾伦补充说。

哈普斯考特先生咯咯地小声笑起来，透过金边眼镜试图在她灰色的眼睛中寻找深意。她红着脸，低头看着盘里吃剩下的半边牛油果。仿佛自己身后立了一面镜子，她感觉到周围用餐的男男女女都在好奇地观察着她。

吉米·赫夫坐在查尔德饭店里，周围人醉醺醺的，一片喧闹。煎饼在他被杜松子酒蜇过的舌头上舒适地摩擦。眼睛、嘴唇、晚礼服、培根和咖啡的味道在他身边混杂。他费力地吃着煎饼，又点了些咖啡。他感觉好多了。他一直担心自己会感到不适。他开始看报纸，印刷的字像花儿一样在纸上绽放。然后，版面又变得清晰、有序，黑白分明地展示在他的脑海中。

误入歧途的年轻人，又一次为康尼岛纸醉金迷的虚幻欢乐生活付出了悲惨的代价。当时正处于为新季节重新粉刷之时，便衣逮捕了据称是"摩登大盗"的达奇·罗伯逊和他的女同伙。这对夫妇被指控在布鲁克林区和皇后区犯下了数起抢劫案。警察已经监视他们数日。他们在斯克罗夫特大道7356号租了一个小公寓。即将分娩的女孩被救护车送到卡纳西长老会医院，开始引起人们的怀疑。医院的工作人员对罗伯逊似乎有用不完的钱感到惊讶。女孩住在单人病房，每天都有人送来昂贵的鲜花和水果，一位著名的医生也应他的要求被叫来会诊。当为新生女婴登记名字时，这位年轻的男士向医生承认他们没有结婚。医院的一名护士注意到，女孩符合《晚间时报》上刊登的关于"摩登大盗"及其同伙的描述，于是给警察打了电话。在这对夫妇回到斯克罗夫特大道的公寓后,便衣对他们进行了几天的调查,并于今天下午进行抓捕。

抓获"摩登大盗"的是……

一块滚烫的饼干掉落在了赫夫的报纸上。他惊异地抬头,邻桌的一个黑眼睛的犹太女孩正对他做鬼脸。他点点头,做了一个假装摘帽的手势。"谢谢你,小仙女。"他厚着脸皮说,然后开始吃松饼。

坐在她身边的年轻人,看起来像拳击手教练师,在她耳边吼道:"亲爱的,别闹了,听到了吗?"

赫夫那一桌的人都哈哈大笑起来。他付了账单,含糊地说了声"晚安",然后走了出去。收银台上的时钟显示三点。外面仍有许多人在哥伦布圆环周围游荡。雨后人行道的气味与汽车尾气混合在一起,偶尔还有公园传来的泥土的芬芳和草芽的气味。他在街角站了很久,不知道该往哪边走。这样的夜晚他不想回家。他隐隐约约地为"摩登大盗"和他的搭档被逮捕感到遗憾。他希望他们当时能逃脱。那样他每天都能为在报纸上看到他们的事迹心怀期待了。"可怜的魔鬼,"他想,"而且还带着一个刚出生的婴儿。"

与此同时,在他身后的查尔德饭店传来一阵喧嚣。他回过头来,透过窗户看到里面烤盘里正烤着三个滋滋作响的黄油蛋糕。侍者们正在奋力赶走一个身穿礼服的高个子男人。扔饼干的犹太女孩的同伴被他的朋友拉住了。然后保安挤进人群。他是一个肩宽体胖的小个子男人,有一双深陷而疲惫的眼睛。他镇定地抓住那个高个子男人,转眼就把他甩出了门。高个子男人躺在人行道上,茫然地环顾四周,整了整衣领。这时,一辆鸣笛的警车开了过来。两名警察跳下车,迅速逮捕了三个站在街角窃窃私语的意大利人。赫夫和那个穿正装的高个子男人互相看了一眼,一言不发,然后佯装镇静地朝相反的方向走开。

5. 尼尼微的负担

暮色绯红,湾流雾气缥缈。寒冷的街道上回响着浑厚的呼号声。摩天大楼睁开了"玻璃眼睛"四处窥探。港口烟柱倾斜,五座大桥的桥墩上连着红色缆绳,逗弄着汽笛声幽怨的拖船。

春天让我们噘起嘴来;春天让我们在汽笛嚙呜中起一身鸡皮疙瘩;在中断的交通里,在两个寒冷的街区之间,春天在那令人恐慌的无尽喧嚣中横冲直撞。

邓斯先生把羊毛外套的领子竖起来包住耳朵,向下拉了拉那顶大大的英伦帽子,在沃伦丹号潮湿的甲板上紧张地来回走动。透过蒙蒙细雨,他向外张望,灰色的码头仓库和海滨建筑在天空的映衬下显得惨淡不堪。一个废人,一个废人。他不断地对自己低语。最后,轮船的汽笛第三次响了起来。邓斯先生用手指堵住耳朵,站在救生艇旁看着船舷和码头之间的脏兮兮的水面不断扩大。螺旋桨拍打着水流,甲板在脚下颤动。曼哈顿的建筑物像拍照调焦一样开始滑向远方。下层的甲板上,乐队正在演奏《哦,滴叮,滴叮》。红色的渡船、货船、拖船、挖沙船、伐木船、重型蒸汽船,在他和那座高楼林立的城市之间漂过,城市逐渐凝聚成金字塔的形状,越来越朦胧,慢慢隐入棕绿色的海湾中。

邓斯先生来到下面的客舱。戴着圆顶小帽、垂着黄色面纱的邓斯夫人正把脑袋靠在一篮子水果上哭泣。"别这样,赛丽娜,"他沙哑地说道,"别哭,我们会喜欢马里昂巴德的,我们需要休息一下。现在的处境并不是那么绝望。我去给布莱克海德发个电报,毕竟是他的固执和轻率把公司带到了……现在这种境地。那家伙以为自己能够主宰一切……正因为如此,这下被教训了吧。如果诅咒能杀人,我明天就会被咒死。"令人惊讶的是,他发现自己脸上的皱纹变成了一个微笑。邓斯夫人抬起头来,张嘴想跟他说话,但眼泪还是忍不住倾泻而下。他看了看镜子中的自己,抻了抻袖子,扶了扶帽子。"好吧,赛丽娜,"声音中带着一丝欢快,"我的商业生涯结束了……我去发电报了。"

母亲低头亲吻他,他的手紧紧抓住她的衣服。然后她走开了,把他一个人留在黑暗之中,周围残存着的母亲的体香逐渐淡去,让他哭了起来。小马丁躺在有围栏的婴儿床里扑腾。房间里一片漆黑,墙外依旧是无尽的黑暗。成年人低声交谈,身体摇摆,声音纷纷透过窗户和门缝传进来。远处车轮轰隆声中突然响起一阵急促的警报,这凄厉的声音紧紧扼住了他的喉咙。黑暗的金字塔堆积在他的头顶,压在他的身上。他哭喊着,哽咽着。妈妈沿着一束光亮来到婴儿床边。"不怕,不怕,什么都没有。"她对他笑了笑,拉直了被子,"只是一辆消防车经过,宝宝不用怕消防车。"

艾伦倚坐在出租车上,眯起眼睛休息了一会儿。即使是洗澡或者半小时的小睡,也无法冲淡对办公室的记忆——办公室的气味、打字机的咔嗒声、无休止地重复的废话、人脸和文件。她感到非常疲惫,眼睛难以睁开。出租车停了下来,前面的红灯亮了。第五大道被出租车、豪华轿车和公共汽车堵得水泄不通。她迟到了,还把表忘在家里了。每一分钟对她而言都和一小时一样煎熬。她挪到座位边上,拳头握得紧紧的,隔着手套都能感觉到锋利的指甲嵌进了手掌。终于,出租车猛地发动,排出一股尾气,再次轰鸣。车流向默里山移动。车辆拐弯的时候她看到了一个时钟,七点四十五分。车流又停了下来。伴着出租车尖厉的刹车声,她被甩得身体向前探去。她闭着眼睛向后倚着靠背,太阳穴突突地跳动,所有的神经都紧绷起来。"这有什么关系呢？"她不停地问自己。"他会等的。我又不急着去见他。让我想想,过了多少个街区？不到二十个,大概十八个。"一定是为了防止人们发疯才发明了数字,乘法表是治疗神经紧张的良方。也许这就是老彼得•施拖伊弗桑特的想法,或者是那些发明数字的人的想法。她笑了笑。出租车又开始行驶了。

乔治•鲍德温在旅馆的大厅里来回走动,狠劲儿抽着雪茄。他时不时地瞥一眼时钟。他整个身体像高音小提琴弦一样紧紧地绷着。他很饿,满脑子都是想说的话。他讨厌等待别人。她走进来时,恬静而优雅,面带微笑。他想走到她面前给她一个耳光。

"乔治,你意识到了吗,只是因为数字如此冷酷无情,我们才没有疯掉？"她说着轻轻拍了一下他的胳膊。

"四十五分钟的等待足以让任何人发疯,这就是我所意识到的。"

"我必须解释一下,事情都赶到一起了。我觉得主要是在出租车上耽误了时间。你先进去,点上你喜欢的。我去一下洗手间。请给我一杯马提尼。我今晚已经累死了,累死了。"

"你这个可怜的小东西。我当然会帮你点。不要去太久。"

他的膝盖有点发软。走进金碧辉煌、装修豪华的餐厅时,他感到像融化的冰。上帝,鲍德温,你的举止就像一个十七岁的傻小子……这么多年过去了还是这样。不会有任何改进的……"好吧,约瑟夫,你今晚打算给我们吃什么？我饿了,但首先你可以让弗雷德调制一杯最好的马提尼鸡尾酒。"

"好的,先生。"长鼻子的罗马尼亚服务员说着,用夸张的动作把菜单递给他。

艾伦对着镜子呆望了很久,抹去了脸上一点多余的粉,试图下定决心。她给一个脑海中想象的人偶娃娃拧上发条,让它摆各种造型,做各种手势,在各种模型舞台上表演着。突然,她从镜子前转过身来,耸了耸雪白的肩膀,匆匆赶往餐厅。

"哦,乔治,我饿了,简直饿坏了。"

"我也是。"他声音嘶哑。"伊莱恩,我有个好消息要告诉你。"他匆忙地继续说着,生怕她会打断他。

"西西莉已经同意离婚。我们将于今年夏天在巴黎悄悄地办理离婚手续。现在我想知道的是,你愿意……"

她俯身拍了拍他抓着桌子边缘的手。"乔治,我们先吃晚饭,我们得理智一点。上帝知道过去我们两个人已经把事情搞得够糟了。让我们一醉方休。"鸡尾酒细小光滑的泡沫顺着她的舌头和喉咙滑过,让身体逐渐暖和起来。她那双闪亮的眼睛笑盈盈地看着他。他一口气喝完了自己杯中的酒。

"伊莱恩,"他情难自禁地说道,"你是世界上最美好的人。"

整个晚餐期间,她感觉刺骨的寒冷像麻醉剂一般悄悄溜遍她全身。她已经下定了决心。她坐在那儿,保持着固定的姿势,好像一张定格的照片。痛苦仿佛一条看不见的丝带,紧紧勒住了她的喉咙。在盘子、象牙粉色的灯、破碎的面包片之外,他的面庞在空白的衬衫上晃来晃去:脸颊现出红晕;灯光时而照在他鼻翼的一侧,时而照在另一侧;嘴唇一张一合,露出发黄的牙齿。艾伦脚踝交叉着坐着,衣服下的身体紧绷得像件瓷器。与她有关的一切似乎都变得硬邦邦的,上了釉。香烟的蓝色烟雾正变成玻璃。他那张木偶般的脸,在她面前毫无意义地晃动着。她打了个冷战,双手抱住肩膀。

"怎么了,伊莱恩?"他大声问道。

她撒了个谎:"没什么,乔治。我觉得有股凉风。"

"需要我给你披件衣服吗?"

她摇了摇头。

"那件事情怎么样?"当他们起身的时候他问道。

"什么?"她微笑着问,"从巴黎回来之后吗?"

"我想如果你能忍受,乔治,我就可以忍受。"她平静地说。

他站在一辆出租车敞开的门前等着她。她看到他戴着一顶棕褐色的毡帽,穿着一件浅棕色的大衣,在黑暗中精神抖擞地站着,笑得像周日报纸上的某个名人。她机械地抓着那只扶她上车的手。

"伊莱恩,"他颤抖着说,"现在我的生活又有意义了。上帝啊,你不知道这么多年来我的生活多么空虚。我就像一个铁皮机械玩具,内心非常空虚。"

"我们不要聊机械玩具了。"她哽咽着说。

"好,我们聊聊我们的幸福。"他大声说。

他的嘴唇不容拒绝地吻上她。她感觉自己就像溺水一样,眼角的余光瞥见人们恍惚的面孔、街灯、旋转的车轮在出租车摇晃的玻璃窗外飞速移动。

戴着格子帽的老人坐在褐砂石台阶上,双手捂着脸。百老汇炫目的灯光下,人们不断地从他身边闪过,走向街边的剧院。老人用手捂着脸抽泣着,身上散发着酸臭的杜松子酒味。偶尔他抬起头来,声嘶力竭地喊道:"我不能,难道你们不知道我不能吗?"这简直不像是人类发出的声音,倒像木板裂开的声音。行人的脚步加快了。中年人看向另一个方向。两个女孩看着他,咯咯地笑了起来。顽童们互相推搡,在黑压压的人群中挤来挤去。"卖私酒的家伙。""街区警察要是来了,有他好看的。""禁酒令。"老人抬起满是泪水的脸,瞪着一双无神而充血的眼睛。人们退后,踩到他们身后人们的脚。像劈开的木头一样的声音从他身上传出来:"你们没看到我不能吗?我不能,我不能。"

爱丽丝·谢菲尔德随着女士们走进了罗德泰勒百货公司的大门。布料刺鼻的气味勾起她脑海中的记忆。她首先来到了卖手套的柜台前。女售货员很年轻,黑黑的睫毛又翘又长,笑容甜美。她们谈论着大波浪烫发。爱丽丝试戴了灰色小牛皮和白色的镶花边小牛皮手套。在她试戴之前,女售货员灵巧地从一个长颈木瓶里倒出粉末涂在每只手套的内侧。爱丽丝买下了六副手套。

"是的,罗伊·谢菲尔德夫人……是的,我有赊账账户。这是我的卡……我要买很多的东西。"她自言自语道,"太荒唐了,整个冬天我竟然都穿着那些破衣服。账单送来的时候,罗伊肯定会想办法支付,就是这样。他也该收收心了。我为他支付的账单已经够多了,上帝都知道。"然后她开始看肉色丝袜。离开商店后,柜台上的紫色灯光、编织刺绣、薄呢和丝绸依旧在她脑海中盘旋。她订了两件夏装和一条晚装丝巾。

在梅拉德百货商店,她遇到了一个金发碧眼的高个子英国人。他脑袋是圆锥形的,长长的鼻子下有几缕尖尖的亚麻色的胡子。

"哦,巴克,我玩得正开心呢。我刚才在罗德泰勒疯狂购物。你知道我已经有一年半没有买过衣服了吗?"

"可怜的小东西,"他边说边示意她坐在桌旁,"告诉我这是怎么回事。"

她一屁股坐下,然后呜咽着说:"哦,巴克,我不知道还能忍受多久……"

"哦,你不能责怪我……你知道我想让你做什么……"

"那如果我真的做了呢?"

"那就好极了,我们会很合得来……但前提是你得准备牛肉汤或其他东西。你需要振作起来。"她被逗得咯咯地笑。"亲爱的老伙计,这正是我所需要的。"

"那么,去卡尔加里怎么样?我认识那里的一个家伙,他能给我一份工作。"

"哦,我们马上出发。我不关心衣服或别的东西,罗伊会把那些东西退回罗德泰勒。巴克,你带钱了吗?"

红晕浮上了他的颧骨,并顺着太阳穴蔓延到他那两只不规则的扁平耳朵。"亲爱的爱尔,我承认,我一如贫洗。我的钱只够吃午餐的。"

"哦,该死的,我来兑现支票吧。账户是在我们两个人的名下。"

"如果是在比尔特莫,那儿的人都认识我,他们会为我兑现。我可以向你保证,我们到了加拿大,一切都会好起来的。在英联邦的领地,巴克明斯特这个姓氏比在美国更有分量。"

"哦,我知道,亲爱的,在纽约除了钱之外的东西都一无是处。"

他们走在第五大道上,她突然挽住他的胳膊。"巴克,我有一件十分可怕的事要告诉你。它让我生不如死……你记得我告诉过你,我们的公寓能闻到难闻的气味,我们以为是老鼠。今天早上我见到了住在一楼的那个女人……哦,一想到这个我就觉得恶心,她的脸就像那辆公交车一样绿……看来警察已经检查过水管了……他们逮捕了楼上的那个女人。哦,这太恶心了。我都不想说了……我不会再回那里了。打死也不想回去了……昨天一整天,房子里没有一滴水。"

"发生了什么事?"

"太可怕了。"

"赶紧说吧。"

"巴克,当你回到奥芬庄园时,他们估计不认识你了。"

"但你刚才说的那是什么事?"

"楼上的女人做非法手术,堕胎。这就是水管堵塞的原因。"

"上帝。"

"不管怎样,这已经够糟糕的了……而罗伊坐在那臭气熏天的地方看报纸,一副可恶的表情。"

"可怜的小姑娘。"

"但巴克,我只能兑现两百以内的支票,这已经透支了。这钱够我们到卡尔加里吗?"

"就是辛苦一点。我在蒙特利尔认识的朋友可以给我一份写社会新闻的工作……很讨厌的工作,但我可以用一个假名。等我们挣了点小钱,我们可以去别的地方。现在去兑现那张支票吧?"

当他去买票的时候,她站在咨询台旁边等他。在车站巨大的白色穹顶下,她感到孤独和渺小。她和罗伊共同经历的生活就像一部回放的电影,越来越快地闪过。巴克趾高气扬地回来了,手里攥着一把钞票和火车票。"七点十分的火车是最早一班。"他说,"如果你要去剧院,给我一起买张票……我得赶回去收拾行李。一会儿就好……拿好这五美元。"他走了,而她独自一人在五月炎热的下午走在四十三大街。不知为什么,她开始哭了起来。人们盯着她看,她情难自禁,泪流满面,义无反顾地向前走去。

"地震保险,他们就是这么叫的!上帝的怒火让城市硝烟四起,好比人们捅了马蜂窝一样。然后上帝拿起城市摇晃,像猫折腾老鼠一样……有了保险就高枕无忧……地震保险!"

一个留着瓶刷样胡须的男人站在篝火旁,时而喃喃自语,时而大喊大叫。乔和斯基尼不知道他是在跟他们说话还是在跟自己说话,只希望他能走开。他们故意无视他,继续紧张地为用旧伞架做成的烤架烤火腿做准备。他们俯视可见曼哈顿上层公寓的白色栅栏。夜色下波光粼粼的哈德孙河,河畔的树木发出嫩绿的新芽。

"不要瞎搭话。"乔低声说着,在耳边迅速摇了摇手指,"他是疯子。"

斯基尼背上起了一层鸡皮疙瘩,他感到嘴唇发冷,直想逃跑。

"那是只火腿?"那人突然温和地问他们。

"是的,先生。"停顿了一下,乔颤抖地说道。

"你不知道上帝不允许他的子民吃猪肉吗?"他的声音变成了单调的咕哝和喊叫,"加百利,加百利兄弟,这些孩子能吃火腿吗?当然,天使加百利是我的好朋友,他说下不为例。小心,兄弟,你要烤煳了……"斯基尼已经站起来了。"坐下来,兄弟。我不会伤害你的。我理解孩子们。我们喜欢孩子们,上帝也是这样。你们害怕我,因为我是个流浪汉,对吧?让我告诉你吧,你永远不要害怕流浪汉。流浪汉不会伤害你们,他们是好人。上帝在地球上生活时也是个流浪汉。我的伙伴,加百列天使说他曾当过好多次流浪汉。看,黑人老太太给了我炸鸡。哦,我的上帝!"他咕哝着坐在两个男孩旁边的一块石头上。

"我们本来要来扮演印第安人的,但现在我觉得我们得扮演流浪汉了。"乔稍微活动了下身子。流浪汉从绿色大衣上破破烂烂的口袋里掏出一个报纸包裹,然后小心翼翼地拆开它。咝咝作响的火腿散发出诱人的香味。斯基尼又坐了下来,尽可能地与流浪汉保持距离。流浪汉掰开了鸡肉,他们也开始吃起烧烤。

"加百列,看了这么久,你才看到吗?"流浪汉开始唱着歌喊叫,男孩们又害怕起来。天开始变黑了。流浪汉嘴里塞得满满的。他用鸡腿指着河滨路上星罗棋布的闪烁灯光。"加百列,过来坐一会儿,好好看看她,看看这个老婊子,请原谅我说脏话。地震保险,天啊,他们需要,不是吗?你们知道上帝花了多长时间就摧毁了巴别塔吗,伙计们?七分钟。你们知道上帝花了多长时间就摧毁了巴比伦和尼尼微吗?七分钟。纽约市一个街区发生的恶行比尼尼微一平方英里还要多,你认为上帝会用多长时间来摧毁纽约、布鲁克林和布朗克斯?七秒钟。七秒钟。孩子,你叫什么名字?"他用鸡腿指了指乔,低声说道。

"约瑟夫·卡梅隆·帕克……我们生活在英国。"

"那你呢?"

"安东尼奥·卡梅隆,人们叫我斯基尼。这家伙是我的堂兄弟。他的家人把姓改成了帕克,明白吗?"

"改了名字也没有用,他们在审判书上记下了所有的化名。我正式告诉你们,审判日快要到了。就在昨天,加百列对我说:'好吧,约拿,我们来让大地撕裂吧?'我对他说:'加百列,想想那些妇女和儿童吧,还有那些无辜的小宝宝。如果大地震动,大火降临,他们也都会像富人和罪人一样被杀死。'然后他对我说:'好吧,老约拿,你自己看着办吧。在一两个星期内,我们允许他们赎罪。'但是想想还是很可怕的,伙计们,熊熊大火、地震、海啸伴着高楼大厦倾塌。"

乔突然拍了拍斯基尼的背。"交给你了。"他说着就跑开了。斯基尼跟着他跌跌撞撞地冲进了灌木丛中的狭窄小路,终于在柏油路上追上了他。

"天啊,那家伙是个疯子。"他叫道。

"闭嘴,好吗?"乔呵斥道。他透过灌木丛向后望去,仍然可以看到他们的篝火在天空中冒出薄烟。流浪汉已经不见踪影。他们只听到他的叫声回响:"加百利,加百利。"他们气喘吁吁地朝闪着弧光灯的安全街道跑去。

吉米·赫夫从卡车前面走了出来,挡泥板刚好擦过他的雨衣下摆。他在一个街车站台的立柱后面站了一会儿,让身体里的寒意渐渐消融。一辆豪华轿车突然停在他面前。车门打开了,传来一个熟悉声音,但是他又不确定到底是谁。

"上车来,赫夫。我可以捎带你一程吧?"当他机械地踏上车时,才注意到那是一辆劳斯莱斯。

一个戴着礼帽的红脸胖男人,那是刚果。"请坐,赫夫先生,很高兴见到你。你要去哪里?"

"随便走走。"

"去我家里吧,我想给你看点东西。你过得怎么样?"

"哦,还好。不,我的意思是我现在过得一团糟,不过无所谓。"

"也许我明天就得蹲监狱,坐六个月牢,也许不会。"刚果压低声音笑了笑,小心翼翼地伸直了假腿。

"那么你是还暴露了,刚果?"

"阴谋……但别叫我刚果·杰克了,赫夫先生。叫阿尔曼德。我现在已经结婚了,叫阿尔曼德•杜瓦尔,住在公园大道。"

"古洛米埃这个称呼是怎么回事?"

"那只是做生意用的称呼。"

"那么你的生意做得很好,是吗?"

刚果点了点头。"如果我去亚特兰大——虽然我不想去——六个月后我从监狱里出来的时候就是百万富翁了。赫夫先生,如果你需要钱,尽管开口。我可以借给你几千美元,五年后再还就可以。我了解你。"

"谢谢,我所需要的不是金钱,这才是最糟糕的。"

"你的妻子怎么样了?她可真漂亮。"

"我们要离婚了。她今天早上给我送来了文件。这就是我在这个该死的小镇上等待的原因。"

刚果咬着嘴唇,然后用食指轻轻地敲了敲吉米的膝盖。"一会儿就到我家了,我请你喝一杯好酒。""是的,等会儿。"刚果对司机喊道,他神态庄严地挂着金色球头手杖,一瘸一拐走进公寓的条纹大理石走廊里。他们乘电梯上楼时,他说:"也许你可以留下来吃晚饭。"

"恐怕我晚上不行,刚……阿尔曼德。"

"我的厨师很棒。也许是二十年前,我第一次来到纽约的时候,船上有一个人……这是门,看见 A.D 两个字母了吗,就是阿尔曼德•杜瓦尔。他和我一起逃跑,他总是对我说:'阿尔曼德,你永远不会成功,你太懒了,只知道追小姑娘。'现在他是我的厨师,一流的厨师,蓝带厨师。人生如戏啊,赫夫先生。"

"哇,这很好,"吉米•赫夫靠在黑胡桃木书房里的一张高背西班牙椅上,手里拿着杯陈年波旁威士忌说,"刚果,我是说阿尔曼德,如果我是上帝,必须决定这个城市里谁该赚一百万美元,我发誓,你肯定是天选之人。"

"也许越来越多的姑娘会来这儿。我会让你看看她们多漂亮。"他用手指绕着脑袋比划了个卷曲的动作,"满头金发。"突然,他皱起了眉头。"但是赫夫先生,任何时候,只要我可以为你做什么,金钱或类似的事情,你得告诉我,好吗?我们已经是十年的老朋友了。再喝一杯?"

喝下第三杯波旁威士忌时,赫夫开始说话了。刚果坐在那里听着,厚厚的嘴唇微微张开,偶尔会点点头。"你和我的区别在于,你的社会地位在上升,阿尔曼德,而我在不断下降。当你在轮船上打杂时,我是一个住在丽兹饭店的小男孩,脸色苍白,不讨人喜……我的父母在佛蒙特州做豪华大理石和黑胡桃木生意,而我对经营之道一无所知……女人就像老鼠,你知道,她们会离开下沉的轮船。她要嫁给那位刚刚被任命为地区检察官的鲍德温。据说他将以融合改革的名义被提名为市长……妄想权力,这是他的痛处。权势让女人无法自拔。如果这对我有什么好处,我发誓我能打起精神赚一百万美元。但我没法从中获得新鲜感了。我想要体验未曾经历、截然不同的生活……你的儿子们也会一样,刚果。如果我受过良好的教育并起步够早,也许我已成为一个伟大的科学家。如果我更有异性缘,也许我已成为一名艺术家,或者投身于宗教……但是,上帝,我已经快三十岁了,求生欲很强……如果我足够浪漫,我想我早就自杀了,就为了让人们谈论我。我甚至不能确定自己是否真的醉倒过。"

"依我看,"刚果再次把小杯子装满,慢慢露出微笑,"赫夫先生,你想太多了。"

"我当然知道,刚果,我当然知道,但我到底要怎么做呢?"

"好吧,当你需要一点钱的时候,请记住阿尔曼德·杜瓦尔。想要再来一杯酒吗?"

赫夫摇了摇头。"我得自律点,再见,阿尔曼德。"

在大理石柱廊的大厅里,他碰到了内华妲·琼斯。她正戴着兰花。"你好,内华妲,你怎么在这儿?"

"我住在这里,你以为是什么?前几天我和你的一个朋友结婚了,阿尔曼德·杜瓦尔。想上来看看他吗?"

"刚去过了,他是个可以托付的人。"

"他当然是。"

"你和托尼·亨特之间发生了什么?"

她靠近他并低声说道:"忘掉我和他的事,好吗?那家伙吹口气都能把你干倒……托尼是上帝的错误安排之一,我和他已经结束了。有一天,我发现他因为自己要出轨一个杂技演员而担心害怕得在更衣室啃着地板上的毯子边缘……我告诉他,他最好去出轨,我们当即分手了。但是,说实话,我这次获得了幸福的婚姻,就是现在这种情况。所以看在上帝的分儿上,不要让任何人对阿尔曼德说起托尼或鲍德温的事儿,尽管他知道自己没有机会娶到处女。你为什么不上来和我们吃饭?”

"我不去了,内华妲,祝你好运。"威士忌温暖着他的胃,灼烧着他的手指。七点钟,夕阳西沉,吉米·赫夫走在公园大道上。出租车呼啸而过,周围弥漫着汽油味和餐馆的油烟味。

这是詹姆斯·梅里韦尔加入大都会俱乐部后的第一个晚上,他有点纠结,比如拿不准要不要挂手杖,担心挂手杖会让他显得有点老气。他坐在靠窗的一张深色皮椅上,抽着三十五美分一支的雪茄,膝盖上放着《华尔街日报》,右大腿上放着《时尚》杂志,眼睛在夜色中闪着水晶般的光芒。他陷入了遐想:经济大萧条……一千万美元……战争后的萧条。我想告诉所有人做些改变。布莱克海德和邓斯联合公司因为一千万美元而破产,邓斯几天前离开了这个国家,布莱克海德被软禁在大颈的家中。纽约历史最悠久、盛名远扬的进出口公司之一,一千万美元。哦,当好伙伴们聚在一起时,总是风和日丽。这就是银行业的特点。即使账户是赤字,也有资金可以支配,有抵押品。商业活动总会伴随一定的风险。有赚有赔,不是吗,梅里韦尔?当坎宁安给他调制杰克玫瑰鸡尾酒时,老帕金斯就是这么说的。酒杯摆在木桌上,好歌在耳边回荡。跟那个家伙搞好关系。梅茜迟早会知道她在做什么。毕竟身处这个阶层的人容易被勒索。傻瓜才不检举呢。他会说那女孩疯了,嫁的是另一个同名的男人……应该送精神病院,诸如此类。上帝啊,我本来还想为他遮掩。这个情况完全证明他是清白的,连母亲都得承认。辛巴达在东京和罗马的情况很糟糕……杰瑞过去总唱这首歌。可怜的老杰瑞从来没有在大都会俱乐部感觉良好……因为他的股票一路下行。就拿吉米来说吧,甚至连这样的借口都没有,一个彻头彻尾的失败者,与社会格格不入。我猜赫夫老爷子很狂野,一个划皮艇的。经常听母亲说,莉莉姨妈总是逆来顺受。他本来可能凭借自己的优势做出一些成绩……梦想家,流浪者……就像格林尼治村的那帮艺术家。爸爸为他做的事和为我做的一样多……而现在他离婚了。通奸……和一个妓女。没准有梅毒什么的。负债一千万美元。

失败。成功。

一千万美元……成功经营十年的银行业务……昨天在美国银行家协会的晚宴上,银行与信托公司的总裁詹姆斯•梅里韦尔为"银行业十年的发展进步"发表了祝词:"先生们,我想起了那个非常喜欢吃鸡肉的老黑鬼,但是,请允许我在这个喜庆的场合说几句严肃的话(相机闪光灯的咔咔声)。我想敲个警钟。作为一名美国公民,作为一名全国知名,甚至可以说是国际知名的机构总裁(相机闪光灯的咔咔声)"……詹姆斯•梅里韦尔终于让自己的声音盖过了雷鸣般的掌声。他头发灰白,慷慨激昂地继续他的演讲:"先生们,承蒙厚爱。我只想说,经历了这么多的考验和磨难,在他人抹黑污蔑和嫌弃嘲笑的深渊,在静默的暗夜,在喧嚣的正午,我依旧能保持镇静,冷静地对待我的员工,我的生活,以及我所热爱的妻子、母亲还有祖国。"

雪茄长长的烟灰掉落在他的膝盖上,詹姆斯•梅里韦尔站起身来,一脸严肃地掸了掸掉在裤子上的烟灰。然后他又坐下来,皱着眉头开始阅读《华尔街日报》上关于外汇的文章。

他们坐在午餐车的座位上。

"说吧,孩子,你到底是怎么跟那艘破船签约的?"

"因为只有这艘船去东方。"

"这次你肯定得放放血咯,孩子。船长是个瘾君子,大副是辛辛监狱里最该死的骗子,船员都是些笨蛋。这艘破船沉了都不值得打捞。你上一份工作是干什么的?"

"酒店的夜班服务员。"

"听听这句话,全能的上帝啊,竟然有人愿意放弃纽约市豪华酒店的好工作,跑到戴维•琼斯的破汽轮上当帮厨。也许你会成为一个优秀的海上厨师。"

年轻人脸红了。"还有汉堡吗?"他对柜台的人喊道。

他们吃完饭,正喝着咖啡。他看着朋友低声问道:"说吧,鲁尼,你曾经去过海外吗?在战争时期?"

"我去过几次圣纳泽尔。怎么了?"

"我不知道,就是好奇。我在国内待了整整两年。世界已经不一样了。

我曾经认为我想要的是找到一份好工作,结婚并定居下来,而现在我根本不在乎……我做一份工作也就持续六个月左右,然后我就会感到万分躁动,明白吗?所以我觉得自己应该去东方看看。"

"没关系。"鲁尼摇摇头说,"你会看到的,不用担心这个。"

"多少钱?"年轻人问柜台后的人。

"年轻人,你会被花花世界迷住的。"

"我入伍的时候才十六岁。"他收起找零,跟着鲁尼缓慢地迈着大步回到了街上。来到街道尽头时,顺着卡车和仓库的屋顶看向远处,可以看到蒸汽船的桅杆和渐渐消散在阳光中的白色蒸汽。

"放下窗帘。"床上传来男人的声音。

"拉不了,它坏了。哦,见鬼,全掉下来了。"窗帘卷轴砸在安娜脸上,她几乎要哭出来了。"你来修吧。"她说着向床边走去。

"我关心的是,不要让别人看见房间里面。"男人搂着她笑着说。

"就是这些灯光的缘故。"她抱怨着,疲惫地瘫软在他的怀里。

这是一间四四方方的小房间,窗户对面的墙角有一张铁床。街道上的轰鸣声涌进楼里。在天花板上,可以看到百老汇大街上电子标牌变幻的灯光,白色、红色、绿色,然后是像肥皂泡破裂一样的彩色,然后又是白色、红色、绿色。

"哦,迪克,我希望你能修好窗帘,灯光让我感到心烦意乱。"

"有点灯光挺好的,安娜,就像在剧院里一样……像是不夜街剧院一样,听说那儿就是这样的。"

"对你们这些来自城外的人来说还不错,但我对此感到不安。"

"那么你现在是在苏布莉娜夫人那里工作吗,安娜?"

"你的意思是我没罢工?我知道。老太婆把我赶出来了。要是不找份工作,能被絮叨死。"

"像你这样的好女孩一定不缺男朋友的。"

"天啊,你们这些得了便宜就卖乖的家伙……你认为我和你在一起,也就会和任何人在一起吗?我不会这样的,你知道吗?"

"我不是那个意思,安娜。哎呀,你今晚真是太敏感了。"

"我觉得我神经绷得很紧。那个老太婆把我赶出来了,我不得不去苏布莉娜夫人的店里打工。谁遇到这种事情都会生气。要我说,他们都应该下地狱。他们为什么就不能让你安心呢?我这辈子没做过任何伤害别人的事。我只想让他们离我远点儿,让我好好工作赚钱,偶尔享受一下美好的时光。上帝啊,这太糟糕了,我都不敢上街,因为我害怕遇到一些老家的女孩。"

"该死的,安娜,事情没有那么糟糕,说实话,如果不是因为我的妻子,我会带你到西部去。"

安娜的声音甚至有些呜咽。"现在,因为我对你有好感,愿意讨你欢心,你就叫我婊子。"

"我没有这样说过,甚至都没有这样想过。我认为你是一个聪明的女孩,而不是大多数女人那样的恋爱脑。嗨,为了能让你高兴,我还是去修窗帘吧。"

乳白色灯光从窗户里映进来。她侧躺在床上看着他肥胖的身躯。最后,他牙齿打战,回到她身边。"我搞不定,该死的,太冷了。"

"没关系,迪克,快去睡觉吧,一定很晚了。我八点就得去那边了。"

他从枕头下拿出他的手表。"两点半了,亲爱的夜猫子。"

她看着窗外电子标牌投射在天花板上变幻的光芒,白色、红色、绿色,然后是像肥皂泡破裂一样的彩色,然后又是白色、红色、绿色。

"他竟然没有邀请我参加婚礼!说实话,如果他邀请我参加婚礼,我可以原谅他。"她对端来咖啡的黑人女仆说道。那是一个星期天的早晨。她在床上坐着,报纸铺在腿上。她正在看着报纸上的一张照片,配文写着"杰克·坎宁安先生和夫人乘坐信天翁七号水上飞机,开启蜜月之旅"。

"他看起来很英俊,不是吗?"

"是的,小姐。但难道你就没有办法阻止他们吗,小姐?"

"什么办法都没有。你知道吗,他说如果我有这样的打算,会把我送进精神病院。他很清楚尤卡坦半岛离婚是不合法的。"

弗洛伦斯叹了口气。"男人们总是伤害我们这些可怜的女孩。"

"哦,这不会持续太久的。你可以从她的脸上看出来,她是一个讨厌的、自私的、被宠坏的小女孩。而我才是他名正言顺的妻子。上帝知道我曾试图警告她。奉上帝之命而结合的人，谁都不能拆散……《圣经》里就是这么说的，对吧？弗洛伦斯，今天早上的咖啡简直太难喝了。我喝不下去了。你马上去给我做些新的。"

弗洛伦斯皱着眉头，耸起肩膀，端着托盘走出房门。

坎宁安夫人深深地叹了一口气，在枕头中间躺下。外面，教堂的钟声响了起来。"哦，杰克，亲爱的，我还是一样爱你，"她对着照片说，然后她吻了上去，"你听，亲爱的，教堂的钟声和我们从高中毕业舞会上逃跑并在密尔沃基结婚那天的钟声是一样的。那是一个可爱的周日早晨。"然后她盯着第二任坎宁安夫人的脸。"哦，你。"她说着用手指戳穿了报纸。

她站起来的时候感觉审判室在缓慢旋转。鼻子上戴着眼镜的白脸法官、警察、穿制服的服务员、灰色的窗户、黄色的桌子都在旋转。她的律师长着鹰钩鼻，摩挲着光溜溜的脑袋，皱着眉头，也在旋转。她觉得自己要吐了。她一个字也听不进去，不停眨巴着眼睛，试图让自己清醒。她能感觉到达奇在她身后蜷缩着身子，双手抱头。她不敢回头看。几个小时后，一切都变得清晰起来，又非常遥远。法官正在对她喊叫，没有血色的嘴唇像金鱼的嘴一样开合。

"……现在，作为这个伟大城市的一个男人和一个公民，我想对被告说几句话。简而言之，就是这种事情必须停止。人的生命和财产是不可剥夺的，这项权利被建立共和国的伟人们写进了宪法，必须得到保障。不论有没有工作，每个人都有义务使用一切手段来阻止这种违法乱纪行为的发生。因此，尽管那些多愁善感的记者腐蚀了公众的心灵，灌输这种软弱无能的想法，认为可以违背上帝旨意、无视人类的法律、蔑视私有财产的权利，认为可以用武力从遵纪守法的公民那里夺走他们通过努力工作和聪明才智赢得的财富并且逍遥法外。尽管这些记者会夸大环境的影响，我还是要对你们两个抢劫犯施以最严厉的法律处罚。现在是时候引以为鉴了……"

法官喝了一口水。法朗希注意到他的鼻子上沁出了点点汗珠。

"现在是时候引以为鉴了。"法官大声说道，"我并非没有思考什么导致了悲剧的发生。缺乏教育和理想，缺乏一个充满爱的家庭和母亲的温柔关怀，导致这个年轻的女人陷入不道德和痛苦的生活，被残忍贪婪的男人所诱惑，被称为'爵士时代'的这个躁动而又邪恶的时代所误导。然而，就因为考虑到这些因素，打算用仁慈来缓和法律的严惩时，我突然想起了其他年轻女孩。也许此刻，正是由于没有足够严厉地惩罚他和他的同伙，在这个伟大的城市里有数百名女孩即将落入像罗伯逊那样的残忍而无耻的犯罪者的魔掌之中。我还记得，不恰当的仁慈往往适得其反。我们所能做的就是为犯错的女人流下同情的泪水，为这个不幸的女人带到世界上的无辜婴儿祈祷……"

一股寒意顺着法朗希的指尖传入胳膊，传遍了她的周身。"二十年。"她听到法庭周围人们的窃窃私语。人们微微张嘴，似乎都在轻声说"二十年"。"我想我要晕倒了。"她对自己说，仿佛在和一个朋友对话。世界变得漆黑一片。

卧室里摆着一张宽大的床，装饰着菠萝图案、颇具殖民地时期风格的红木大床，上面摆着五个枕头。菲尼亚斯•P.布莱克海德倚靠在枕头上咒骂着，脸色发紫——和他的丝绸睡衣一个颜色。这间红木装饰的卧室没有贴墙纸，而是挂着爪哇蜡染布。卧室里，只有一个穿着白色外套、扎着头巾的印度仆人站在床尾。那仆人双手垂放，时不时地在咒骂声中低头附和："是的，先生，是的，先生。"

"看在无所不能的上帝的分儿上，你这个该死的黄种人把威士忌拿给我，否则我就起来打断你身上的每一根骨头，听到了吗？耶稣啊，上帝啊，我在自己家里都使唤不动人了吗？我说的威士忌是指黑麦酒，而不是橙汁！该死的，去拿吧！"他从床头柜上拿起一个玻璃杯朝着印度仆人扔过去，然后气喘吁吁地倚回枕头上，嘴角挂着唾沫。

印度人默默地擦干厚厚的地毯，用手捧着一堆碎玻璃溜出了房间。布莱克海德的呼吸顺畅了一点儿，慢慢闭上了深深陷入眼窝的眼睛。

格拉迪斯穿着雨衣，拿着一把湿漉漉的雨伞走了进来。他似乎睡着了。她蹑手蹑脚地走到窗前，站在那儿欣赏雨中灰蒙蒙的街道和对面古老坟墓般的褐砂石房屋。有那么一瞬间，她似乎变成一个穿着睡衣的小女孩，在星期天早上和爸爸在大床上一起享用早餐。

他惊醒过来,用布满血丝的眼睛环顾四周,收紧了青筋暴露的下巴。

"哦,格拉迪斯,我要的黑麦威士忌在哪里?"

"哦,爸爸,你是知道汤姆医生的嘱咐的。"

"他说再喝酒我就会完蛋。我还没死,对吗?他是个该死的混蛋。"

"但你得照顾好自己,不要太激动。"她吻了他,把一只冰凉纤细的手放在他的额头上。

"我难道没有理由激动吗?如果我能掐住那个卑鄙杂种的脖子……要是他没有退缩,我们本可以挺过去的。活该我有这么一个软蛋合伙人。二十五年、三十年的努力在十分钟内化为乌有!二十五年来,我的话就像钞票一样好使。对我来说,最好的归宿就是跟着公司一起下地狱。让我见鬼去吧。天啊,我的亲骨肉,告诉我不要喝酒……万能的上帝啊。鲍勃,鲍勃!这个该死的家伙去哪了?你们这些狗娘养的快过来,你们以为我付钱给你们是为了什么?"

一名护士在门口探了探头。

"滚开。"布莱克海德喊道,"你们这帮老处女别在我身边烦我。"他从脑袋下抽出枕头扔了出去。护士消失了。枕头打在床尾的柱子上,又弹到了床上。格拉迪斯啜泣起来。

"爸爸,我受不了了。大家总是那么尊敬你。努力控制下自己,亲爱的爸爸。"

"看在上帝的分儿上,我为什么要控制自己?表演结束了。你为什么不笑?大幕已经落下。只不过是开玩笑,低级趣味的玩笑而已。"

他开始亢奋地狂笑起来。然后胸口一阵憋闷,他握紧拳头拼命地呼吸。最后他断断续续地说:"难道你看不出来,只有威士忌才能让我多撑一阵子吗?你走吧,格拉迪斯,让我自己待会儿,让那个该死的印度人到我这儿来。我一直很爱你,胜过世界上一切,你知道的。让他赶快把我要的东西拿过来。"

格拉迪斯哭着出去了。她的丈夫在外面的大厅里来回踱步。"那些该死的记者,我不知道跟他们说什么。他们说债权人想要起诉。"

"加斯顿夫人,"护士打断了她的话,"恐怕你得找个男护士……真的,我拿他一点办法都没有。”

楼下的电话铃声一直在响个不停。

印度人拿来一瓶威士忌，布莱克海德装满了高脚杯然后一饮而尽。

“感觉好多了，上帝，没错。阿赫梅特，你干得不错。好吧，我想我们必须面对现实并且卖些东西。感谢上帝，格拉迪斯已经有着落了。我会卖掉所有的东西。我希望那个宝贵的女婿不是傻瓜。总被一群阉鸡包围着可真是我的运气……如果对他们有好处的话，我宁愿去坐牢，为什么不呢？这都是一辈子的事。然后等我出狱，我会找份驳船工人或码头保安的工作。我喜欢那样的工作。生活已经一团糟了，为什么不轻松一下呢，阿赫梅特？”

“是的，先生。”印度人鞠躬说。

布莱克海德模仿他，“是的，先生。你总是说是的，阿赫梅特，这不是很好笑吗？”他笑得喘不过气来，“我猜这么回答是最简单的。”他止不住笑，然后突然就笑不出来了。一阵痉挛袭过四肢，他努力扭动嘴巴，试着发出声来。他环视着房间，就像受了伤的小孩子在酝酿着哭泣的眼神，然后软绵绵地倒下。他的头扭向一侧，嘴张开着，好像要咬自己的肩膀。阿赫梅特冷冷地看了他很久，然后走到他面前，朝他脸上吐了一口唾沫，又立即从亚麻外套的口袋里掏出一块手帕擦净，然后合上了他的嘴巴，把身体放回枕头中间，轻轻地走出了房间。在大厅里，格拉迪斯坐在一张大椅子上看杂志。“先生好多了，他可能还要睡一会儿。”

“哦，阿赫梅特，这真让我高兴。”她说完，目光又回到正在看的杂志。

艾伦在第五大道和五十三大街的拐角处下了车。西边天际呈现出灿烂的玫瑰色，夕阳的光辉照得金属、纽扣和人们的眼睛都闪闪发光。大道东侧的所有窗户都似乎在燃烧着。当她咬紧牙关站在路边等着过马路时，一缕缕香气拂过她的脸庞。一个瘦骨嶙峋的小伙子，戴着顶外国款式的帽子，端着个装杨梅的篮子，献到她面前。她买了一把，把杨梅凑到鼻子下闻了闻。五月的水果像糖一样融化在她的口中。

汽笛声声，汽车纷纷涌出小街，十字路口挤满了人。艾伦感觉到那个小伙子在她身边经过时蹭到了她。她缩身躲开了。透过杨梅的香气，她在一瞬间闻到了他身上邋遢的气味。那是移民的气味,住在埃利斯岛的气味,生活在拥挤的公寓的气味。在五月车水马龙的街道上,她不安地感觉到摩肩接踵人群里的气味,就像从破败的下水道和拖布中散发出的腐臭。她迅速穿过十字街,走进一扇门。那门旁挂着打磨得光洁无暇的铜制名牌。

苏布莉娜夫人

精致礼服

她在苏布莉娜夫人那猫一样的微笑中忘记了一切。一个粗壮的黑发女人,也许是俄罗斯人,从帘子后面伸出手臂向她走来。其他在约瑟芬皇后会客厅的沙发上等待的顾客羡慕地看着。

"亲爱的赫夫夫人,你去哪里了?你的衣服我们已经做好一个星期了。"她用过于完美的英语惊呼,"亲爱的,稍等。它太漂亮了。哈普斯考特先生最近怎么样了?"

"我一直很忙,你知道我要辞职了。"

苏布莉娜夫人点了点头,会意地眨了眨眼,然后穿过挂毯窗帘,走到商店的后面。

"啊,你看看,好好看看,这里有一些细小的褶皱,但它们会熨平的。抱歉,亲爱的。"粗壮手臂紧贴着身体搂着她的腰,艾伦往边上靠了靠。"你将是全纽约最漂亮的女人。安吉丽娜,把赫夫夫人的晚礼服拿过来。"她的声音像珍珠鸡的叫声一样尖锐。

一个面颊凹陷、面容憔悴的金发女孩拿着衣架上的裙子走了进来。艾伦脱下了她那件合身的灰色便服。苏布莉娜夫人围着她转了一圈,不住地夸赞。"安吉丽娜,看这肩膀,这头发的颜色……啊,和梦中所想的一样。"她边说边像一只渴望被抚摸后背的猫一样,亲昵地靠过来。这条裙子是淡绿色的,上面有红色和深蓝色的条纹。

"这是我最后一次定制这样的礼服了,我厌倦了总是穿蓝色和绿色的衣服。"

苏布莉娜夫人嘴里叼着别针,蹲在她的脚边整理着裙子的下摆。"完美的希腊式简约风,系上腰带就像狄安娜女神。洋溢着春天的气息,安妮特·凯勒曼般的极致克制,举着自由之灯,充满智慧的少女。"她喃喃自语道。

她是对的,艾伦在想,我的容颜正在老去。她端详着穿衣镜里自己的身影。然后我的身材会走样,更年期后就得围着美容院打转,敷上护肤泥,做面部拉皮。

"看着我,亲爱的,"裁缝站起身来,从嘴里拿出针说,"这就是苏布莉娜的杰作。"

艾伦突然觉得很热,好像被带刺的网缠住了。染色丝绸、纱网和棉布闷得她头疼。她恨不得赶紧回到街上去。

"我闻到了烟味,出事了!"金发女孩突然叫了起来。"嘘——嘘——"苏布莉娜夫人发出嘘声。她俩都从一扇挂着镜子的门跑开了。

在苏布莉娜裁缝店后屋的天窗下,安娜•科恩坐在那里飞针走线,利索地用细针缝制裙子的花边。她面前的桌子上摆着一大堆薄纱,像打发的蛋清一样。"查利,我的孩子,哦,查利,我的孩子。"她哼着歌,用细小的针线缝制着未来。如果埃尔默想娶我,我们不妨就结婚吧。可怜的埃尔默,他是个好孩子,但那么爱幻想。可笑的是他竟然喜欢上我这样的女孩。他会长大的,也许会在革命中成长为一名伟人。等我成为埃尔默的妻子就不能经常参加聚会了。但也许我们可以攒钱在 A 大道上找个好位置开一家小店,在那里比在市郊赚钱容易。还有时髦的巴黎女郎。

我打赌我可以做得和那个老婊子一样好。如果你自己当老板,就不会担心罢工和破坏这类事件发生。人人机会平等。埃尔默说那都是胡说八道。工人们看不到希望,唯有革命。哦,我为哈里痴狂,哈里对我也痴狂……埃尔默穿着大衣,戴着耳罩站在呼叫中心,看起来高大威猛。革命的序章已经开启,红色护卫队正在第五大道上行进。金色卷发的安娜腋下夹着一只小猫,和他依偎在一起,脑袋探出最高的窗外,俯视着鸽子在城市中飞舞。第五大道上红旗飘飘,游行队伍的乐器闪闪发光,嘶哑的声音用意第绪语唱着《红旗》;远处的伍尔沃斯,横幅在风中摇摆。"看,埃尔默,亲爱的",条幅写着支持埃尔默•杜斯金竞选市长。所有办公大楼里的人们都在跳着查尔斯顿舞,鼓声咚咚。查尔斯顿舞……鼓声咚咚。也许我真的爱他。埃尔默,带我走。埃尔默,热情如火,爱如潮水。紧紧拥抱我吧,埃尔默。

神游中,她那白色的手指忙着针线活。白色的薄纱亮得晃眼。突然,许多红色的手从薄纱中伸出来。红色薄纱把她裹得紧紧的,缠绕在她头上,噬咬着她。她无法挣脱。天窗被腾起的烟雾熏得黑漆漆的。房间里充满了烟雾和尖叫声。安娜站了起来,扭身用双手扑打着裹在身上的薄纱燃烧的火苗。

艾伦站在试衣间里看着镜子里的自己。织物烧焦的气味越来越浓。她焦虑不安地来回走了几步,接着也赶忙进了玻璃门,穿过挂满衣服的走廊,躲过呛人的烟雾,双眼流着泪,看到了大工作间里一双双惊慌的眼睛。女孩们躲在苏布莉娜夫人身后尖叫。夫人正用化学灭火器对准工作台上烧焦的货物堆喷射。她们一边哀叹,一边从烧焦的货物中挑挑拣拣。她瞥见了残破衣物里露出的一只胳膊、一张熏得黑红的脸,还有一个可怕的光头。

"哦,赫夫夫人,请你告诉前厅这边没事,什么事都没有。我马上就来。"苏布莉娜夫人气喘吁吁地对她喊道。艾伦闭着眼睛跑过充满烟雾的走廊,进入空气清新的试衣间。然后,她定了定神,穿过门帘来到等候室里那些不安的妇女面前。

"苏布莉娜夫人让我告诉大家一切都好,什么事情都没有。只是垃圾堆燃起了些火星。她自己用灭火器把它扑灭了。"

"一切都好,什么事情都没有。"妇女们一个接一个地回到等候厅的沙发上说。

艾伦走到街上。消防车正在赶来。警察正在驱散人群。她想离开但做不到,她在等待着什么。终于,她听到了街上传来叮叮当当的声音,消防车和救护车先后开了过来。服务员把折叠的担架抬了进来。艾伦几乎无法呼吸。她站在救护车旁边,前面是一个穿蓝衣服的警察。她想弄清楚为什么自己会如此激动,就好像她自己将被裹上绷带并抬上担架。很快担架就被抬了出来。医生们穿着深色制服,摆着一副例行公事的面孔。

"她严重烧伤了吗?"她站在警察的胳膊下方,好不容易问出来。

"死不了,但对一个女孩来说,不好过哦。"

艾伦用胳膊挤开人群,匆匆走向第五大道。天快黑了。明亮的灯光映照着深海般澄澈的夜空。

她一直问自己:我为什么要这么激动?只是某人的运气不好。这种事情每天都在发生。呻吟骚动声和消防车的叮当声在她心里缭绕不散。她犹豫地站在一个角落里,汽车、人群、灯光从她身边一闪而过。一个戴着新草帽的年轻人正用眼角的余光看着她,试图和她搭话。她面无表情地瞪着他。他戴着一条红绿蓝三色条纹的领带。她快速走过他身边,穿过马路,来到市区。七点半。她必须在某个地方见某个人,但她想不起来在哪里。她脑海中一片空白。哦,上帝,我该怎么办?在下一个路口,她叫了一辆出租车。"请到阿尔贡金酒店。"

她这会儿想起来了,她八点钟要和沙梅耶法官夫妇共进晚餐。她本想回家去换衣服的。"乔治看到我这样风风火火,一定会生气的。他喜欢把我打扮得花枝招展,像洋娃娃一样说话走路,真讨厌。"

她闭着眼睛靠在出租车的角落里。放松,她必须让自己更放松。荒唐的是,我总是很紧张,以至于时时刻刻都像粉笔在黑板上尖厉地划擦。如果是我被严重烧伤,像那个女孩一样终生毁容,会怎样?也许她能从老苏布莉娜那里得到一大笔钱,开始自己的事业。假设我和那个打着丑陋领带、想勾搭我的年轻人在一起,又会怎样?坐在饮料摊对着甜品打趣,腿挨着腿搂在一起坐公共汽车在城区里穿梭,在门廊里爱抚……只要你不在乎,就能享受生活。在乎什么,什么?他人的看法、金钱、成功、酒店大堂、健康、雨伞还是饼干?我的大脑就像一个坏掉的发条玩具,一直在颤动。我希望他们还没有点晚餐。如果他们没有,我会带他们换个地方。她打开化妆盒,开始给鼻子上扑粉。

出租车停了下来,高大的门童为她打开车门。她踮着脚尖下了车,付完钱,转身离去。她盯着旋转门,脸颊微微发红,眼睛在深蓝色夜色笼罩的街景中闪闪发光。

她戴着手套的手还没接触到门玻璃,闪亮的旋转门就已经无声地旋转起来。她心里突然涌起一股被遗忘的感觉。手套、钱包、化妆盒、手帕,我都带着了。没有带雨伞。我有没有把什么忘在出租车上?然而她已经微笑着走向两个穿白衬衫和黑西装的人,他们微笑着起身向她伸出手来。

穿着睡袍和睡衣的鲍勃·希尔德布兰在长长的窗户前来回走动,抽着烟斗。通往前厅的推拉门外传来玻璃的叮叮当当声、脚步声和笑声,以及留声机演奏的歌曲《狂奔》。

"你为什么不在这里过夜歇息?"希尔德布兰用他低沉严肃的声音说道,"那些人会陆续离开,你可以在沙发上安置。"

"不,谢谢。"吉米说,"他们马上就会谈论心理分析。他们会在这里待到天亮。"

"但你最好坐早班火车。"

"我不打算坐火车。"

"赫夫,你是否读过关于费城的那个人被杀的报道,就因为他在五月十四日戴着草帽?"

"上帝啊,如果我创立新的宗教,一定奉他为圣人。"

"你没有读过那篇报道吗?太可笑了。这个人一根筋地护着自己的草帽。有人弄坏了他的帽子,他就动手打架了。在打斗过程中这些街头好汉绕到他身后,用铅棍打碎了他的脑袋。他因为头骨破裂死在了医院里。"

"鲍勃,他叫什么名字?"

"我没有注意。"

"说起无名战士,那才是真正的英雄,反季节戴草帽的壮丽传奇。"

一个脸色苍白、头发遮住眼睛的男人走了进来。"要不要给你们来杯杜松子酒?你们是在颂扬谁的葬礼吗?"

"我要去睡觉了,不用给我酒。"希尔德布兰生气地说道。

"这是费城的圣阿洛伊修斯的葬礼,他是处男,也是殉道者,反季节戴着草帽。"赫夫说,"我想来点杜松子酒。我马上要走了。再见,鲍勃。"

"再见了,你这个神秘的旅者。让我们知道你的地址,听到了吗?"

长长的前厅里到处都是杜松子酒瓶和姜汁汽水,烟灰缸里堆满了抽了一半的香烟,有人在跳舞,有人懒洋洋地躺在沙发上。留声机没完没了地播放着"淑女……窈窕淑女"。杜松子酒被塞到赫夫的手里。一个女孩向他走来。

"我们一直在谈论你。你知道你充满了神秘色彩吗?"

"吉米,"一个醉醺醺的人尖声说道,"他们怀疑你是那个留着短发的匪徒。"

"你为什么不做个职业罪犯呢,吉米?"女孩搂着他的腰说,"我会去参加你的审判的，我说真的。"

"你怎么知道我不是呢？"

"你等着瞧吧，"弗朗西斯·希尔德布兰说道，"发生了神秘的事情。"他正从小厨房端来一碗碎冰。

赫夫拉着身旁女孩的手，邀请她一起跳舞。她总是踩到他的脚。他领着她跳了一圈，直到他背对着大厅的大门。他打开门，用狐步舞的步伐引着她进入了大厅。她机械地努起嘴来等待亲吻。他迅速吻了她，然后扶了扶帽子。"晚安。"他说。女孩哭了起来。

他来到了街上，深吸了一口气。他感到很高兴，比长长的接吻要高兴得多。他伸手摸索着找手表，才想起已经把它当掉了。

反季节戴草帽的壮丽传奇。吉米·赫夫正沿着二十三大街向西走，自嘲地笑着。在五月一日这一天，帕特里克·亨利戴上他的草帽时说，不自由，毋宁死。最终结局也如他所言。公共汽车已经停运了，偶尔有一辆运奶车辚辚而过。切尔西那边的砖房一片漆黑。一辆出租车伴着隐隐歌声经过。在第九大道的拐角处，他注意到一个穿着雨衣的女人从门口向他招手，她那两只眼睛就像三角形白纸上的洞。再往前走，两名英国水手正醉醺醺地用伦敦话争吵。来到河边时，雾气渐浓，一片乳白，远处传来蒸汽船低沉而柔和的汽笛声。

他在破落的、亮着红灯的候船室里等了很久，坐在那里愉快地抽着烟，似乎什么都不记得了。未来一片茫然，如同这河流上雾气笼罩；渡船隐约可见，越驶越近，越来越大，船上的灯光一字排开，就像黑人的微笑。除此之外，别无他途。他脱帽站在栏杆前，感受着河风吹拂着他的头发。也许他已经疯了，也许是患上了失忆症——这种病有很长的希腊名字，也许他们会发现他在霍博肯采摘树莓。他大声地笑着，以至于来开门的老人突然瞪了他一眼。疯了，头脑里有蝙蝠。他对自己说的。也许他是对的。确实，如果我是个画家，也许他们会让我在精神病院画画。我会画费城的圣阿洛伊修斯——他头上戴着草帽而不是顶着光环，手里拿着他殉教的道具——铅棍，还画一个小小的我在他脚下祈祷。他，渡轮上唯一的乘客，四处漫步，好像渡轮的主人。我临时的专属游艇。天啊，夜晚真让人压抑啊。他喃喃自语，一直试图向自己解释他为何这般快乐。不是因为我喝醉了。我可能是疯了，但我不这么认为……

渡轮开动前一刻，一辆马车上了船。这是一辆装满鲜花的破旧马车，由一个高颧骨的棕色小个子男人驾驶着。吉米·赫夫绕着它打量了一圈：马儿瘦得皮包骨，马车有点变形，却出乎意料洋溢着欢快的气息，里面堆满了一盆盆红色和粉色的天竺葵、康乃馨、香雪球、玫瑰花骨朵和蓝桔梗。湿润的花盆和五月花房中浓郁的泥土芬芳从车上传来。车夫蜷缩着身子，用帽子遮住眼睛。吉米有一种冲动，想问他带着这么多花要去哪里，但他抑制住了，走到渡轮船头。

空荡荡的黑雾中，渡轮仿佛突然打了个哈欠，黑色的嘴里射出一束灯光。赫夫匆匆穿过无底洞似的幽暗，来到雾蒙蒙的街道。他顺着斜坡向上走。他脚下是轨道，还有货运列车缓缓运行的咔嚓声和发动机的轰鸣声。在山顶回望，一片苍茫，只有一排排路灯若隐若现。他继续前行，在呼吸中、在血流的搏动中、在踏足的人行道上、在如梦如幻的一排排房屋之间感受着欢愉。渐渐地，雾气消散，晨曦初露。

太阳升起来了。他沿着一条水泥路前行，道路两侧是冒烟的垃圾堆遍布的垃圾场。阳光透过薄雾照射着生锈的发动机、废旧卡车和福特轿车的车骨架和锈蚀得不成样的金属。为了远离烧焦的气味，吉米走得很快。他很饿。鞋子磨得大脚趾上起了水泡。在一个警示灯闪烁的十字路口，有一个加油站，对面是萤火虫午餐车。他小心翼翼地花了二十五美分买了份早餐。还剩下三分钱，不知道能带来好运还是厄运。一辆黄澄澄的家具运输大卡车停下了。

"请问能载我一程吗？"他问握着方向盘的红发男子。

"去哪儿？"

"我不知道……遥远的地方。"

全篇完